Xの悲劇

エラリー・クイーン
越前敏弥=訳

角川文庫 15530

THE TRAGEDY OF X
1932
By Ellery Queen
Translated by Toshiya Echizen
Published in Japan
by Kadokawa Shoten Publishing Co., Ltd.

目次

第一幕

第二幕

第三幕

読者への公開状

親愛なる読者諸氏へ。

いまから九年前、それまでエラリー・クイーンという筆名で作品を発表していたふたりの青年が、ある人々といくつかの事情に迫られて、新たな探偵小説のシリーズを書くことになった。ふたりが余力を用いて創造したのが、たぐいまれなる推理能力の持ち主であるシェイクスピア劇の老優、ドルリー・レーン氏であった。

とはいえ、ドルリー・レーン氏の活躍を讃《たた》えるシリーズをエラリー・クイーンの名で発表することができるはずがない。エラリー・クイーン名義の作品は、名探偵エラリー・クイーン氏の活躍を讃えるものだからだ。

そこで、ふたりの青年は第二の筆名を考え出した。〈ドルリー・レーン四部作〉の第一作『Xの悲劇』は、〝バーナビー・ロス〟なる著者の名のもとで、静かな世間へ向けて唐突に送り出されたのである。

というわけで、エラリー・クイーンという（ふたりの）作家と、バーナビー・ロスという

（ふたりの）作家には、あらゆる点においてなんの関係もなかった。著作は別の出版社から刊行され、両者のまわりには偽装や秘密の幕が故意に張りめぐらされていた。それどころか、別個の筆名を用いて作品を発表していた時期に、ふたりの青年それぞれがドミノ仮面で正体を隠し、敵意に満ちた演壇をはさんで幾度もにらみ合ったことさえある……ひとりがエラリー・クイーン、もうひとりがバーナビー・ロスとして、探偵小説界で激しく対立する好敵手を装ったのである。ニュージャージー州メイプルウッドからイリノイ州シカゴにかけて開かれた数々の講演会で、物見高い聴衆を前にして互いに送り合ったことばは、かならずしも賛辞ばかりではなかった。こうしたまったくの欺瞞《ぎまん》によって、それぞれが強靭《きょうじん》な個性を具《そな》えた別人であるという幻想が守られたわけだ。

けれども、実は巧妙な手がかりが当初からひとつ存在していた。慧眼《けいがん》の安楽椅子探偵がそれに目を留めていたら、エラリー・クイーンとバーナビー・ロスの関係を突き止め、この九年にわたって善良な大衆を欺きつづけた奸計《かんけい》を暴いたにちがいない。『ローマ帽子の秘密』（エラリー・クイーンの名で発表された、エラリー・クイーンの登場する最初の作品）の序文を読んでもらえれば、X[10]ページの十七行目から二十二行目にかけて、つぎのような驚くべき記述が見つかるはずだ。

〝たとえば、昔日のバーナビー・ロス殺人事件に際して輝かしい捜査活動をしていた当時、リチャード・クイーンはその功績によって……などの犯罪捜査の大家たちに比肩する名声を確立したと言われ……〟

新たな筆名を作る必要が生じたとき、〝バーナビー・ロス〟の名を選んだのは、このいかがわしい引用文からだった。したがって、実のところ、バーナビー・ロスが誕生したのは、エラリー・クイーンの第一作の序文が書かれた一九二八年なのである。しかし、父親ふたりの手で正式に洗礼を受けて本居を構えたのは、一九三二年のことだった。

そう、いまだから明らかにできる。昔もいまも、そしてこれからも永遠に、バーナビー・ロスはエラリー・クイーンであり、その逆もまた正しい。

ここでドルリー・レーン氏についてひとこと述べておこう。だれもが心から愛してきたこの風変わりな老人は、芝居気たっぷりでエリマキライチョウのように凜々《りり》しく……口巧者にして天才、そしてその卓越した能力は古今のいかなる探偵にもまさっている（ひとりだけ例外がいなくもないが、その名は記すまい）。

ドルリー・レーン氏は、その兄（生みの親は同じ策略家の青年たちなのだから、そう呼んでもよかろう?）と同様、演繹《えんえき》推理派――すなわち、読者に対して公明正大であることを至上とする一派に属している。したがって、この『Xの悲劇』においても、これにつづく『悲劇』シリーズの諸作においても、読者は終局へ至る前にすべての手がかりを与えられることになる。

では、このおごそかなる復活にあたって……ドルリー・レーン万歳！

一九四〇年九月十三日　金曜日、ニューヨークにて

エラリー・クイーン

ドルリー・レーン氏に関するいくつかの事柄

以下は、チャールズ・グレン氏が未完のドルリー・レーン伝執筆に向けて準備した覚え書きを、出版社の要請によって抜粋編集したものである。

『演劇界人名録（一九三〇年版）』から抜粋。

ドルリー・レーン、男優。一八七一年十一月三日、ルイジアナ州ニューオーリンズに生まれる。父はアメリカ生まれの悲劇男優リチャード・レーン、母はイギリス生まれの喜劇女優キティ・パーセル。未婚。個人教授を受けて学ぶ。七歳で初舞台。十三歳のとき、ボストン劇場にて、キラルフィ作『魅惑』ではじめて大きな役を演じる。二十三歳のとき、ニューヨークのデイリー劇場にて『ハムレット』に初主演。一九〇九年、ロンドンのドルリー・レーン劇場にて『ハムレット』に主演し、エドウィン・ブースの従来の記録を二十四日上まわる長期興行の新記録を樹立。著書『シェイクスピア論』、『ハムレットの哲学』、『カーテンコール』などなど。所属クラブはプレイヤーズ、ラムズ、センチュリー、フランクリン・イン、コーヒー・ハウス。

アメリカ文芸アカデミー会員。フランスのレジオン・ドヌール勲章を受ける。住居はニューヨーク州ハドソン河畔のハムレット荘（最寄り駅はウェストチェスター郡のレーンクリフ）。一九二八年、演劇界から引退。

《ニューヨーク・ワールド》紙に掲載された、ドルリー・レーン引退表明に関する記事（一九二八年）から抜粋。

「……ドルリー・レーンはニューオーリンズの二流劇場〈コーマス〉の舞台裏で生まれた。そのころのレーン家は、リチャードが失業中だったため、妻キティが、自分たちと生まれくる子供のためにふたたび舞台に立たざるをえなかった。……キティは舞台での無理が祟《たた》って分娩《ぶんべん》時に不幸な死をとげたが、子供は……第一幕の終了後に楽屋において月足らずで生まれ……」

「……かくしてドルリー・レーンは、まさしく舞台で育ち、苦闘する父親に連れられて劇場から劇場へと渡り歩きながら、場末の界隈《かいわい》でどうにか食いつなぐ日々を送った。はじめて口にしたことばは舞台の台詞《せりふ》で、役者たちを子守とし、すべてを芝居から学んで育った。……歩けるようになるとすぐ端役をつとめた。……一八八七年、父リチャード・レーンが肋膜炎《ろくまくえん》で没したとき、息も絶えだえに十六歳の息子に伝えた臨終のことばは〝役者になれ〟であった。だが、リチャードが息子に託した大いなる夢も、若きドルリーがのちに到達した高みにははるかに及ばず……」

「……最近自身が語ったところによると、その一風変わった名前は、由緒あるドルリー・レーン劇場の偉大なる伝統にちなんで両親が命名したものであり……」
「……引退の理由は、聴力が左右とも衰えてきたことだとされる——症状は、もはや自分の声の音質を思いどおり使い分けられぬほどまでに悪化し……」
「……レーン氏は長年愛情を注いだいくつもの役柄を潔く捨て去ったが、ひとつだけおもしろい例外を残している。毎年四月二十三日に、ハドソン河畔の自邸に設けた私設劇場の舞台で『ハムレット』の全幕を上演するのだという。その日を選んだのは、シェイクスピアの誕生日と命日の双方であると広く認められているからである。レーン氏が英語圏の各国の舞台でこの役柄を五百回以上も演じて劇場を大入りにしてきたことが、興味深く思い出される」

《カントリー・エステート》誌に掲載された、ドルリー・レーン氏の私邸ハムレット荘の紹介記事から抜粋。

「……地所全体がエリザベス朝時代の建築様式の伝統をそのまま受け継いで組み立てられ、領主館風の広壮な大邸宅を、レーン氏の使用人らが住む小村落が取り囲んでいる。村落の家々もすべてエリザベス朝時代の田舎家を忠実に模したもので、独特の藁葺《わらぶ》き屋根やとがった切妻などが具わる。どこも近代設備が整っているのだが、時代色を損なわぬよう巧みに装いが施されている。……庭園もすばらしく、たとえば生け垣の低木は、レーンの雇う専門家がイギリスの山間《やまあい》から取り寄せたもので……」

《ラ・パンチュール》誌（一九二七年、パリ）に掲載されたラウール・モリノーによる論評から抜粋。ポール・ルヴィッソンによるドルリー・レーン氏の油彩肖像画について。

「……最後に氏を訪ねたときの印象そのままである。……長身ですらりとした体軀《たいく》、もの静かながらどことなく潑剌《はつらつ》としたふるまい、首筋まで垂れた純白の乱れ髪、突き刺すような灰緑色の瞳《ひとみ》。古典的とさえ言える端整な顔立ちは、一見無表情のようでいて電光石火のごとく変化しうる。……いま、シャルルマーニュ帝のように毅然《きぜん》とそこに立ち、例の黒いケープを右肩にまとい、あのよく知られた山査子の杖《つえ》の握りに右手を軽く載せ、鍔広《つばびろ》の黒いフェルト帽をかたわらのテーブルに置いている。……この絵の不気味なほど暗い印象は、黒い装いによっていっそう強調され……しかしながらこの人物には、指を打ち鳴らすだけで現代風の衣装がすべて足もとへ滑り落ち、過去から抜け出した輝かしい人物に一変するかのような、不可思議なまでの明るさが漂い……」

一九三一年九月五日付、ドルリー・レーン氏がニューヨーク郡のブルーノ地方検事に宛てた手紙から抜粋。

「まことに僭越《せんえつ》ながら、貴下の職域に立ち入り、目下当局が手がけておられるジョン・クレイマー殺害事件の犯人について、わたしが独自におこなったいささか冗長な考察をここに述べさせていただきます。

わたしが参考にした資料はいずれも、ときとして不満足な新聞の報道記事から掻《か》き集めたものばかりです。しかし、この考察と解決をよく検討していただくなら、しかるべき事実を並べていけば理にかなった唯一の結論へ導かれるというわたしの見解にきっと同意なさることでしょう。

どうかこの手紙を、老いた隠遁者《いんとんしゃ》の差し出口とお考えにならぬよう願います。昨今、犯罪学に強い興味を覚えておりますので、今後解決が不能あるいは不明と見なされる事件がありましたら、いつでもご用命に応じる所存です」

一九三一年九月七日付、ハムレット荘宛の電文。

クレイマー事件に関する貴殿のご明察、犯人の自供により立証されたり。お礼かたがた、ロングストリート殺害事件へのご意見も拝聴したく、明朝十時半、サム警視とともにお訪ねしたし。

ウォルター・ブルーノ

《主な登場人物》

ハーリー（ハール）・ロングストリート　株式仲買業者
ジョン・O・ドウィット　株式仲買業者、ロングストリートの共同経営者
ファーン・ドウィット　ドウィットの後妻
ジーン・ドウィット　ドウィットの娘
クリストファー（キット）・ロード　ジーンの婚約者
フランクリン・エイハーン　ドウィットの親友
チェリー・ブラウン　女優
ポルックス　芸人
ルイ・アンペリアール　スイス人、ドウィットの取引相手
マイケル・コリンズ　税務官
ライオネル・ブルックス　弁護士
フレデリック・ライマン　弁護士
チャールズ・ウッド　市電の車掌
アナ・プラット　ロングストリートの秘書
ホアン・アホス　ウルグアイ領事

ブルーノ　地方検事
サム　警視
シリング　検死医
ドルリー・レーン　探偵、元俳優
クエイシー　レーンの扮装係《ふんそう》
フォルスタッフ　レーンの執事
ドロミオ　レーンの運転手
クロポトキン　演出家
ホーフ　舞台美術家

舞台　ニューヨーク市とその近郊
時　現代

第一幕

第一場　ハムレット荘

九月八日　火曜日　午前十時三十分

はるか眼下で、青い靄《もや》に包まれてハドソン川がきらめいている。白い帆がすばやく通り過ぎ、蒸気船がゆるやかに流れをさかのぼっていく。

その車はつづら折りの細い坂道を着々とのぼっていった。ふたりの男が車窓から外を見あげた。遠い上方の雲間に、目を疑うような中世風の小塔、石の城壁、銃眼つきの胸壁、異様に古めかしい教会風の尖塔《せんとう》がそびえていた。先端は鬱蒼《うっそう》とした緑の木立の上に突き出ている。

ふたりは顔を見合わせた。「コネチカット・ヤンキー（マーク・トウェイン『アーサー王宮廷のヤンキー』の主人公。タイムスリップしてアーサー王時代のイングランドにまぎれこむ）になった気分だ」とひとりが言い、軽く身を震わせた。

もうひとりの骨格たくましい大男がうなり声で言った。「甲冑《かっちゅう》の騎士が現れるとでも？」

車は素朴な造りの古びた橋の前で停まった。かたわらの茅葺《かやぶ》き屋根の小屋から赤ら顔の小柄な老人が出てきて、扉の上で揺れる看板を無言で指さした。そこには古風な書体でこう書いてあった。

無断立入禁止　ハムレット荘

大柄な男が車窓から身を乗り出して叫んだ。「ドルリー・レーンさんにお会いしたい！」「ああ、さようですか」老人は跳ねるように近づいてきた。「では通行証を拝見します」訪問者たちは目を瞠《みは》った。ひとり目の男が肩をすくめ、大柄な男が語気強く言った。「レーンさんはわれわれをお待ちだ」

「おや」橋番の老人は白髪頭を掻いて小屋のなかへ姿を消した。それからすぐに引き返してきて言った。「失礼いたしました。こちらへどうぞ」足早に橋へ近づいて、鉄の門を軋《きし》らせつつ開き、一歩さがって立つ。車は橋を渡り、平らな砂利道で速度を増した。

ナラの緑の林を少し行くと、車は広々とした敷地へ出た。目の前には、ハドソン丘陵の一画で花崗岩《かこうがん》の低い石垣に囲まれて、眠れる巨人さながらの城が横たわっている。車が近づくと、掛け金のついた重厚な門が音を立てて内側に開かれた。門の脇には別の老人がいて、帽子のふちに手をふれながらにこやかに挨拶《あいさつ》している。

車はまた別の道にはいり、手入れの行き届いた色とりどりの庭園のなかを縫うように進んだ。通路と庭園のあいだは整然たる生け垣で仕切られ、一定の間隔でイチイの木が植わっている。

左右に枝道が走り、なだらかな傾斜でくだっていく庭のそこかしこに、おとぎの国を思わせる切妻屋根の小屋が立ち並ぶ。近くの花壇の中央では、アリエル（シェイクスピア『テンペスト』に登場する空気の精）の石像から水がしたたり落ちている……

車はようやく本拠にたどり着いた。またもひとりの老人が車を待ち構えている。水のきらめく壕《ほり》の上に巨獣さながらの跳ね橋がおろされ、橋の向こうで、高さ二十フィートにも及ぶ大きな鉄とナラ材の扉がたちどころに開いた。そこに立っていた、金ぴかの制服に身を包んだ異様に顔の赤い男が、大いなる戯れを楽しむかのように、にっこり笑って片足を後ろへ引き、ていねいにお辞儀をした。

ふたりの訪問者は驚きに目をまるくして車からおり立ち、靴音を響かせて跳ね橋を渡った。

「ブルーノ地方検事とサム警視でいらっしゃいますな？　どうぞこちらへ」背は低いが太鼓腹をしたその老僕は、柔軟体操よろしくお辞儀を繰り返すと、ふたりの先に立ち、嬉々《きき》として十六世紀の世界へいざなった。

一行は中世の領主館風の豪壮な大広間へと進んだ。太い梁《はり》を渡した天井。きらめく金属の鎧《よろい》を身に着けた騎士像。鉄鋲《てつびょう》の目立つ古い調度品。いちばん奥の壁では、かのヴァルハラ（北欧神話の最高神オーディンを祀る殿堂）をも制するであろう古典喜劇の巨大な仮面が横目でにらみ、その向かいの壁では、対になる悲劇の仮面が眉《まゆ》を曇らせている。どちらも古いナラ材を彫りあげたものだ。そのあいだには鍛鉄製の大型シャンデリアが天井から吊《つ》りさがり、その蠟燭《ろうそく》形の派手やかな電灯は、はた目には電気の配線がされていないように見える。

そのとき、奥の壁にある扉から、過去から抜け出してきたような、背中の大きく曲がった風変わりな老人が現れた――頭は禿《は》げ、頬ひげを生やし、皺《しわ》だらけで、鍛冶屋《かじや》のような古びた革の前掛けを身につけている。サム警視はブルーノ地方検事と顔を見合わせ、それから小声で言った。「ここには年寄りしかいないんでしょうかね」

背中の曲がった老人はすばしこく進み出て、ふたりに挨拶した。「こんにちは、おふたかた。ハムレット荘へようこそお越しくださった」ぎこちないかすれ声で、話すことに慣れていないような奇怪な声だった。制服姿の老人に向かって「もうさがっていい、フォルスタッフ（シェイクスピア『ヘンリー四世』に登場する肥満の道化者の名）」と言う。ブルーノは瞠った目をさらに大きく見開いた。

「フォルスタッフだと……」ブルーノはうなるように言った。「まさか、ばかばかしい。そんな名前のはずがない！」

背中の曲がった老人が頬ひげを波立たせた。「ごもっとも。あの男はジェイク・ピンナという俳優でした。しかし、ドルリーさまがあのようにお呼びになるもので……さあ、どうぞこちらへ」

老人は足音の響く床を横切り、さっき自分が出てきた小さな戸口へふたりの訪問者を導いた。壁に手をふれると、扉が滑るように開いた。廷臣たちの出没するこの屋敷にエレベーターとは！　ふたりは首を振り、老人につづいて乗りこんだ。エレベーターはなめらかに上昇し、やがて静かに停まった。また小さな扉が開き、老人が言った。「レーンさまのお部屋でございます」

なんと雄大で古風だろう……。何もかもが古めかしく風雅に満ち、エリザベス朝時代のイギリスの趣を感じさせる。皮革とナラ材、そしてナラ材と石材の調和。歳月と煤《すす》ゆえに褐色に染まった梁を頂く幅十二フィートの暖炉には、小さな炎が燃えている。ブルーノは茶色の目をすばやくそちらへ走らせ、急に安堵《あんど》を覚えた。少し肌寒かったからだ。

案内人のいささか滑稽《こっけい》な手ぶりに促されて、ふたりは古風な大椅子に腰を沈め、驚嘆の目を見交わした。老人は頰ひげをつかんで壁際にじっと立っていたが、やがて姿勢を正し、はっきりと告げた。「ドルリー・レーンさまです」

ブルーノとサムは思わず腰をあげた。戸口に長身の男が立って、ふたりをながめている。背中の曲がった老人は、なめし革のような古びた顔に不気味な笑みを浮かべてお辞儀を繰り返す。驚きを覚えつつ、ふたりもわれ知らずつられて頭をさげていた。

ドルリー・レーン氏はゆったりした足どりで部屋へはいり、色白のたくましい手を差し出して言った。「ようこそいらっしゃいました。どうぞおかけください」

ブルーノはレーンの澄みきった灰緑色の目をじっと見つめた。話しだそうとしたとき、相手の視線が鋭く自分の唇へ向けられるのに気づいてはっとした。「サム警視とわたしにお会いくださってありがとうございます、レーンさん」ブルーノはそこで口ごもった。「それにしても――どう申しあげたらよいか――こちらのお屋敷には驚きました」

「はじめは驚かれるでしょう、ブルーノさん。しかしそれも、簡素な直線美を見慣れた二十世紀人の目に風変わりな古趣と映るからにすぎません」レーンの声は瞳《ひとみ》に劣らず澄み渡り、ブルーノには、これまで聞いたことのないほど豊かな響きを帯びて感じられた。「なじんでくると、このわたしと同様に愛着を感じるようになりますよ。役者仲間が、このハムレット荘のことを舞台の背景幕と評したことがあります。美しい丘陵を四辺に配した額縁舞台そのものだとね。けれども、わたしから見れば、昔のイギリスの最良なるものがここに生き、呼吸しているのです……クエイシー！」

背中の曲がった老人が歩み寄り、そのこぶにレーンは手をやった。「紹介しましょう。これはクエイシーと言って、わたしとは切っても切れぬ仲の男で、請け合ってもよいのですが、天才です。四十年ものあいだ、わたしの扮装《ふんそう》係をつとめてくれています」

クエイシーがまたしても頭をさげた。好対照をなすこの主従のあいだに熟成した絆《きずな》があることに、ブルーノとサムは名状しがたいあたたかみを感じた。そして同時に口を開いた。レーンの視線が一方の唇からもう一方へとすばやく移ったあと、無表情の顔の線がかすかな笑みを刻んだ。「どうか、おひとりずつお願いします。耳がまったく聞こえないものですから。一度におひとりの唇しか読みとれないのですよ——つい最近習得したにしては、なかなかの腕前だと自負してはいますが」

ふたりが謝罪のことばをぎこちなく述べ、椅子に腰を落ち着けているあいだに、レーンは数ある古椅子の曾祖父《そうそふ》とでも呼ぶべきものを暖炉の前から引っ張ってきて、ふたりの真向かいに腰をおろした。明かりが客たちの顔を照らし、自身は陰に身を置くようにレーンが座を占めたことに、サム警視は気づいた。クエイシーは奥に引きさがっていて、サムの目の隅に見えるその姿は、壁際の椅子にじっとうずくまる、ねじけた茶色の怪獣像《ガーゴイル》を思わせた。

ブルーノが咳払《せきばら》いをした。「レーンさん、サム警視もわたしも、こんなふうにお邪魔して少々厚かましいのではないかと思っております。しかし、あの驚くべきお手紙でクレイマー事件を解決してくださったものですから、さっそく電報を打ったしだいでして」

「実のところ、驚くほどのことでもないのですよ、ブルーノさん」玉座を思わせる椅子から、朗々たる声が響いた。「わたしのしたことには先例がないわけではありません。ご記憶にあるでしょうが、エドガー・アラン・ポーはニューヨークの各新聞社に投書して、メアリー・ロジャーズ事件の解決法を示しています（ポーの『マリー・ロジェの謎』を指す）。わたしはクレイマー事件の分析をしていて、事件の解明とはなんのかかわりもない三つの事実が真相を包み隠していると考えました。不幸なことにあなたがたは、それらのせいで道に迷わされていたのです。きょうはロングストリート殺害事件について、わたしの意見をお求めですか」

「ええ、レーンさん、警視もわたしも――ただ、お忙しいのは存じていまして」

「正真正銘のドラマに顔を出す機会をみすみす逃すほど忙しいはずがありませんよ、ブルーノさん」その声は心なしか生き生きとした響きを帯びはじめた。「舞台からの引退を余儀なくされてはじめて気づいたのですが、人生そのものがまさにドラマなのです。舞台には制約があり、何事も束縛されます。劇中の人物というものは、マキューシオの夢判断の台詞《せりふ》にあるとおり、〝むなしい空想にすぎぬものから生まれた、つまらぬ観念の子供たち〟なのです」レーンの声に宿りはじめた魔力にふたりは心を奪われた。「しかし、実社会の人間たちは、感情の昂《たか》ぶるがままに、より大きなドラマを見せてくれる。〝空気のようにはかなく、風よりも気まぐれ〟（引用二か所とも『ロミオとジュリエット』第一幕第四場）などということはけっしてありえません」

「なるほど」ブルーノがしみじみと言った。「たしかにね。おっしゃるとおりです」

「犯罪は――激情に駆られた凶悪犯罪は――人間ドラマの極致です。そして殺人こそその頂点です。わたしはこれまでの生涯で、すぐれた同胞たちとともに――」レーンはさびしげな微笑を漏らした。「モジェスカ、エドウィン・ブース、エイダ・レーアンら、すばらしい名優とともに――架空の激情を自分なりに解釈して演じてきました。いまは、実人生のそれを解釈したいと望んでいます。その点で、自分には比類のない素養があると思うのです。わたしは舞台の上で幾度となく人間を殺してきました。殺害計画に頭を悩ませ、罪の意識にも苛《さいな》まれてきました。数あるなかでも高潔の士とは言いがたいマクベスに扮し、ハムレットも演じてきました。そしていま、些細《ささい》な驚異をはじめて目にした幼子のように、この世にマクベスやハムレットが満ち満ちていることに気づきました。陳腐かもしれませんが、それが真実です……。

これまでわたしは人形遣いの糸に操られてきましたが、いまはおのれの手でその糸を操りたい衝動を覚えています。作り物のドラマではなく、より偉大な創造主の手になる実社会のドラマのなかで。万事が好都合なのですよ。この不幸な病でさえ――」ほっそりした指で耳にふれる。「精神の集中に役立ちます。目を閉じるだけで音のない世界にはいることができて、外界からの妨げに煩わされずにすみますから……」

サム警視は当惑の表情を浮かべていた。自分自身は実際家であるにもかかわらず、およそ縁遠い感情に浸らされたからだ。目をしばたたいて、これが英雄崇拝かと思い、そのような自分を内心であざけった。

「申しあげたいことはおわかりでしょう」レーンがつづけた。「わたしには理解力があります。経験があります。洞察力も、観察眼も、集中力もあります。つまり、推理し、探偵する能力があるということです」

ブルーノが咳払いをした。その唇に、心を惑わすレーンのまなざしが据えられる。「あいにくですが、レーンさん、こんどの事件は、その――ご期待に副《そ》うものではない気がします。ただの殺人事件ですから……」

「わたしのことばが足りなかったようですね」その声はかすかに笑いを含んでいた。「ただの殺人事件とおっしゃいましたね、ブルーノさん。しかし、そんなことは当然です！　珍奇な事件でなくてはならない理由があるとでも？」

「ともかく」サムが口をはさんだ。「ただの事件か珍奇な事件かはさておき、難事件ではありますよ。だからブルーノ検事はあなたが興味を持たれると考えたんです。事件についての新聞記事はお読みになりましたか」

「読みました。しかし、新聞記事はとりとめがなくて役に立ちません。わたしは先入観なしに問題と向き合いたいのです。些細なことまでありのままに話してくださいませんか、警視さん。関係者の描写。事件を取り巻く環境の説明。たとえそれらが一見無関係で無意味なようでもお願いします。要するに、すべてを話していただきたいのです」

ブルーノとサムは目を見交わした。ブルーノがうなずくと、サムは無骨な顔をゆがめて語りはじめた。

周囲の広い壁が消えていく。暖炉の火が、宇宙の力によって制御されたかのように衰える。そしてハムレット荘も、ドルリー・レーンも、古い調度品や古い時代や古い人々の気配も、すべてが混然と溶け合い、サム警視の太く濁った声の下へ沈んでいった。

第二場　ホテル・グラントの高級客室

九月四日　金曜日　午後三時三十分

（以下は、サム警視が語った事実とブルーノ地方検事がときおり補足した注釈をもとにした、事件のあらましである）先週の金曜日の午後、ニューヨークの四十二丁目通りと八番街の角にある、鉄筋コンクリート造りのホテル・グラントの高級客室の居間で、ふたりの人物が抱擁を交わしていた。

それは男と女だった。男はハーリー・ロングストリートという長身の中年者で、頑丈ながら長年の放蕩《ほうとう》生活に蝕《むしば》まれた体軀《たいく》と、不健康に赤みを帯びた顔を持ち、目の粗いツイードの服を着ていた。女はチェリー・ブラウンといい、ミュージカル喜劇の売れっ子女優だった。ラテン系の顔立ちと茶色の髪、黒く輝く瞳《ひとみ》と弓なりの唇を持つ、奔放で情熱的な女だ。

ロングストリートは濡《ぬ》れた唇で女にキスをし、女は男の腕に体をすり寄せた。「あの人たち、来なきゃいいのに」

「おれにかわいがってもらうほうがいいわけか」男は身を振りほどき、かつての引きしまった肉体を誇るように腕の筋肉を盛りあげてみせた。「だが来るさ――きっと来る。ジョニー・ドウィットの野郎は、おれが跳べと言ったらかならず跳ぶんだ」

「でも、どうしてその家族や友達まで呼んだの？　来たくもない人たちまでも」

「あの抜け作の弱り顔を見たいんだよ。あいつはおれの度胸を憎んでて、それがこっちにはおもしろくてな。痛い目に遭わせてやるさ」

ロングストリートはチェリーを無造作に膝《ひざ》からおろすと、部屋を横切っていき、食器棚に並んだ酒瓶の一本を手にしてグラスへ注いだ。チェリーは猫のように気怠《けだる》げにそれを見守っていた。

「ときどき」チェリーは言った。「あなたって人がわからなくなる。なんのためにあの人をいじめてばかりいるのか」白い肩をすくめる。「まあ、あたしの知ったことじゃないけどね。好きなだけお飲みなさいよ」

ロングストリートは何やらつぶやき、頭を大きくのけぞらせて酒を喉《のど》へ流しこんだ。ほんの一瞬だけその姿勢を保っていると、チェリーがさりげなくつづけた。「ドウィットの奥さんも来るの？」

ロングストリートはグラスを食器棚に置いた。「来て何が悪いんだ。もうあの女のことは口にするな。百ぺんは言ったぞ、あの女とはなんでもなかったって」

「気にしてなんかいないったら」女は笑った。「でも、奥さんを寝取るなんて、あなたならやりかねないもの……。ほかにはだれが来るの？」

ロングストリートはしかめ顔を作った。「豪華な面々だよ。ああ、ドウィットのあのしけた面《つら》が早く見たいもんだ！ やつの友達で、ウェスト・エングルウッドに住んでるエィハーンって男も来る。ばばあみたいな野郎で、しょっちゅう腹の具合が悪いとこぼしてるんだ。腹だとよ！」酔いのまわった目で、自分の少し突き出た腹をながめる。「ああいうくそまじめな信心家どもは、年がら年じゅう内臓がいかれてるらしいな。このおれはちがうぜ、ダーリン！ それから、ドウィットの娘のジーンも来る。あの娘もおれをきらってるけど、親父に引っ張られてのご来訪だよ。愉快なパーティーになるぞ。特に、あのフランク・メリウェル（ギルバート・パッテン作の小説に登場するスポーツ万能の大学生）気どりのボーイフレンド、キット・ロードが顔を見せればな」

「でも、とってもいい青年よ、ハール」

ロングストリートの目が険しくなった。「ああ、いい青年さ。きざったらしいけどな。それにお節介野郎だ。あんな青二才に会社をうろつかれるのは耐えがたいよ。あのときドウィットに叩《たた》き出させりゃよかった……。まあいいさ」ため息をつく。「それからもうひとり——こいつは笑わせてくれる男だ。スイス人の変わり者だよ」いやみっぽく笑った。「名前はルイ・アンペリアール。ルイ皇帝《アンペリアール》とはな。前にも話したが、ドウィットの知り合いで、仕事がらみでこの国にとどまってる……。それからもちろん、マイク・コリンズも来るさ」

ブザーの音が響き、チェリーが跳ね起きてドアへ急いだ。

「まあ、ポルックス！　さあ、はいって」

現れたのは顔の浅黒い派手な身なりの中年男だった。薄くなりかけた髪がていねいにポマードでなでつけられ、口ひげがワックスで固められている。チェリーの体に腕をまわしたので、ロングストリートはふらつく足で立ちあがり、喉の奥から威嚇するような音を発した。チェリーは顔を赤らめて訪問者を押しのけ、髪を直しはじめた。

「覚えてる？　昔の仲間のポルックスよ」チェリーの声ははずんでいた。「ポルックスよ、偉大なるポルックス。稀代《きたい》の読心術師として一日に二回舞台に立ってたの。さあ、お互い、握手してちょうだい」

ポルックスは気のないていで握手に応じ、すぐさま食器棚へ歩み寄った。ロングストリートは肩をすくめて椅子にもどったが、またもブザーが鳴ってチェリーが何人かの客を招じ入れたので、すぐに立ちあがった。

まず、頭髪にも口ひげにも白いものの交じった、小柄なやせ形の中年男がためらいがちにはいってきた。ロングストリートの顔が明るくなった。心底うれしそうに大股《おおまた》で歩み寄り、声高に挨拶《あいさつ》をして小男の手を思いきり握る。ジョン・O・ドウィットは顔を紅潮させ、手の痛みと嫌悪で半ば目を伏せた。ふたりの外見は両極端と言えるほど著しい対照をなしている。ドウィットは慎ましやかで、苦悩の皺《しわ》が目立ち、決断と逡巡《しゅんじゅん》の狭間《はざま》をつねに漂っているように見える。

かたやロングストリートは大柄で自信に満ち、傲岸不遜《ごうがんふそん》にふるまっていた。身を縮めるようにしたドウィットの脇をかすめて、ロングストリートはほかの面々を出迎えた。

「ファーン、よく来てくれたな」このことばは、色香のあせた太り肉《じし》のスペイン系の女に向けたものだった。厚化粧の顔にかつての美しい面影がほんのわずかに見てとれるその女は、ドウィットの妻である。小麦色の肌をした小柄な若い娘、ジーン・ドウィットは、ロングストリートに冷ややかに会釈をし、かたわらの長身の金髪青年、クリストファー・ロードに寄り添った。ロングストリートはこの青年を完全に無視し、そこにいたエイハーンと、一分の隙もなく装ったラテン系の大男のアンペリアールと握手をした。

「マイク！」ロングストリートはそう叫んで跳んでいき、前かがみの姿勢で戸口に現れた男の広い肩を叩いた。マイケル・コリンズは屈強そうなアイルランド人で、豚のような目をして絶えず敵意をみなぎらせている。口のなかで挨拶をつぶやくと、険悪な視線を一同へ向けた。ロングストリートがその腕をつかんだ。コリンズの目はぎらぎらと光っている。「おい、このパーティーをぶち壊しにしてくれるなよ、マイク」ロングストリートはかすれ声で耳打ちした。「さっきも言ったが、例の件はドウィットに片をつけさせる。さあ、奥で一杯やってくれ——気が晴れるさ」

コリンズはロングストリートの腕を振りほどき、無言で食器棚のほうへ歩いていった。給仕たちが現れた。琥珀《こはく》色のグラスで氷が音を立てている。一同はほとんど口もきかずに固くなっていた――礼儀こそ正しいが、居心地が悪そうだ。ドウィットは椅子の端に腰を載せ、青白く表情のない顔で、背の高いグラスを型どおりに口へ運んでいた。しかし、グラスを握る指の関節が白くなっている。

ロングストリートは大きな腕でチェリー・ブラウンをかかえあげ、控えめにしていたチェリーがうろたえるのにもかまわず、一同に呼びかけた。「おい、みんな！　こうして集まってもらったわけは知ってのとおりだ。このハーリー・ロングストリート商会と、すべての仲間や支援者にとって、晴れの日なんだよ。いや、ドウィット＆ロングストリートにとって、記念すべき日だ！」声が少し濁ってきた。顔はますます煉瓦《れんが》色に染まり、目がすわっている。「紹介させてもらおう――未来のロングストリート夫人を！」

お定まりのざわめきが湧き起こった。ドウィットが立ちあがり、チェリーに向かって堅苦しくお辞儀をし、ロングストリートの手を気のないていで握った。ルイ・アンペリアールが勢いよく歩み出て、うやうやしく身をかがめ、チェリーのよく手入れされた指に唇をふれるや、軍人風に踵《かかと》を合わせて立った。ファーン・ドウィットは夫のかたわらでハンカチを握りしめ、懸命に笑顔を作ろうとしている。ポルックスが食器棚からふらふらと離れて、チェリーの腰にぎこちなく腕をまわしたが、ロングストリートに容赦なく突きのけられると、酔いどれのひとりごとを漏らしつつ食器棚の前へ引き返した。

女たちはチェリーの左手にきらめく大粒のダイヤモンドを讃《たた》えた。給仕がさらに何人かはいってきて、テーブルや食器類を運び入れる……。

一同は軽く食事をした。ポルックスがラジオのダイヤルをまわすと、音楽が流れ出し、おざなりのダンスがはじまった。ロングストリートとチェリー・ブラウンだけが陽気にふるまっている。ロングストリートは子供のように騒ぎ、ふざけ半分にジーン・ドウィットを抱きしめた。金髪のクリストファー・ロードがそっけなくあいだに割りこみ、若いふたりは踊りながら遠ざかっていく。ロングストリートは含み笑いをした。チェリーはその肘《ひじ》に寄り添って、甘い笑顔を見せつつも険のある目を向けている……。

五時四十五分になると、ロングストリートはラジオを止めて、興奮気味に叫んだ。「ウェスト・エングルウッドのわが家で、ちょっとした晩餐会《ばんさんかい》の支度がしてある。うっかり言い忘れてたよ。驚いたろう？　お楽しみだぞ！」大声で言いつづける。「全員を招待する。来なきゃだめだ。おまえもだぞ、マイク。ああ、おまえもだ、ポルックスとか言ったな――その読心術とやらを披露してもらおう」しかつめらしく腕時計を見た。「すぐ出れば、いつもの列車に間に合うな。さあ、みんな行こう！」

ドウィットが首を絞めつけられたような声で、今夜は先約があって、客が来るのなんのと言いかけると、ロングストリートは目をむいて「全員と言ったんだぞ！」と叫んだ。アンペリアールは肩をすくめて微笑んでいる。ロードは蔑《さげす》みのまなざしでロングストリートを見つめ、目に困惑の光をかすかに宿らせてドウィットを振り返った。

五時五十分ちょうどに、一同は食べ残しや酒瓶、ナプキンやグラスで散らかったチェリー・ブラウンの部屋をあとにした。ひと塊になってエレベーターになだれこみ、階下のロビーへとおりる。ロングストリートがボーイを呼び、夕刊とタクシーを頼んだ。

そして、四十二丁目通りに面したホテルの玄関から、全員が歩道へ出た。ドアマンが懸命にタクシーを呼び止めようとしている。通りには車がいっぱいで、流れが滞っている。暮れかけた空を雷雲が走っていく。この数週間は暑い晴天がつづいていたが、突如豪雨が襲いかかろうとしていた。

雨が一気に降りだすと、その唐突さと激しさのせいで、通行人や車はひどく混乱し、あわてふためき、跳びはね、ぶつかり合い、すさまじい様相を呈しはじめた。

必死にタクシーへ手を振っていたドアマンが振り返り、ロングストリートに向かって、お手あげだと言いたそうな照れ笑いを見せた。一同は八番街の角に近い宝石店の雨除《あまよ》けの下へ駆けこんだ。

ドウィットがロングストリートに歩み寄った。「忘れないうちに言っておくよ。ウェーバーの苦情の件だ。わたしの考えどおりにすべきだと思わないか」と言い、一通の封書を差し出した。

ロングストリートは右腕をチェリー・ブラウンの腰にまわしていたが、上着の左ポケットから銀の眼鏡ケースを取り出したあと、右手をチェリーから放して眼鏡をつかみ、ケースをもとのポケットへもどして、眼鏡を鼻の上に載せた。封筒からタイプ打ちされた手紙を抜きとって、気のない様子で目を走らせる。そのあいだ、ドウィットは目を半ば閉じて待っていた。

ロングストリートは鼻で笑った。「おことわりだ」と言い、手紙を投げ返した。ドウィットがつかみきれず、手紙は雨に濡《ぬ》れた歩道に落ちた。身をかがめてそれを拾いあげたドウィットの顔は、死人のように青ざめている。「ウェーバーがどう思おうと知ったことじゃないさ。おれの考えは変わらない。この話はおしまいだ。二度と持ち出すな」

そのとき、ポルックスが歓声をあげた。「市電が来たぞ、あれに乗ろう!」

渋滞する車の列を押し分けるようにして、先端が赤塗りのずんぐりした市電がゆっくりと近づいてきた。ロングストリートは眼鏡をむしりとってケースにもどすと、それを左のポケットへ突っこみ、手をそのまま入れっぱなしにした。チェリー・ブラウンがその巨体にしがみつく。ロングストリートは右手を大きく振って叫んだ。「タクシーなんかくそ食らえだ。市電にしよう!」

市電が軋《きし》むような音を立てて停まった。濡れ鼠となった人の群れが、開きかけた後部のドアに殺到する。ロングストリートの一行もその群れに加わり、乗降口をめざしてもがいた。チェリー・ブラウンは相変わらずロングストリートの左腕にしがみつき、ロングストリートの左手もポケットに突っこまれたままだ。

一行はステップにたどり着いた。車掌がしゃがれ声で叫んだ。「お早くお乗りください!」

雨で服はずぶ濡れだった。

ドウィットは、エイハーンとアンペリアールの巨体のあいだで押しつぶされそうになっている。一行はどうにか乗りこんだ。アンペリアールが騎士よろしくドウィット夫人に手を貸そうとした。そしてエイハーンのほうへ首をひねり、おどけたように目を細めると、声をひそめて言った。こんな珍妙なパーティーに招かれるのは――ちくしょう《ディアーブル》！――はじめてのことです、と。

第三場　市電四十二丁目線

九月四日　金曜日　午後六時

一行は肘と膝《ひざ》の力を用いてどうにか車掌台の奥まで進み、いまは湿っぽい熱気に息を詰まらせながら後方のデッキに落ち着いていた。ロングストリートの長身は、まだ車内へ通じるステップの近くにある。チェリー・ブラウンは残りの一行を追うべく、ここでロングストリートの左腕から離れた。

車掌が大声をあげて乗客たちを中に押しこみ、ようやく黄色い両開きのドアを閉めることができた。車内は隅まで人が詰まっている。乗客が運賃を持った手を振っても、車掌は受けとるどころではなく、ドアをしっかり閉めて運転士に発車の合図をするので手いっぱいだった。おおぜいが乗りそこねて、哀れにも気落ちした様子で雨のなかに取り残されている。

ロングストリートは後部の乗降口近くで電車の動きにつれて揺られながら、一ドル紙幣をつかんだ右手をほかの乗客たちの頭上にかざしていた。車内は息苦しかった。窓はすべて閉められ、湿気で窒息しそうなほど不快だった。

車掌がなおも大声を張りあげて、身をよじるようにして車内を進み、ロングストリートの手から紙幣をつかみとった。乗客が押し合いへし合いするなか、ロングストリートは怒れる熊のようなうなり声をあげたが、やっとのことで釣り銭を受けとると、肩で人を押し分けて仲間のもとへ向かった。チェリー・ブラウンが車内の中ほどで一行より向こうにいて、ロングストリートが近寄ると、右腕をつかんで寄り添った。ロングストリートは吊《つ》り革へ手を伸ばした。耳を聾《ろう》するようなどしゃ降りで交通の乱れるなか、電車は九番街へ向かってじりじりと進んだ。

ロングストリートがポケットへ手を入れて、眼鏡ケースを探った。その瞬間、やにわに罵《のの》り声をあげ、銀のケースを握った手を抜き出した。チェリーが「どうしたの、ハール？」と訊《き》く。ロングストリートは怪訝《けげん》そうに左手を見た。手のひらと指のいくつもの個所から血がにじみ出している。目が揺れ動き、大きな顔がゆがみ、鼻息が少し荒くなった。「引っ掻《か》いたらしい。でも、いったい何を……」とこぼす。そこで電車が急に大きく揺れ、がたついたあと、動きを止めた。乗客は否応なく前へつんのめった。ロングストリートはとっさに左手を吊り革へ伸ばし、その右腕にチェリーがしがみついて自分の体を支えた。電車はまた動きだし、数フィート進んだ。ロングストリートは出血した手にハンカチを強く押しあてたのち、ズボンにもどした。つづいてケースから眼鏡を取り出し、ケースをポケットにしまってから、右の脇にはさんでいた新聞を開くようなしぐさをする——どれも深まりつつある霧のなかの出来事のようだった。

電車は九番街に停まっていた。外では群衆が口々にわめいて、閉ざされたドアを叩《たた》いたが、車掌は首を横に振った。一段と激しさを増す大降りのなか、電車はまたのろのろと進みはじめた。

突然、ロングストリートが吊り革の手を放して、まだ読んでいない新聞を落とし、自分の額にさわった。激痛に襲われているのか、荒々しく息を切らしてうめき声をあげた。チェリー・ブラウンは愕然《がくぜん》としてロングストリートの右腕をかかえ、助けを求めるように後ろを振り返った。

電車は九番街と十番街のあいだにいたが、前を行く車の混雑にさえぎられて、走ったり停まったりを繰り返していた。

ロングストリートは苦しげにあえぎ、急に体をこわばらせて、怯《おび》えた子供のように目を大きく見開いた。そして――針でひと突きされた風船のように――崩れ落ち、すぐ前にすわっている若い女の膝の上に倒れこんだ。

ロングストリートの左では、強健そうな中年男が身をかがめて、その若い女――髪が茶色で口紅の濃い、なかなかの美女――と話しこんでいたが、倒れたロングストリートのだらりと垂れた腕を憤然と引っ張って、「立てよ、おい！　ここをどこだと思ってる！」と怒鳴った。だが、ロングストリートは若い女の膝から滑り落ち、足もとの床にくずおれた。

チェリーがひと声悲鳴をあげた。

一瞬しんと静まり返ったのち、乗客がいっせいに首を伸ばし、ざわめきが大きくなった。ロングストリートの一行が人混みを掻き分けて集まってきた。「どうした？」「ロングストリートだ」「倒れてる」「酔いつぶれたのか？」「彼女を見てやれ——気を失ったぞ！」

倒れかかるチェリーを、マイケル・コリンズが抱き止めた。

口紅の濃い若い女とそのたくましい連れは、いまや度肝を抜かれて真っ青になり、ことばを失っていた。女は跳びあがって男の腕にしがみつき、床に寝ているロングストリートを恐ろしげに見おろした。「まあ、大変！」と金切り声をあげる。「だれか、どうにかしてくれないの？ねえ、目を見て！　この人は——この人は……」女は身震いし、連れの男の上着に顔をうずめた。

ドウィットは小さな手を握りしめて、石像のように突っ立っている。エイハーンとクリストファー・ロードのふたりが、ロングストリートの重い体を、若い女の腰かけていた座席へどうにか引きあげた。中年のイタリア人が急いで席を立ち、ぐったりした体を座席に横たえるのに手を貸した。ロングストリートは目を見開いたまま、口を半ば開いて弱々しくあえぎ、唇から小さな泡を噴き出している。

騒ぎがさらに大きくなり、車両の前方へも伝わった。道をあけろという大声が聞こえ、乗客が左右に分かれたあいだを、巡査部長の袖章《そでしょう》をつけた巨漢の警官が早足で通り抜けてきた。前方の運転台の近くに乗り合わせていたのだった。電車はすでに停まっていて、運転士と車掌も駆けつけた。

巡査部長はロングストリートの一行を乱暴に押しのけると、倒れた体の上にかがみこんだ。

その体はさらにこわばり、やがてまったく動かなくなった。巡査部長は上体を起こし、顔をしかめた。「やれやれ、死んでるよ」その目はロングストリートの左手に向けられていた。指と手のひらの皮膚に、凝固しつつある血の細い筋が十数本ついていて、それぞれの源には、わずかに腫《は》れた小さな刺し傷らしきものがある。「どうやら殺しらしい。だれも近寄るな！」

巡査部長はロングストリートの一行を疑わしげな目で見まわした。一行は互いの身を守るかのようにひと塊になっていた。

巡査部長が大声をあげた。「だれもおりないでくれ――いいな？　その場を動くんじゃない。おい、あんた」運転士を差し招いて横柄に言った。「この電車を一フィートも動かすなよ。運転台へもどれ。ドアも窓も、ぜったいにあけるんじゃない――わかったな？」運転士が去っていく。巡査部長はまた叫んだ。「おい、車掌！　十番街の角までひとっ走りして、勤番の交通巡査に所轄の分署へ電話しろと伝えるんだ。それから、本部のサム警視にも忘れずに連絡しろ、とな。わかったか？　さあ――ドアはおれがあける。あいた隙に逃げ出すような真似は、だれにもさせないぞ」

巡査部長は車掌について後ろの乗降口へ行くと、レバーを動かして両開きのドアをあけ、車掌を雨のなかへおり立たせるや、すぐにドアを閉めた。車掌は十番街へ向かって駆け出していく。巡査部長は、ドアのすぐ横にいる長身のいかめしい顔の客をじっと見た。「だれもドアに手をふれないよう見張っていてもらえないか。頼むよ」その男が満足げにうなずくと、巡査部長はロングストリートの死体のもとへ急いで引き返した。

電車の後ろには車の長大な列ができ、怒声や警笛で騒々しい。怯えた乗客たちの目に、雨水の流れ落ちる窓に顔を押しつけて中をのぞきこもうとする群衆の姿が見えた。ドア番をしていた長身のいかめしい顔の男が叫んだ。「すみません、巡査がひとり、はいりたがっていますが」

「ちょっと待て！」巡査部長は乗降口へゆっくり引き返し、みずからドアをあけて交通巡査を中へ入れた。巡査は敬礼して言った。「九番街の勤番の者です。何があったんでしょう？　お手伝いしますか」

「殺しらしい」巡査部長はドアを閉め、長身の男に手で合図した。男がまたうなずく。「手を貸してもらいたい。サム警視と所轄署にはもう連絡してある。前へ行って、だれも乗りおりしないようにしてくれ。ドアを見張るんだ」

ふたりは車内を進み、巡査だけが人混みを掻き分けて前の乗降口へ向かった。

巡査部長はロングストリートの死体のすぐ脇に立ち、腰に手をあてがって周囲を見まわした。「で、最初は？」と尋ねる。「この席にはだれがすわってたんだ」若い女と中年のイタリア人が同時にしゃべりだす。「ひとりずつだ。あんたの名前は？」

女は震え声で答えた。「エミリー・ジュエットです。わ――わたしは速記者で、仕事を終えて家へ帰るところです。この男の人が――ちょっと前に膝の上に倒れてきたんです。わたしは立ちあがって、席を譲りました」

「ムッソリーニくん、あんたは？」

「アントニオ・フォンタナです。ぼくは……何も見ちゃいませんよ。この人が倒れたんで、立って席を譲っただけなんで」イタリア人が答えた。

「死んだ男は――立ってたんだな?」

ドウィットが進み出た。なんの動揺も示さない。「巡査部長、わたしがすべてお話ししましょう。この男はハーリー・ロングストリートといって、わたしの共同経営者です。いまから仲間うちで――」

「仲間? ほう」巡査部長は険しい目で一行を見まわした。「たしかに仲間だ。仲よくお出かけというわけか。説明はあとにしてもらいたい。サム警視が聞き出すだろうから。おや、車掌がもうひとり巡査を連れてきた」

巡査部長は後ろの乗降口へとあわただしく向かった。車掌が帽子の庇《ひさし》から雨水をしたたらせて、外からドアを叩いている。横に巡査がひとりいる。巡査部長はみずからドアをあけ、ふたりを入れてからすぐドアを閉めた。

巡査が帽子に手をかけて言った。「モローといいます。十番街を受け持っております」

「そうか。おれはダフィー巡査部長。十八分署だ」巡査部長はぶっきらぼうに言った。「本部へは連絡したか」

「はい、所轄署にも伝えました。サム警視と所轄署員がまもなく到着の予定です。警視からの伝言ですが、電車を四十二丁目通りと十二番街の角にあるグリーン線の車庫に入れるように、とのことでした。そこであなたとお会いになるそうです。死体には手をふれるな、ともおっしゃいました。それから、わたしのほうで救急車も手配しました」

くれ」

「救急車はもう必要あるまい。ではモロー、このドアを見張って、だれも出さないようにして
ダフィーは長身のいかめしい顔の男のほうを向いた。「おりようとした者は？　ドアは一度もあかなかったか？」

「ええ、一度も」と返事があり、ほかの乗客も口々に賛同した。

ダフィーは人々のあいだを縫って、また車両の前方へ向かった。「運転士、この電車を終点までやってくれ。グリーン線の車庫へ入れるんだ。大至急だぞ」

運転士は赤ら顔の若いアイルランド人で、ぼそぼそとこぼした。「あそこはこの電車の車庫じゃないんですよ。これは三番街電鉄の路線なんで、あそこへは――」

「つべこべ言わずに行くんだ」ダフィーは吐き捨てるように言い、それから九番街の交通巡査のほうを振り向いた。「笛を鳴らして、道から車を追っ払ってくれ――きみ、名前は？」

「シトンフィールド、八六三八番です」

「よし、シトンフィールド、きみにこのドアをまかせる。おりようとした者は？」

「いませんでした、巡査部長」

「運転士、この巡査が来る前におりようとした者はいたか」

「いえ、ひとりも」

「よし、じゃあ行こう」

電車がゆっくり動きだすと、ダフィーは死体のもとへもどった。チェリー・ブラウンがむせ

び泣き、その手をポルックスが軽く叩《たた》いている。ドウィットは顔にきびしい皺《しわ》を刻んで、ロングストリートの死体の横に――まるで護衛者のように――じっと立っていた。

電車は轟音《ごうおん》を響かせながら、ニューヨークのグリーン線の巨大な車庫へはいっていった。私服の一団が無言でそれを見守っていた。車庫の外では豪雨がうなりを立てて降り注いでいる。白いものの交じる髪と、いかつい顎《あご》と、鋭い灰色の目を持つ、滑稽《こっけい》なほど不細工な顔の大男が、電車の後部のドアを力強く叩いた。車内では、モロー巡査がダフィー巡査部長に大声で呼びかけた。ダフィーは近づいて外を見やり、サム警視の巨体を認めるや、ドアのレバーを横へ引いた。両開きのドアがあく。サム警視は車内に乗りこむと、ダフィーにドアを閉めるよう手で合図し、外で待つ部下たちにも合図をしてから、車両の中央へと進んでいった。

「やあ」サムは言い、事もなげに死体へ目を向けた。「ダフィー、いったい何があった」

ダフィーはサム警視の耳にささやきかけた。サムは無表情のままだ。「ほう、ロングストリートか。株式仲買業者の……。で、エミリー・ジュエットというのは？」

女はたくましい連れの腕に守られて前へ進み出た。連れの男は挑みかかるような目で警視をにらんでいる。

「この男が倒れるのを見たそうですね、お嬢さん。倒れる前に何か変わった様子は？」

「ええ、ありました」女は興奮した声で言った。「この人がポケットに手を入れて、眼鏡を取り出すのを見たんです。そのとき、引っ掻《か》いたか何かしたにちがいありません。引き抜いた手から血が出てましたから」

「どのポケット？」

「上着の左ポケットです」

「それはいつのことでしょう」

「ええと、九番街で停車する少し前でした」

「いまから何分前ですか」

「さあ」女はひどく細い眉《まゆ》を寄せて答えた。「電車がまた動きだしてここまで来るのに五分くらい。この人が倒れてから電車が動きだすまでも、だいたい五分。手を引っ掻いてから倒れるまでの時間はほんの少し——たしか二、三分だったはずです」

「つまり、十五分も経ってないと？　左ポケットか」サムは両膝《ひざ》を突いて、ズボンの尻《しり》ポケットから懐中電灯を抜くと、死者の上着の縫いつけポケットの布をつかんでその口を大きくひろげ、中を照らした。満足そうに何やらつぶやく。それから懐中電灯を下に置いて大型のペンナイフを取り出し、ポケットの片側の縫い目を慎重に切った。懐中電灯の光でふたつの物体が照らし出された。

そのふたつを切り裂かれたポケットのなかに入れたまま、サムはていねいに観察した。ひとつは銀の眼鏡ケースだった。死者の顔をちらりと見たところ、眼鏡をかけていて、それがいまでは紫色の鼻までずり落ちている。

サムは視線をポケットにもどした。第二の品は異様な物体だった。それは直径一インチの小さなコルクの球で、五十本以上の縫い針が刺さっている。それぞれの針の先端がコルクの全面から四分の一インチ突き出しているので、全体の直径は一インチ半に及ぶ。針の先端には赤茶色のものが付着している。サムはペンナイフの先でコルク球を突き刺してひっくり返した。反対側の針の先にも同じものが塗ってある——タール状の粘ついた物質だ。サムは鼻を近づけて強く嗅《か》いだ。「黴《か》びた煙草の葉みたいなにおいだ」肩越しにのぞきこんでいるダフィーに言った。「一年ぶんの給料をもらっても、素手でさわるのはごめんだな」

サムは立ちあがって自分のポケットを探り、小さなピンセットと紙巻き煙草の箱を取り出した。箱のなかの煙草をすべて抜きとってポケットにしまったあと、ピンセットを巧みに操って針だらけのコルクの球をどうにかつかみ、ロングストリートのポケットから注意深く持ちあげて、空になった煙草の箱に押しこんだ。それから小声でダフィーに何か言いつける。ダフィーはその場を離れ、命じられたもの——新聞紙——を持ってすぐにもどってきた。サムは新聞紙で煙草の箱を幾重にもくるみ、それをダフィーに手渡した。

「ダイナマイトだ、巡査部長」サムはきびしい口調で言った。「そのつもりで扱ってくれ。頼んだぞ」

ダフィー巡査部長は堅苦しく背筋を伸ばし、手に持った包みを体から遠ざけた。

サム警視は、緊張した顔つきで見守るロングストリートの一行を無視して電車の先頭部へ行き、運転士と乗降口近くの乗客に質問した。つぎに後部へと引き返し、車掌と付近の乗客に同じ質問をした。死体のもとへもどると、ダフィーに言った。「ついてるぞ。八番街を出てから、だれもこの電車をおりていないそうだ。つまり、この男が乗ってからずっとだよ。そう、モローとシトンフィールドを持ち場へ帰してやれ。人手はたっぷりあるからな。それから、ここの外に警戒線を敷いてくれ。乗客を全員おろしたい」

ダフィーは死の紙包みを捧《ささ》げ持ったまま、後方へ向かった。外におりると、車掌がすぐにドアを閉めた。

五分後、後部のドアがふたたび開かれた。鉄板のステップから車庫の奥の階段まで、巡査と私服姿の警官が二列に並んでいた。すでにサムがひとまとめにしておいたロングストリートの一行が、声もなく一列で電車をおりていき、警戒線を通って建物の二階の特別室へと案内された。部屋のドアが閉まり、その外にひとりの巡査が見張りに立った。室内ではふたりの刑事が監視にあたった。

ロングストリートの一行がいなくなると、サムの指揮のもとでほかの乗客全員が電車から出ていった。乗客は長くうねる列をなして、やはり同じ警戒線を通り、二階の大広間に入れられた。そこには六人の刑事が監視についた。

サム警視ひとりが人気《ひとけ》のなくなった車内に立っていた——ほかにいるのは座席に横たわる死者だけだ。その苦痛にゆがんだ顔、まばゆい光に向けて見開かれた目、拡大した瞳孔《どうこう》をじっくり観察した。救急車のものものしい音が響き、サムはわれに返った。白衣の若い男ふたりがあわただしく車庫にはいってきて、その後ろから背の低い太った男が現れた。その男は古めかしい金ぶちの眼鏡をかけ、時代遅れの薄黒い布の小型帽を、鍔《つば》の後ろを巻きあげて前を垂らす恰《かっ》好《こう》でかぶっている。

サムは後方のドアのレバーを動かし、体を乗り出した。「シリング先生！　こっちです！」背の低い太った男はニューヨーク郡の検死医で、ふたりの研修医を従えて、息を切らしつつ電車へ乗りこんだ。シリング医師が死体の上にかがみこむと、サムは死者の上着の左ポケットへ用心深く手を突っこんで、銀の眼鏡ケースを取り出した。

シリングが上体を起こして言った。「どこへ持っていけばいいかね、警視」

「二階へ」サムの目が不気味なユーモアをたたえて輝いた。「この男の仲間たちのいる部屋へ運んでください。そうすれば」サムは淡々とつづけた。「おもしろいことになる」

シリングが死体を運ばせているあいだに、サムは電車から跳びおりて部下を手招きした。「至急頼みたいことがある、警部補。車内を隅々までていねいに調べるんだ。どんな屑《くず》でも残らず集めてくれ。それから、ロングストリートの仲間とほかの乗客が警戒線を通ったが、その道筋もよく見ておくように。だれも何も捨てなかったかどうかを確認したい。わかったな。期待してるぞ、ピーボディー」

ピーボディー警部補がにやりと笑い、去っていった。サムは言った。「いっしょに来てくれ、巡査部長」新聞紙に包まれた凶器をいまなお心して手に持っているダフィー巡査部長は、うんざりしたような苦笑を浮かべて、サム警視のあとから二階へ通じる階段をのぼった。

第四場　車庫の特別室

九月四日　金曜日　午後六時四十分

車庫の階上の特別室は、広々として殺風景な部屋だった。四方の壁際に長いベンチが置かれている。腰かけるロングストリートの一行の悲しみや緊張の度合いはさまざまだったが、口をきく者はひとりもいなかった。

サム警視とダフィー巡査部長につづいてシリング医師が現れ、死体の載った担架を運ぶ研修医ふたりがつぎにはいってきた。シリングが衝立《ついたて》を持ってこさせ、三人の医師は担架とともにその陰へ消えた。作業のあいだ、室内は静まり返り、シリングだけが上機嫌で立ち働いていた。ロングストリートの一行はまるで無言の命令でも受けたかのように、その後は衝立から顔をそむけていた。チェリー・ブラウンがまたむせび泣きをはじめ、ポルックスの震える肩に寄りかかった。

サム警視はたくましい手を背中で組み、無関心にさえ見えるほど冷静な物腰で一同を見まわした。「こうして快適な特別室に集まってもらえたんで」明るい声で口火を切る。「この件について落ち着いて話ができますよ。みなさん、動転しておられるのはわかりますが、二、三の質問にはお答えいただけるでしょうな」一同は小学生のようにおとなしくサムの顔を見あげていた。「巡査部長」サムはつづけた。「このなかのさる男性が、死体がハーリー・ロングストリート氏のものだと証言したそうだな。それはどの人だ」

ダフィー巡査部長は、妻と並んでベンチに身じろぎもせず腰かけているジョン・ドウィットを指さした。ドウィットは体を揺すった。

「よし」サム警視は言った。「じゃあ、車内でこの巡査部長に言いかけたことを話してもらえますか——ジョナス、全部記録してくれ」戸口に固まっている刑事のひとりに声をかけた。その刑事はうなずいて、手帳の上に鉛筆を構えた。「では、どうぞ。お名前は？」

「ジョン・O・ドウィットです」決意と自信が所作にも声にもみなぎっていた。何人かの顔を驚きの色がよぎったのをサム警視は見逃さなかった。みな、ドウィットの態度を心強く感じたらしい。「亡くなったのはわたしの共同経営者です。会社の名前はドウィット&ロングストリート商会。ウォール街で株式仲買業を営んでおります」

「で、ここにいる人たちは？」

ドウィットは静かな口調でひとりずつ紹介した。

「では、あの電車に乗ったのは、どういうわけだったんですか」

やせた小男のドウィットは、淡々と的確に、四十二丁目線に乗るまでのいきさつを語った。婚約披露パーティー、そこでの出来事、週末をロングストリートの家で過ごそうと招待されたこと、ホテルを出るときの様子、突然の豪雨、フェリー発着場まで電車で向かうと決めたこと。

サムは口をはさまずに耳を傾けていた。ドウィットが話し終えると、微笑んで言った。「けっこうです、ドウィットさん。さっき電車でロングストリート氏のポケットから、針を突き刺した奇妙なコルク球が出てきましたが、あんたもご覧になりましたな。あれを前にも見たことがありますか？　あるいは、ああいったものについて何か聞いたことは？」ドウィットは首を横に振った。「ほかのかたがたは？」全員が首を振った。「わかりました。じゃあ、よく聞いてください、ドウィットさん。これからわたしが言うことは事実でしょうか。みなさんが四十二丁目通りと八番街の角の近くで雨宿りをしつつ待っていたとき、あんたはロングストリートに手紙を見せた。彼は左の手を左のポケットに入れて眼鏡ケースを取り出し、それから眼鏡を出し、またポケットに手を入れてケースをしまった。そのとき、左手に異変はありませんでしたか？　叫び声をあげたり、あわてて手をひっこめたりということは？」

「いいえ、まったく」ドウィットは落ち着いた口調で答えた。「あの凶器がポケットに入れられた時刻を突き止めようとなさっているんでしょうが、ぜったいにあのときではありませんよ」

サムは一同のほうを向いた。「どなたでも、何か変わったことに気づいた人は？」

チェリー・ブラウンがかぼそい涙声で言った。「変なことなんて何もなかった。あたしはすぐ横にいたから、手を刺したりしたら気がつかないわけがないもの」

「なるほど。では、ドウィットさん、ロングストリートは手紙を読み終えると、もう一度ポケットに手を入れて眼鏡のケースを取り出し、眼鏡をしまい、そこでまた——つまり四度目に——ポケットに手を入れて眼鏡ケースをもどした。そのときは、叫び声をあげるとか、針に刺されたようなそぶりを見せませんでしたか」

「誓ってもいいです、警視さん」ドウィットは答えた。「叫び声などあげず、どんなそぶりも見せませんでした」

ほかの面々もいっせいにうなずいて同意を示した。

サムは立ったまま前後に軽く体を揺すった。「ブラウンさん」チェリーに向きなおって言う。「ドウィットさんのご説明だと、ロングストリートは手紙を返すなり、あんたといっしょに電車のほうへ駆け出し、それから雨を逃れて電車に乗りこむまで、あんたは婚約者の左腕をずっとつかんでいたそうですが、それにまちがいありませんか」

「そう」チェリーはかすかに身震いした。「まわりから押されたんで、あの人の左腕にしがみついてたの。あの人──左手をポケットに入れたままだった。あたしたち、そうやって──後ろのほうへ乗りこんだのよ」

「そこでは彼の手を見ましたか──左手を」

「ええ。ポケットから出して、小銭がないかとヴェストのポケットを探ったけど、見つからなかったの。乗ってすぐのことよ」

「その手に異状はありませんでしたか──傷や血は？」

「いいえ、なかった」

「ドウィットさん、あんたが共同経営者に見せた手紙を拝見したい」

ドウィットは胸ポケットから泥のついた封筒を抜きとって、サム警視に手渡した。サムは手紙に目を通した──ウェーバーという顧客からの苦情で、株をある日時にある値で売るように依頼したにもかかわらず、ドウィット&ロングストリート商会は指示に従わず、そのせいで自分がずいぶんな金銭的損失をこうむったとして、商会の非をとがめ、損失額の埋め合わせを要求するものだった。サムは何も言わずに手紙をドウィットに返した。

「じゃあ、ここまでの事実は動かぬものなんですな」サムは話をもとにもどした。「つまり――」

「あの凶器がロングストリートのポケットへ入れられたのは」ドウィットが抑揚のない調子で話を引きとった。「電車に乗ったあとにまちがいありません」

サムは冷ややかに微笑した。「そのとおり。ロングストリートは雨宿りのあいだにポケットへ四回手を入れた。電車に乗ろうと通りを横切ったときには、ブラウン嬢が左に寄り添っていたことや、ロングストリートの手が問題の左ポケットに突っこまれていたことを、あんたがその目で見ていた。おかしなことがあったら、あんたもブラウン嬢も見逃すはずがありませんな。乗りこんだときも、ブラウン嬢が彼の手を見ていて、なんの問題もなかった。だとしたら、針の刺さったコルクの球は、電車に乗る前にはポケットになかったことになります」

サムは顎《あご》を掻《か》きながら考えをめぐらせた。それから、首を振って一行の前を行きつもどりつしながら、ひとりひとりに、車内でのロングストリートとの位置関係がどうだったかを尋ねた。その結果、一行はゆるやかに固まりつつも、車体の揺れやほかの乗客の絶え間ない動きによって、ついたり離れたりを繰り返していたのがわかった。サムは口をきつく引き結んだものの、ほかに失望の色は見せなかった。

「ブラウンさん、ロングストリートはなんのために車内で眼鏡を取り出したんですか」

「たぶん新聞を読もうとしたのよ」チェリーが力なく答えた。

ドウィットが言った。「ロングストリートはいつも、フェリー発着場へ向かう途中に夕刊で後場の引け値を見ていましたから」

サムがうなずいて尋ねた。「で、眼鏡を出そうとしたとき、こんどは声をあげて手を見たわけですね、ブラウンさん」

「そう。びっくりして困ったふうだったけど、そのときはそれだけ。何が刺さったのかを調べたいのか、ポケットを探りかけたときに電車がひどく揺れたんで、吊《つ》り革につかまったの。手を引っ掻いたって、そのとき言ったのよ。でも、ふらついて危なっかしい感じだった」

「が、とにかく眼鏡をかけて、株式欄を読みはじめたと？」

「新聞を開きかけたけど、開ききらなかったのよ。あの人は――何がなんだかわからないうちに倒れてしまった」

サム警視は眉根《まゆね》を寄せた。「毎晩、車内で株式欄を見たって？　しかし、きょう新聞を読まなきゃならん特別な理由でもあったんですかね、ブラウンさん。何しろ、あんな場所で読むのは迷惑千万な……」

「ええ、まったくばかげた話です」またもドウィットが冷ややかに口をはさんだ。「あなたはロングストリートの人柄をご存じない、いや、ご存じなかったからそうおっしゃる。あの男はなんでも思いのままにふるまうんです。そんな男に、特別な理由とやらが必要ですか？」

だがチェリー・ブラウンは、涙の跡を頬に残したまま考えこんでいた。「言われてみると、特別な理由があったのかもね。少し前にも夕刊を買って――たぶん最終版じゃないけど――どこかの株の相場を調べてたの。ひょっとしたら――」

サムは舌を鳴らし、先を促した。「それだ、ブラウンさん。その株の銘柄は？」

「たしか……〈インターナショナル・メタルズ〉よ」チェリーはベンチをすばやく見やり、汚れた床を不機嫌そうにながめるマイケル・コリンズに視線を据えた。「〈インターナショナル・メタルズ〉が暴落したのを見て、ハーリーは言ったのよ、もうすぐコリンズさんが助けを求めにくるだろうって」

「ほう、コリンズがね！」当のアイルランド人の大男がうなるように言った。サムは好奇の目でその男を見た。「それであんたもこの一行に加わっていたわけか。税務官の仕事はひどく忙しいはずだが……。で、コリンズ、どういうわけでその株に手を出したんだ」

コリンズは歯をむいた。「おまえの知ったことじゃないぞ、サム。けど、どうしてもと言うなら教えてやる。ロングストリートが〈インターナショナル・メタルズ〉をしこたま買えと勧めてきたんだ――おれのためにずっと値動きを見張ってたからって。ところがきょう、底値を大きく割りやがった」

ドウィットが振り返り、心底驚いた様子でコリンズを見た。サムはすかさず言った。「ドウィットさん、あんたはこの取引のことを知っていましたか」

「知るはずがありません」ドウィットはサムの顔をまっすぐに見た。「ロングストリートがあれを勧めたと聞いて驚いています。わたしは先週、あの株の暴落を見越して、何人もの自分の顧客に、ぜったいに買わないよう注意したほどです」

「コリンズ、その株の下落を知ったのはいつだ」

「きょうの一時ごろだ。だけどドウィットよ、ロングストリートが何を扱ってたかをおまえが知らないってのはどういうわけだ。ろくでもない会社だな。こっちは――」

「まあまあ」サムが言った。「とにかく落ち着くんだ。きょうの一時からホテルで会うまでのあいだに、ロングストリートと話をしたのか」

「したさ」険しい声で答える。

「どこで？」

「やつの会社のタイムズ・スクエア支店でだ。昼過ぎに」

サムはまたも巨体を揺すった。「穏便にすんだんだろうな」

「冗談じゃない！」コリンズが急に声を荒らげた。「とんだ見当ちがいだぞ、サム！　どういうつもりだ――このおれに罪を着せる気か？」

「まだ質問に答えてないぞ」

「ああ――何事もなかったさ」

チェリー・ブラウンが金切り声をあげた。サム警視は銃で撃たれたかのようにさっと振り返った。けれども、陽気な太った小男のシリング検死医が、縞《しま》のワイシャツ姿で衝立《ついたて》の後ろから出てきただけだった。その向こうにロングストリートの硬直した死に顔がちらりとのぞいている……。

「例の代物——さっき階下で連中が言っておった、コルク球だかなんだかはあるかね、警視」シリングが言った。

サムはダフィー巡査部長にうなずいた。ダフィーは大いに安堵《あんど》した顔つきで新聞包みをシリングに手渡し、それを受けとった医師は鼻歌交じりで衝立の後ろへ消えた。

チェリー・ブラウンは立ちあがっていた。悪夢のなかのメドゥーサのように目を大きく見開き、顔をゆがめている。これまでの態度はすっかり影をひそめており、ロングストリートの青黒い死に顔が目に飛びこんだせいで、大げさな、いささか狡猾《こうかつ》とも言える興奮状態に陥っている。チェリーはドウィットのほうへ指を突き出し、駆け寄っていって襟首をつかむと、蒼白《そうはく》になった顔に向かって甲高く叫んだ。「あんたが殺したんだ！　あんたがやったのよ！　あんたはあの人を憎んでた！　あんたが殺したのよ！」男たちは青くなって立ちあがった。サムとダフィーが飛び出し、わめきつづける女を引き離した。ドウィットは石像のように突っ立ったまま だ。顔から血の気の失《う》せたジーン・ドウィットが口を引き結び、虎のようにチェリーに詰め寄っていく。クリストファー・ロードがその行く手をさえぎり、低い声でなだめた。ジーンはふたたび腰をおろし、怯《おび》えた表情で父親を見つめた。アンペリアールとエイハーンはどちらも深刻な面持ちで、ドウィットの脇に儀仗兵《ぎじょうへい》よろしく立っている。コリンズは自分の席に憤然とすわっている。ポルックスはすでに立ちあがり、チェリー・ブラウンの耳へ何やら早口でささやいていた。チェリーは少しずつ落ち着きを取りもどし、やがて泣きだした……。ただひとり、ドゥィット夫人だけは髪の毛ひと筋動かさない。まばたきもしない冷たい目を輝かせて、成り行きを見守っていた。

身を震わせて泣くチェリーの前にサムが立った。「なぜあんなことを言ったんだ、ブラウンさん。ドゥィットさんが殺したと信じた理由は？　コルク球をポケットに入れるのを見たのかね」

「ちがう、ちがう」チェリーは首を左右に振り、涙声で答えた。「あたしは何も知らないの、ほんとに何も。でも、この人がハールをきらってたのはたしかよ……まるで毒みたいにね……。ハーリーが何十ぺんもそう言ってたから――」

サムはふんと鼻を鳴らして、姿勢を正し、ダフィー巡査部長へ意味ありげな視線を送った。ダフィーは手帳に鉛筆を走らせているジョナス刑事に合図をした。ジョナスがドアをあけると、別の刑事がはいってきた。そのあいだじゅう、ポルックスがチェリーに身を寄せて、独特の魔術めいたことばで慰めていた。サムは鋭い声で言った。「みなさん、わたしがもどるまで、この部屋から出ないように」そして、手帳を持ったジョナスを後ろに従えて、勢いよく部屋を出ていった。

第五場　車庫の大広間

九月四日　金曜日　午後七時三十分

サム警視はその足で車庫の大広間へ向かった。部屋へはいるなり、異様な光景に出くわした——おおぜいの男女が、ある者は立ち、ある者はすわり、ある者はしきりに体を動かして、しゃべり合ったり、苛立《いらだ》ちや怯えや不快感をぶつけ合ったりしている。警視は監視の刑事のひとりに笑みを向けたのち、足を力強く踏み鳴らして一同の注意を引いた。人々が警視のもとへ殺到する。息を荒くする者、文句を言う者、非難する者、問いかける者、悪態をつく者……。

「さがって!」サムはとっておきの号令調で怒鳴った。「はっきり言いますよ。苦情も提案も逃げ口上も、いっさい禁止です。静かにすれば、それだけ早く帰れます。

ジュエットさん、あんたからはじめましょう。殺された男のポケットにだれかが何かを入れるのを見ましたか」

「同行の男性とずっと話していたもので」女は唇をなめながら言った。「それに、とても暑くて——」

サムは一喝した。「質問に答えなさい! 見たのか、見なかったのか?」

「見ていません」

「仮にだれかがあの男のポケットに何かを入れたとしたら、あんたは気づいたと思うかね」

「思いません。ふたりで話していましたから……」

サムは急に、凶悪なまでに険しい顔つきの大柄な白髪交じりの男に向きなおった。ロングストリートが車内で倒れたとき、その腕を引っ張った男だ。名前はロバート・クラークソンで、経理の仕事をしているとみずから名乗った。ロングストリートの隣、それもすぐ左隣に立っていたが、何も気づかなかったと述べた。クラークソンの無骨な顔から険悪そうな影が消え、にわかに不安で血の気が引いて、締まりのなくなった口が滑稽《こっけい》に動いた。

中年のイタリア人、アントニオ・フォンタナは――浅黒い顔に濃い口ひげをたくわえた男だ――理髪師で店から帰る途中だと言ったが、新たな事実を付け加えることはできなかった。車内ではずっとイタリア語の新聞《イル・ポポロ・ロマーノ》を読んでいたという。

つぎに尋問を受けたのは車掌で、名前はチャールズ・ウッド。職員番号二一〇一で、三番街電鉄に勤務して五年になると語った。長身で肉づきのよい赤毛の男で、歳のころは五十歳くらい。死んだ男の顔には見覚えがあり、仲間たちと連れ立って八番街で乗車してきたのを覚えていると言った。男は一ドル紙幣で十人ぶんの電車賃を払ったという。

「一行が乗りこんだとき、何かおかしなことはなかったかね」

「いいえ。満員で、ドアを閉めるのと料金を集めるので精いっぱいでしたから」

「あの男が電車に乗っているのを以前見かけたことは？」

「ありますよ。あの時間にしじゅう乗ってきました。もう何年もの常連客です」

「名前を知ってるか？」

「いえ」

「あの一行のなかに、ほかに常連客はいたかね」

「もうひとりいたと思いますね。弱々しい感じの小柄な男の人です。白髪交じりでした。殺された人とよくいっしょに乗ってきましたよ」

「そっちの男の名前は知ってるか」

「知りませんね、まったく」

サムは天井を仰いだ。「よく考えてくれないか、ウッド。ここが大切でね。正確なところを知りたいんだ。一行は八番街で乗ってきたと言ったな。そしてあんたがドアを閉めた。そこまではよし。さて、八番街を過ぎてから乗りおりした者はいなかったか？」

「いいえ、いません。ぎゅう詰めの満員でしたから、九番街でもドアをあけませんでした。だから、後ろのドアからはだれも乗らなかったし、おりてもいない――当然ですよ。ただし、前のドアのことは知りません。たぶん相棒のギネスに訊《き》いてもらうといい。運転士です」

サムはおおぜいのなかから、肩幅の広いアイルランド人の運転士を見つけ出した。ギネス――職員番号四〇九――はこの電鉄に八年間勤務しているという。死んだ男をこれまでに見たことはないと思う、とギネスは語った。「だけど」と付け加えた。「このチャーリーみたいに、お客さんの顔を覚えられる場所にいないんでね」

「ほんとうに記憶にないんだな？」

「まあ、そう言われりゃ、なんとなく見覚えがある気もしますけど」

「八番街を過ぎたあと、電車からおりた者はいたのか」

「ドアをあけもしませんでしたよ。この路線のことはご存じでしょ？　ほとんどのお客さんは終点まで乗ってって、ニュージャージー行きのフェリーに乗るんです。沿線がビジネス街なんでね。あとはダフィー巡査部長が知ってますよ。いちばん前でいっしょにいましたから――非番だったんでしょ？　助かりましたよ、乗り合わせてもらって」

サムは顔をしかめたが、不愉快なわけではなかった。「つまり、八番街を過ぎてからはドアは前も後ろも開かなかった、というわけだな」

「そのとおりです」ギネスとウッドが答えた。

「よし。さがってくれ」サムはふたりから離れて、ほかの乗客たちへの聞きこみをはじめた。ロングストリートのポケットに何かを滑りこませたり、疑わしいそぶりをした人物を見たという者はいない。あいまいな供述をした乗客がふたりいたが、妄想がふくらんだすえの憶測にすぎないのは明らかで、サムはあきれて取り合わなかった。ジョナス刑事に対し、全員の氏名と住所を控えるように命じた。

そのとき、ピーボディー警部補が息を切らしながら、がらくたの詰まった麻袋をかついで大広間にはいってきた。

「何か収穫は？」サムが尋ねた。

「屑《くず》ばかりです。見てください」ピーボディーは袋の中身を床にぶちまけた。紙屑、裂けて黒ずんだ新聞紙、煙草の空箱、芯《しん》の折れた短く汚い鉛筆、マッチの燃えさし、つぶれた棒チョコレートの半片、ぼろぼろになった時刻表二冊——どれもありふれたものだ。コルクや縫い針はもちろん、それと関連のありそうなものもまるで見あたらなかった。

「電車のなかも、警戒線沿いの通り道も漏れなく調べましたけど、何も出てきません。この連中が電車をおりるときに身につけていたものは、いまもひとつ残らずここにあるはずです」

サムの灰色の目が光った。ニューヨーク市警で最も広く名を知られた警視であるサムは、しなやかな筋力と、すばやい反射神経と、常識ある判断力と、声に宿る強烈な威厳とで、平巡査から身を起こして今日の地位を文字どおり勝ちとってきた。捜査の常道を頑《かたく》なに貫く行動の人でもある……。「となると、すべきことはひとつだ」顎《あご》をかすかに動かして言った。「この部屋にいる全員の身体検査をする」

「何を探すんです」

「コルク、縫い針、あるいはこの場や持ち主にふさわしくないものすべてだ。騒ぐやつがいたら一発見舞っていい。さあ、かかれ」

ピーボディーはにやりと笑って部屋を出ていくと、すぐに六人の刑事とふたりの女性巡査を連れてもどり、ベンチに跳び乗って叫んだ。「みなさん、一列に並んで！　女性はこっち、男性はあっち！　問答無用！　さっさとすめば、それだけ早く帰れますよ！」

それから十五分間、サム警視は煙草をくわえて壁に寄りかかり、深刻さよりも滑稽さの際立つ光景を見守っていた。女たちが黄色い声を張りあげるのもかまわず、女性巡査が肉厚の手でひとりひとりの体を遠慮なくなでまわし、ポケットを裏返し、ハンドバッグを漁《あさ》り、帽子の裏布や靴の底まで探っていく。男たちはそれよりも聞き分けがよいが、なんとも恥ずかしげだ。検査がすんだ者から順に、ジョナス刑事が氏名と住所と勤務先を書き留めていった。部屋を出ていく人々に、サムの穿鑿《せんさく》の視線がときおり突き刺さる。ジョナスのもとを離れたひとりの男をサムが有無を言わせず呼び止めた。青白い顔をした事務員風の小柄な男で、色あせた上着を身につけている。サムは脇へ寄るよう手ぶりで命じ、着ていた褐色のギャバジンのトレンチコートを脱がせた。男の唇が恐怖で色を失う。サムがコートを隅々まで調べたのち、ひとことも発さずに返してやると、男は放心のていで部屋を飛び出していった。

大広間からどんどん人気《ひとけ》がなくなっていった。

「成果なしでしたね、警視」ピーボディーが落胆したように言った。

「この部屋を調べろ」

ピーボディーと部下たちは、こんどは大広間の四隅やベンチの下から屑を掻《か》き集めた。サムは麻袋から出したがらくたの山をまたぎ越し、膝《ひざ》を突いて自分の指で掻き分けていった。

やがてサムはピーボディーを見やって、肩をすくめ、急ぎ足で部屋から出ていった。

第六場　ハムレット荘

九月八日　火曜日　午前十一時二十分

「ご理解いただきたいのですが、レーンさん」ブルーノ地方検事がここで話をさえぎった。「サム警視はごく些細《ささい》なことまで漏らさずにお話ししています。その多くは、先の会話の補足説明などがそうですが、あとになってわかったことでしてね。実のところ、ほとんどは捜査に関係のないことです。とるに足りないことばかりで……」

「ブルーノさん」ドルリー・レーン氏は言った。「とるに足りないものなどどこにもないのですよ。陳腐な言い草ですが、これは絶対の真実です！　ともあれ、これまでのところ、申し分のないご説明でした」大きな肘掛《ひじか》け椅子のなかで体を動かし、長い脚を暖炉の前へ伸ばした。「ああ、話のつづきはしばしお待ちください、警視さん」

炉火の揺らめく明かりに包まれて、影に妨げられながらも、ふたりの客にはレーンの目がそっと閉じられるのが見えた。両手は膝で軽く組み合わされ、端整な白い顔の筋肉はいっさい動かない。別の時代から抜け出してきた部屋の高く暗い四方の壁に、遠い過去の静寂が垂れこめている。

部屋の薄暗い一隅で、クエイシーが古い羊皮紙のこすれるような音を立てた。ブルーノとサムは首を伸ばした。クエイシーは低い忍び笑いを漏らしている。

ふたりは顔を見合わせたが、ドルリー・レーン氏の落ち着いたしなやかな声が抑揚豊かに響き、息を呑《の》んだ。

「サム警視」レーンは言った。「これまでのお話で、はっきりしないところが一点だけあります」

「どこでしょう、レーンさん」

「ご説明によると、雨が降りだしたのは、電車が七番街と八番街のあいだを走っていた途中ということでした。八番街でロングストリートの一行が電車に乗ったとき、窓がしっかり閉まっていたとおっしゃいましたね。それはすべての窓という意味でしょうか」

サム警視のいかつい顔が当惑をたたえた。「もちろんですとも、レーンさん。まちがいありません。ダフィー巡査部長が認めています」

「けっこうです、警視さん」豊かな声がつづいた。「そしてそのあとも、すべての窓が完全に閉まっていたのですね」

「そのとおりです、レーンさん。実のところ、車庫に着いたころには、雨はいっそう激しく降っていましたからね。大雨になってから、どの窓も一瞬たりともあけたはずがないんです」

「ますますけっこうです、警視さん」灰色の眉《まゆ》の下にある落ちくぼんだ目が輝きを放った。

「では、つづきをお聞かせ願います」

第七場　車庫の特別室

九月四日　金曜日　午後八時五分

サム警視の説明によると、事態はほかの乗客が帰宅を許されたあとに急進展した。サムはロングストリートの一行が鬱々《うつうつ》と待つ特別室へもどった。完璧《かんぺき》な紳士であるルイ・アンペリアールがすかさず立ちあがり、ばかばかしくも軍隊式に踵《かかと》を合わせて折り目正しくお辞儀をした。

「恐れ入ります、警視」この上なく丁重に言った。「差し出がましいようですが、食欲があるかどうかはともかく、そろそろみな何か口に入れる必要があると思うのですよ。せめてご婦人がただけにでもご配慮願えませんか」

サムは一同を見まわした。ドウィット夫人は半ば目を閉じて、相変わらずじっとベンチに腰かけている。ジーン・ドウィットはロードの広い肩にもたれており、ふたりとも顔が青白い。ドウィットとエイハーンは小声で何やら気のない会話を交わしている。ポルックスは膝のあいだで手を握り合わせてベンチから身を乗り出し、チェリー・ブラウンにしきりにささやきかけているが、チェリーのほうは顔をこわばらせて歯を食いしばっているので、美貌《びぼう》が台なしだ。マイケル・コリンズは両手に顔をうずめている。

「わかりました、アンペリアールさん。ディック、下へ行って、みなさんの食べるものを調達してきてくれ」

刑事のひとりがアンペリアールから紙幣を受けとって、部屋を出ていく。首尾よく役目を果たせたアンペリアールは満足顔でベンチへもどった。

「で、先生、結論は？」

シリング医師が衝立《ついたて》の前に立って、上着の袖《そで》に手を通していた。禿《は》げあがった頭のてっぺんに、くたびれた布の帽子が妙な恰好《かっこう》で鎮座している。指を曲げて招いたので、サム警視は部屋を横切って近づいた。ふたりは衝立の奥へ行って死体の脇に立った。救急車に乗ってきたふたりの研修医の一方は、死体のそばのベンチにすわって報告書を入念に書いている。もうひとりは爪を切りながら小さく口笛を吹いていた。

「さて、と」シリングが楽しげに話しだした。「みごとな手口だ。実に巧妙だよ。死因は呼吸麻痺《まひ》だが、それは些末な問題だ」左手を突き出し、その指を一本ずつ、ずんぐりした右手で折って数えはじめた。「その一、毒物について」とベンチのほうへ顔を動かす。「ロングストリートの硬直した足のそばに、紙包みから出された凶器が事もなげに置いてあった。『コルク球の表面から突き出た針先は全部で五十三。針先にも針孔《めど》にもニコチンが塗ってある――おそらくニコチンの濃縮液だ」

「道理で、黴《か》びた煙草の葉みたいなにおいがしたのか」サムはつぶやいた。

「ああ、そうだろうとも。純粋なニコチンは無色無臭の油状液体だ。しかし、水に入れたり放置したりですぐ暗褐色になり、煙草独特のにおいがしはじめる。このとんでもない猛毒が直接の死因なのはまちがいない。もっとも、解剖してほかに原因がないことをたしかめるがね。毒物は直接体内に取りこまれた——針が手のひらと指を二十一か所刺して、そこからそのまま血流にはいったわけだ。診たところ、死亡まで数分かかったようだな。これはかなりの愛煙家だったからだ。ニコチンに対する抵抗力が異常に強いんだよ。

その二、凶器そのものについて」シリングは太い指をさらに一本折った。「こいつは警察博物館に寄贈すべき品だよ、警視。実に平凡、実に単純、それでいて実に独創的で、しかも殺傷力抜群だ！　天才の頭脳が生み出した逸品だな。

その三、毒物の出所について」三本目の指が折られた。「気の毒だがね、サム警視、合法的な経路で手に入れたならともかく、そうでなければ出所はつかみようがない。純粋なニコチンはなかなか手にはいらんし、わたしが犯人なら薬局では買わない。むろん、膨大な量の煙草から抽出する手があるさ。ふつうの煙草にはニコチンが四パーセント含まれているからな。その手を使われたら、犯人を割り出しようがあるまい？　が、いちばん簡単な方法は——」シリング医師は有名な殺虫液の名をあげた。「そいつを一缶買ってくるんだ。もともと三十五パーセントのニコチンが含まれているから、煮沸するだけで、あの針に塗ってあるような樹脂状の粘っこいのが採れる」

「とりあえず正規の入手経路を洗わせよう」サムはむっつりと言った。「その毒が効くのにどのくらいかかるんです」

シリング医師は口をすぼめた。「ふつうは何秒もかからんはずだ。しかし、ニコチンの濃度しくない」

「ニコチンだというのはわかりました。ほかに何か？」

「まあ、わたしも人のことは言えんが、この男の体はずいぶんがたが来ていたよ」シリング医師は答えた。「ひどいもんだ！　が、どんな中身かは解剖後にくわしく説明しよう——あすわかるさ。いまはこんなところだ、警視。この死人は助手たちに運ばせるよ。車が外にある」

サムは針の刺さったコルク球を煙草の空箱に入れて新聞紙で包み、ロングストリートの一行のもとへ引き返した。ダフィー巡査部長にその包みを渡していると、そのかたわらを、ふたりの研修医が毛布に覆われた死体を担架に載せて運んでいった。担架の後ろから、にこやかな顔のシリング医師がついていく。

死体が運び出されると、ふたたび重苦しい沈黙がおりた。

食べ物の調達に出かけた刑事が難なく入手できたらしく、一行はサンドイッチの包みを開いてゆっくりと口を動かし、コーヒーを飲んでいた。

サムはドウィットに合図をして言った。「共同経営者なんだから、あんたはロングストリートのふだんの暮らしをいちばんよくご存じでしょうな、ドウィットさん。車掌は自分の担当車で何度も彼を見かけたと言っていましたが、それについてあんたのご意見は？」

「規則正しさにかけては、ロングストリートは超一流でしたよ」ドウィットは辛辣《しんらつ》な口調で言った。「特に退社時刻についてはね。ありていに言って、長時間労働や骨の折れる仕事はあまり好みませんでした。面倒なことはほとんどわたしにまかせていたんです。わたしたちの会社の本店はウォール街の中心部にありますが、相場が引けるとふたりともタイムズ・スクエアの支店へもどり、そこからウェスト・エングルウッドの自宅へ帰ります。ロングストリートは毎日同じ時刻——六時少し前に支店を出ていました。そしてニュージャージー側へ渡り、決まった時刻の列車に乗るんです。その習慣がしみついていたせいで、きょうもあの時間にパーティーを切りあげたんでしょう。いつもの列車に乗るためにね。あの車掌の電車に乗ったのはそういうしだいです」

「あんたも同じ電車に乗ることが多いんですね」

「ええ。残業をしない日は、よくロングストリートといっしょにウェスト・エングルウッドへ帰りましたから」

サム警視は深く息をついた。「あんたがたはどちらも仕事中には車を使わないようですが、それはどうしてですか」

ドウィットは苦笑いをした。「ニューヨークの交通事情では、かえって厄介ですから。エングルウッドの駅にそれぞれの車を置いてあるんです」

「ロングストリートが規則正しかったというのは、ほかにどんな点で？」

「些細《ささい》なことについてまで、恐ろしく几帳面《きちようめん》な男でしたよ、警視さん。もっとも、私生活はいいかげんであてになりませんでしたがね。けれど、新聞は決まった一紙しか読まず、さっきも申しあげたとおり、フェリー発着場までの電車でかならず株式欄に目を通していました。勤めのある日はいつも同じ型の服で、葉巻も煙草も決まった銘柄だけ――大変な愛煙家でしたよ――ええ、ほとんどすべての点で頑《かたく》なに習慣を守っていました」ドゥィットの目が冷ややかに光った。「出勤するのが正午という点も」

サムはさりげなくドゥィットを見やり、新しい煙草にマッチで火をつけて尋ねた。「物を読むのに眼鏡を必要としていましたか？」

「はい。特に細かい字を読むときにはね。見栄っ張りですから、男ぶりを損ねるからといって、眼鏡がないと不自由なのにもかかわらず、外出時や社交の場ではかけずにすませていました。そうは言っても、字を読むときには、屋内であれ屋外であれ、かけざるをえなかったんです」

サムはドゥィットの小ぶりな肩に親しげに手を置いた。「率直な答を聞かせてください、ドゥィットさん。お聞きになったとおり、ロングストリートを殺したのはあんただとブラウン嬢がわめき立てました。むろん、それはばかげた言い草だが、あんたがあの男を憎んでいたとも繰り返していましたね。それはほんとうですか」

ドゥィットは体を横へ動かし、サムの大きな手を肩からうまく滑り落とした。そしてきっぱりと言った。「わたしはあの男を殺してなどいません。あなたのおっしゃる率直な答というのがそういう意味なら」

サムはドゥィットの澄んだ目を長々と凝視した。それから肩をすくめ、一行に向きなおって言った。「もう少しお尋ねしたいことがあるので、みなさん全員に、明朝九時、ドゥィット＆ロングストリート商会のタイムズ・スクエア支店にお集まりいただきます。ひとりの例外も認めません」

一行はうんざりした様子で立ちあがり、重い足どりで出口へ向かった。「ちょっと待ってください」サムは呼び止めた。「申しわけないが、全員の身体検査をさせてもらいます。ダフィー、女性巡査をひとり呼んでくれ」

いっせいにため息が漏れ、ドウィットが声を荒らげて抗議した。サムは微笑んだ。「ぜったいにどなたも何も隠していないでしょうな？」

先刻大広間で見られた光景がまたサムの目の前で繰り返された。男たちは落ち着きをなくし、女たちは顔を赤らめたり苛立《いらだ》ったりしている。ドウィット夫人は長らくの沈黙を破って、サムの分厚い胸板に早口のスペイン語を浴びせた。サムは眉《まゆ》をあげ、女性巡査に断固たる態度で合図を送った。

「住所、氏名を」検査を終えた者が向かう戸口から、ジョナス刑事の単調な声が響いた。

ダフィー巡査部長ががっかりした顔で言った。「何も出ません、警視。針も、コルクも、怪しいものは何も」

サムは部屋の中央に立ちはだかったまま、眉を寄せて唇を噛《か》んだ。「部屋を探せ」ときびしい声で命じた。

部屋じゅうが調べられた。

おおぜいの部下に囲まれて車庫を出るときも、サム警視は眉を寄せたままだった。

第八場　ドウィット&ロングストリート商会

九月五日　土曜日　午前九時

土曜日の朝、サム警視がドウィット&ロングストリート商会の支店へ足を踏み入れたときには、緊張をはらんだ底流がまだ表面に現れていなかった。サムが颯爽《さっそう》とはいっていくと、従業員も顧客も驚いて顔をあげたが、業務は平常どおりおこなわれているように見えた。すでにサムの部下たちが着いていたものの、まだ何に口出しをすることもなく、あたりを静かにぶらついているだけだった。

サムが〝ジョン・O・ドウィット〟と記された奥の個室にはいると、ピーボディー警部補の監視のもと、ゆうべの面々が顔をそろえていた。ダフィー巡査部長の大きな青い背中が〝ハーリー・ロングストリート〟と記されたガラスのドアに寄りかかっている――そこから隣室へ出入りできる造りだった。

サムは気のないそぶりで一同を見まわし、無愛想な声で挨拶《あいさつ》をしてから、ジョナス刑事を呼び、ふたりでロングストリートの個室へはいった。そこには人目を引く若い女がひとり、落ち着かなげに椅子の端に尻《しり》を載せていた。大柄で肉づきのよい、茶色の髪を持つ女で、美人ではあるもののどこか安っぽい感じがした。

サムは大きな机の前の回転椅子に身を沈めた。ジョナスは部屋の隅に腰をおろし、鉛筆と手帳を構えた。「ロングストリートの秘書のかたですね?」

「はい。プラットと申します。アナ・プラット。この四年半、ロングストリートさんの個人秘書にあたる仕事をしてまいりました」すらりとした鼻の先が不恰好《ぶかっこう》に赤く染まり、目が潤んでいる。その目に皺《しわ》くちゃのハンカチを押しあてた。「ほんとうに、恐ろしいことです!」

「ああ、まったくね」サムは陰気くさく微笑んだ。「だが、泣くのはやめて、用件をすませましょう。見たところ、あんたはボスの仕事についてなんでも知ってるようだ。私生活のほうもね。そこで訊《き》きたいんですが——ロングストリートとドウィットの仲はうまくいっていたんでしょうか」

「いいえ。口喧嘩《くちげんか》ばかりなさっていました」

「で、勝つのはどっちでしたか」

「もちろん、ロングストリートさんです。ドウィットさんは、ロングストリートさんの考えがまちがっていると思うとかならず反対なさいますけど、結局はいつも折れてしまうんです」

「ドウィットに対するロングストリートの態度は?」

アナ・プラットは指をくねらせた。「ほんとうのことを言うべきでしょうから……。ええ、いつもなじっていらっしゃいました。ドウィットさんのほうが事業家として上なのが自分でもおわかりで、それがお気に召さなかったんでしょうね。だから強引に言い負かして、何もかも思いどおりになさってしまうんです。たとえご自分がまちがっていて、会社の利益にならない場合でも」

サム警視の目が秘書の頭から爪先までをながめまわした。「聡明《そうめい》なかたですな、プラットさん。その調子で話してください。ドウィットはロングストリートを憎んでいましたか」

秘書は慎み深く目を伏せた。「ええ、そう思います。理由も承知しているつもりです。だれもがご存じの醜聞ですもの。ロングストリートさんは」――声がこわばる――「ドウィットさんの奥さまと深い仲でいらっしゃったんです。とても深い仲で……。ドウィットさんもご存じだったはずです。ロングストリートさんの前であれ、ほかのかたの前であれ、そのことはいっさい口になさいませんでしたけど」

「ロングストリートはドウィット夫人を本気で愛していたんでしょうか。だとしたら、ブラウン嬢と婚約したのはいったいどういうわけなのか」

「ロングストリートさんはご自分しか愛さないかたなんです。でも、おおぜいのご婦人としじゅうお付き合いなさっていて、ドウィットさんの奥さまもそのひとりにすぎなかったんでしょう。たぶん、女ってみんなそうでしょうけど、ご自分だけが一身に愛を受けていると思いこんでいらしたんじゃないかしら……。だけど、こんなことがありました」まるで天気の話でもしているような口ぶりでつづけた。「ご興味がおありじゃないかしら、警視さん。ロングストリートさんは一度、まさにこの部屋でジーン・ドウィットに言い寄ったことがあるんです。そこへロードさんがはいってきてその様子を目にし、ロングストリートさんを殴り倒して、大騒ぎになりました。ドウィットさんもすぐにいらっしゃって、わたしは席をはずすよう言われました。そのあとどうなったかは存じませんけど、どうにかおさまったようでした。二か月ほど前の話です」

サムはこの女を冷静に値踏みした。まさに願ってもない証人だった。「よく話してくれました、プラットさん。実にすばらしい。では、ロングストリートはドウィットの弱みか何かを握っていたと思いますか」

秘書はためらった。「さあ、どうでしょう。ただ、ときどきロングストリートさんがずいぶんな額をドウィットさんに無心なさっていたのは知っています。いやらしい笑いを浮かべて〝個人融資〟だなんてよくおっしゃってましたけど、そのたびにお金を手に入れていました。つい一週間前も、二万五千ドルを貸せってね。ドウィットさんは、それはもうかんかんに怒って、卒中でも起こすんじゃないかって、わたし……」

「ありそうなことだ」サムはつぶやいた。

「ここでさかんに言い争っていらっしゃいました。でも、やっぱりいつものようにドウィットさんが折れてしまって」

「脅迫めいたことでも？」

「さあ。ドウィットさんは〝こんなことをいつまでもつづけるわけにはいかない〟とおっしゃっていました。きっぱり話をつけないと、お互いに破滅するって」

「二万五千ドルか」サムは言った。「いったいそんな大金がなぜ入り用だったんだろう。この店だけでもかなりの収入があったろうに」

アナ・プラットの茶色の目がきらめいた。「ロングストリートさんほどお金づかいの荒い人はいません」声に悪意がこもっている。「賭博《とばく》に入れあげて、暮らしぶりは派手で、競馬だの相場だのにつぎこんで——いつもすっからかんでした。ご自分の収入などあっという間に使いきって、首がまわらなくなるとドウィットさんに例の〝融資〟をねだるんです。融資と言ったって、一セントだって返したことはありません。ええ、ぜったいに。だって、このわたしがいつも銀行に電話して、小切手を切りすぎた言いわけをさせられたんですもの。公債だの不動産証書だのもとうの昔に売り払っています。もう一セントだって残ってないはずよ」

サムは仔細《しさい》らしく机の天板のガラスをこつこつと叩《たた》いた。「つまり、ドウィットは金を巻きあげられるばかり、ロングストリートは甘い汁を吸うばかりだったわけだ。そうか、そうか！」そう言ってまじまじと視線を据えたので、秘書は急に困惑して目を伏せた。「プラットさん」サムは快活に話しつづけた。「われわれは互いにいい大人だし、コウノトリの話を信じる年ごろでもない。あんたとロングストリートのあいだにも何かあったんじゃないのか？　あんたは奔放さを具《そな》えた秘書だという印象を受けたんだが」

秘書は憤然と立ちあがった。「どういう意味ですか！」

「まあまあ、すわりなさい」秘書がふたたび腰をおろすと、サムはにやりと笑った。「そんな気がしたんだよ。あの男とはどのくらいいっしょに暮らした？」

「暮らしてなんかいません！」秘書は嚙みつくように言った。「二年ほどお付き合いしただけです。あなたが警察官だというだけで、こんなふうに侮辱されて、がまんしなくてはいけないの？　わたしはそんなふしだらな女じゃありません。見損なわないでください！」

「わかった、わかった」サムはなだめるように言った。「ご両親といっしょに暮らしてるのかい」

「両親はこの州の北部にいます」

「そんなことだと思ったよ。あの男はあんたとも結婚の約束をしたんだろう？　当然だな。そのうちあんたにも飽きてきた。で、ドウィット夫人に乗り換えた、そんなところか」

「それは……」秘書はことばに窮し、タイル張りの床に目を落とした。「まあ――そうです」

「だが、あんたはやはり聡明な女性だ」サムはまたも感嘆の目で秘書をながめながらつづけた。

「ああ、そうだとも。ロングストリートのような男といい仲になって、捨てられたあとも、仕事はしっかりつづける――りっぱなものだよ」

秘書は何も言わなかった。もしもサムが挑発しようとしているのに気づいていたなら、その手に乗らないだけの分別は持っていた。サムは秘書の美しく手入れされた短髪を鼻歌交じりに観察した。そしてふたたび口を開いたときには、口調も話題もがらりと変えた。サムはこの女からつぎのことを聞き出した。金曜日の午後、ロングストリートがホテル・グラントのチェリー・ブラウンの部屋へ向かう前に、マイケル・コリンズが怒りで顔を真っ赤にして店へ飛びこんできて、ロングストリートを裏切り者と責め立てた。そのときドウィットは外出中だった。アナ・プラットいわく、事の発端は、ロングストリートがコリンズに〈インターナショナル・メタルズ〉の株を大量に買えと勧めたことだった。株価の暴落による五万ドルの損失を埋め合わせるよう、コリンズはロングストリートに強く迫った。ロングストリートは困り顔を見せたものの、こう言って相手をなだめた。「心配するなよ、マイク、万事まかせてくれ。ドウィットになんとかさせるから」コリンズはなおも、それならすぐにドウィットと話をつけろと言い張った。しかしドウィットは外出中だったので、ロングストリートはその日の婚約披露パーティーにコリンズを招き、その場ですぐにもドウィットと話をすると約束した。

アナ・プラットから聞けた話はそれだけだった。サム警視は秘書を放免し、ドウィットをロングストリートの個室へ呼び入れた。

ドウィットは顔色が悪かったが、落ち着き払っていた。サムは単刀直入に尋ねることにした。

「ゆうべの質問を繰り返します。こんどは答えてもらいますよ。あんたが共同経営者を憎んでいた理由はなんですか」

「脅しは効きませんよ、サム警視」

「では、答えるのを拒否すると？」

ドウィットは唇を引き結んだ。

「けっこうです、ドウィットさん」サムは言った。「だが、あんたはいま、人生最大の過ちを犯そうとしている……。奥さんとロングストリートの仲はどうだったんですか――よかったんでしょう？」

「はい」

「それから、お嬢さんとロングストリート――ふたりのあいだに何か不快な事実はなかったんですか」

「じゃあ、ご家族とロングストリートは親密きわまりなかったんですね？」

「ちょっと待て！」ドウィットはいきなり立ちあがって叫んだ。「いったい何が言いたいんだ！」

サムは微笑んで、ドウィットの椅子を大きな足で蹴《け》った。「落ち着いてください。どうぞすわって……。あんたとロングストリートは対等な立場の経営者でしたか？」

ドウィットは平静を取りもどしたが、目は血走っていた。「そうです」喉《のど》からしぼり出すような声で答えた。

「共同で事業をはじめてどのくらいになりますか」

「十二年です」

「手を組むようになったいきさつは？」

「わたしたちは戦前に南米でひと儲《もう》けしました。鉱山をあてたんです。それでいっしょに帰国して、そのまま共同で株式仲買業をはじめました」

「商売は順調でしたか」

「すこぶる順調です」

「では」サムは相変わらず快活な口調でつづけた。「ふたりとも成功をおさめて事業をはじめるだけの財産を築いたのなら、なぜロングストリートは絶えずあんたから金を借りていたんです？」

「無礼な質問です」

ドウィットは微動だにしなかった。「だれがそんなことを言いました？」

「質問をしているのはこっちですよ、ドウィットさん」

「ばかばかしい」ドウィットは白いものの交じった硬い口ひげを噛《か》んだ。「ときどきは融通しましたが、それはまったく個人的な問題です――金額もわずかでしたし……」

「二万五千ドルがわずかだと？」

華奢《きゃしゃ》な小男のドウィットは、椅子に肌を焼かれたかのように体をよじった。「ですから――あれは貸し金と呼ぶほどのものではありません。個人的なことです」

「ドウィットさん」サムは言った。「白々しい嘘をついても無駄だ。あんたはロングストリートに大金を渡していた。返済を受けたことは一度もなく、おそらく、返ってくるとは端《はな》から思っていなかった。そのわけを知りたいですな。そうすれば――」

ドウィットは怒号をあげて椅子から跳びあがった。顔はゆがみ、蒼白《そうはく》になっている。「越権行為もはなはだしい！　その件はロングストリートの死とはなんの関係もないんだ！　わたしは――」

「そう興奮しないで。外でお待ちください」

ドウィットは口をあけたまま、息を切らしてあえいでいた。やがて怒りがおさまって自分を取りもどすと、肩をそびやかして体を震わせつつ、部屋を出ていった。サムはその後ろ姿を怪《け》訝《げん》そうに見送った。あの男には相反するふたつの面がある……。

サムはつぎにファーン・ドウィット夫人を呼び入れた。

ドウィット夫人への尋問は短時間で、成果はほとんどなかった。色香が失せ、とげとげしく、傲岸《ごうがん》なこの女は、偏屈さにかけては夫に引けをとらない。心の奥深くにゆがんだ感情を秘めているらしく、何を訊《き》いても知らぬ存ぜぬの一点張りだった。ロングストリートとの関係については、単なる友人にすぎないとにべもなく突っぱねた。ロングストリートが娘のジーンに惹《ひ》かれていたのではないかとサムがほのめかすと、夫人は鼻で笑い、「あの人はもっと成熟した女にしか興味がないのよ」と冷ややかに言い放った。チェリー・ブラウンに関しては何も知らないが、〝腹黒い低級な女優〟であり、ロングストリートはあのかわいらしい顔にのぼせたにすぎないと斬り捨てた。夫のドウィット氏が強請《ゆす》られていた節はなかったかとの問いにはこう答えた。ありません！　そんなばかなことがあるものですか……。

サムは内心で悪態をついた。なんとしたたかな女だ。血管に酢でも流れているにちがいない。立てつづけに尋ねたり、居丈高に迫ったり、なだめすかしたりしたものの、どうにか聞き出せた事実は、ドウィットと結婚して六年になることと、ジーンがドウィットと先妻のあいだの娘であることだけだった。サムは夫人を放免した。

夫人は椅子から立ちあがるなり、ハンドバッグから化粧道具入れを取り出してそれをあけ、すでに厚化粧の顔に白粉《おしろい》を塗りはじめた。その手が震え、道具入れの鏡が床に落ちて粉々に砕けた。夫人は泡を食い、頬紅の下の顔がみるみる青くなった。胸にさっと手をあてて十字を切り、怯《おび》えた目をしてつぶやく。「聖母《マドレ・デ・ディオス》マリアさま！」だが、それと同時に平静を取りもどし、後ろめたそうな目をちらりとサムへ向けて、ガラスの破片をよけてそそくさと出ていった。サムは笑って破片を拾いあげ、机の上へほうった。

ドアに歩み寄り、フランクリン・エイハーンを呼んだ。

エイハーンは大柄な男で、年の割に若々しく、姿勢よく部屋へはいってきた。口もとに微笑をたたえ、目を穏やかに輝かせている。

「おかけください、エイハーンさん。ドウィットさんとのお付き合いはどのくらいになりますか」

「そうですね……ウェスト・エングルウッドに住むようになってからですから、六年です」

「ロングストリートのことはよくご存じでしたか」

「あまり知りません。われわれ三人は近所に住んでますが、わたしは引退した技師でして、ふたりのどちらとも仕事での付き合いはありません。ただ、ドウィットさんとはすぐに打ち解けましたけど――あいにくロングストリートさんのことはどうも好きになれませんでした。あれは詐欺師そのものですよ、警視さん。豪放磊落《らいらく》――いわゆる男らしいってやつですが――でも、腹のなかは腐りきってました。だれに殺されたかは知りませんが、自業自得ですよ！」

「それはさておき」サムはそっけなく言った、「ゆうべチェリー・ブラウンが名指しでひとりを非難しましたが、あれをどう思います？」

「とんだ戯言《たわごと》ですよ」エイハーンは脚を組んでサムの目を見据えた。「ばかばかしいにもほどがある。あんな途方もないことを言いだすのは、取り乱してわれを忘れた女だけです。わたしはジョン・ドウィットのことを六年間知ってます。あの人には卑劣なところや邪《よこしま》なところは微《み》塵《じん》もありません。他人の過ちには寛大な、正真正銘の紳士ですよ。殺人なんかできるはずがない。家族を除けば、わたしほどあの人をよく知る者はないと言いきれます。週に三、四回はチェスの手合わせをしますから」

「ほう、チェスを？」サムは興味を示した。「そいつはいい。あんたの腕前は？」

エイハーンは愉快そうに笑った。「おやおや！　新聞をお読みにならないんですか、警視さん。あなたの目の前にいる男は、この地区のチャンピオンですよ。つい三週間前、大西洋岸地区のオープン選手権で優勝したばかりです」

「ほんとですか！」サムは声を張りあげた。「チャンピオンに会えたとは光栄だ。ジャック・デンプシー（一九二〇年代にヘビー級世界チャンピオンとして人気絶頂であったボクサー）と握手したことはありますがね。では、ドウィットさんの腕前は？」

エイハーンは身を乗り出し、熱っぽく語りはじめた。「アマチュアの域をはるかに超えてるんですよ、サム警視さん。もう何年も、本腰を入れて選手権に出場したらどうかと勧めています。でも、内気で引っこみ思案な男なんで――ご存じのとおり、繊細すぎるんです。頭の回転は電光石火ですよ。ほとんど直感にまかせて指します。思いきりがよくてね。わたしとは好敵手です」

「神経質だと？」

「かなりね。何かにつけて敏感に反応します。少し休むべきですよ。正直なところ、ロングストリートさんに悩まされてたんだと思います。もちろん、わたしと仕事の話をしたことはありませんけどね。ロングストリートさんが死んだいま、あの人は新たに生まれ変わるはずです」

「そうでしょうな」サムは言った。「以上です、エイハーンさん」

エイハーンは勢いよく立ちあがった。大きな銀時計を取り出して時間を見た。「おっと！　胃薬の時間だ」サムに笑顔を向ける。「胃の具合が思わしくなくてね――それで菜食主義を通してるんです。技師だった若いころに、缶詰肉ばかり食べたせいでしょう。では、警視さん、ごきげんよう」

エイハーンは力強い足どりで出ていった。サムは鼻を鳴らしてジョナス刑事に言った。「あの男が胃が悪いっていうなら、おれはアメリカの大統領だ。ただの妄想だよ」

サムはドアへ歩み寄り、チェリー・ブラウンにはいるように言った。

ほどなく机をはさんでサムと向かい合ったのは、昨夜とは打って変わった姿の女優だった。生来の陽気さを取りもどしたらしく、念入りに化粧を施し、瞼《まぶた》を薄青く塗り、しゃれた黒い服に身を包んでいる。受け答えも潑剌《はつらつ》としていた。ロングストリートと出会ったのは五か月前のダンスパーティーでだった。数か月にわたって〝追いまわされ〟たすえ、婚約発表と相成った。ロングストリートから、婚約したらすぐに〝遺言書を書き換える〟と約束されており、それが自分に有利な内容になるとチェリーは信じきっていた。大富豪で億万の財産を遺《のこ》した、と幼稚な確信をいだいているらしい。

チェリーは机の上に散ったガラスの破片を目にし、かすかに眉《まゆ》を寄せて顔をそむけた。ゆうべドウィットを責め立てたのは異様に興奮してわれを失ったせいだ、と本人も認めた。

市電では実のところ何も見ておらず、あんなことを言ったのは〝女の直感〟からだという。サムは不満の声を漏らした。

「けど、ハーリーはしょっちゅう、ドウィットが自分を憎んでるって言ってたのよ」チェリーは注意深く声を響かせて言った。理由を問われると、いかにも可憐《かれん》そうに肩をすくめた。

そして、ドアをあけて送り出そうとしたサムに、媚《こ》びをたっぷり含んだ視線を向けてよこした。

クリストファー・ロードがゆるやかな足どりで部屋にはいってきた。サムがその真正面に立ち、ふたりの視線がぶつかり合った。そうですとも、とロードは毅然《きぜん》と答えた。自分はロングストリートを殴り倒したし、そのことを少しも後悔していない——性根の腐った男だから、当然の報いを受けたまでだ、と。その後、直属の上司であるドウィットに辞表を提出したが、慰留されて思いとどまった。というのも、心からドウィットを尊敬していたうえ、よく考えてみると、ロングストリートがもしまたジーンに妙な真似をしたら、その場で守ってやれるからだという。

「小公子も顔負けだな」サムはつぶやいた。「ところで、ドウィットは気骨のある人物だという印象なんだが、自分の娘のことだというのに、なぜ取り繕おうとまでしたのかね」

ロードは大きな手を両方のポケットに突っこんだ。「さあね」とそっけなく答える。「ぼくにもさっぱりわかりません。ぜんぜんあの人らしくないんですよ。ドウィットさんは、ロングストリートへの向き合い方を除けば、頭が切れて目端の利く、独立心と高邁《こうまい》な精神の持ち主です。

仲買業者としては、ウォール街きってのやり手だと言っていい。そして、娘の幸福と評判にはたいそう気を配っています。ジーンにちょっかいを出すような大猿なんか、その場でひっ捕らえて叩《たた》きのめしてもおかしくない。ところが――そうしませんでした。どうも煮えきらないんです。どういうわけなのか、ぼくには見当もつきません」

「つまり、ロングストリートに対する態度が、本来の性格にそぐわないというわけか」

「どう見てもあの人らしくないんです」

ロードはつづけて、ドウィットとロングストリートがそれぞれの個室で絶えず言い争っていたと述べた。その理由を訊《き》かれ、ロードは肩をすくめた。ドウィット夫人とロングストリートの仲のせいか、との問いには、何も語らず空《くう》を見つめた。マイケル・コリンズについて尋ねられると、自分はドウィットの下で働いているので、ロングストリートの取引についてはほとんど知らないと答えた。ロングストリートが自身の顧客にどんな株を勧めているかを、ドウィットが知らないということがありうるかとの質問には、ロングストリートの人柄からしてじゅうぶんありそうなことだと述べた。

サムは机のへりに尻《しり》を載せた。「ロングストリートがその後もジーン・ドウィットに言い寄ったことはあるのかね」

「あります」ロードは重苦しい声で答えた。「そのときぼくは居合わせなかったんですが、あとでアナ・プラットから聞きました。ジーンはロングストリートをはねつけて、店から駆け出していったそうです」

「そのことであんたは何かしたのか」

「ぼくをなんだとお思いです？　もちろんですよ。ロングストリートのところへ行って、ねじこんでやりました」

「争いになった？」

「それはまあ……激しく言い合いました」

「質問は以上だ」サムは唐突に打ち切った。「ドウィット嬢を呼んでくれ」

けれども、ジーン・ドウィットは、ジョナス刑事が書きためた何ページもの証言に付け加えられるようなことは何ひとつ話さなかった。ひたすら父親をかばうばかりだった。サムはむっつりと耳を傾けたのち、隣の部屋へさがらせた。

「アンペリアールさん！」

長身で肉づきのいいスイス人が戸口いっぱいに姿を現した。身だしなみには一分の隙もない。その艶《つや》やかな先細の顎《あご》ひげに心を奪われたらしいジョナスは、畏敬《いけい》のまなざしで見入った。アンペリアールの明るい目が、机の上に散るガラスの破片に釘《くぎ》づけになった。不快げに顔をしかめたのち、サムに向きなおっていねいに頭をさげる。ドウィットとは四年間親しくしているという。ドウィットがスイスのアルプスを旅行した際に知り合い、互いに関心を持ったと述べた。

「ドウィットさんはとても親切なかたです」完璧《かんぺき》な歯並びをちらりとのぞかせて言った。「あれ以来、商用で四回この国を訪れておりますが、滞在中はずっとドウィットさんのお宅にご厄介になっています」

「あんたの会社の名前は？」

「スイス精密機器会社です。総支配人をつとめております」

「なるほど……アンペリアールさん、こんどの事件について何かご意見をうかがえますか」

アンペリアールは手入れの行き届いた両手をひろげてみせた。「お話しできることは何もありません、警視さん。ロングストリートさんとはごく浅いお付き合いですから」

サムはアンペリアールを引きとらせた。スイス人が戸口から出ていくと、警視はきびしい顔つきで叫んだ。「コリンズ！」

大男のアイルランド人が怒りに口もとをゆがめて、よろけながら部屋にはいってきた。サムの質問に対し、ぶっきらぼうで不機嫌に、しぶしぶ答を返した。サムは近くへ歩み寄り、力まかせに腕をつかんだ。「おい、よく聞け、政治家の腰巾着《こしぎんちゃく》め。このときを待ってたんだ。きょうの尋問を逃れようとして、ゆうべ根まわしをしたのはわかってる。だけどお出ましになったというわけか。公僕が聞いてあきれるぞ！　おまえはゆうべ、ロングストリートにがせネタの申し開きをさせようとここへ駆けこんだが、口論はしなかったと言ったな。ゆうべは聞き逃してやったが、けさはそうはいかん。ほんとうのことを吐くんだ、コリンズ！」

コリンズは怒りを抑えようとして体を震わせた。サムの手を荒々しく振り払い、「小ざかしいおまわりだな」とやり返す。「おれが何をしたと言わせたいんだ――やつにキスでもしたってか？　もちろん怒鳴りつけてやったさ――あんなろくでもない野郎は地獄へ落ちりゃいい！

おれを破産させやがって！」

サムはジョナスを見てほくそ笑んだ。「いまのを書き漏らすなよ、ジョナス」ゆっくりとアイルランド人に向きなおる。「おまえにはあの男を片づけるだけの理由があったわけだな」

コリンズは毒々しく笑った。「ますます小ざかしいな！　するとおれが針だらけのコルク球を用意して、株が暴落するのを待ち構えてたとでも？　平巡査にもどったらどうだ、サム。警視なんて柄じゃない」

サムはまばたきをして、こう言っただけだった。「ロングストリートがおまえに持ちかけた話のことを、ドウィットが知らないのはどういうわけだ」

「おれのほうが知りたいね」コリンズは棘《とげ》のある声で言った。「まったく、いかがわしい株屋だよ。とにかく、これだけは言っておくぞ、サム」首の血管を浮きあがらせて身を乗り出す。「何がなんでも、あのドウィットのやつに尻ぬぐいさせてやるからな！」

「しっかり書きとれよ、ジョナス、忘れるな」サムは小声で言った。「こいつは自分の首に縄を括《くく》りつけてるぞ……。コリンズ、おまえは〈インターナショナル・メタルズ〉に五万ドルつぎこんだ。そんな大金をいったいどこで手に入れた？　木っ端役人のけちな給料じゃ、そんな金は作れやしまい」

「大きなお世話だ！　サム、だまらないと、その首を……」

サムの大ぶりな手がコリンズの上着の胸倉をつかみ、顔から一インチのところまで相手の顔を引き寄せた。「その汚い口を閉じないと、おまえこそ首をへし折られるぞ」と怒鳴りつける。

「とっとと出ていけ、下種野郎《げす》」

サムが突き放すと、コリンズは怒りで口もきけぬまま、足を踏み鳴らして部屋を出ていった。サムは体を揺すって小さく毒づいたあと、短剣のような口ひげをたくわえたポルックスを呼び入れた。

この芸人は、いかにもイタリア人らしい、やせた狼を思わせる顔をしていた。そわそわと落ち着かない相手を、サムは鋭い目でにらみつけた。

「よく聞け！」サムは太い指を襟の内側に走らせた。「はっきり言って、あんたにかかずらってる時間はない。ロングストリート殺しについて何か知っていることはあるか？」

ポルックスは机上のガラスの破片を横目で見て、イタリア語で何やら毒づいた。サムを恐れながらも、敵意を示している。抑揚のない不自然な口調で言った。「何も知りやしません。あたしから何かを聞き出そうったって無駄ですよ、チェリーもおんなじだ」

「純真無垢《むく》だと言いたいのか？　乳を飲んでる赤ん坊みたいにか？」

「いいですか、警視さん。ロングストリートの野郎は自業自得なんです。危うくチェリーの一生を台なしにするとこだった。やつの女漁《あさ》りはブロードウェイでも有名でね。事情を知ってる人間なら、いつかはこうなるってお見通しでしたよ、ええ」

「チェリーとは親しいのか」

「ええっと、あたしがですか？　仲よしですよ」

「あの女のためならなんでもするのか？」

「どういう意味です」

「言ったとおりの意味だ。もう行っていい」

ポルックスがそそくさと出ていくと、ジョナスが勢いよく立ちあがり、気どった歩き方をみごとに真似してみせた。サムは鼻を鳴らし、戸口へ歩み寄って大声で言った。「ドウィットさん！　あと一、二分だけお願いします」

ドウィットは平静を取りもどしていた。何事もなかったようにふるまっている。部屋へ足を踏み入れたとたん、ガラスの破片に目を留めた。

「だれが割ったんですか」鋭く尋ねた。

「見覚えがあるでしょう？　奥さんですよ」

ドウィットは腰をおろし、深く息をついた。「困ったな。果てしなく愚痴をこぼされるでしょう。この先何週間かは、あらゆることを壊れた鏡のせいにするはずだ」

「迷信深いんですか、奥さんは」

「恐ろしいほどです。スペイン人の血が半分混じっていましてね。母親がカスティリア生まれで、父親はプロテスタントだったんですが、母親にカトリックとして育てられたんです。母親自身は教会と縁を切っていたんですがね。ファーンにはときどき手を焼かされます」

サムは破片のひとつを机からはじき飛ばした。「あんたはそうした迷信を信じるまい。すこぶる冷厳な事業家という評判ですからな」

ドウィットは無邪気なほどまっすぐに警視を見た。「友人たちがそう言ったのでしょうね」

静かに言う。「むろんです、警視さん。わたしは迷信のたぐいを信じません」

サムは唐突に話題を転じた。「ドウィットさん、あんたをお呼びしたのは、わたしの部下や地方検事局の担当者による捜査にご協力いただきたいからです」

「かまいませんよ」

「おわかりでしょうが、ロングストリート氏の郵便物を公私両面について調べなくてはなりません。銀行口座やその方面についてもです。こちらにまわされる捜査陣に、できるかぎりのご協力を願えませんか」

「承知しました、警視さん」

「それはありがたい」

サムは別室に控えている関係者全員に帰宅の許可を与えてから、ピーボディー警部補と、ブルーノ地方検事の部下である勤勉そうな若い男とにてきぱきと指示を与え、ドウィット＆ロングストリート商会をあとにした。

その顔はひどく沈んでいた。

第九場　ハムレット荘

九月八日　火曜日　午後〇時十分

クエイシーが暖炉に小さな薪を投げ入れると、炎が勢いよくあがった。その揺れ動く光で、ブルーノ地方検事はドルリー・レーン氏の顔貌《がんぼう》を観察した。レーンはかすかに笑みを浮かべている。サム警視は眉根《まゆね》を寄せてだまりこんでいた。

「それですべてですか、警視さん」

サムは小さくうなった。

するとレーンは瞼《まぶた》を閉じ、筋肉の魔法がかった動きで、たちまち眠りに落ちたように見えた。サムは落ち着かないそぶりをした。「もしもご不明な点があれば……」その声音《こわね》には、たとえ不明な点があったとしても、結論にはたいした影響を与えまいという含みがあった。サム警視は皮肉屋である。

レーンの長い体躯《たいく》がまったく動かないのを見て、ブルーノは愉快そうに笑った。「しゃべっても無駄だよ、サム。目を閉じていらっしゃる」

サムは驚いた顔をした。突き出た顎《あご》を掻《か》いて、背の高いエリザベス朝様式の椅子の上で浅くすわりなおした。

ドルリー・レーンは目を開き、すばやくふたりに目をやってから、ブルーノをひるませるほど急に立ちあがった。そこで横を向くと、均整のとれた鋭利な横顔が炉火の光に浮かんだ。

「いくつか質問があるのですよ、警視さん。シリング医師の解剖によって、興味深い手がかりは見つかりましたか」

「いいえ、何も」サムは悄然《しょうぜん》と言った。「ニコチン毒を分析した結果、検死医の所見が裏づけられました。ですが、毒物の入手経路の解明は一歩も進んでいません」

「そのうえ」とブルーノ地方検事がつづけると、レーンの顔がとっさにそちらを向いた。「コルクも縫い針も出所が不明です。少なくとも、現時点では突き止められていません」

「シリング医師の解剖報告書の写しはお持ちですか、ブルーノさん」

ブルーノは公文書然とした書類を取り出して、レーンに手渡した。レーンは火の近くへ持っていって、かがみこんだ。読み進むにつれて目が異様にきらめく。声に出して、早口ながら途切れがちに読みあげた。「死因は窒息——血液が流動性かつ暗赤色であるのが典型的徴候。ふむ……中枢神経系、特に呼吸中枢の麻痺《まひ》。これは明らかに急性ニコチン中毒による……肺臓と肝臓が充血……脳に著しい鬱血《うっけつ》。ふむ……肺臓の状態から、ニコチンへの強い耐性があったと推定できる。明らかに多量喫煙者。この耐性により、非常用者であれば即死もしくは一分以内に絶命するとされる標準致死量を摂取しながらも、絶命までの時間が延引された……。身体的特徴——死亡時の転倒によると推定される左膝蓋部《しつがいぶ》の軽い打撲傷……。九年経過した虫垂炎の手術跡。右手環指、すなわち薬指の先端が欠如、おそらく二十年以上経過……血糖値は正常。脳のアルコール値は異常。不摂生を重ねた壮年男子の肉体であるが、かつては強壮かつ頑健であり、多大な抵抗力を有したと推定できる……ふむ。身長六フィート一・五インチ、検死時の体重二百十一ポンド……などなど、か」レーンはつぶやいて、文書をブルーノに返した。「ありがとうございます」

レーンは暖炉のそばへもどり、ナラ材の大きな炉棚にもたれた。「車庫の特別室では何も見つからなかったのですね」

「ええ」

「ウェスト・エングルウッドのロングストリートの自宅も、すっかりお調べになったのでしょうね」

「もちろんです」いまやサムは苛立《いらだ》ちはじめていた。こっそりと、半ばおどけたふうに、ブルーノに退屈を目で訴えた。「成果はありません。手紙はたくさんありましたがね――女友達からのもので、ほとんどが三月以前の日付でした。ほかは領収証や未払いの請求書――ありふれたものばかりです。使用人たちからも参考になる話は聞き出せませんでした」

「市内にアパートメントをいくつか借りているでしょうが、そちらもお調べになったと考えていいですね」

「ええ、そのとおりです。見逃しはしません。昔の女関係も洗いましたが、何も出ませんでした」

レーンはふたりの客をじっと見つめた。その目は澄み渡り、思慮深さをたたえている。「サム警視、その針の刺さったコルク球がロングストリートのポケットに入れられたのは電車に乗ってからであって、それより前ではないことには、絶対の確信をお持ちですか」

サムは即答した。「それだけは断言できます。疑問の余地はありません。ちなみにそのコルク球ですが、興味がおありだろうと思いまして、実物をお持ちしました」

「それはすばらしい、警視さん！　よくぞ察してくださいました」レーンの豊かな声に熱がこもった。

サムは上着のポケットから固く栓をした小さなガラス瓶を取り出し、それをレーンに手渡した。「栓はおあけにならんほうがいいでしょう、レーンさん。非常に危険ですから」

レーンはその瓶を暖炉の火にかざし、中身を長々と見つめていた。そのコルク球は、全面に突き出た針先と針孔《めど》に黒っぽいものが塗ってあるものの、一見なんの害もないようだった。レーンは微笑し、瓶をサムに返した。「たしかに手作りですね。それに――シリング医師がおっしゃったとおり――実に巧妙な凶器だ……。車庫で乗客全員をおろしたときですが、雨はまだ激しく降っていましたか」

「それはもう。バケツの水をひっくり返したように」

「ところで、警視さん――乗客のなかに労働者はいませんでしたか」

サムの目が大きく開いた。ブルーノも驚いて額に皺《しわ》を寄せた。「どういう意味ですか――労働者というのは」

「溝掘り、建設作業員、左官、煉瓦《れんが》職人――そういった人たちです」

サムは面食らった顔をした。「いえ、いえ。みんな勤め人でした。しかし、どうして……」

「ひとり残らず隅々まで身体検査をしたのですか」

「もちろんです」サムは棘《とげ》のある声で答えた。

「誤解なさらないでください、警視さん。あなたの部下の手腕を疑うつもりなど毛頭ありません……。ただ、念のためにもう一度お尋ねしたい。怪しいものは何も見つからなかったのですね？　乗客の身辺にも、電車のなかにも、全員を帰したあとの車庫の部屋のなかにも——どこにもです」

「すでにお答えしたと思いますな、レーンさん」サムは冷ややかに答えた。

「しかし——天候や季節、それに居合わせた人々の属性を考慮して、その場にそぐわないものはひとつもなかったのですか？」

「おっしゃる意味がわかりかねますが」

「たとえば——外套《がいとう》、夜会服、手袋——その種のものは？」

「ああ、そういうことでしたか。それなら、レインコートを着た男がいましたが、わたし自身が調べたところ、申しあげたとおり、なんの問題もありませんでした。ほかには、おっしゃったような品はひとつも見つかっていません。請け合えますよ」

ドルリー・レーンは目をきらめかせた。客の一方からもう一方へと、強烈なまなざしを向けていく。長身の体を伸ばしたので、古い壁に投じられた影が上からのしかかってくるようだった。「ブルーノさん、検事局の見解はいかがですか」

ブルーノは苦笑した。「申しあげるまでもなく、まだ明確な見解は得られていません。この事件は、多くの関係者に有り余るほどの動機があって大変複雑です。たとえば、ドウィット夫人がロングストリートと深い関係にあったことは明らかで、チェリー・ブラウンに乗り換えたことで彼を恨んでいました。ファーン・ドウィットのふるまいは終始——なんと言いますか、異常でした。

マイケル・コリンズは公務員としての評判が芳しくない、狡猾《こうかつ》で不道徳な人間です。しかも頭に血がのぼりやすい。この男も確実に動機がありました。

キット・ロード青年は古物語の義侠《ぎきょう》の士を気どり、愛する女性の名誉を守るために人殺しに及んだのかもしれません」ブルーノはため息をついた。「しかし、あらゆる点を考慮したうえで、サム警視もわたしもドウィットに最も注目しています」

「ドウィット」レーンの唇がその名を慎重に形作った。目はまばたきもせずブルーノの口もとに据えられている。「どうぞおつづけください」

「問題は」ブルーノは思い悩むように眉《まゆ》を寄せた。「ドウィットを直接指し示す証拠が一片も見あたらないことです——それを言うなら、ほかのだれについても同じですが」

サムが愚痴っぽく言った。「コルク球をロングストリートのポケットへ滑りこませることはだれにでもできました。あの一行の者だけでなく、ほかの乗客でもね。もっとも、車内にいた人間については何から何まで調べあげましたよ。それでも、ロングストリートとの接点はまったく見いだせませんでした。もはや手詰まりです」

「だからこそ」ブルーノが話をまとめにかかった。「サム警視ともどもうかがったしだいなのですよ、レーンさん。クレイマー事件では、すばらしい推理でわれわれの鼻先にあった事実をご指摘くださったものですから、もう一度あのお手並みを拝見できるのではないかと思いまして」

レーンは腕を振った。「クレイマー事件など――ほんの初歩ですよ、ブルーノさん」そして、ふたりの客を思慮深げにながめた。沈黙の帳《とばり》が一同を包みこむ。隅に控えるクェイシーは、すっかり魅入られたように主人を見つめている。サムはそっと視線を交わした。ふたりとも失望の色を隠せなかった。サムは嘲笑《ちょうしょう》にも似た薄笑いを浮かべている。あたかも〝それ見ろ、言ったとおりだろ〟と伝えたいかのようだ。ブルーノはごく小さく肩をすくめた。ドルリー・レーンの声の凜《りん》とした響きに、ふたりは同時に顔をあげた。

「しかし、むろんあなたがたは」いかにも愉快そうにふたりを見る。「進むべき道筋が明らかであることはご存じのはずです」

この静かなことばは電流さながらの効果をもたらした。ブルーノは口をあんぐりとあけた。サムは、強烈な一発を浴びたボクサーが衝撃を振り払おうとするかのように、小さくかぶりを振った。

サムは勢いよく立ちあがった。「明らかだと！」と叫んだ。「まさか、レーンさん、あんたは本気で――」

「落ち着いてください、警視さん」ドルリー・レーンが穏やかに言った。「あなたの驚きようは、ハムレットの父の亡霊のように〝恐ろしき呼び出しを受けた罪人《つみびと》さながら〟ですよ。ええ、たしかに道筋は明らかです。もしも警視さんのご説明がすべて正しいのなら、犯人を示す方向はひとつだと信じます」

「そいつは驚いたな」サムは息を切らして言い、疑《うたぐ》り深い目でレーンを険しく見た。

「それはつまり」ブルーノが遠慮がちに尋ねた。「サム警視の述べた事実だけから、ロングストリートを殺した犯人がおわかりになったということですか？」

レーンの鷲鼻《わしばな》が小さく震えた。「わたしはそう信じますと申しあげました……それを頼りにしていただくほかないのですよ、ブルーノさん」

「なんと！」ふたりは同時に安堵《あんど》の叫びをあげたが、すぐに平静を取りもどし、意味ありげな視線を交わした。

「あなたがたのお疑いはごもっともですが、わたしに言わせれば、根拠のない懸念です」レーンの声がますます朗々として説得力を増した。剣をさばくように鮮やかに声を操っている。「やむをえない事情により、目下のところはその犯人の――今後はXと呼ぶことにしましょう――正体を明かすことは控えたいと思います。共犯関係とおぼしきものも見当はついているのですが」

「ですが、レーンさん」ブルーノがややきびしい口調で言った。「猶予を与えるのは――やはり……」

ドルリー・レーンは身じろぎもせず、赤みを帯びた光を浴びてアメリカ先住民のように立っていた。鼻孔のあたりと口もとから微笑が消え、その顔はパロス島の白色大理石の彫像を髣髴《ほうふつ》させる。唇がわずかに動いただけで、驚くほど明瞭《めいりょう》な声を響かせた。「猶予ですか？　たしかに危険です。けれども、わたしのことばを信じていただくほかありませんが、正体を明かすのを早まる場合と比べれば、危険は半分ですみます」サムはむっつりと立ちつくしていた。うんざりしているふうだ。ブルーノは大きく口をあけていた。「いまはどうか急《せ》かさないでいただきたい。それから、お願いしたいことがあるのですが……」客の顔から不信の色が消えないのを見てとり、レーンの声に苛立ちがにじんだ。「郵送でも、どなたかにお持ちいただくのでもけっこうですから、被害者の写真をお届け願えますか。もちろん、生前に撮ったものを」

「はあ、承知しました」ブルーノは言い、すねた小学生のように左右の足を踏み替えた。

「今後は連絡を絶やさないでください、ブルーノさん」レーンは淡々とした声でつづけた。「進展の具合を知りたいのです。もっとも――」少し間を置いた。「わたしに相談なさったことを後悔しておられるのなら話は別ですが」レーンはふたりをしばし見た。その目には例の楽しむかのような輝きがもどっていた。

ふたりは力なく否定のことばをつぶやいた。

「わたしがいるといないとにかかわらず、クエイシーが電話を承ります」レーンはすすけた炉棚の上へ手を伸ばし、呼び鈴の紐《ひも》を引いた。制服に身を包んだ血色のいい小柄な太鼓腹の老人が、魔神のごとく急に姿を現した。「昼食をごいっしょにいかがですか」ふたりは首を強く横に振った。「ではフォルスタッフ、ブルーノさんとサム警視を車までお送りしなさい。おふたりがこのハムレット荘にお越しになったら、いつでも歓迎するように。おひとりでもごいっしょでも、おいでになったらすぐに知らせなさい……ではごきげんよう、ブルーノさん」レーンはすばやく上体を傾けてお辞儀をした。「それにサム警視」

ブルーノとサムはひとことも発さずに執事のあとを追った。戸口で、ふたりは同じ糸に引かれたように足を止めて振り返った。年代物の暖炉を背にしたドルリー・レーンが、現実のものとは思えぬほど古めかしい調度品に囲まれて、丁重に別れの微笑を送っていた。

第二幕

第一場　地方検事局

九月九日　水曜日　午前九時二十分

翌朝、ブルーノ地方検事とサム警視はブルーノの机をはさんで向き合っていた。頭の硬いふたりは厄介な謎を持て余すばかりだった。ブルーノの手は整然と積み重なった書類を掻《か》き乱し、サムのひしゃげた鼻は朝の外気の冷たさを――そして捜査の不毛を――物語っていた。

「やれやれ」サムはうなるように低い声で言った。「どうにもならん。もうお手あげですよ。毒物にしろ、コルクにしろ、針にしろ、どれも八方ふさがりだ。ニコチンは市販のものではなく、シリングの言ったとおり、自家製か、殺虫液から抽出したものらしい。そこで行き止まりです。それに、あんたの信頼するドルリー・レーンは――時間つぶしもいいところでしたな」

ブルーノは異議を唱えた。「いや、サム、わたしはそう思わない。それは言いすぎだよ」両手をひろげてみせる。「きみはあの人を過小評価しているんじゃないか。たしかに変わり者ではある。あんな屋敷に住んで、まわりは妙な老人だらけで、何かと言うとシェイクスピアがどうのこうの……」

「そうですよ！　言わせてもらうと」サムは苦りきった顔をした。「あの男は大ぼら吹きだ。その場しのぎを口にしたまでだ。ロングストリート殺しの犯人を知ってると言ったのも、派手にふるまいたかっただけだ」

「いや、それはないだろう、サム。あんまりだよ」ブルーノは抗議した。「なんと言っても、本人だってあんな大見得を切った以上は引きさがれないのを承知している。いずれは決着をつけなくてはならないと考えているだろう。自分が何を口にしているかはわかっていて——実際になんらかの手がかりをつかんだ上で——あの人なりの理由があって語らずにいるんだと思うがね」

サムは机を叩《たた》いた。「正しいのは、あんたとわたしのどっちでしょうな？　どういう意味です——手がかりをつかんだというのは。いったいどんな手がかりを？　何もあるはずがない！あの御仁にはご退場願いたい。まったく、あんただってきのうは……」

「考えが変わることだってある」ブルーノは言い放ったあと、ばつが悪そうな顔をした。「クレイマーの事件で、レーンさんがわれわれの盲点を鮮やかに指摘したことを忘れるな。それに、この難事件で少しでも役立ちそうなものがあるなら、歓迎すべきなんだよ。こちらから協力を求めておいて、いまさら締め出すわけにもいくまい。だめだよ、サム。この方針をつづけるしかない。害になるわけでもないし……。で、何か動きは？」

サムは煙草を半分に食いちぎった。「コリンズです。また面倒を起こしましたよ。土曜日以降、三回もドウィットを訪ねたのを部下が確認しました。もちろん、金を取りもどすつもりでしょう。目を離すつもりはありませんけど、なにぶんこれはドウィット自身の問題なんで……」

ブルーノは何気なく目の前の手紙の封をあけはじめた。最初の二通は書類整理用のかごへ投げ入れたが、三通目の、変哲もない安物の封筒の中身を見るなり、叫び声を発して立ちあがった。ブルーノが文面を読むのを、サムは目を細くして見守った。

「すごいぞ、サム」ブルーノは大声を出した。「これこそ最大の突破口に——なんだ、どうかしたのか」秘書に向かってぞんざいに言う。

秘書は名刺を差し出し、ブルーノはそれをひっつかんで目を走らせた。「ほう、あの男か」急にまったく別人のような声でつぶやいた。「よし、バーニー。ここへ通して……。待っててくれ、サム。この手紙にはとてつもないことが書いてある。だがとりあえず、あのスイス人の用件を聞こう。アンペリアールのお出ましだ」

秘書がドアをあけると、背が高くがっしりした体躯《たいく》のスイス人実業家がにこやかにはいってきた。例のごとく一分の隙もないいでたちで、下襟に生花を挿し、杖《つえ》を小脇にかかえている。

「いらっしゃい、アンペリアールさん。どんなご用向きでしょう」ブルーノは丁重に言ったが、さっきの手紙はどこかへ片づけて、組んだ両手を机の端に載せていた。サムは挨拶《あいさつ》のことばをつぶやいた。

「恐れ入ります、検事さん。おはようございます、警視さん」アンペリアールはブルーノの机に近い革張りの椅子に注意深く腰をおろした。「お手間はとらせません、ブルーノさん。実はですね」と慇懃《いんぎん》に言う。「アメリカでの商用が片づきましたので、スイスへ帰れたらと思うのです」

「なるほど」ブルーノはサムへ目を向けた。サムはアンペリアールの広い背中を不機嫌そうに見つめている。

「今晩出航の船をすでに予約してありまして」アンペリアールは眉間《みけん》に小さな皺《しわ》を寄せた。「運送業者に荷物を運ばせようとしたところ、警察官《ジャンダルム》がひとり、どこからともなく滞在先へ現れて、出発してはならないと言うのです」

「ドウィットの家を出るなということですか」

アンペリアールはかすかな苛立《いらだ》ちを見せて首を横に振った。「そうではありません。出国してはいけないと言うのです。荷物を運び出すことも禁じられました。すこぶる迷惑なのですよ、ブルーノさん。わたしは事業家ですから、ベルンの会社へ一刻も早くもどらなくてはなりません。なぜ帰国を延ばさなくてはならないのでしょう。たしかに――」

ブルーノは机の天板を指で叩いた。「聞いてください、アンペリアールさん。お国の事情はどうか知りませんが、あなたにはアメリカで起こった殺人事件にかかわっているという自覚がないらしい。これは殺人事件の捜査ですよ」

「ええ、それはわかっておりますが、しかし――」

「やめましょう、アンペリアールさん」ブルーノは腰をあげた。「むろんお気の毒とは思いますが、ハーリー・ロングストリート殺害事件が解決するか、あるいはせめてなんらかの公式見解が出されるまでは、この国にとどまっていただきます。もちろん、ドウィット宅から移動なさるのもどこへ行かれるのも自由です――そこまでは拘束できませんから。ですが、召喚に応じられる範囲内にかぎりますよ」

アンペリアールは立ちあがって肩をいからせた。顔は愛想のよさを失い、醜くゆがんでいる。

「それでは事業に支障をきたします!」

ブルーノは肩をすくめた。

「よし、わかった」アンペリアールは荒々しく帽子をかぶった。顔がドルリー・レーン宅の炉火のように赤くなっている。「ただちに領事に会って、措置を講じてもらいますよ、ブルーノさん。いいですか。わたしはスイス国民であり、あなたがたにわたしを引き留める権限はない！　失礼します！」ごくわずかに頭をさげて、一目散にドアへと向かった。ブルーノは微笑んで言った。「いずれにせよ、船の予約は取り消されたほうがいいですよ、アンペリアールさん。船賃の無駄ですから……」だが、アンペリアールは行ってしまった。

「さて」ブルーノは威勢よく言った。「あれはあれでよかろう。さあ、サム、すわって。これを読んでくれ」ポケットからさっきの手紙を取り出して、サムの前にひろげた。サムは手紙の下端へすばやく目をやった――署名はない。手紙は安手の罫《けい》入り便箋《びんせん》にかすれた黒インクで書かれ、筆跡を変えようとした形跡は見られなかった。宛先は地方検事になっている。

わたしはロングストリート氏が殺されたとき、同じ市電に乗り合わせた者です。犯人の正体について、わたしはある事実を知りました。地方検事であるあなたにぜひそれをお教えしたいのですが、わたしが知っていることを犯人に感づかれてはいないかと大変心配なうえ、監視されているような気がしてなりません。

けれども、水曜の夜十一時に、あなたご自身か代理のかたが会ってくださるなら、わたしの知っていることをお話しします。その日時に、ウィーホーケンのフェリー発着場の待合室にお越しください。わたしが何者かはそのときわかります。みずから明らかにするつもりです。それまではどうか内密に願います。この投書についても、けっして外部の人間には漏らさないでください。打ち明けたことが犯人に知れたら、わたしは国家への義務を果たしたがゆえに殺されます。

わたしの身の安全は保証してくださいますね。水曜の夜に会ってくだされば、きっと喜んでいただけるでしょう。これは重大な問題です。そのときまで自分で身を守ります。昼日中に警察の人と話しているのを見られたくないのです。

サムはその手紙を慎重な手つきで扱った。それを机の上に置いて、封筒をじっくり観察した。

「消印はニュージャージー州ウィーホーケン、ゆうべのものだ」とつぶやく。「汚い指紋が山ほどついてる。ニュージャージー側に住む乗客なのか……。いや、どう考えるべきかわかりませんな、検事。いたずらかもしれないし、ちがうかもしれない。そこがこうした投書の厄介なところだ。どう思います？」

「むずかしいところだが」ブルーノは天井を見つめた。「手がかりになりそうな気はするね。とにかく、行くだけは行ってみよう」勢いよく立ち、部屋のなかを歩きまわりはじめた。「サム、信用してもいいんじゃないかね。だれが書いたのであれ、署名をしていないところに真実味が感じられるよ。話に一貫性がなく、重大な問題だなどと得意になるかと思えば、密告がばれたらどうなるかを何より恐れてもいる。それに、この種の投書にありがちな特徴が具《そな》わってる――むやみに長くて、くどくどしく、気もそぞろだ――〝会《meet》って〟を〝会《met》った〟と書き誤ったり、tの字の横棒が抜けていたりというのがその証拠だ。やはり、考えれば考えるほど気に入ってきたよ」

「どうかな……」サムは納得がいかないふうだったが、急に顔を輝かせた。「何はともあれ、これでドルリー・レーン氏の鼻を明かしてやれるぞ。あの御仁の忌々しい忠告など必要なくなるかもしれん」

「わたしにとっても悪くないよ、サム。速やかに訴追できるんだから」ブルーノはさも満足そうに両手をこすり合わせた。「では、こうしよう。川向こうのハドソン郡のレンネルズ地方検事に連絡してくれ。ウィーホーケンのフェリー発着場周辺をニュージャージー側の警察に見張らせるよう手配してもらうんだ。管轄争いで揉《も》めるのはごめんだからな。制服警官は要らないぞ、サム——全員私服だ。きみも来るのか」

「止められたって行きますよ」サム警視はぶっきらぼうに言った。

サムがドアを叩《たた》きつけるようにして出ていくと、ブルーノ地方検事は机の上で受話器を取りあげて、ハムレット荘の呼び出しを頼んだ。のんびりと、上機嫌とも呼ぶべき心地で待っていると、やがて電話機が鳴った。「ああ、ハムレット荘ですね？　ドルリー・レーンさんを……地方検事のブルーノです……もしもし、どなたです？」

甲高い震え声が答えた。「クエイシーでございますよ、ブルーノさん。レーンさまはすぐそばにおられます」

「ああ、そうか。うっかりしていました——耳がご不自由でしたね」ブルーノの声が大きくなった。「ではレーンさんに、お知らせしたいことがあると伝えてください」

クエイシーが一言一句たがわず伝えているのが聞こえた。

「〝それはそれは！〟とおっしゃいました」クエイシーが高い声で言った。「つづきを承ります」

「ロングストリート殺しの犯人を知っているのはレーンさんだけではありません、とお伝えください」ブルーノは勝ち誇ったように言った。

クエイシーがそれを繰り返すあいだ、ブルーノは耳を澄ました。すると、驚くほどはっきりとレーンの声が聞こえた。「ブルーノさんにお伝えしなさい。それはまさに耳新しいお話です。

犯人が自供したのでしょうか、と」

ブルーノはクエイシーに、匿名の投書の内容を説明した。電話の向こうでしばしの沈黙があったあと、レーンの鷹揚《おうよう》で落ち着いた声が響いた。

「直接お話しできないのが残念です、とお伝えしなさい。それから、今夜の会合にわたしも参加してよいか、と」

「もちろん、どうぞ」ブルーノはクエイシーに言った。「ところで――クエイシーさん、レーンさんは驚いていらっしゃるんだろうね」

電話の向こうから異様な忍び笑いが聞こえた――小さくも重みのある忍び笑いだ。そのあと、クエイシーのからかい交じりの震え声がした。「いいえ、レーンさまは事の成り行きにとても満足しておいでのようです。意外なことを絶えず心待ちにしている、とよくおっしゃいますからね。いまは――」

ブルーノは「では、失礼します」とだけ言い、受話器を置いた。

第二場　ウィーホーケンのフェリー発着場

九月九日　水曜日　午後十一時四十分

　ニューヨーク中心部の街の灯は、晴れた夜には黒い空に縫い目に似た明るい模様を点々と描くが、その水曜の夜には、昼から居すわってなお消えやらぬ霧の毛布に覆われて、すっかりかすんでいた。ニュージャージー側の桟橋から対岸をながめても、見えるのは、ときおりにじむ電灯の光と、川面に垂れこめた濃霧の作る不気味な灰色の壁ばかりだった。舳《へ》先《さき》から艫《とも》まで下甲板に煌々《こうこう》と明かりをつけたフェリーが忽然《こつぜん》と姿を現し、幻のような小舟がひそやかに川を往来していく。衝突を避けるべく霧笛がそこかしこで鳴らされるが、その音すらも霧に押し包まれてよく聞こえない。

　ウィーホーケンのフェリー発着場の裏手に、巨大な納屋のような待合室があり、そこに十人余りの男が集まって、ほとんど口もきかずに目を光らせていた。その真ん中にナポレオンを思わせるずんぐりとしたブルーノ地方検事の姿があり、十秒ごとにそわそわと腕時計を見ながら、殺風景な部屋を憑《つ》かれたように行き来していた。サム警視もだだっぴろい空間をうろつきまわり、たまに出入口に新たな乗客が現れると鋭い目を向けた。待合室は寂寞《せきばく》としていた。

　刑事の一団からひとり離れて、ドルリー・レーン氏が腰かけていた。その風変わりな姿に、フェリーや列車を待つ人々が、不思議そうな、ときには楽しげな視線を向けた。レーンは泰然と構え、脚のあいだに置いた太く物々しい山査子の杖《つえ》の握りを、両手の白く長い指で支えていた。黒の長いインバネスコートを着て、肩にゆったりとケープを垂らしている。豊かな髪の上には鍔広《つばびろ》の黒いフェルト帽が載っている。ときどきそちらへ目を走らせたサム警視は、こんな男は見たことがないと感嘆していた。服装や髪からはずいぶん年老いた印象を受けるものの、顔や体つきは異様に若々しい。鑿《のみ》で彫られたかのような力強く端整な面立ちは、三十五歳の男の顔であってもおかしくない。その従容たるさまは印象深く、サムは心を奪われずにいられなかった。レーンは行き交う人々の好奇の目を無視しているのではなく――恬《てん》としてまったく意識していないのだ。

その明るい目はブルーノ地方検事の唇に据えられていた。

ブルーノはレーンのそばへ来て、落ち着かない様子で腰をおろした。「もう四十五分経ちました」不満を漏らす。「せっかくお越しくださったのに、無駄足を踏ませてしまったようです。むろん、われわれはひと晩じゅうでも見届けるつもりですがね。正直言って、少々ばからしくなってきました」

「むしろ、少々気がかりになられたのでしょう、ブルーノさん」レーンは持ち前のよく響く声で言った。「それも無理はありませんが」

「では、あなたは――」ブルーノは眉《まゆ》をひそめて言いかけたが、そこで口をつぐみ、部屋の向こう側にいるサム警視ともども身をこわばらせた。外の桟橋のあたりで、にわかにざわめきが起こったからだ。

「何があったのですか、ブルーノさん」レーンが穏やかに尋ねた。

ブルーノは首を伸ばして聞き耳を立てた。「ええ、あなたには聞こえなかったでしょうが……レーンさん、〝人が落ちたぞ！〟という叫び声がしたんです」

ドルリー・レーンは猫のようなすばやい身のこなしで立ちあがった。サム警視が大声で言った。「桟橋で何かあったらしい。行ってくる！」

ブルーノもためらいつつ立ちあがっていた。「サム、わたしは何人かといっしょにここに残ろう。何かの罠《わな》かもしれない。投書の主がいまから来ることもありうる」

サムはすでに出入口へ駆け出していた。ドルリー・レーンも早足であとを追い、五、六名の刑事がその後ろにつづいた。

外へ出た一同はひび割れた板張りの床を渡り、足を止めて、叫び声のした方向を見定めた。屋根つきの桟橋のはずれにフェリーがはいっていて、側壁の杭《くい》に横腹をこすりつけながら、鉄板でふちどられた弓形のへりに船体を寄せている。サムとレーンと刑事たちが駆けつけたときには、まばらな人影が桟橋との隙間をすでに跳び越えており、何人かは発着場の外へ走り出していた。上甲板の上にある操舵室《そうだしつ》には、金文字で〈モホーク〉と書いてある。下甲板の北側に乗客がひしめき合い、船首の手すりから身を乗り出したり、右舷《うげん》の船室の窓から首を出したりして、霧がかった黒い水面を見おろしている。

三人の船員が人垣を掻《か》き分けて船べりをめざしている。ドルリー・レーンはサムのあとを追いながら、すばやく自分の金時計を見た。十一時四十分だった。

サム警視はフェリーの甲板へ跳び移り、皺《しわ》だらけのやせた老船員の襟をつかんだ。「警察だ！　何があった」

老船員は怯《おび》えた顔をした。「男の人が落ちたんでさあ。〈モホーク〉が桟橋に滑りこんだとたん、上甲板から落ちたらしくて」

「落ちたのはだれだ――知ってる者は？」

「わからねえです」

「来てください、レーンさん」サムは大声で言った。「落ちた男はフェリーの連中が引き揚げるはずです。われわれは落ちた場所から見ましょう」

ふたりは船首の人混みを押し分けて、船室の入口へ向かった。突然、サムがひと声叫んで足を止め、片手をあげた。下甲板の南端で、小柄で華奢《きやしや》な体つきの男がフェリーの外へ出ようとしている。

「おい、ドウィットさん！　待ってくれ！」

薄手のコートに身を包んだその小男は、顔をあげ、少しためらってから引き返してきた。青い顔をして、かすかに息を切らしている。「サム警視！」ドウィットはゆっくり言った。「ここで何をなさっているんですか」

「ちょっとした仕事でね」サムものんびり返したが、目は興奮で輝いていた。「そちらは？」

ドウィットはコートの左ポケットに手を突っこんで身震いをした。「帰るところです。何かあったんでしょうか」

「それが知りたくて、ここにいるわけでしてね」サムは愛想よく言った。「あんたもいっしょに来てください。ところで、こちらはドルリー・レーンさんです。ご協力くださっていましてね。俳優さんですよ、かの有名な。レーンさん、こちらはロングストリートの共同経営者のドウィットさんです」ドルリー・レーンはにこやかにうなずいた。それまで焦点の定まらなかったドウィットの目がたちまちレーンの顔に釘《くぎ》づけになった。瞬時にして相手を認め、畏敬《いけい》のまなざしで見ている。「お目にかかれて光栄です」サムは眉をひそめた。背後の刑事たちは辛抱強く待っている。サムはだれかを探すかのように首を伸ばし、口のなかで毒づいた。

それから、肩をすくめた。「行きましょう」と鋭く言い、巨体を駆り立てて前へ突き進んだ。

船室は大混乱に陥っていた。サムが船体中央にある真鍮《しんちゅう》張りの階段を駆けあがると、ほかの者たちもあとにつづいた。楕円《だえん》形の上部船室にのぼって、北側のドアのひとつへ向かい、そこから暗い上甲板へと足を踏み出す。刑事たちは懐中電灯の強く細い光で甲板を調べた。中央と船首の半ばあたりに来たとき、上部操舵室の後方の、舷側《げんそく》の広い甲板から数フィート離れたところで、サムが長く不規則な引っ掻き傷のようなものを見つけた。刑事たちはそこへ光をあてた。その跡は、交差した鉄の手すりから甲板を横切って船室の外へ達し、北西の隅にあるくぼんだ小部屋へとつづいている。小部屋の西と南の壁は船室の外壁で、北側には薄い板が置かれ、東側には壁がない。明かりがそのなかへ向けられた。甲板の傷跡は船室内から発している。一方の壁に鍵《かぎ》のかかった道具箱が取りつけてあり、救命具がいくつかと、箒《ほうき》やバケツなど、こまごました備品が置かれている。壁のない側には、中ほどには一本の鎖が張り渡してあった。

「中を調べろ。鍵を借りてきて、あの箱をあけるんだ。何か見つかるかもしれん」刑事がふたり駆けていく。「それから、ジム。下へおりて、だれもフェリーからおろすな」

サムとレーンは、ドウィットを従えて手すりへ歩み寄った。甲板の床は、手すりから船べりまでの幅が二フィート半ある。サムは懐中電灯を片手に甲板の傷跡を入念に調べた。レーンを見あげて言った。「こいつは妙ですな、レーンさん。踵《かかと》の跡ですよ。何か重いものを引きずったんでしょう。死体ということもありうる。それで靴の跡がついたわけです。殺しかもしれません」

ドルリー・レーンは、懐中電灯の明かりにかすかに照らされたサムの顔を熱心に見つめ、うなずいた。

ふたりは手すり越しに身を乗り出し、下甲板の騒々しい様子をうかがった。そのあいだも、サムはドウィットの姿を視界の隅にとらえていた。いまのドウィットは静かで、どことなくあきらめたふうだった。

警察艇がすでに到着し、栈橋の突端につながれていた。警官たちがあわただしく走っていき、滑りやすい杭の上によじのぼる。強力な探照灯二基が急に光を発して船体を煌々と照らし出し、濃霧をものともせずに栈橋の全景が浮き彫りになった。上甲板もすっかり明るくなっている。光は下甲板の下まで及び、その場のあらゆるものを際立たせる。下甲板のあたりは外へふくらんでいて、ぬらぬらした不安定な杭の列とぶつかり合っているが、杭の下は見ることができない。栈橋の係員や船員が、杭の上に立ったり膝《ひざ》を突いたりして、上方の薄暗い操舵室へ大声で指示を与えている。一瞬、船内で機械の動くような音がして、フェリーは横に滑り、北桟橋から南桟橋へと少しずつ動きだした。操舵室では、死体が浮いていると思われる水面の幅をひろげようと、船長と操舵手が懸命に作業をしている。

「粉々に押しつぶされてるはずだ」サムが事もなげに言った。「フェリーが杭に接触するちょうどそのときにここから落ちたんだ。船体と杭のあいだでぺしゃんこになったろうな。そのあとフェリーが動いたんで、突き出た舷側の下へ滑りこんだにちがいない。引き揚げるのは骨が折れるぞ……おや、水面が見えてきた！」

フェリーが鈍い音を立てて脇へ動き、油の浮いたどす黒い川面が現れた。水が揺り動かされて泡立っている。杭の上の暗闇でどこからともなく鉤《かぎ》つき棒が伸びてきて、警官や船員がまだ見ぬ死体を漁《あさ》りはじめた。

ドウィットはサムとレーンのあいだに立って、眼下でおこなわれる不気味な作業に見入っていた。ひとりの刑事がサムのそばへやってきた。「なんだ？」サムはとがった声で訊《き》いた。

「道具箱には何もありません、警視。あの小部屋じゅう探りましたが、同じです」

「わかった。甲板についた踵の跡を踏むなよ」だが、サムの目はあらぬかたを向いていた。ドウィットにじっと注がれている。この弱々しい小男は濡《ぬ》れた手すりを左手で握っていた。右手のほうは前へ突き出し、曲げた右肘《ひじ》を手すりに載せている。

「どうかしましたか、ドウィットさん。手に怪我でも？」

ドウィットはゆっくりと振り向き、うつろな微笑を浮かべつつ右手へ目を向けた。その手を伸ばし、サムの前へ差し出す。レーンが体を乗り出して見た。長さ一インチ半の真新しい傷跡が、人差し指の第一関節から縦に伸びている。傷口は薄いかさぶたで覆われている。「さっきクラブのジムの器具で切ってしまいましてね。夕食前に」

「ほう」

「クラブのモリス医師に手当をしてもらい、用心するようにと言われました。少し痛みます」

下からどよめきの声があがったので、サムとドウィットは向きを変えて手すり越しにのぞきこんだ。ドルリー・レーンは目をしばたたき、ふたりにならった。「見つけたぞ！」「気をつけろよ！」鉤つき棒が黒い水面の下に何かずっしりしたものを探りあて、ロープが杭に沿っておろされた。

三分後、だらりとした物体が水をしたたらせて水面上に現れた。たちまち下甲板から悲鳴があがり——ことばにならないどよめきと、混乱した叫び声がつづいた。

「下へ行こう！」サムが大声で言った。三人は一丸となってドアへ向かった。ドウィットは急いで甲板を横切った。そしてドアの取っ手を握ったとたん、苦痛のうめき声をあげた。「どうしました？」サムがあわてて尋ねた。ドウィットは右手を見て顔をしかめている。サムとレーンが見ると、傷口から血が流れ出ていた。傷が開き、かさぶたが数か所で裂けている。

「ドアをあけるのに右手を使ってしまって」ドウィットは苦しげに言った。「傷口が開いてしまいました。モリス先生から注意しろと言われていたのに」

「まあ、死にはしませんよ」サムはそう言い捨て、ドウィットの脇をすり抜けて階段をおりはじめた。振り返ると、ドウィットは胸ポケットからハンカチを取り出して右手をゆるく包んでいる。ドルリー・レーンはケープに深く顎《あご》をうずめて、目までも隠したまま、明るい調子で声をかけ、ドウィットとともにサムのあとから階段をおりていった。

三人は右舷の下部船室を通り抜け、覆いのない前甲板へ出た。救助員らがひろげた帆布の上に、悪臭を放つ水たまりのなか、ずぶ濡れの塊が横たわっている。それは人間の形を失った男の死体で、押しつぶされ、血にまみれ、何者とも見分けのつかぬほど損壊していた。頭も顔も粉々に崩れている。横たわった姿勢の異様さから、背骨が折れていると察せられた。片腕が地ならし機にかけられたかのように、奇怪なほどひしゃげている。

ドルリー・レーンの顔はいっそう白くなった。むごたらしい死骸《しがい》から目を離すまいと懸命につとめている。血なまぐさい光景に慣れているはずのサムでさえ、嫌悪の声を漏らした。ドウィットは小さくあえいで、すぐに首を横へ向けたが、顔は真っ青だった。まわりでは、係員、船長、操舵手《そうだしゅ》、刑事、巡査らが、沈鬱《ちんうつ》な表情で死体を見つめていた。

南側の船室から騒々しい悲鳴が聞こえた。その細長い部屋には、乗客が集められ、監視されている。

死体はうつ伏せに横たわっていたが、下半身が不自然なほど大きく片側へ反り返り、見るも無残な顔は横を向いていた。帆布には前庇《まえひさし》のある黒い帽子が水浸しで置いてある。

サムはひざまずいて片手で死体を押した。湿った粉袋のように柔らかく、弾力がない。半回転させたあと、刑事に手伝わせてどうにか仰向《あおむ》けにした。赤毛の大柄なたくましい男の死体だった。顔はつぶれていて人相はわからない。サムは驚きの声を小さく発した。死体は濃い青の上着を身につけており、ポケットに黒革のふちどりが施され、上から下まで二列の真鍮ボタンが並んでいる。サムはだしぬけに手を伸ばして帽子をつかみとった——市電の車掌の帽子だ。庇の上の帽章には、二一〇一という職業番号と、〝三番街電鉄〟の文字が刻まれている。

「まさか——」サムは叫びかけて自制した。すばやくドルリー・レーンの顔を見あげた。レーンは身をかがめて帽子に目を凝らしている。

サムは帽子を投げ落とし、死人の上着の内ポケットを無造作に探った。その手が、ずぶ濡れのくたびれた革財布をつかみ出した。中身を調べたのち、無骨な顔を輝かせて勢いよく立ちあがった。

「まちがいない！」サムは叫んで、すばやくあたりを見まわした。

ブルーノ地方検事のずんぐりした姿が、薄手のコートの裾《すそ》をひるがえして、待合室のほうから急ぎ足で近づいてきた。私服の刑事数人を後ろに従えている。

サムは刑事のひとりに命じた。「乗客を集めてある船室の見張りを倍にしろ！」大きく背伸びをして、ずぶ濡れの財布を左右に振る。「ブルーノさん、早く！　わかりましたよ！」

ブルーノは一気に駆け出してフェリーに跳び乗り、死体、人だかり、レーン、ドウィットをひと目で見渡した。

「それで？」息を切らして言った。「だれだというんだ——あの投書の主か？」

「見てください」サムはしわがれ声で言い、死体を足でつついた。「何者かに先手を打たれたってわけだ」

ブルーノはふたたび死体へ視線をやり、上着の真鍮ボタンと甲板にある前庇つきの帽子に気づくや、目を大きく見開いた。

「車掌か！」夜風が冷たいにもかかわらず、帽子をとって額の汗を絹のハンカチでふきとった。

「たしかなんだな、サム」

サムは返事の代わりに、手に持った財布から濡れて柔らかくなったカードを取り出し、ブルーノに渡した。ドルリー・レーンがそっとブルーノの後ろへ近づき、肩越しにのぞきこんだ。

それは三番街電鉄会社が発行した四隅のまるい身分証明書で、二一〇一という番号が捺《お》され、署名がしてあった。

署名は走り書きだったが、じゅうぶん読みとれた。そこにはこう記されていた――〝チャールズ・ウッド〟。

第三場　ウィーホーケン駅

九月九日　水曜日　午後十一時五十八分

フェリー発着場に隣接した西岸線鉄道のウィーホーケン駅の待合室は、隙間風の吹く古びた二階建ての建物にあり、巨人国の納屋並みに広々としていた。天井にむき出しの鉄の梁《はり》が走り、いたるところで縦横に交差している。地面よりはるか上に、二階の壁に沿って柵《さく》つきのプラットホームがある。そこから廊下が伸びて、いくつかの小さな事務室に通じている。何もかもが色あせ、薄汚れた灰色をしていた。

帆布の担架に載せられたチャールズ・ウッド車掌の変わり果てた死体は、川の水に濡れたまま、音のこだまする待合室を抜けて二階へと、そしてプラットホームを通って駅長室へと運ばれた。待合室はニュージャージーの警察の面々が占拠し、鉄道の乗客は追い出されていた。〈モホーク〉の南船室に集められていたフェリーの客たちは、口々にざわめきながら警官隊の列のあいだを通って待合室へ誘導され、きびしい監視のもと、サム警視とブルーノ地方検事のありがたくない到着を待った。

〈モホーク〉はサムの指示で桟橋につながれていた。職員らが協議した結果、すぐに運航スケジュールが変更されることになり、何隻もが霧のなかを出入りしていた。列車は平常どおりの運行を認められたが、臨時の出札所が車庫に設けられ、乗客は待合室を経由して乗車しなくてはならなかった。乗客の去った〈モホーク〉には明かりが灯《とも》されて、刑事や巡査が黒々と群がり、職員と警察関係者以外は乗船を禁じられた。二階の駅長室では、横向きにされた死体を数人が囲んでいた。ブルーノは忙しく電話をかけていた。最初に連絡したのは、ハドソン郡のレンネルズ地方検事の自宅だった。ブルーノは、被害者が自分の管轄下であるニューヨークで起こったハーリー・ロングストリート殺害事件の証人であることを手短に説明し、ウッドが殺された場所はニュージャージーの管轄内だが、予備調査を自分に担当させてもらいたいと申し入れた。レンネルズが承諾したので、ブルーノはさっそくニューヨークの警察本部にその旨を伝えた。サム警視が受話器をひっつかみ、本部の刑事の応援を求めた。

ドルリー・レーン氏は静かに椅子に坐《ざ》し、ブルーノの唇や、片隅で忘れ去られているジョン・ドウィットの口を引き結んだ蒼白《そうはく》な顔や、サム警視の憤悶《ふんもん》するさまを見守っていた。

サムが受話器を置くなり、レーンは言った。「ブルーノさん」

ブルーノは死体の足もとへ移動して無残な姿を暗然と見おろしていたが、レーンの声で顔をあげた。その目に奇妙な期待の色が浮かんだ。

「ブルーノさん」ドルリー・レーンは言った。「ウッドの署名はていねいにお調べになったのでしょうか――身分証明書の署名ですが」

「とおっしゃいますと？」

「おそらく」レーンは穏やかに説明した。「何より重要なのは、匿名の投書をしたためた人物の身元を疑いの余地なく特定することでしょう。警視さんはウッドの署名と投書の筆跡が同一人物のものとお考えのようです。しかし、そのご意見を尊重するとしても、ここは専門家による裏づけがないと、完全には納得できない気がするのですよ」

サムは苦々しい笑みを浮かべた。「同一人物のものですよ、レーンさん。ご心配は無用です」

そう言うと、ウッドの死体のかたわらに膝《ひざ》を突き、仕立屋の人体模型でも扱うような無造作な手つきでポケットを探った。やがて、濡《ぬ》れて皺《しわ》くちゃになった二枚の紙片を手にして立ちあがった。一枚は三番街電鉄所定の事故報告書で、その日の午後に自動車と接触した件についてこまごまと記入され、署名が付してある。もう一枚は、封をして切手を貼った封筒だった。サムは封を破って中身を読み、ブルーノに手渡した。ブルーノはそれにざっと目を通し、レーンにまわした。運転技術の通信講座の資料を送るよう依頼する手紙だった。レーンは二枚の筆跡と署名を観察した。

「ブルーノさん、あの匿名の手紙をお持ちですか」

ブルーノは書類入れのなかを掻《か》きまわして例の投書を抜き出した。レーンはかたわらの机に三枚の紙をひろげ、まばたきもせずにじっくりと見比べた。しばらくしてにっこり笑い、それらをブルーノに返した。

「失礼なことを申しました、警視さん」レーンは言った。「三通ともまちがいなく同一人物の筆跡です。事故報告書と通信講座の資料送付の依頼状をウッドが書いたのはたしかですから、筆跡が同じであるこの匿名の手紙も書いたにちがいありません……。とはいっても、警視さんの強力なご意見を専門家に確認していただく必要はあるでしょうね」

サムはぶつぶつこぼしながら、また死体の横にひざまずいた。ブルーノは三枚の紙を書類入れにもどし、もう一度受話器をとった。「シリング先生を……ああ、先生ですか？　ブルーノです。いまウィーホーケン駅の駅長室にいます。ええ、フェリー発着場の裏の……。大至急……ああ！　では、そちらがすみしだい、なるべく早く……四時？　でしたら、それには及びません。ハドソン郡の死体保管所へ移送しますから、そちらで検認してください……。ええ、そう、ぜひお願いしたいんですよ。チャールズ・ウッドの死体でしてね。ロングストリート事件の電車の車掌だった……。では、よろしく」

「もうひとつ申しあげてもいいでしょうか、ブルーノさん」ドルリー・レーンは椅子にすわったまま声をかけた。「〈モホーク〉に乗る前に、ウッドが船員なり、同僚である市電の従業員なりと会話を交わしたか、あるいは姿を見られた可能性があるはずです」

「それはすばらしい思いつきです、レーンさん。まだ近くにいてもおかしくない」ブルーノはまたも受話器を取りあげ、ニューヨーク側のフェリー発着場へ電話をかけた。

「ニューヨーク郡地方検事のブルーノです。いまウィーホーケンの発着場の近くからかけています。こちらで殺人事件がありまして――ほう、もうご存じですか――で、ただちに協力を願いたいのですが……。それはありがたい。船員や発着場の従業員のなかに、今夜、三番街電鉄の四十二丁目線の車掌、職員番号二一〇一のチャールズ・ウッドを見かけたか、会話を交わした者がいたらよこしていただきたい……。そう、一時間ほど前です……。それから、市電の車両検査係のうち、勤務中のだれかを呼んでもらえないでしょうか。警察艇を迎えにやりますので」

　ブルーノは電話を切ると、刑事をひとり派遣して、〈モホーク〉のそばの杭《くい》に舫《もや》ってある警察艇の艇長に指示を伝えた。

「よし!」ブルーノは両手をこすり合わせた。「レーンさん、死体のほうはサム警視にまかせて、階下へ行きましょう。ここはあれこれ面倒なことが多いもので」

レーンは立ちあがった。視界の端には、部屋の片隅でひっそりとうずくまるドウィットの姿をとらえていた。「あるいは」澄んだバリトンの声で言う。「ドウィットさんもごいっしょなさるかもしれません。ここにいて目にするのは不快なものばかりでしょうから」

ブルーノの目が、ふちなし眼鏡の奥で光った。頬のこけた顔が微笑でゆがむ。「ええ、たしかに。よかったらいっしょにどうです、ドウィットさん」

白髪交じりの小柄な仲買業者は、コートに身を包んだレーンに感謝の目を向け、ふたりのあとから部屋を出た。プラットホームの端を通り、待合室へおりていく。

三人が待合室を横切っていくと、人々は静かになった。ブルーノが片手をあげた。「〈ヘモホーク〉の操舵手《そうだしゅ》は？　いたら来てください。話があります。それから、船長も」

ふたりの男が乗船客の一団から離れ、重い足どりで進み出た。

「操舵手です――名前はサム・アダムズ」操舵手はずんぐりとした頑丈な体つきの男で、黒髪を短く刈りあげて、雄牛のような顔をしていた。

「ちょっと待ってください。ジョナスはどこだ。ジョナス！」ブルーノが言うと、サム警視の書記役をつとめる刑事が手帳を持って現れた。「証言を控えてくれ……さて、アダムズさん、われわれは死者の身元の確認をしています。甲板に引き揚げた死体は見ましたか」

「はい、見ました」

「あの男を前に見かけたことは？」

「ああ、何百回もね」アダムズはわざとらしくズボンを引っ張りあげた。「友達みたいなもんでしたよ。顔がめちゃくちゃで、ほかもひどかったけど、あれはまちがいなくチャーリー・ウッドです。市電の車掌の」

「なぜそう思うんですか」

アダムズは帽子を持ちあげて頭を掻いた。「なぜって——わかるんですよ。体つきも同じ、赤毛も同じ、服も同じ——はっきりは説明できないけど——わかりますって。今夜も船で話したし」

「おや、会ったんですか。どこで——操舵室で？　だとしたら就業規則違反だな。とにかく全部話してください」

アダムズは咳払《せきばら》いをして近くの痰壺《たんつぼ》へ唾《つば》を吐くと、隣にいる日焼けしてやせた長身の男——船長——の顔をきまり悪そうな目で見やり、それから話しだした。「ええと、そうだな。あのチャーリー・ウッドとはもう何年も知り合いです。自分はこの船にもう九年勤務してます。そうですよね、船長」船長は重々しくうなずいて、驚くべき正確さで痰壺のなかへ唾を命中させた。「チャーリーはきっと、このウィーホーケンに住んでるんでしょうね。市電の仕事が終わると、いつも十時四十五分のフェリーに乗ってたから」

「ちょっと待って」ブルーノは意味ありげにレーンにうなずいた。「今夜も十時四十五分の便に乗ったんですか」

アダムズは不満そうな顔をした。「いまから話すんですよ。もちろん、その便に乗りました。とにかく、何年も前から上甲板へのぼって夜を過ごすのが習慣になってるんです。ええ、そうですって！」ブルーノが顔をしかめたので、アダムズは先を急いだ。「なんにせよ、チャーリーがのぼってきてひと声かけてくれないと、なんだか物足りない気がしたもんです。そりゃあ、あいつが非番のときとか、ニューヨークで泊まりのときは会わないけど、たいがいは〈モホーク〉に乗ると決まってました」

「なかなか興味深い」ブルーノは言った。「実にね。でも、もっと簡潔に話してくれませんか――続き物の小説じゃないんだから」

「はあ、手短に話してるつもりですがね」アダムズはまたズボンを引っ張りあげて姿勢を正した。「さてさて。今夜もチャーリーは十時四十五分のに乗って、右舷《うげん》の上甲板までのぼってくると、こっちへ声をかけてきました。〝アホイ、いるか！〟ってね。こっちが船乗りなんで、船員みたいに〝アホイ〟って呼ぶんですよ、たいがい。ただのおふざけでね。ええ、そうですって！」ブルーノが歯をむき、アダムズはとたんに真顔になった。「まあ、まあ、すぐですから」とあわてて言う。「で、こっちも〝アホイ！〟と返してから、〝ひでえ霧だな、チャーリー。うちのおっかあのアイルランド訛《なま》りみたいにひでえや！〟と言うと、向こうも大声で叫んです――いま検事さんの顔を見てるくらいはっきりと、あいつの顔が見えましたよ。操舵室のすぐ近くにいて、室内の明かりが顔を照らしましたから――で、あいつが〝まったくだな。こいつはひどい〟と言ったんで、こっちが〝おまえのほうは調子はどうだい、チャーリー〟と訊《き》くと、こう言いました。〝ああ、まあまあだな。きょうは午後にシボレーとぶつかったよ。ギネスはかんかんだった。運転してたのはくそ女でね〟ってね。それで、〝まったく困ったものだ〟

って――」

アダムズは驚きの声をあげた。肉づきのいい脇腹を、船長が肘《ひじ》で強く突いたからだ。「与太話はいいかげんにせい、サム」船長が言った。うつろな低い声が部屋じゅうに響いた。「ちゃんと舵《かじ》をとってねえと、下っ端どもに袋叩《ふくろだた》きにされるぞ」

アダムズは船長に向きなおった。「何度も小突かなくったって――」

「おい、おい！」ブルーノは鋭く制した。「いいかげんにしてください。あなたは〈モホーク〉の船長ですね」

「ああ、そうでさ」背の高いやせた船長が低い声で言った。「船長のサッター。この川で働いて二十一年でさ」

「そのふたりの――なんというか――会話が交わされているあいだ、あなたは操舵室にいたんですか」

「そこが仕事場なんでね。霧の深い夜には」

「ウッドがアダムズに大声で話しかけているのを見たと？」

「おっしゃるとおりで」

「十時四十五分だったのはたしかですか」

「ええ、はい」

「アダムズと話し終えたあとのウッドの姿は見かけましたか」

「いいや。つぎに見かけたのは、川から引き揚げられるとこでした」

「ウッドにまちがいないと思いますか」

「こっちの話はまだ終わってませんがね」操舵手のアダムズが不服そうに口をはさんだ。「チャーリーはほかにも言ってましたよ。今夜は一度しか乗れない――ニュージャージーで人と会う約束があるからって」

「まちがいありませんか。サッター船長、あなたも聞きましたか」

「このおしゃべり野郎もたまにはほんとのことを言いますぜ。ええ、あれはウッドでしたよ――何百ぺんと会ってんですから」

「アダムズさん、今夜は一度しか乗れないとウッドは言ったんですね。いつもは何度か乗る習慣だと？」

「習慣ってわけじゃありませんがね。でも気分がいいとき、特に夏なんかは、二、三回行き来してました」

「これでけっこうです、おふたりとも」

ふたりはその場を離れようとしたが、ドルリー・レーンの力強い声ですぐ足を止めた。ブルーノは顎《あご》をなでた。「すみません、ブルーノさん」レーンは愛想よく言った。「おふたりに質問してよろしいでしょうか」

「かまいませんとも。いつでもお好きなようにどうぞ、レーンさん」

「ありがとうございます。アダムズさん――サッター船長」ふたりは口をあんぐりあけてレーンを見つめている――ケープと、黒い帽子と、物々しい杖《つえ》をも。「おふたりのうちどちらでもかまいませんが、上甲板にいたウッドが、話をしていた場所から立ち去るところをご覧になりましたか」

「ええ、見ましたとも」アダムズが即答した。「合図があったんで、船を出そうとしたときです。ウッドはこっちに手を振って、上甲板の屋根の下へもどっていきました」

「そのとおりでさ」サッター船長が大声で言った。

「夜、操舵室にいるあなたがたから、正確なところ、上甲板のどのあたりまで見ることができますか。操舵室の明かりがついているとして」

サッター船長はまた痰壺に唾を吐いた。「たいして見えませんな。上甲板の屋根の下はまるっきり見えねえ。夜で霧が出てると、操舵室の明かりの届かねえとこは海底並みに真っ暗だ。操舵室は扇の形に造られてるんでね」

「すると、十時四十五分から十一時四十分までのあいだ、上甲板には人影らしいものは見えず、音もしなかったのですね」

「ちょっと待ってくれよ」船長は不満そうに言った。「霧の夜に、船で川を渡ったことがないんですかい。こっちはほかの船と衝突しないようにするんで精いっぱいなんでさ」

「なるほど」ドルリー・レーンは一歩さがった。ブルーノは眉《まゆ》を寄せ、うなずいてふたりを放免した。

それから、待合室のベンチにのぼって叫んだ。「上甲板から人が落ちるのを見た人は全員、前へ出てください！」

六人の乗客が物怖《ものお》じしたように互いの顔を見ていたが、やがてためらいがちに歩き出し、きびしい目で見つめるブルーノの前に居心地悪そうに立った。申し合わせたかのように、みないっせいにしゃべりだした。

「ひとりずつ、ひとりずつ」ブルーノはベンチから飛びおりて鋭く言った。金髪で腹の突き出た小男に目をつけた。「あなたから――お名前は？」

「オーガスト・ハヴマイヤーです」男はおずおずと答えた。牧師風のまるい帽子と紐《ひも》のように細い黒ネクタイを身につけ、服はすり切れて汚れている。「印刷工場での仕事を終えて帰るところです」

「お勤め帰りですか」ブルーノは体を揺すった。「さてハヴマイヤーさん、フェリーが着岸するときに、上甲板から人が落ちるのを見たんですね」

「はい、見ました」

「そのとき、あなたはどこにいましたか」

「あの部屋で――船室で――窓の向かいのベンチにすわっていました」そのドイツ人は分厚い唇をなめて言った。「船が桟橋に近づいて、ちょうどあの――あの大きな棒のあいだへ差しかかったとき……」

「大きな棒とは、杭《くい》のことですね」

「そう、杭です。そのとき、何か大きくて黒いものが――ちらっと顔が見えた気もしたんですが、はっきりとはわかりません――上のどこかから反対側の窓の外を落ちていきました。それが――それが鈍い音を立てて……」ハヴマイヤーは震える上唇から汗の玉をぬぐった。「突然のことだったので――」

「見たのはそれだけですか」

「はい。わたしが〝人が落ちたぞ！〟と言うと、ほかの人たちも見ていたらしく、みんなが叫びはじめて……」

「そこまででけっこうです、ハヴマイヤーさん」太った小男はほっとした様子でさがった。

「では、みなさん、あなたがたがご覧になったのもこの人と同じですか」

　全員から同意の声があがった。

「ほかに何か見た人はいませんか――落ちていくときに顔を見たとか」

　返事はなかった。自信なさそうに互いの顔を見合わせていた。

「わかりました。ジョナス！　この人たちの住所、氏名、職業を控えてくれ」刑事が一同のなかへ割ってはいり、六人の乗客から手際よく聴取した。ハヴマイヤーが最初に口を開いて住所を言い、人だかりのほうへ足早にもどっていった。ふたり目はジュゼッペ・サルヴァトーレという、黒光りのする服と黒い制帽を身につけた小柄なイタリア人で、船上で靴磨きをしていると述べた。あのときはちょうど窓に向かって客の靴を磨いていたという。三人目は、マーサ・ウィルソンと名乗るうらぶれたなりのアイルランド人の老女で、タイムズ・スクエアにあるビルの清掃の仕事から帰るところだと言った。この老女はハヴマイヤーの隣にすわっていて、まったく同じものを見たと述べた。四番目は、ヘンリー・ニクソンという派手な格子《こうし》縞《じま》のスーツでめかしこんだ大柄な男で、安い宝石の巡回セールスマンをしており、船室のなかを前方へ歩いていたときに人が窓の外を落ちていったと語った。最後のふたりはメイ・コーエンとルース・トビアスという若い女事務員で、ブロードウェイで〝とってもおしゃれなショー〟を観てニュージャージーの自宅へ帰る途中だと言った。人が落ちたときは、ハヴマイヤーとウィルソン夫人の近くの席からちょうど立ちあがったところだったと述べた。

六人の乗客のだれひとりとして、車掌の制服を着た男――さらには赤い髪の男――を船内で見ていない、とブルーノは聞かされた。自身がニューヨーク側から十一時三十分のフェリーに乗ったことは、全員がやかましいほど強く主張した。全員が上甲板へは行かなかったと言い、ウィルソン夫人は、乗船時間が短いうえに天候が〝あんなにばかげていたのだから〟甲板に出るはずがないと証言した。

ブルーノは六人を待合室の向こうで群がる乗客たちのほうへ帰し、あとからついていってほかの乗客にも簡単に質問をしたが、新たな証言は出なかった。赤毛の車掌を見た者はひとりもいない。上甲板へ行った者もいなかった。全員が、ニューヨーク側を十一時三十分に出た船に片道一回だけ乗ったと主張した。

ブルーノ、レーン、ドウィットの三人が二階の駅長室にもどると、部下に囲まれたサム警視が椅子に腰かけて、かつてチャールズ・ウッドであったずたずたの肉塊をにらみつけていた。三人を見てサムはさっと立ちあがり、ドウィットを見据えて何か言おうと口を開いたが、また口をつぐむと、両手を荒々しく背中で組んで、横たわる死体の前を行きつもどりつしはじめた。

「ブルーノさん」サムは小声で言った。「内々で話したいことがあります」地方検事が鼻先をうごめかせて警視のそばに歩み寄り、ふたりはひそやかにことばを交わした。ブルーノはときおり探るような目でドウィットの顔を見た。やがて力強くうなずくと、ゆっくりその場を離れて机にもたれた。

サムは床を踏み鳴らし、無骨な顔をひどくゆがめて、ドウィットを問いただした。「ドウィットさん、あんたが今夜〈モホーク〉に乗ったのはいつですか。何時のフェリーです？」

ドウィットは小柄な身の丈いっぱいに背筋を伸ばした。硬い口ひげの一本一本が逆立つ。

「警視さん、お答えする前にうかがいましょう。どのような権限でわたしの行動を穿鑿《せんさく》なさるんですか」

「どうかよけいな手間をとらせないでいただきたい、ドウィットさん」ブルーノがやや強い口調で言った。

ドウィットはまばたきをした。その目が訴えかけるようにドルリー・レーンの顔へ向けられる。だがレーンは励ますふうでも非難するふうでもなかった。ドウィットは肩をすくめてサムに向きなおった。「いいでしょう。十一時三十分のフェリーに乗りました」

「十一時三十分？　ずいぶん遅いお帰りですが、どういったわけですか」

「今夜はダウンタウンの取引所クラブにいました。船でお会いしたときにお話ししましたよ」

「そうでした、そうでした」サムは煙草を口に押しこんだ。「川を渡る十分のあいだに、〈モホーク〉の上甲板へ出た時間がありましたか」

ドウィットは唇を嚙《か》んだ。「またもわたしをお疑いですか、警視さん。行っていません」

「船で車掌のチャールズ・ウッドに会いましたか」

「会いません」

「会ったとしたら、本人だとわかりますか」

「わかると思います。市電で何度も見かけたことがありますから。それに、ロングストリート事件の捜査で記憶に残っていますし。ですが、今夜はぜったいに見ていません」

サムはマッチの紙箱を取り出して、一本抜いてこすり、悠然と煙草に火をつけた。「電車のなかでウッドを見かけた際に、話しかけたことはありますか」

「おや、そう来ましたか」ドウィットは愉快そうな顔をした。

「あるのかないのか、どっちです」

「もちろん、ありませんとも」

「では、顔見知りではあるが、話をしたことはない、そして今夜は見かけなかったというんですね……。いいでしょう、ドウィットさん。さっきわたしが船に乗りこんだとき、あんたはちょうどおりようとしていた。事故のたぐいがあったのはご存じだったはずです。船に残って、何が起こったかをたしかめる気はなかったんですか」

ドウィットの口もとから微笑が消えていた。顔はこわばって、当惑を漂わせている。「ありませんでした。疲れていたもので、早く家に帰りたくて」

「疲れていて、早く家に帰りたかった」サムは腹立たしそうに言った。「なるほど、けっこうな理由ですな……。ドウィットさん、煙草は吸いますか」

ドウィットは目を瞠《みは》った。「煙草？」憤然と繰り返し、地方検事のほうを向いた。「ブルーノさん」大声で言う。「まったくばかばかしい。こんな無意味な質問にも答えなくてはいけないんですか」

ブルーノは冷ややかな声で言った。「お答えください」ドウィットはまたもドルリー・レーンの顔を見たが、またも力なく視線をもどした。

「ええ」疲労の見える瞼《まぶた》の下に怯《おび》えをにじませて、ゆっくりと答えた。「吸います」

「紙巻き煙草ですか」

「いいえ。葉巻です」

「いまお持ちですか」

ドウィットは無言で上着の胸ポケットに手を差し入れて、金の頭文字がはいった豪華な革製の葉巻ケースを取り出し、サムに手渡した。サムは蓋《ふた》をあけ、三本ある葉巻の一本を抜きとって、丹念に観察した。葉巻には、〝J・O・Dew〟と頭文字のはいった金色の帯が巻いてある。

「ええ。特注品ですね」

「ええ。ハバナで特別に作らせています」

「帯もですか」

「むろんです」

「帯もハバナで巻いてるんですか」サム警視はしつこく訊《き》いた。

「いいかげんにしてくれ」ドウィットは言い放った。「こんなくだらない質問をしてどうするんですか。あなたの頭には陰険でばかげた考えが巣くっていますよ、警視さん。ええ、ハバナで葉巻に帯を巻いて、箱に詰めて、船で送ってきます。それがどうしたというんです」

サムは返事をせず、葉巻をケースにもどして、そのまま自分の深いポケットにしまった。ドウィットはその勝手なふるまいに顔を曇らせたが、小柄な体を昂然《こうぜん》と反らして何も言わずにいた。

「もうひとつ質問させてもらいますよ、ドウィットさん」サムは世にも愛想よく言った。「この葉巻を車掌のウッドに与えたことはありますか――電車のなかであれ、別のどこであれ」

「ああ――なるほど」ドウィットは落ち着いた声で言った。「やっとわかりましたよ」だれも何も言わなかった。サムは火の消えた煙草をくわえたまま、虎のような目で見守った。「とうとう」ドウィットは抑えた口調でつづけた。「とうとうわたしは窮地に追いこまれたんですね。そうでしょう、警視さん？　なかなかうまい手だ。いいえ、わたしは車掌のウッドに葉巻をやったことはありません。電車のなかであれ、別のどこであれ」

「大いにけっこうですよ、ドウィットさん」サムは高らかに笑った。「実は、あんたの名前入りの特製葉巻が死体のヴェストのポケットから見つかったんです」

ドウィットはそのことばを予期していたかのように、苦々しい顔でうなずいた。口を開き、閉じ、また開いてもの憂げに言う。「するとわたしは、この男を殺した容疑で逮捕されるんですか」そして笑った——年配の男によくある、途切れがちで不快な笑い声だった。「これは夢じゃないのか。殺された男がわたしの葉巻を持っていたなんて！」そう言って、近くの椅子に沈みこんだ。

ブルーノが改まった口調で言った。「逮捕などと、だれも言ってませんよ、ドウィットさん……」

そのとき、分署長の制服を着た男に連れられて、一群の人々が戸口に姿を現した。ブルーノはことばを切り、先導してきた分署長に目で合図をした。分署長はうなずいて立ち去った。

「みなさん、中へどうぞ」サムが愛想よく言った。

新来者たちはおずおずと部屋にはいってきた。ひとりはパトリック・ギネスというアイルランド系の運転士で、ロングストリートが殺された電車の担当だった。ふたり目は、粗末な身なりをして前庇《まえひさし》つきの帽子をかぶったやせ形の老人で、ピーター・ヒックスとみずから名乗った。ニューヨーク側のフェリー発着場に勤めているという。三人目は肌の焼けた市電の車両検査係で、その発着場に隣接する四十二丁目線の終着駅に勤務している。

三人の背後には数名の刑事がいて、中にはピーボディー警部補の顔もある。その後ろにダフィー巡査部長の幅広い肩が見えた。一同の視線はおのずと帆布の上の死体に集まった。

ギネスは横たわる肉塊を一瞥《いちべつ》すると、急に唾《つば》を呑《の》みこんで、怯えた目をそらした。気分が悪そうだ。

「ギネスさん、この男の身元を正式に確認してもらえますか」ブルーノが言った。

ギネスは口ごもった。「ああ、その髪……。これはチャールズ・ウッドです、はい」

「たしかですね？」

ギネスは震える指を死体の左脚へ向けた。フェリーの横腹と杭《くい》にはさまれたせいでズボンが引き裂け、靴と靴下を除いて左脚がむき出しになっている。ふくらはぎについた長い傷跡の一部が見え、残りは黒い靴下に隠れている。ねじれてゆがんだ傷跡で、死体の上で異様に青黒く見えた。

「あの傷は」ギネスはかすれ声で言った。「何度か見たことがあります。入社したころにチャーリーが見せてくれたんですよ。お互い、いまの路線に配属される前の話です。ずいぶん前に事故に遭ったと言ってました」

サムは靴下をめくって、気味の悪い傷跡をすべてさらけ出した。それは足首のすぐ上から膝《ひざ》のすぐ下まで及び、ふくらはぎの半ばで弧を描いていた。「以前見た傷跡だと断言できますか」サムは訊いた。

「これです。まちがいありません」ギネスは弱々しく言った。

「よろしい、ギネスさん」サムは立ちあがって膝の埃《ほこり》を払った。「つぎはあんただ、ヒックスさん。今夜のウッドの行動について何か言うことは？」

やせた老職員はうなずいた。「ありますとも、だんな。チャーリーのことはよく知っとります——ほとんど毎晩船に乗ったらしく、たいがい立ち寄って声をかけてくれましたよ。今夜は十時半ごろに発着場にやってきて、いつもみたいに話をしました。いま思うと、なんとなく落ち着きがない様子でしたな。ちょっとばかり話しただけですけど」

「時刻はたしかですか——十時半というのは」

「たしかですよ、ぜったいに。時間には気をつけてなきゃならんのでね——フェリーを定刻どおりに動かすためですよ、だんな」

「そのとき、どんな話を？」

「ふん、そうですな」ヒックスはなめし革のような唇を鳴らした。「チャーリーが大きめの鞄《かばん》を持ってたんで、前の晩も市内の泊まりだったのかと訊くと——あの男はときどきニューヨークに泊まるんで、着替えを持ち歩いてるんです——ちがうって答えました。きょうの休み時間に買った中古の鞄だと言ってました。前の鞄の持ち手が壊れたとかで——」

「どんな鞄でしたか」サムは尋ねた。

「どんな鞄？」ヒックスは唇をすぼめた。「あんなもんに特徴もくそもないですよ、だんな。一ドルも出せばどこでも買える安物の黒鞄です。四角い形の」

サムはピーボディーに手で合図をした。「下の待合室にいる乗客のなかに、ヒックスの言ったような鞄を持ってる者がいないか調べてくれ。〈モホーク〉のなかも、それらしい鞄がないか探すんだ。上甲板も操舵室《そうだしつ》も、上から下まで残らずだぞ。それから、警察艇にいる連中に水中を探索させろ——投げこまれたか、落ちたかもしれないからな」

ピーボディーは出ていった。サムはヒックスに向きなおった。話しだす前に、ドルリー・レーンが穏やかに言った。「警視さん、少しよろしいですか……ヒックスさん、あなたと話しているあいだに、ウッドはひょっとして葉巻を吸ったのではありませんか」

ヒックスはこの思いがけない質問者を見て目をまるくした。けれども、すぐに答えた。「そのとおりです。実を言うと、チャーリーに一本ねだったんですよ。クレモを吸ってるのを見たら、たまらなくなっちまって。やつはあちこちポケットを探って——」

「ヴェストのポケットもですね、ヒックスさん」レーンは言った。

「そうです。ヴェストのポケットもほかも全部探って、こう言ったんです。〝すまん、切らしてしまったよ、ピート。これが最後の一本だ〟って」

「いい質問ですな、レーンさん」サムはしぶしぶ言った。「クレモにまちがいないんですね、ヒックスさん。ほかの葉巻は持っていなかったと」

ヒックスは哀れっぽい調子で言った。「いまこっちの人に話したとおりですったら、だんな……」

ドウィットはうつむいたままだった。石と化したかのごとく椅子に坐《ざ》している。その目つきからすると、いまの問答を聞いていたかどうかも疑わしい。両目が潤み、血走っていた。

「ギネスさん」サムは言った。「ウッドは今夜仕事を終えたときにその鞄を持っていましたか」

「ええ、持ってました」ギネスが小声で答えた。「ヒックスの言ったとおりです。チャーリーは夜の十時半にあがりました。昼間からずっと鞄を電車に置いてましたよ」

「ウッドの住まいの場所を知ってますか」

「ウィーホーケンの下宿屋です——二〇七五通りの」

「家族は？」

「いないはずです。少なくとも結婚はしてないし、身寄りの話を聞いた覚えは一度もありません」

「そう言えば、だんな」ヒックスが口をはさんだ。「チャーリーと話をしてたとき、あいつがいきなり、タクシーからおりてきた小柄な中年男を指さしました。なかなかいい身なりの男で、こそこそ切符売り場へ行って乗船券を買い、それを改札の箱へ投げこんでから、待合室でフェリーを待ってました。だれにも見られたくない様子でしたよ。チャーリーがこっそり教えてくれたんですが、その男はジョン・ドウィットって株屋で、チャーリーの電車で起こった殺人事件の関係者ってことでした」

「なんだと！」サムは怒鳴った。「それが十時半ごろのことだと？」ドウィットへ目を向けてにらみつける。ドウィットはすでに顔をあげ、椅子の上で前のめりになって、両手で肘掛《ひじか》けを握りしめていた。「さあ、ヒックスさん、つづけて」

「つづけるんですか」ヒックスは腹立たしいほどのんびりと言った。「チャーリーはそのドウィットってやつを見ると、なんだかそわそわして……」

「ドウィットはウッドに気づいたのか」

「気づかなかったんじゃないかな。ひとりで隅っこにへばりついてましたから」

「ほかには何か？」

「十時四十分にフェリーがはいってきたんで、仕事にかからなきゃいけなくなってね。ドウィットってやつが入口から乗りこむのを見ましたよ。チャーリーもさよならを言って、はいっていきました」

「時刻はたしかだろうな——十時四十五分発のフェリーだね？」

「まったく、くどいな」ヒックスはうんざりしたように言った。「百ぺんは言いましたよ」

「そこをどいてください、ヒックスさん」サムは老職員を脇へ押しのけ、不安げに上着の生地をもてあそぶ仲買業者をにらみつけた。「ドウィットさん！　こっちを見てください」ドウィットはゆっくりと顔をあげた。その悲痛な目に、さすがの警視もはっとした。「ヒックスさん、ウッドが指さしたのはこの男ですね」

ヒックスは細い首を伸ばし、感情のこもらない目でドウィットの顔を観察してから、やがて言った。「そう。この男ですよ、だんな。誓ってもいい」

「よし。ヒックスさん、ギネスさん、それから、そちらのかた——駅の車両検査係でしたな？　もうけっこうです——階下でお待ちください」三人は重い足どりで部屋を出ていった。ドルリー・レーンが不意に腰をおろして杖《つえ》に寄りかかり、ドウィットの緊張した顔を憂いを帯びたまなざしで見つめた。レーンの澄んだ目の奥深くには、かすかな困惑が——判断に迷っているような、疑念らしきものがひそんでいた。

「さあ、ジョン・O・ドウィットさん」サムはうなるような声で言って、小男の前に立ちはだかった。「十時四十五分のフェリーに乗るあんたの姿が目撃されているのに、あんたはさっき、十一時三十分のフェリーに乗ったと言った。そのわけを説明してもらいましょうか」

ブルーノが体を揺すった。顔つきはきびしい。「ドウィットさん、お答えになる前に、わたしの職務上申しあげておきますが、あなたの発言はあなたに不利な証拠として用いられる可能性があります。ここには一言一句書き留めている速記者がいます。答えたくなければ答える必要はありません」

ドウィットは大きく息を吸い、細い指を襟の内側に走らせて、ぎこちなく笑みを作ろうとした。「弱りましたね」ドウィットは上体を起こしてつぶやいた。「事実を隠そうとしたばかりに……。ええ、そうです、わたしは嘘をつきました。実は十時四十五分の便に乗りました」

「記録したな、ジョナス」サムが大声で言った。「どうして嘘をついたんですか」、

「それについては」ドウィットは静かに言った。「お答えしかねます。十時四十五分の便で人と会う約束があったんですが、それはまったく個人的な用件でして、この恐ろしい事件とはなんの関係もありません」

「ほう、十時四十五分の便で人と会う約束があったなら、十一時四十分まで船に残ったのはいったいどういうわけだ？」

「警視さん」ドウィットが言った。「どうかことばに気をつけていただきたい。そんなふうに話しかけられるのには慣れていないものですから。もしもその調子でおつづけになるのなら、これ以上ひとこともお話ししません」

サムはブルーノの目配せを受けて悪態を呑《の》みこみ、大きく息を吸ってから、ことばを和らげて質問をつづけた。「いいでしょう。どうしてですか」

「どうかその調子で」ドウィットは言った。「約束の時間に待ち人が現れなかったからです。遅れてくるのではないかと思って、そのまま二往復しました。十一時四十分にはあきらめて家へ帰ることにしました」

サムはにやりと笑った。「われわれがそんな話を信じるとでも？　待ち人とはだれですか」

「申しあげられません」

ブルーノはドウィットの鼻先に指を突きつけた。「おわかりですか、ドウィットさん。あなたは非常に苦しい立場にご自分を追いこんでいらっしゃる。あなたのお話は根拠がきわめて薄い——このままですと、特別な裏づけでもないかぎり、われわれは承服しかねます」

ドウィットは唇を引き結んで、細い腕を胸の前で組み、壁を見つめた。

「それなら」サムは理を説くべく言った。「約束をしたときの様子なら話せるでしょう。何か証拠になるものはありますか——手紙とか、話を聞いていた証人とか」

「約束はけさ電話でしました」

「水曜の朝ですね？」

「そうです」

「相手がかけてきたんですか」

「はい、ウォール街の事務所にかかってきました。うちの交換手は外からの電話を記録にとっていませんが」

「相手はご存じの人物だったんですか」

ドウィットはだまっていた。

「そして、あんたに言わせると」サムはさらに追及した。「船をこっそりおりようとした唯一の理由は、待ちくたびれてウェスト・エングルウッドへ帰りたかったからだと？」

「おそらく」ドウィットはつぶやいた。「信じてはもらえますまい」

サムの首に青筋が立った。「あたりまえだ！」

サムはブルーノの腕を荒々しくつかんで、部屋の隅へ引っ張っていった。ふたりは興奮気味にささやき声で話し合った。

ドルリー・レーンはため息をついて目を閉じた。


そのとき、ピーボディー警部補が六人の男女を引き連れて待合室からもどった。刑事たちが安手の黒い鞄《かばん》を五つ持ち、駅長室へ駆けこんできた。

サムはすぐさまピーボディーに尋ねた。「何事だ」

「探せとおっしゃった鞄に似たものを持ってきました。それから」ピーボディーはにやりと笑った。「あわてふためく持ち主のみなさんです」

「〈モホーク〉のなかはどうだった」

「鞄など見つかりませんね、警視。警察艇の連中も、まだ川で幸運をつかんでいないらしい」

サムは戸口へ歩み寄り、大声で言った。「ヒックスさん！　ギネスさん！　こっちへ来てください！」

発着場の職員と運転士が二階に駆けのぼり、おずおずと駅長室へはいってきた。

「ヒックスさん、ここにある鞄を見てください。ウッドのものがありますか」

ヒックスは床に並ぶ鞄にじっと目を注いだ。「いやあ、どれもそれらしい気がしますな。よくわかりませんよ」

「あんたはどう思いますか、ギネスさん」

「なんとも言えません。どれも同じに見えますよ、警視さん」

「けっこう。さがってください」ふたりの男は出ていった。サムはしゃがみこみ、鞄のひとつを開いた。清掃係の老女マーサ・ウィルソンが喉《のど》の奥で妙な音を出し、鼻を鳴らした。警視は汚れた作業着、弁当箱、小説のペーパーバックを引っ張り出した。がっかりしてつぎの鞄を手にとると、セールスマンのヘンリー・ニクソンが抗議をはじめたが、サムはひとにらみでだまらせて、鞄の口を一気に開いた。木の蓋《ふた》のついた厚紙の宝石箱数個に安物の宝石や装身具が並び、この男の名前が印刷された注文用紙がひと束はいっていた。その鞄を脇へのけて、つぎのものをあけると、着古して汚れたズボンといくつかの工具が出てきた。サム警視は顔をあげて、心配そうに見守る〈モホーク〉の操舵手《そうだしゅ》、サム・アダムズを見た。「あんたのか」「そうです」

残りふたつの鞄もあけた。ひとつは、イライアス・ジョーンズという大柄な黒人の港湾労働者のもので、着替えと弁当箱が入れられていた。最後のひとつには、赤ん坊のおむつ三枚、中身の半分はいった哺乳瓶《ほにゅうびん》、安い小説本、安全ピンひと箱、小さな毛布が中にあった。これはコーコランという若い夫婦の持ち物で、夫のトーマスが、眠そうな不満顔の赤ん坊を腕に抱いていた。サムがうなり声をあげると、赤ん坊は一瞬きょとんとしたあとで父親の腕のなかでもがきはじめ、その肩に小さな顔をうずめて大声で泣きだした。甲高い声が駅長室に響き渡り、刑事のひとりが忍び笑いを漏らした。サムは苛立《いらだ》たしげに苦笑し、六人の乗客に鞄を持たせて引きとらせた。ドルリー・レーンは、だれかが急いで死体の上に空の袋を何枚かかぶせたのに気づき、興味を引かれた様子でながめていた。

サムは部下のひとりを階下へやって、運転士のギネス、市電の車両検査係、発着場職員のピーター・ヒックスの三人に帰宅の許可を与えた。

ひとりの警官がはいってきて、ピーボディー警部補に何事かを告げた。ピーボディーはため息混じりに言った。「サム警視、川には見あたらないそうです」

「そうか。ウッドの鞄はフェリーから投げ捨てられて沈んだんだろう。たぶん、もう見つかるまい」サムはつぶやいた。

ダフィー巡査部長が息を切らして二階へあがってきた。赤くなったこぶしに、走り書きの記された紙の束を握っている。「階下の連中全員の名前と住所です、警視」

ブルーノが急いで歩み寄り、サムの肩越しに乗客の一覧をのぞきこんだ。ブルーノもサムも何かを探している様子で、一枚ずつ調べていた。やがてふたりは、喜びを分かち合うかのように目を見交わした。それからブルーノは口もとを引きしめた。

「ドウィットさん」きっぱりと言った。「興味深いと思いませんか。ロングストリートが殺害された電車の乗客のうち、今夜あのフェリーに乗っていたのはあなたひ、と、りです」

うなだれた。

ドウィットはまばたきして、うつろなまなざしでブルーノの顔を見たのち、軽く身震いして
「ブルーノさん」ドルリー・レーンの落ち着いた声が静寂のなかに響いた。「あなたのおっしゃったことは事実かもしれません。しかし、それを立証することはできませんね」

「なぜ？　どういうことですか」サムが声を荒らげた。ブルーノは眉《まゆ》を寄せた。

「警視さん」レーンは静かに言った。「叫び声があがったのを聞いて、あなたやわたしが〈モホーク〉へ駆け寄ったとき、かなりの数の乗客がすでに船から出ていたことはご存じのはずです。その人たちを勘定に入れていらっしゃいますか」

サムは上唇をとがらせた。「なら、その連中を見つけ出せばいい」横柄に言った。「調べあげてみせますよ」

ドルリー・レーンは微笑した。「法的に立証できる自信がおありですか、警視さん。それが乗客全員だとどうしてわかるのです」

ブルーノがサムに耳打ちした。ドウィットはまたも哀れっぽい感謝の目をドルリー・レーンに向けた。サムが巨体を揺すってダフィー巡査部長に指示を浴びせると、ダフィーはその場を去った。

サムは指を曲げてドウィットを招いた。「いっしょに階下まで来てください」

ドウィットはだまって立ちあがり、サムの先に立って戸口から出ていった。

三分後、ふたりはもどってきた。ドウィットは無言のままで、サムは不機嫌そうだ。「収穫

なしです」とブルーノにささやく。「ドウィットを叩《たた》けるほどじゅうぶんに行動を覚えている乗客はいません。隅のほうでしばらくひとりきりでいるのを見かけたという客がいましたが、本人は、隠密裏《おんみつり》に会う約束だったので人目を避けていたと言っています。これじゃ埒《らち》が明かない！」

「だが、それはこちらにとって好都合じゃないか、サム」ブルーノが言った。「上甲板からウッドが落とされたときのアリバイがないんだから」

「ドウィットが階段をおりてくるのを見たという証人がいてくれたら最高なんですが。やつをどうしましょう」

ブルーノはかぶりを振った。「今夜のところは穏便に進めよう。ひとかどの人物だから、こちらも行動を起こす前にじゅうぶん証拠固めをしておきたい。何人か監視をつけよう。まあ、逃走するとも思えないが」

「では、仰せのとおりに」サムはドウィットのもとへ歩み寄り、目をにらみつけた。「今夜はここまでだ、ドウィットさん。帰ってください。ただし、地方検事への連絡はするように」

ジョン・ドウィットはひとことも発さずに立ちあがると、無意識のうちに上着の埃《ほこり》を払って、白髪交じりの頭にフェルト帽をかぶり、あたりを見まわしてため息をついてから、重い足どりで駅長室を出ていった。サムがすかさず太い人差し指で合図を送ると、ふたりの刑事が急いでドウィットのあとを追った。

ブルーノは薄手のコートを着た。駅長室は煙草を吸う男たちの声でざわめいている。サムは死体をまたぎ越して身をかがめ、つぶれた顔を覆う袋をめくった。「大ばか者だよ、おまえは」とつぶやく。「あのまぬけな投書に、せめてロングストリート殺しの犯人Xの名前を書いておきゃよかったのに……」

ブルーノが向こうから歩いてきて、サムの隆々たる二の腕に手をかけた。「さあ行こう、サム。頭が変になるぞ。上甲板の写真は撮ったのか」

「いま部下にやらせてます。どうした、ダフィー」巡査部長が息を切らして部屋へはいってきた。

ダフィーは大きな頭を振った。「先に帰った乗客についてはまったく手がかりなしです、警視。人数さえわかりません」

長いあいだ、だれも口をきかなかった。

「まったく、くそ忌々しい事件だ！」耳に障る沈黙のなか、サムは怒鳴った。自分の尻尾《しっぽ》を追いかけまわす殺気立った犬さながら、その場でぐるりと回転してブルーノに言った。「何人か連れて、いまからウッドの下宿屋へ行ってみます。あんたは帰りますか」

「そうするかな。シリングが検死をしくじらないことを祈るよ。わたしはレーンさんといっしょに帰ろう」ブルーノは帽子をかぶって振り向き、レーンが腰かけていた場所へ目をやった。

その顔に驚きがひろがった。

ドルリー・レーン氏は姿を消していた。

第四場　サム警視の執務室

九月十日　木曜日　午前十時十五分

警察本部にあるサム警視の執務室で、大男が落ち着きなく椅子に腰かけていた。雑誌をめくったり、爪を切ったり、葉巻を嚙《か》みちぎったり、窓の外の単調な曇り空をながめやったり――やがてドアが開くと、男は跳びあがった。

サム警視の無骨な顔は、空模様に劣らず暗澹《あんたん》としていた。ゆっくりと歩み入り、帽子と上着をコート掛けにほうり投げ、何やら小言をつぶやきながら、机の奥の回転椅子にどっかと腰をおろした。目の前でそわついている大男へは見向きもしなかった。

サムは郵便物をあけて、インターホンでいくつかの指示を伝え、男性秘書に手紙を二通口述させたのち、ようやく電源を入れたかのように、前にいる不安げな刑事に険しい目を向けた。

「どうした、モーシャー、何か言いたいことがあるのか。日が暮れんうちにもうひとまわりするんだろう」

モーシャーは口ごもった。「全部――何もかも説明します、警視。自分――自分は……」

「早くしろ、モーシャー。仕事の話だろうに」

大男は息を吞《の》んだ。「きのうは一日じゅう、ご指示どおりにドウィットを尾行しました。夜はずっとダウンタウンの取引所クラブに張りこんでいましたが、十時十分にドウィットが出てきてタクシーに乗り、フェリー発着場まで行くよう運転手に命じました。自分は別のタクシーを拾ってあとを追いました。四十二丁目通りと八番街の交差点のあたりで、自分の乗っていたタクシーが事故を起こしたんです。ほかの車と接触して大騒ぎになりました。自分はすぐに別のタクシーに乗り換えて、四十二丁目通りをすっ飛ばしたんですけど、ドゥィットの車を見失ってしまいました。フェリー発着場へ向かったのはわかってましたから、そのまま四十二丁目通りを進んで発着場に着きましたが、ちょうど船が出たあとで、つぎの便まで二、三分待つしかありませんでした。ウィーホーケンに着いてから、西岸線の待合室へ急いだんですが、ドゥィットの姿はなく、時刻表を見たところ、ウェスト・エングルウッド行きの普通列車が出たばかりだとわかったんです。あとは十二時過ぎまで列車はありません。さあ、どうしたらいいのか。ドゥィットがウェスト・エングルウッド行きの列車に乗ったのはまちがいない。だから、自分はバスに乗ってウェスト・エングルウッドをめざしまして……」

「それは災難だったな」サムは納得して言った。怒りはおさまっている。「つづけてくれ、モーシャー」

刑事はほっとして長い息をついた。「バスは普通列車より先にウェスト・エングルウッドに着きました。そこで列車の到着を待ちましたが、乗っているはずのドゥィットの姿が見あたりません。どうしたらいいかわかりませんでした。自分が見逃してしまったのか、それとも事故で立ち往生しているあいだに撒《ま》かれたのか。そこで、警視に報告しようと本部へ電話をしたら、下の階のキングが出て、警視は事件で出ておられるが、自分はそのまま待機して監視をつづけるよう言われたんで、ドウィットの家へ行って外で張りこみました。日付が変わってずいぶん経ったころ——午前三時ごろですが——ドウィットが帰ってきたんです。タクシーに乗っていました。すると、尾《つ》けていたグリーンバーグとオハラムがやってきて、フェリーでの殺しやあれこれについて教えてくれました」

「そうか、わかった。さがっていいぞ。グリーンバーグとオハラムから仕事を引き継げ」

モーシャー刑事があわただしく退出してしばらくすると、ブルーノ地方検事がサムの部屋へふらりとはいってきた。顔には心労の皺《しわ》が刻まれている。

ブルーノは硬い椅子に沈みこんだ。「ゆうべはあれからどうなった？」

「あんたが帰ってすぐにハドソン郡のレンネルズ検事が来たんで、その部下といっしょに下宿屋へ行きましたよ。手がかりはなし。ありきたりのがらくたばかりでした。筆跡の見本はいくつか手に入れましたがね。フリックが匿名の投書とウッドの筆跡を照合してますが、もう会いましたか」

「けさ会った。あの投書が、ほかの書類と同一人物によって書かれたのはまちがいないそうだ。つまり、投書の主はウッドだと断定できる」

「ウッドの部屋にあったものも、ざっと見たかぎりでは同じ筆跡ですな。これです——追加の鑑定資料としてフリックに渡してください。レーンさんも喜ぶでしょう——あの古狐が！」

サムは机越しに長い封筒をほうり投げた。ブルーノはそれを書類入れにしまった。

「ほかに」サムはつづけた。「インク壺《つぼ》と便箋《びんせん》も見つかりましたよ」

「筆跡が一致した以上、たいして重要ではないが」ブルーノは億劫《おっくう》そうに言った。「ともかくインクと便箋も調べさせたところ、あの投書のものと同じだそうだ」

「それはけっこう」サムは机の書類の束を手でめくった。「けさはほかにもいくつか報告が来ていますよ。ひとつはマイク・コリンズの件。部下が詰問して、土曜以降に何度かこっそりドウィットと会ってるのは承知だと脅してやったら、相変わらず悪態はついたものの、会ったことは認めたそうです。ロングストリートにそそのかされて損した金の埋め合わせを迫ったこともね。ドウィットはにべもなく一蹴《いっしゅう》したそうです――まあ、それについちゃ、あの男を責めることもできまい」

「けさはドウィットに対する感じ方が変わったのか」ブルーノはため息混じりに言った。

「とんでもない！」サムは叫んだ。「つぎの件です。土曜以降、ドウィットがチャールズ・ウッドの担当する電車に二度乗ったという報告が部下からありました。モーシャーという刑事でして――ゆうべもドウィットを尾行してたんですが、あの野郎、乗ってたタクシーが接触事故を起こしてるあいだに見失っちまって」

「興味深いね。だが、最後のは大失態だな。そのモーシャーが夜通しドウィットから目を離さなかったら、事態は変わっていたかもしれない。殺しの現場を目撃したかもしれないからな」

「ええ、ただ、土曜以降にドウィットが二度もウッドの電車に乗ったという報告のほうに、いまは注目したいですな」サムは太い声で言った。「ロングストリートを殺した犯人を、ウッドがどうやって知ったと思いますか。事件の当日には知らなかったはずです。知ってたら何か言うでしょうからな。だから、この、二度乗ったという報告は重要ですよ、ブルーノさん」

「となると」ブルーノは考えこむ顔つきで言った。「ウッドは何か耳にしたのかもしれない……。そうか！　モーシャーは、ドウィットがだれかといっしょだったと言っていなかったか」

「そううまくはいきません。やつはひとりでした」

「なら、ドウィットが何かを落として、ウッドがそれを見つけたのかもな。サム、この線は追うだけの価値があるぞ」ブルーノは目を伏せた。「ウッドがあんなふうに怖《お》じ気立って手紙を書かなければ……まあ、覆水盆に返らずだな。ほかには？」

「いまのところ、以上です。ロングストリートの事務所の文書からは何かわかりました？」

「いや、だが、おもしろいことがわかった」ブルーノは答えた。「ロングストリートには遺言書を作った形跡がまったくないいんだよ、サム」

「でも、チェリー・ブラウンの話では――」

「どうもロングストリートお得意の空言だったらしい。事務所、自宅、借りていた高級アパートメント、金庫、クラブのロッカー、そのほかあらゆるところを探したが、遺言書などどこにもなかった。ロングストリートの弁護士はネグリという いかがわしい男だが、ロングストリートから遺言書の作成を依頼されたことは一度もないと言っている。そんなわけだ」

「つまり、チェリーをだましたと？　ほかの女にしたのと同じように。あの男に身内は？」

「いないらしい。このぶんじゃ、ロングストリートの事実上存在しない遺産の処理をめぐってひと悶着《もんちゃく》ありそうだな、サム」ブルーノは渋い顔をした。「財産なんかどこにもなく、あるのは借金の山だけだ。唯一の資産は、ドウィット&ロングストリート商会の代表権ということになる。もちろん、それをドウィットが買いとれば有形資産になるが……」

「ああ、いらっしゃい、先生」

シリング医師が布の帽子を頭のてっぺんに載せて——だれもが禿頭《とくとう》とにらんでいるが、確認した者はひとりもいない——サム警視の部屋へはいってきた。赤く充血した目を丸眼鏡の奥でうつろに光らせて、不潔そうな象牙《ぞうげ》の楊枝《ようじ》で歯をつついている。

「おはよう、諸君。シリング先生、徹夜のお仕事でしたか、と尋ねないのか？　ふん、そんな気はないらしい」検死医はため息をついて、硬い椅子のひとつに腰をおろした。「あのハドソン郡の愉快な死体保管所へ出向いたときは、四時をまわっていたよ」

「検死報告書をお持ちですか」

シリングは胸のポケットから長い紙を取り出して、サムの机に叩《たた》きつけると、椅子の背に頭をもたせてたちまち眠りに落ちた。ふくよかな顔がだらしなくゆるみ、大きくあいた口から楊枝がぶらさがっている。そして前ぶれもなく、いびきを掻《か》きはじめた。

サムとブルーノは、字の整然と書きこまれた報告書に目を走らせた。「なんの内容もない」サムはこぼした。「ありきたりの文句ばかりだ。おい、先生！」サムが怒鳴ると、シリングは小さなまるい目をどうにか開いた。「ここは安宿じゃない。眠けりゃ帰ってください。あと二十四時間ばかり、殺しが起こらないようにしますから」

シリングはうなって立ちあがった。「ああ、じゃあ、そうしてもらおう」と言い、ドアのほうへよろよろと歩いたが、急に立ち止まった。目の前のドアがすでに開き、ドルリー・レーン氏が笑顔を見せている。シリングは呆然《ぼうぜん》として詫《わ》びを言い、脇へ寄った。レーンが歩み入ると、検死医は大あくびをしながら出ていった。

サムとブルーノは立ちあがった。ブルーノは苦笑した。「レーンさん、どうぞおはいりください。ゆうべはいつの間にか姿を消してしまわれましたね。いったい、どこへいらしたんです」

レーンは椅子に腰をおろし、山査子の杖《つえ》を膝《ひざ》のあいだに置いた。「俳優にはドラマを期待していただかなくてはなりませんよ、ブルーノさん。舞台の進行を効果的にする第一の要素は、劇的な退場です。あいにく、わたしの退場にはなんの謎もありませんでしたがね。見るべきものは見ましたから、安らぎの場であるハムレット荘へ帰るほかなかったのです……。ああ、警視さん！　けさはすっきりしない天気ですが、ご機嫌はいかがですか」

「そこそこです」サムはぞんざいに答えた。「年配の役者さんにしては早起きですな？　芸人なんてものは――おっと失礼――俳優さんというのは正午《ひる》すぎまで寝てるもんだと思ってましたが」

「むごいことをおっしゃいますね、警視さん」ドルリー・レーンの生き生きと澄んだ目が輝いた。「わたしは、聖杯探しが廃れてこのかた、最も多忙な職業に携わる一員です。けさは六時半に起床し、朝食前にふだんどおり二マイル泳ぎ、いつもの旺盛《おうせい》な食欲を満たしたあと、きのうクエイシーが新調してくれた自信作の鬘《かつら》を試着し、演出家のクロポトキン、舞台美術家のフリッツ・ホーフと打ち合わせをおこない、多くの郵便物に目を通し、一五八六年から八七年のシェイクスピアにまつわる興味深い調べ物に没頭し——そして十時半にここにいるのですよ。並みの一日のはじまりとしては悪くありますまい?」

「ええ、たしかに」サムはつとめて愛想よく言った。「しかし、あんたのような引退なさった人たちには、われわれ現役の人間とちがって頭痛の種がない。たとえば——だれがウッドを殺したか、ということです。つまりですね、レーンさん、あんたのおっしゃるXなる人物については、もう何もお尋ねしません——ロングストリートを殺した人間をご存じとのことですからな」

「サム警視」レーンは低い声で言った。「それにはブルータスの台詞《せりふ》でお答えせざるをえませんね。〝辛抱強く聞くとしよう。いずれ時が訪れたら、耳を傾け、答えよう。それまでは、友よ、このことばを味わっていてくれ〟(『ジュリアス・シーザー』第一幕第二場)」小さく笑う。「ウッドの検死報告書はお持ちですか」

サムはブルーノを見やり、ブルーノはサムを見やり、ともに声をあげて笑った。おかげで憂《ゆう》鬱《うつ》がいくぶん吹き飛んだ。サムはシリング医師の検死報告書を手にとって、何も言わずにレーンに渡した。

ドルリー・レーンはそれを目の前に高く掲げて、真剣な面持ちで精読した。簡潔な報告書ではあったが、ドイツ語の飾り文字を用いてインクで几帳面《きちょうめん》に書かれている。レーンは読みながら、ときどき目を閉じて考えこんだ。

報告書の内容は以下のとおりだった。フェリーから投げ出されたとき、ウッドは意識を失っていたが死んではいなかった。意識を失ったことは、頭部の押しつぶされていない部位にまぎれもない殴打の跡があることから推定できる。この説を裏づけるのは、肺に少量の水が残存していた事実であり、これは水中に落ちてからも数秒間は生存していたことを物語る。したがって、ウッドは鈍器で頭を打たれて無意識に陥り、その後川へ投げこまれたものの、落下した当初はまだ生きており、数秒後に〈モホーク〉の船腹と杭《くい》にはさまれて圧死した、とシリング医師は結論づけていた。

報告書は引きつづき、つぎのように述べていた。肺臓内のニコチンの痕跡《こんせき》は異常なものでなく、通常の喫煙者に認められる程度である。左脚の傷は二十年以上前に負ったと推定され、醜く曲がった深傷《ふかで》で、医師の治療を受けていない。血糖値は低く、糖尿病患者とは考えがたい。アルコールを常時摂取していたのは明らかで、強い酒への軽い依存が見られる。体軀《たいく》は頑健な中年男性のもので、髪が赤く、指が不恰好《ぶかっこう》にひろがっている。爪が変形していることから、手を使う仕事に従事していたと考えられる。右手首に骨折の跡があるが、きわめて古く、完全に癒着している。左臀部《でんぶ》に生来の小さな痣《あざ》。二年前の虫垂炎の手術跡。肋骨《ろっこつ》にひびのはいった痕跡があるが、少なくも七年は経過しており、じゅうぶんに癒着している。体重二百二ポンド、身長六フィート半インチ。

ドルリー・レーンは報告書を読み終えると、にっこり微笑んでサムに返した。

「何かお気づきですか、レーンさん」ブルーノが尋ねた。

「シリング医師は入念な仕事をなさいますね」レーンは答えた。「みごとな報告書です。あのように変わり果てた死体から、これほど行き届いた報告書をお作りになるとは驚きです。ところで、ジョン・ドゥウィットへの嫌疑はどうなりましたか」

「ずいぶん興味がおありですね」サムは返答を避けた。

「ありますとも」

「ドゥウィットのきのうの行動については」ブルーノはこれが答だと言わんばかりにすかさず言った。「目下調査中です」

「わたしに何か隠しておいでではないでしょうね、ブルーノさん」レーンはつぶやいて立ちあがり、肩のケープを整えた。「いや、そんなことはありますまい……。警視さん、ロングストリートの鮮明な写真を送ってくださってありがとうございます。幕がおりる前に何かの役に立つかもしれません」

「それはけっこう」サムはにわかに愛想よく言った。「ところで、レーンさん。お伝えしておくべきかと思いますが、ブルーノ検事もわたしもドゥウィットに的をしぼっています」

「そうなのですか」レーンは灰緑色の目をサムからブルーノへと向けた。そしてその目を曇らせ、杖をよりきつく握った。「お仕事の邪魔をしてはいけませんね。わたしもきょうは予定が詰まっています」レーンは部屋を横切り、戸口で振り返った。「しかし、衷心から申しあげますが、当面はくれぐれもドゥウィットに対して特別な措置をおとりになりませんように。わたしたちはいま、実にむずかしい局面を迎えているのですよ。そう、あえて〝わたしたち〟と申しましょう」頭をさげる。「どうか信じてください」

レーンが部屋を出て静かにドアを閉めると、ふたりはむなしくかぶりを振った。

第五場　ハムレット荘

九月十日　木曜日　午後〇時三十分

もしもサム警視とブルーノ地方検事が木曜日の昼の十二時半にハムレット荘にいたら、おのれの正気を疑ったことだろう。

ふたりは得体の知れないドルリー・レーンを目にすることになる――レーンらしいのは半分だけで、目と話しぶりはふだんと変わらないが、服装は滑稽《こっけい》なほど平素と異なり、顔もまた、クエイシーの老練な手さばきで驚異の変貌《へんぼう》をとげつつあった。

ドルリー・レーンは背もたれのまっすぐな硬い椅子に端然と坐《ざ》し、三面鏡と向き合っていた。鏡には、正面や斜め、横や後ろから見た姿がさまざまな角度から映し出される。青白くまばゆい電灯の光がじかに顔を照らしている。部屋の床窓はふたつともくすんだ黒の日除《ひよ》けで覆われているため、外の灰色の光はひと筋もこの珍奇な部屋へ差しこまない。背中の曲がった老クエイシーが、紅や白粉《おしろい》で汚れた革の前掛けをつけ、作業台にひざまずいて主人と向き合っていた。その右にあるがっしりしたテーブルには、数々の顔料の瓶、白粉、紅入れ、調合皿、目に見えぬほど繊細な筆、あらゆる色の髪の束が載っている。そこには、ある男の顔写真も置いてあった。

煌々《こうこう》たる光を浴びたふたりは、さながら中世の活人画から抜け出した俳優のようだった。部屋はパラケルススの実験室と言っても通るほどで、広々とした空間に作業台やがらくたが乱雑に置かれ、古めかしい戸棚の扉が開いて風変わりな品々が見えている。床には髪の束が散らばり、クエイシーに踏みつけられた色とりどりのパテがこびりついている。片隅には、電気ミシンの化け物のような奇怪な装置が置いてある。一方の壁に沿って太い針金が張られ、そこに寸法や形や色の異なる鬘《かつら》が少なくとも五十個はぶらさがっている。別の壁には壁龕《へきがん》が設けられ、石膏《せっこう》で作られた実物大の人間の頭部が——黒色人種も、黄色人種も、白色人種も——何十個と並んでいる。髪の生えたものもあれば禿《は》げたものもあり、安らかな顔つきのものもあれば、恐怖や、歓喜や、驚きや、悲しみや、苦しみや、あざけりや、怒りや、決意や、親愛や、あきらめや、嫌悪の表情を浮かべるものもあった。

ドルリー・レーンの頭上に輝く巨大な電灯を除いては、その作業場に明かりはなかった。柄《え》の曲がる大小さまざまのランプが部屋のそこかしこにあるが、いまはどれも灯《とも》っていない。ただひとつの大きな電球が生み出す怪物めいた影が、世にも奇妙な物語を唱えている。レーンの姿は微動だにせず、壁に投じられた特大の影も揺るがない。その一方で、クエイシーの背中の曲がった小さな姿が蚤《のみ》のごとく跳ねまわり、その影は黒い液体が流れるかのように、壁に映るレーンの影とついたり離れたりを繰り返していた。

すべてが奇妙で、面妖《めんよう》で、どこか芝居じみていた。隅で湯気を立てる桶《おけ》も現実のものには見えず、ゆらゆらと壁を這《は》いのぼるおびただしい蒸気は、『マクベス』の三魔女の大釜《おおがま》から湧きあがったかのようで、薄気味悪い異世界を髣髴《ほうふつ》させる。ふたつの影の伝える物語のなかで、細く動かぬほうは魔法で眠らされた人物であり、せわしなく動くほうは、背中にこぶのついたスヴェンガリ（G・デュ・モーリアの小説『トリルビー』に登場する邪な催眠術師）や、背の縮んだメスメル（はじめて催眠術を医療に用いたオーストラリアの医師）や、派手な衣装を脱ぎ捨てたマーリン（アーサー王伝説の魔法使い）そのものだった。

実のところは、老いたクエイシーが淡々とふだんの仕事をこなしているさなかで、顔料と白粉と熟練の手さばきによって主人の容貌を一変させていた。

レーンは三面鏡に映る自分の姿を見つめた――身につけているのは、なんの変哲もない着古した外出着だ。

クエイシーは前掛けで手を拭《ふ》きながら後ろにさがった。目を細くして出来栄えをきびしく検する。

「眉《まゆ》が太すぎる……少しわざとらしいな、クエイシー」レーンは長い指で両の眉を軽く叩《たた》いた。

クエイシーは浅黒く小さな顔をしかめて首をかしげ、肖像画家がモデルから離れて釣り合いを測るように片目を閉じた。「さようですな、どうやら」甲高い声で言う。「左の眉の曲がり具合も――こんなにさがってはいませんな」

腰のベルトから紐《ひも》でぶらさげた小さな鋏《はさみ》を手にし、レーンの付け眉毛をゆっくりと注意深く切りはじめた。「さあ、いかがです。よくなりましたでしょう」

レーンはうなずいた。クエイシーは肉色のパテを手のひらいっぱいに載せて、また忙しそうに、主人の顎《あご》の線をなでつけていく……。

五分後、後ろへさがって鋏をおろし、小ぶりの手を腰にあてた。「こんどはうまくいきました。どうです、ドルリーさま」

レーンは自分の顔をじっと見た。「今回ばかりはけっして手抜かりがあってはならないのだよ、醜きキャリバン（シェイクスピア『テンペスト』に登場する半獣人の奴隷）」クエイシーは小妖精《ようせい》のようにいたずらっぽく笑った。主人は満足している——それはたしかだった。キャリバンの名で呼ぶのは、クエイシーの仕事が心底気に入ったときだけだ。「だが——これでいいとも。つぎは髪だ」

クエイシーは部屋の向こう端へさがると、ランプの明かりを灯し、針金にかかった鬘を物色しはじめた。レーンは椅子のなかで体の力を抜いた。

「キャリバン」レーンは物問いたげにささやいた。「おまえとは根本的に意見が合わないらしいね」

「はあ?」クエイシーは振り向かずに訊《き》き返した。

「扮装《ふんそう》の真の役割についてだ。おまえのその絶妙な技術のどこかに欠点があるとしたら、完璧《かんぺき》を狙いすぎることではないかな」

クエイシーは針金からふさふさした半白の鬘を選びとり、明かりを消して主人のもとへもどった。レーンの前の台にしゃがみ、おかしな形の櫛《くし》を取り出して鬘を梳《す》きはじめる。

「完璧すぎる扮装などありえませんよ、ドルリーさま」クエイシーは言った。「どいつもこいつもへたくそな職人ばかりで」

「ああ、おまえの腕前をどうこう言っているのではないよ、クエイシー」レーンは老人の指先のすばやい動きを観察していた。「しかし、繰り返しになるが――扮装において、塗り重ねられる個々の要素は、ある意味でまったく重要ではない。いわば小道具なのだよ」クエイシーが不満げに鼻を鳴らす。「ほんとうだ。おまえは、ふつうの人間の目に全体を見渡す本能があることを考慮に入れていない。物を観察するとき、人は細部よりも全体の印象を大づかみにとらえるものだ」

「ですが」クエイシーは甲高い声で興奮気味に言った。「まさにそこが問題でございますよ！ひとつの細部の出来が悪いと――なんと申しましょうか――調子がはずれますから、人の目に映る全体の印象まで損ねてしまいます。するとその目は、どこが損ねているのかとその細部を探そうとします。だからこそ――完璧な細部が肝心なのですよ！」

「みごとだ、キャリバン、すばらしい」レーンの声はあたたかく、愛情がこもっていた。「おまえの意見ももっともだ。しかし、この問題の微妙な点を取り逃がしている。わたしは扮装の細部が人目につくほどぞんざいでもかまわないとは言っていない。細部が完璧であるべきなのはむろん正しい。だが、すべての細部がそうである必要はないのだよ。言いたいことがわかるだろうか。扮装があまりにも精緻《せいち》なのは……それはいわば、波をひとつひとつ忠実に描いた海の絵、葉の一枚一枚まで丹念に描いた木の絵のようなものだ。波や、葉や、人間の顔の皺《しわ》をひとつ残らず描きこんだら、それは駄作になる」

「それはそうでございましょうね」クエイシーはしぶしぶ言った。鬘を明かりに近づけて入念に調べ、首を左右に振ったあと、櫛を持つ手をふたたび調子よく動かした。

「したがって、顔料や白粉、そのほかの化粧道具が作るのは、扮装の外形であって、扮装そのものではないという結論が得られる。顔のいくつかの部分を強調すべきなのはおまえも承知しているね。もしわたしをエイブラハム・リンカーンに変装させるなら、ほくろと顎ひげと唇を目立たせて、ほかの部分は控えめにしようとするはずだ。十全な人格描写や説得力のある写実は、生命、動作、身ぶりによって生み出される。たとえば、顔立ちや色合いをどれだけ忠実に再現したところで、蠟《ろう》人形が生命のない物体にすぎないのは明らかだ。しかし、その蠟人形がなめらかに腕を動かし、蠟の唇で生き生きと話し、ガラスの目を自然に動かしたら――わたしが何を言いたいかはわかるね」

「これでよし、と」クエイシーは鬘をもう一度まばゆい光にかざして、静かに言った。

ドルリー・レーンの目が閉じられた。「舞台芸術において、わたしがつねに惹《ひ》かれていたのはその点なのだよ――動作、声、身ぶりによって、人間の外観を、個性を具《そな》えた人物の幻影を作り出すこと……。ベラスコ（一九三一年に死去したアメリカの劇作家、俳優、演出家）は、だれもいない舞台の上にさえ人生を再現してみせる稀有《けう》の技巧の持ち主だったよ。ある作品では、暖炉のちらつく明かりなどに頼らずに、その場ののどかさを醸し出すことに成功していた。舞台美術家の用意した装置に満足することなく、現実そのままの平和で安らかな光景を再現したのだよ。ベラスコは毎日、一匹の猫を縛って動けないようにしておき、それを開幕の寸前に放してやった。幕があがるとそこはくつろいだ場面で、猫が舞台で起きあがり、暖炉の前であくびをし、思う存分手肢を伸ばす……すると観客は、台詞《せりふ》などひとことも聞かずとも、だれにとってもなじみ深いこの単純な場面を目にするだけで、そこがあたたかくて居心地のいい部屋だと知る。舞台美術家の技術をどれだけ駆使しても、そこまでみごとな効果をあげることはできまい」

「おもしろい逸話でございますね、ドルリーさま」クエイシーは主人に寄り添って、その均整のとれた頭にそっと鬘《かつら》を合わせた。

「それにしても、ベラスコは実に偉大だったよ、クエイシー」レーンはささやいた。「作り物のドラマに生命を吹きこむことだが——なんといっても、エリザベス朝時代の芝居は何十年にもわたって、台詞と演技だけに頼って人生の幻影を生み出していた。どんな芝居も裸の舞台でおこなわれ——下まわりの役者がひとり、木の枝を持ってそっと歩くだけで、バーナムの森がダンシネーンにやってくるのを表せたものだ（『マクベス』第五幕第五場）。何十年ものあいだ、平土間の客も桟敷《さじき》席の客もそれで納得してきた。わたしはときどき思うよ。現代の舞台技巧は行きすぎなのではないか——ドラマがおろそかにされているのではないかと……」

「できあがりました、ドルリーさま」クエイシーがレーンの両の向こうずねをつついた。レーンは目をあけた。「できあがりました、ドルリーさま」

「そうか。では、鏡の前をあけておくれ」

五分後、ドルリー・レーン氏が立ちあがったが、服装、顔立ち、身のこなし、雰囲気のどれをとっても、それはもはやドルリー・レーン氏ではなかった。まったくの別人である。その男は部屋を横切って、中央の明かりを灯した。薄手のコートを着て、髪型の変わった半白の頭に灰色の中折れ帽を載せる。下唇が突き出ていた。

クエイシーがうれしそうに脇腹を押さえて笑った。

「用意ができたとドロミオに伝えてくれ。さあ、おまえも支度を」

声の調子までもが変わっていた。

第六場　ウィーホーケン

九月十日　木曜日　午後二時

サム警視がウィーホーケンでフェリーをおりて、あたりを見まわした。人気《ひとけ》のない〈モホーク〉の乗船口のそばで、警備中のニュージャージーの巡査が直立不動のまま敬礼したので、それに軽くうなずいてから、待合室を勢いよく通り抜けて外へ出た。

発着場につながる丸石敷きの小道を横切ったあと、桟橋付近から川岸に切り立つ断崖《だんがい》の頂へと通じる急坂をのぼりはじめた。すれちがう自動車はどれも徐行して坂をおりていく。サムは振り返り、眼下の川面と、その先の摩天楼の目立つ街並とが果てしなくひろがっていくさまをじっと見やった。それからまたのぼった。

頂上にたどり着くと、交通巡査に歩み寄り、無愛想なバリトンの声で大通りへ出る道を尋ねた。それから、広い自動車道を歩いて突っ切り、古い木立が影を落とす静かで寂れた道々を抜けて、にぎやかな交差点に達した。そこで交わっているのが探していた街路だとわかり、北へ折れて進んだ。

そしてついに、目当ての二〇七五通りの家を見つけた。それは牛乳店と自動車部品店にはさまれた木造家屋で、ペンキが剝《は》がれ、壁が崩れかけ、歳月の重みで徐々に形を失いつつある。沈みそうなポーチには、古びた揺り椅子三つとぐらつくベンチひとつが置かれている。玄関前のマットには消えそうな字で歓迎のことばが記され、ポーチの柱に取りつけた黄色い看板には、悲しくも〝紳士向け貸し部屋あり〟の文字があった。

サムは通りを見渡し、上着を整えて帽子をかぶりなおすと、軋《きし》む階段をのぼっていった。〝管理人〟と記された呼び鈴を押す。つぶれた蜂の巣を思わせる家の奥からベルの鳴る音がかすかに響き、スリッパの足音がした。ドアが少し引かれ、隙間から赤くただれた鼻がのぞいた。

「何かご用?」気むずかしそうな女の声がする。つづいて、はっと息を吞《の》む音と押し殺した笑い声が聞こえ、ドアがさらに開いて、粗末なふだん着姿の恰幅《かっぷく》のいい中年女が現れた――建物と同じくらいにがたのきた女だ。「警察の人ね! どうぞ、おはいりください、サム警視さん。すみませんね――気がつかなかったもんで……」女は興奮気味に言って、微笑んでみせようとしたが、歯をむき出した作り笑いにしかならなかった。脇へ寄り、ぺこぺこ頭をさげて体を揺すりながら、女は墓のような家へ警視を招じ入れた。

「大変な目に遭いましたよ！」女は早口で言った。「朝っぱらから新聞記者やら、ものすごいカメラをかついだ人たちやらで、このあたりはもういっぱい！　あたしらはもう——」

「上の階にはだれかいますかね、奥さん」サムは訊いた。

「それが、いるんですよ、警視さん。まだ居すわって、うちの絨毯《じゅうたん》に煙草の灰を撒《ま》き散らかしてね！」女は甲高い声をあげた。「けさはあたし、四枚も写真を撮られてしまって……。で、警視さんは、またあの気の毒な人の部屋をご覧になりたいのかしら」

「階上へ案内してください」サムは太い声で言った。

「ええ、いいですとも！」中年女はまた愛想笑いをして、汚れたスカートを荒れた二本の指でそっとつまみあげ、薄い絨毯の敷かれた階段をよたよたとあがっていった。サムは何やらうなって、あとに従った。のぼりきったところで、ブルドッグのような顔の男がふたりの前に立ちふさがった。

「だれだね、マーフィーさん」その男は薄暗がりを透かし見るようにして訊いた。

「いいんだ、騒がんでも。おれだよ」サムはぴしゃりと言った。男は顔を輝かせ、にやりと笑った。「よく見えなかったんです。よく来てくださいました、警視。退屈してたんですよ」

「ゆうべから異状はないか」

「まったくありません」

この刑事の案内で、サムは二階の廊下を進んで奥の一室へ向かい、管理人のマーフィー夫人もあとからついてきた。サムはあけ放たれたドアの前で足を止めた。

部屋はせまく、殺風景だった。色あせた天井にはひびが走り、壁は古びたしみだらけで、床はすり切れた絨毯に覆われている。家具は傷みが激しく、むき出しの洗面台は鉛管が錆《さ》びつき、ただひとつの窓にかかった木綿更紗《さらさ》のカーテンはすっかり古ぼけている――だが、室内には清潔なにおいが漂い、手入れが行き届いていると感じられた。旧式な鉄枠のベッド、左右で高さの合わない整理棚、大理石を張った頑丈そうな小卓、針金を入れた椅子、衣装戸棚が、家具のすべてだった。

サムは部屋へ足を踏み入れ、躊躇《ちゅうちょ》なく衣装戸棚へ歩み寄って、両開きの扉をあけた。中には着古した三着の服が整然と吊《つ》ってあり、二足の靴が――一足はかなり新しく、もう一足は爪先が反っている――底に並んでいる。上の棚には、紙袋にはいった麦藁帽《むぎわらぼう》と、絹のリボンに汗じみのついたフェルト帽が載っている。サムは手早く服のポケットをあらため、靴と帽子も調べたが、めぼしいものは何もなかった。収穫のないことに落胆したように太い眉《まゆ》を寄せ、戸棚の扉を閉めた。

「たしかなんだろうな」サムは、戸口でマーフィー夫人とともに見守っていた刑事に言った。「ゆうべから、この部屋のものに手をふれたやつがいないのは」

刑事は首を振った。「いませんって。仕事の手抜きはやりませんよ、警視。お帰りになったときのままです」

衣装戸棚の近くの絨毯の上に安手の茶色い手提げ鞄《かばん》があった。持ち手が壊れて片側にぶらさがっている。サムが鞄をあけたが、中は空だった。

つづいて整理棚の前へ行き、硬く重い抽斗《ひきだし》をあけた。着古してはいるが清潔な下着が数枚、洗濯済みのハンカチがひと山、開襟の縞《しま》のワイシャツが五、六枚、皺《しわ》の寄ったネクタイが数本、そしてボール形にまるめた清潔な靴下がたくさんはいっていた。

サムは整理棚から離れた。外は肌寒いが部屋は暑苦しく、ビーツのように赤い顔を絹のハンカチでそっと押さえた。部屋の真ん中に脚をひろげて突っ立ち、渋面で室内を見まわした。それから大理石張りのテーブルに歩み寄る。天板の上のインク壺《つぼ》、インクのこびりついたペン、安物の罫《けい》入り便箋《びんせん》には目もくれず、ロイヤル・ベンガルの葉巻の紙箱を取りあげて、中をていねいに調べた。葉巻は一本だけはいっていたが、指ではさむとたやすく崩れた。サムは箱を置き、眉間《みけん》の皺をいっそう深くしてもう一度部屋を見まわした。

隅の洗面台の上に棚があり、いくつかの品が置かれていた。サムは歩み寄って、棚の上のものをよく見た。針の動かないへこんだ目覚まし時計、中身の四分の一残ったライ・ウィスキーの一パイント瓶（サムは栓を抜いて強く嗅《か》いだ）、グラス、歯ブラシ、変色した金属の剃刀《かみそり》入れ、二、三のありきたりな洗面用具、アスピリンの小瓶、古い銅の灰皿……。サムは灰皿から葉巻の吸いさしをつまみあげ、灰のなかに残ったラベルの断片を調べた。クレモだった。サムは考えにふけりつつ振り向いた。

マーフィー夫人の意地悪そうな小さな目が、サムの動きを熱心に追っていた。夫人はだしぬけに鼻にかかった声で言った。「部屋がこんなですみませんね、警視さん。こっちの人が片づけさせてくれないもんで」

「ああ、かまいませんよ」サムは言ったが、急に好奇の目を光らせて管理人を見た。「ところで、マーフィー夫人——女性の訪問客がここへウッドを訪ねてきたことはありますかね」

マーフィー夫人は鼻を鳴らし、吹き出物だらけの顎《あご》を突き出した。「警視さん、あんたが警察の人でなかったら、頭に一発お見舞いするとこですよ、ほんとに！　女の客なんかあるはずないでしょ！　うちがまともな下宿屋だってことはだれでも知ってますよ。下宿人には最初に言ってやるんですよ、〝女友達のご訪問はご遠慮ください〟ってね。ことばはていねいでも、はっきり言いますって。このマーフィーの家では、ふしだらな真似はぜったいに許しません！」

「ふむ」サムは部屋にひとつしかない椅子に腰をおろした。「すると、女はだれも来ていないか……。じゃあ、身内の人間はどうだ。姉や妹が訪ねてきたことは？」

「そりゃあ」マーフィー夫人は如才なく答えた。「お姉さんや妹さんがいたら仕方ないですよ。うちの下宿人のなかには、女きょうだいだとか、おばさんだの従姉妹《いとこ》だのが訪ねてくるのはありますけど、ウッドさんにはたぶんなかったわね。あの人は下宿人の鑑《かがみ》でしたよ。五年も住んでて、問題を起こしたことは一度もなかったんだから。もの静かで、礼儀正しくて、ほんとに紳士でしたよ！　あたしの知ってるかぎりじゃ、だれも来ませんでした。けど、顔を合わせる機会があんまりなかったのよ。昼過ぎから夜までニューヨークの市電で働いてらっしゃったからね。うちは賄いはしてませんから——下宿人はみんな外食です——あの人がどんな食事をしてたかは知りません。でも、気の毒なあの人のためにこれだけは言っときます——家賃はきちんと払って、迷惑なんかかけたことがないし、酔っぱらったこともない――部屋にいるのかいないのかわからないくらいでしたよ。あたしは――」

ところが、サム警視はすでに椅子から立ちあがって、分厚い背中をマーフィー夫人に向けていた。夫人は言いかけたことばを呑みこんで、蛙のような瞼《まぶた》を何度かしばたたくと、サムをじっとにらんで鼻を鳴らし、刑事の脇を憤然と出ていった。

「なんて性悪ばばあだ」刑事が柱にもたれて言った。「こんな下宿屋はいくつも見たことがありますよ。姉妹やら、おばやら、従姉妹やらが出入りし放題ってのは」下卑た笑いを漏らした。けれども、サムは刑事のことばを気にも留めていなかった。床をゆっくりと歩きまわり、すり切れた絨毯を片足で探っていく。絨毯のへりの近くがやや盛りあがっているのに気づいて、絨毯を少しめくりあげたが、床板が反り返っているだけだった。ベッドに近づいて、少しためらったものの、勢いよく両膝《ひざ》を突いてベッドの下へもぐりこみ、見えないまま手探りをした。

刑事が言った。「やあ、警視、お手伝いしますよ」サムは返事をせず、絨毯を引っ張っていた。刑事が腹這《はらば》いになって、小型の懐中電灯の光をベッドの下へ向ける。サムは興奮気味につぶやいた。「あったぞ！」刑事が絨毯の端を持ちあげ、サムは黄色い表紙の薄くて小さな冊子をつかんだ。ふたりはひどいなりでベッドの下から這い出し、むせ返りながら服の埃《ほこり》をはたいた。

「預金通帳ですか、警視」

サムは答えなかった――せわしなくページをめくっていた。通帳には貯蓄口座への小額の預金が過去数年ぶん書き入れてある。引き出しは一度もなく、預け入れについては、一回の額がどれも十ドル未満で、大半が五ドルだった。最終残高は九百四十五ドル六十三セントとなっている。通帳の真ん中に、ていねいにたたんだ五ドル紙幣がはさんである。チャールズ・ウッドの死によって行き場を失った最後の預金にちがいない。

サムは預金通帳をポケットにしまい、刑事のほうを向いた。「勤務は何時までだ」

「つぎの八点鐘です。午後四時に交代しますよ」

「いいか」サムはしかめ面をした。「あすの二時半ごろ、本部のおれに電話してくれ。ここで特別な仕事をやってもらいたいんだ。いいな？」

「わかりました。二時半きっかりにお電話します」

サムは部屋から出て、階段をおり――一段ごとに子豚の声のような軋《きし》みがあがる――そして下宿屋をあとにした。せっせとポーチを掃いていたマーフィー夫人は、埃の雲のなかで赤い鼻を不愉快そうに鳴らし、通り道をあけた。

歩道に出ると、サムは預金通帳の表紙をたしかめてからあたりを見まわし、大通りを横切って南へ歩いた。三ブロック先で、めざす建物を見つけた――模造大理石のめぐらされた小さな銀行だ。警視は中へはいり、〝SからZまでのお客さま〟と記された出納係の窓口へ向かった。年配の男が顔をあげた。

「この窓口の担当者ですね？」サムは訊《き》いた。

「はい、そうです。ご用件を承ります」

「この近くに住んでいたチャールズ・ウッドという市電の車掌の殺害事件のことをご存じと思

いますが」出納係がすぐさまうなずく。「わたしはサム警視。川向こうの警察の殺人課でその事件を担当しています」

「そうですか！」出納係は興味をそそられたらしい。「ウッドさんなら当行の預金者ですよ、もしそれをお調べでしたらね。けさの新聞であの人の写真を見ました」

サムはウッドの預金通帳をポケットから出した。「ところで――」格子窓の奥の金属の名札を一瞥《いちべつ》する。「アシュレーさん、この窓口に何年お勤めですか」

「八年になります」

「ずっとウッドの応対をしてきたわけですね」

「はい」

「この通帳を見ると、ウッドは週に一度預金をしていたらしい――曜日は決まっていませんがね。預金に来たときのことについて、何か思い出すことがあったら教えてもらえますか」

「お話しできることはそうありませんね。おっしゃるとおり、ウッドさんは、ずいぶん前から週に一度、毎週欠かさずお見えになりました。それも、ほぼ毎回同じ時分――一時半か二時でした。新聞記事で知りましたが、それがたぶんニューヨークへ出勤なさる前だったんでしょうね」

警視は眉根を寄せた。「覚えているかぎりでけっこうですが、ウッドはいつも自分で預金しにきましたか。その点が特に知りたくてね。つねに本人ひとりでしたか」

「お連れさまがいらっしゃったのを見た記憶はありません」

「ありがとう」

サムは銀行を出ると、大通りを引き返してマーフィー夫人の下宿屋の近所にもどった。牛乳店の三軒隣に文房具店があった。そこへはいっていく。

眠そうな老主人がのっそりと現れた。

「この先のマーフィー夫人の下宿屋に住んでいたチャールズ・ウッドという男が、ゆうべフェリーで殺害されたんですが、お知り合いでしたか」

老主人は興奮気味に目をしばたたいた。「ああ、知っているとも！　うちのお得意さんだったよ。葉巻や便箋なんかを買ってくれた」

「葉巻はどの銘柄を？」

「クレモか、ロイヤル・ベンガル。たいがいそのふたつだった」

「どのくらい頻繁に来ました？」

「ほとんど毎日だな。正午を少しまわった、出勤前だ」

「ほとんど毎日か。だれかといっしょだったことは？」

「ないな。いつもひとりだったよ」

「文房具もここで買っていましたか」

「ああ。ごくたまにな。便箋とインクを」

サムはコートのボタンをかけはじめた。「ここに来はじめたのはいつごろですか」

老主人は汚れた白髪頭を掻《か》いた。「四、五年になるかね。ところで、あんた、新聞記者じゃないのか？」

だが、サムはそのまま店を出た。歩道で立ち止まり、何軒か先に紳士用服飾店を見つけたので、そこへ巨体を運んでずかずかとはいった。その店では、ウッドが長いあいだに衣類をいくつか買ったことしかわからなかった。やはりひとりで来ていたという。

サムはますます苦りきった顔で店を出ると、近所の洗濯屋兼染め物屋、靴修理店、靴屋、レストラン、薬局へつぎつぎと足を踏み入れた。どの店員も、ウッドを上得意ではないが数年来の常連客と見なしていた。しかし、連れがいたことはなかった――レストランでさえそうだった。

サムは薬局で別の質問をぶつけた。薬剤師は、ウッドに頼まれて処方薬を調合したことはない、もしも病気になって医師から処方箋《しょほうせん》を出されていたとしても、ニューヨークの薬局で調合させていたのだろうと答えた。また、サムの求めに応じて、近場にある医院十一軒と歯科医院三軒を一覧表に書き出した――いずれも五ブロック以内にあった。

サムはそれらを順々に訪ねた。どの医院でも同じことを話し、同じ質問をした。「チャールズ・ウッドという市電四十二丁目線の車掌が、ゆうべウィーホーケンのフェリーで殺害されたのを新聞でご存じですね。この近所の住民でした。わたしは捜査を担当しているサム警視で、被害者の背後関係を調査しておりまして、私生活について知っている人物や、友人、訪問者などを探しています。ウッドがこちらに診療を受けに来たか、そちらから下宿へ往診に出かけたことはありませんか」

四人の医師が記事を読んでおらず、ウッドの名前さえ聞いたことがなかった。あとの七人は読んでいたが、ウッドを診察したことはなく、本人についても何も知らなかった。

サムは顎《あご》を引きしめて、一覧表にある三軒の歯科医院をまわりはじめた。一軒目では、三十五分も待たされて苛立《いらだ》ちを募らせたすえ、ようやく診療室へ呼ばれたが、そこにいた歯科医は、身分証を見ないうちは質問に答えられないと拒絶した。脈ありと見たサムは、目に期待の光を宿しつつ、肩をいからせて恫喝《どうかつ》した。どうにか返答を引き出せたものの、チャールズ・ウッドのことなどまったく知らないのがわかり、期待の光はすっかり消えた。

残るふたりの歯科医も、ウッドについて何も知らなかった。

サム警視はため息をつき、重い足を引きずりながら断崖《だんがい》の頂の広い自動車道へ引き返したのち、曲がりくねった坂道をおりてフェリー発着場にもどり、ニューヨークへの帰途に就いた。

・

ニューヨーク

サム警視はその足で三番街電鉄の本社へと向かった。車の往来や人混みのあいだを縫って進むその無骨な顔には、うつろな苦渋が漂っていた。

人事課のある建物で、サムは課長に面会を求め、広い事務室へ案内された。人事課長はいかつい風貌《ふうぼう》の男で、額に気苦労の皺《しわ》が刻まれていた。足早に進み出てきて、手を差し伸べた。

「サム警視さんですね」熱のこもった口調で尋ねる。サムはうなずいた。「どうぞおかけください」課長は埃っぽい椅子を前へ引いて、ほとんど強引に警視をすわらせた。「チャールズ・

ウッドの件ですね。気の毒な話です。まったく」机の奥の椅子に腰をおろし、葉巻の先を切る。

サムは冷静に相手を値踏みした。「被害者の身辺調査をしていましてね」野太い声で言った。

「ええ、ええ。恐ろしいことです。わけがわかりません――チャーリー・ウッドは非常に優秀な従業員でしたよ。もの静かで、堅実で、頼もしくて――文句のつけようがなかった」

「すると、問題を起こしたことは一度もないんですね、クロプフさん」

課長は真剣な表情で身を乗り出した。「はっきり申しあげます、警視さん。ウッドは当社の宝でした。酔って勤務に就いたことは一度もなく、みなに好かれていました――人事評価も抜群で、模範従業員のひとりでした――それどころか、五年もりっぱに勤務したんで、監査員への昇格が内定していたんですよ、実は！」

「小公子も顔負けですな、クロプフさん」

「いや、そこまでは言っていませんよ」クロプフはあわてて答えた。「ただ、まちがいなく信頼の置ける男でした。どんな人柄かをお知りになりたいんでしょう？　ウッドは入社以来、一日も欠勤していません。誠心誠意尽くそうとしていましたよ。会社としても引き立ててやりました。それが当社の方針でしてね、警視さん。昇進の意欲がある者には支援を与えるんです」

サムはうなった。

「それだけじゃありません。ウッドは遅刻や早退をいっさいせず、休暇もとらず、休日返上で働いて超勤手当を得ていました。運転士や車掌はしじゅう前借りを申しこんでくるものなんですがね。ところが、チャーリー・ウッドにかぎっては、いっさいありませんでしたよ！　貯金をしていましてね──前に通帳を見せてもらったことがあります」

「この会社に何年勤めたんですか」

「五年です。調べてみましょう」クロプフは勢いよく立ちあがってドアへと走り、首を外へ突き出して叫んだ。「おい、ジョン！　チャーリー・ウッドの勤務記録を持ってきてくれ！」

まもなくクロプフは長い紙を手にして机へもどった。サムは机に身を乗り出し、肘《ひじ》を突いてその紙に目を通した。「こちらにありますとおり」とクロプフは指さして言った。「入社して五年と少しになります。最初はイーストサイドの三番街線に乗務していましたが、本人の希望で、いまから三年半前に運転士のパット・ギネスといっしょに四十二丁目線へ移ったんです──住まいがウィーホーケンなんで、通勤に便利な線を希望したんですね。ご覧のとおり、黒いしるしはひとつもありません！」

サムは考えこむように言った。「ところでクロプフさん、ウッドの私生活についてはどうでしょう。何かご存じでは？　友達とか、家族とか、仲間とか」

クロプフは首を振った。「そちらのほうはよく知りませんが、特に親しい人間はいなかったはずですよ。人あたりは悪くありませんでしたが、わたしの知るかぎりではだれかと付き合うふうではなかったようです。強いて言えば、いちばん近しかったのは運転士のパット・ギネスですね。ちょっとお待ちください」勤務記録を裏返す。「どうぞご覧を。入社志願書です。近親者──なし。これがご質問の答になるかと思います」

「決定的なところを知りたかったんだが」サムはつぶやいた。

「なんならギネスを――」

「いや、けっこうです。必要とあらば、こちらから訪ねますから」サムは中折れ帽をつまみあげた。「では、以上です。どうもありがとう」

クロプフはサムの手を握って大きく上下に振り、捜査への協力を惜しまない旨を何度も強調しつつ、事務室を出て建物の外まで見送った。警視はあっさり相手から離れて別れの会釈をし、通りの角を曲がった。

サムはそこで立ち止まり、人待ち顔でしきりに腕時計を見た。十分後、車窓にカーテンをおろした黒塗りのリンカーンのリムジンが、サムの立つ歩道の路肩へ迫った。運転席にいる制服姿のやせた若い男が笑みを浮かべつつ急ブレーキをかけ、車から跳びおりた。後方のドアをあけて脇に立ち、なおも笑みを崩さない。サムはすばやく通りの左右を見やってから、車へ乗りこんだ。後部座席の隅にうずくまるようにして、常より一段と顔に皺の多いクエイシーが静かな寝息を立てていた。

若い男は後ろのドアを閉めると、運転席に跳び乗って車を発進させた。クエイシーが目を開き、はっと眠りから覚めた。思案顔のサム警視が隣に黙然とすわっていた。クエイシーは怪獣《ガーゴ》像《イル》のような顔を急にほころばせ、身をかがめて、車の床に作りつけられた小物入れの蓋《ふた》をあけた。顔を少し赤くして座席に起きなおると、大きな金属の箱を掲げた。箱の蓋の内側は鏡になっている。

サム警視は広い肩を揺すった。「まる一日かかってしまったよ、クエイシー。あれやこれやでね」

そう言って帽子を脱ぐと、箱へ手を入れて掻きまわし、何やら取り出した。クリーム状の液体を顔に塗りはじめる。クエイシーがその前で鏡を支えながら、柔らかな布を差し出した。サムはつややかに光る顔をその布で拭《ふ》いた。なんということか！　布が取り去られると、サム警視の顔が消えていた。すっかり完全ではなく、パテらしきものがまだ少しこびりついていたものの、扮装《ふんそう》がほぼ取り除かれ、そこに現れたのは、端整で鋭さをたたえた笑顔――ドルリー・レーン氏のにこやかな顔だった。

第七場　ウェスト・エングルウッドのドウィット邸

九月十一日　金曜日　午前十時

金曜日の朝、太陽がふたたび空に君臨し、黒塗りのリンカーンのリムジンが閑静な住宅街のポプラ並木の道を走っていた。木々の葉は色づいて、まばゆい陽光をつかまえようと最後の奮闘をしていた。

ドルリー・レーン氏は車窓の景色をながめながら、このウェスト・エングルウッドという町は、少なくとも富裕層の住む地区においては、ひとつの型にはまるという建築上の過ちを犯していない、とクエイシーに感想を述べた。どの邸宅も広い敷地を持ち、建物は隣家とまったく似ていない。クエイシーは、ハムレット荘のほうがはるかに好みに合うと冷ややかに答えた。

車は、よく手入れされた小さな邸宅の前で停まった。広い芝生に囲まれたコロニアル様式の白い建物で、L字形の増築部分やポーチがいくつも具《そな》わっている。いつものケープと黒い帽子を身につけて山査子の杖《つえ》を携えたレーンは、車からおりてクエイシーを手招きした。

「わたくしもですか？」クエイシーは驚いた様子で、不安そうでさえあった。例の革の前掛けがないせいで、心の拠《よ》りどころを失ったらしい。山高帽をかぶり、ビロード襟の黒いコートを着て、燦然《さんぜん》と輝く真新しい靴を履いているものの、爪先がきついらしく、歩道におり立つときに顔をしかめた。低いうなり声をあげながら、レーンのあとについて玄関へ向かった。

制服姿の背の高い老執事がふたりを招じ入れ、磨き抜かれた廊下を通って、優雅なコロニアル様式の広い居間へと案内した。

クエイシーを後ろに所在なげに立たせたまま、レーンは腰をおろして、賛嘆の目で室内を見まわした。「ドルリー・レーンです」執事に言った。「どなたかご在宅でしょうか」

「あいにく、みなさまお出かけです。ドウィットさまはニューヨークへ、お嬢さまはお買物に、奥さまは――」執事は咳払《せきばら》いをした。「泥美顔術とやらにお出ましになりました。ですから――」

「けっこうです」ドルリー・レーンは顔を輝かせた。「そして、あなたは――」

「ジョーゲンズと申します。ドウィットさまに最も古くからお仕えしております」

レーンはケープコッド様式の椅子でくつろぎながら言った。「あなたこそ、うってつけのかたですよ、ジョーゲンズさん。ご説明しなくてはならないことがあります」

「このわたくしにですか？」

「ロングストリート事件を担当なさっているブルーノ地方検事のことはご存じでしょうが、わたしはそのブルーノさんから、独自に事件の調査をしてもよいとのお許しをいただいています。それで――」

ジョーゲンズの顔からぎこちなさが消えた。「恐れ入りますが、このわたくしなどに対してご説明には及びません。こう申してはなんですが、ドルリー・レーンさまと言えば――」

「ええ、ええ」レーンは焦れたような妙な身ぶりをしてさえぎった。「お気持ちはありがたく思いますよ、ジョーゲンズさん。わたしがいくつか質問をしますから、正確に答えていただきたいのです。ドウィットさんは――」

ジョーゲンズの体がこわばり、顔には生気がなくなった。「ドウィットさまへの忠義にもとるようなことは、このわたくしには……」

「すばらしい、ジョーゲンズさん、すばらしいですよ」レーンの鋭い目が執事へ一心に注がれた。「もう一度言いましょう――すばらしい。りっぱな心がけです。先に申しあげるべきでしたが、わたしがここへうかがったのは、まさにドウィットさんのためを思えばこそなのです」

ジョーゲンズの血の気を失った唇に安堵《あんど》の笑みが浮かんだ。「つづけましょう。ドウィットさんは故人と近しい関係にあったために、あの嘆かわしい事件に巻きこまれました。その関係こそが、殺害犯の逮捕に向けて有力な手がかりを与えてくれる気がするのです。ロングストリート氏はよくこちらへ来ましたか」

「いいえ、めったにいらっしゃいませんでした」

「それはどうしてでしょう、ジョーゲンズさん」

「たしかなことはわかりかねます。ただ、お嬢さまがロングストリートさまをきらっておいでで、ドウィットさまは――その、ドウィットさまは、あのかたがいらっしゃると、なんと言いますか、気圧《けお》されたようなご様子で……」

「なるほど。では、ドウィット夫人は？」

執事は口ごもった。「それは、その……」

「言わずにおきたいと？」

「さようでございます」

「これで四度目ですが――すばらしい……。クエイシー、おまえもかけなさい。疲れるだろう」クエイシーが主人の隣に腰をおろした。「さて、ジョーゲンズさん。ドウィットさんに仕えて何年になりますか」

「十一年以上になります」

「ドウィットさんは人付き合いのよい――親しみやすい人でしょうか」

「いいえ……そうとは申せません。ほんとうに親しいお友達は、近所にお住まいのエイハーンさまおひとりと申しあげるべきかと存じます。ですが、よくお近づきになれば、ドウィットさまは大変気のよいお人柄のかたでございます」

「するとこのお宅にはふだん、来客はあまりないのですね」

「頻繁にはございません。もちろん、いまはアンペリアールさまがご滞在でいらっしゃいます。あのかたも特別なお友達でして、ここ数年で三、四回おいでになりました。そのほかには、お客さまをお迎えすることはごくまれにしかございません」

「いま〝ごくまれに〟とおっしゃった。その、ごくまれに来る客人というのは、おそらく取引先――仕事関係の人ですね？」

「さようでございます。それも多くはありません。長いあいだに、ほんの数えるくらいです。最近ですと、南米の取引先のかたが滞在なさいました」

ドルリー・レーンは考えこむふうだった。「それはいつごろですか」

「ひと月ほどここにいらっしゃって、ひと月ほど前にお帰りになりました」

「その人は前にも来たことがありますか」

「わたくしが覚えているかぎりでは、ございません」

「南米と言いましたね。南米のどこでしょう」

「存じません」

「帰った日は正確にわかりますか」

「八月十四日と記憶しております」

レーンはしばし黙した。ふたたび口を開いたときには、大いに興味を引かれているのが明らかな声でゆっくり尋ねた。「南米の客人が滞在中に、ロングストリートさんがここを訪れたことはあったでしょうか」

ジョーゲンズはすかさず答えた。「はい。いつになく足しげくいらっしゃいました。マキンチャオさまが——それがお客さまのお名前です、フェリペ・マキンチャオさまとおっしゃいまして——おいでになってからは、ある夜など、ドウィットさま、ロングストリートさま、マキンチャオさまのお三方で、夜半過ぎまで書斎に閉じこもっておられました」

「むろん、話の内容はご存じありませんね」

ジョーゲンズは驚いたようだった。「もちろんでございます」

「当然ですね。ばかげた質問でした」ドルリー・レーンはつぶやいた。「フェリペ・マキンチャオ。異国風の名前です。どんな感じの人物だったのでしょう、ジョーゲンズさん。説明できますか」

執事は咳払いをした。「むろん異国のかたで、いかにも南米人らしくお見受けしました。色が浅黒くて背が高く、軍人のような小さく黒い口ひげを生やしておいででした。大変お顔の色が濃くて——黒人かアメリカ先住民ではないかと思ったくらいです。また、一風変わった紳士でございましたね。口数が少なく、あまりこの家にはおられませんでした。こちらのご家族といっしょにお食事なさることもほとんどなく、なんと申しますか、打ち解けようとなさいませんでした。朝の四時か五時までおもどりにならないことも、まったくお帰りにならないこともございました」

レーンは微笑んだ。「で、その奇妙な客人の奇妙な行動に対して、ドウィットさんの反応は？」

ジョーゲンズは困った顔をした。「ドウィットさまはマキンチャオさまの出入りには関知なさらないようでした」

「その客人について、ほかに何かご存じですか」

「スペイン語訛《なま》りのある英語をお話しになり、お荷物がとても少なくて、大型のスーツケースがひとつだけでした。ドウィットさまとたびたび内緒話をされ、夜にはロングストリートさまも交えてということもありました。ときどき、夜にほかの来客があっても、ドウィットさまはあのかたを――その――ごく簡単にしかご紹介なさいませんでした。わたくしが存じているのは以上でございます」

「エイハーンさんはその人を知っているようでしたか」

「いいえ」

「アンペリアールさんは？」

「アンペリアールさまは、そのころいらっしゃいませんでした。マキンチャオさまがお発ちになった少しあとにお見えになりましたから」

「その南米の客人がこの家を出てどこへ向かったか、わかりますか」

「いいえ、存じません。ご自分でスーツケースを運んでいかれました。ドウィットさまのほかはどなたもご存じないと思います。お嬢さまや奥さまでも」

「ところで、ジョーゲンズさん、どうして南米の人だとわかったのです」

ジョーゲンズは羊皮紙のような手を口にあてて咳をした。「わたくしのおりますところで、奥さまがドウィットさまにお尋ねになり、ドウィットさまがそのようにおっしゃいました」

ドルリー・レーンはうなずいて目を閉じた。そして開くと、明瞭《めいりょう》な声つきで尋ねた。「ここ数年のあいだに、南米からの客人がそのほかにあったかどうか、思い出せるでしょうか」

「どなたもございません。お越しになったのはマキンチャオさまおひとりでございます」

「どうもありがとう、ジョーゲンズさん。大いに助かりましたよ。ひとつお願いがあります。ドウィットさんに電話をして、ドルリー・レーンが、急用につき、ぜひともきょうの昼食をごいっしょしたいと言っている、と伝えていただけませんか」

「かしこまりました」ジョーゲンズは小さな台に歩み寄り、落ち着いた手つきでダイヤルをまわした。しばらくして、主人と電話がつながった。「ドウィットさまで？　ジョーゲンズでございます……。はい、さようでございます。ドルリー・レーンさまが……こちらにお越しで、きょうの昼食をごいっしょなさりたいとおっしゃっておいでです。急用につき、ぜひとも、と……はい、さようでございます。ドルリー・レーンさまが……急用である旨をお伝えするようにと……」

ジョーゲンズは振り返った。「正午に取引所クラブでよろしゅうございますか、レーンさま」

レーンの目が輝いた。「正午に取引所クラブ。申し分ありませんよ、ジョーゲンズさん」

外へ出てリムジンに乗りこむと、レーンは、懸命に服の襟を引っ張るクエイシーに言った。

「ふと思いついたのだが、クエイシー、おまえはこのところ長年にわたって、そのすぐれた観察力を生かす機会に恵まれなかったね。ほんのいっとき、探偵をしてみる気はないかね」

車が走り出し、クエイシーは皺《しわ》だらけの首から襟を力まかせに引きちぎった。「仰せのとおりにいたしますよ、ドルリーさま。いまはこの襟が……」

レーンは喉《のど》の奥で愉快そうに笑った。「たいした仕事ではない――簡単なことで申しわけなく思うが、この道ではおまえは新米だからね……。きょうの午後、わたしには大切な用事がたくさんあるから、そのあいだに、ニューヨーク市内にある南米の国の領事館すべてに連絡をとってもらいたい。南米から来たフェリペ・マキンチャオという男を知っている領事館員を探すのだよ。その男は、背が高くて色黒で、口ひげを生やし、先住民か黒人の血が混じっている可能性もある。まさにオセローだな、クエイシー……。くれぐれも慎重にすることだ。サム警視やブルーノ地方検事に、わたしがどの方面を探っているかを知られたくないのだよ。わかったね」

「マキンチャオ」クエイシーは甲高い声で繰り返し、老いた褐色の指を顎《あご》ひげにからませた。

「いったいぜんたい、どんな綴《つづ》りでしょうな」

「というのも」ドルリー・レーンは自分の考えに浸りきって話をつづけた。「サム警視とブルーノ地方検事が、ジョン・ドウィットの執事を尋問するという知恵を持ち合わせていないのなら、知らせてやるには及ばないからだよ」

「あの執事はおしゃべりですね」聞き役に徹する一生を過ごしてきた男らしく、クエイシーはきびしい口調で言った。

「その反対だよ、クエイシー」ドルリー・レーンはつぶやいた。「めっぽう口が堅い」

第八場　取引所クラブ

九月十一日　金曜日　正午

けっして意図したわけではないものの、ドルリー・レーン氏は華々しい登場を果たした。ウォール街の取引所クラブに満ちた堅苦しい空気のなかへ無造作に足を踏み入れたにすぎないのだが、その行為こそがある種の熱狂を呼び起こした。談話室でゴルフの話に興じていた三人の男が、合図でも受けたかのようにレーンの姿を認め、スコットランド発祥の競技の話がささやきに掻《か》き消される。黒人の接客係がケープを見て目をくるりとまわす。受付の奥の事務員が度肝を抜かれてペンを落とす。株価急騰の情報さながら、噂がすさまじい速さで広まっていった。男たちは用もなく歩きまわりはじめ、そ知らぬふうを装いつつも、レーンの風変わりな姿を興味深そうに目の端でとらえて通り過ぎた。

レーンはため息をついて、ロビーの安楽椅子に腰をおろした。白髪の男が急ぎ足で近づいて、考えうるかぎりの平身低頭で迎えた。

「ようこそ、レーンさま、ようこそ」レーンは軽い笑みで応じた。「お越しくださって光栄です。わたくしは支配人でございます。ご用はなんなりとお申しつけください。葉巻などいかがでしょうか」

レーンはそれをさえぎるように手をあげた。「いえ、それには及びませんよ、支配人。喉に差し支えるので」言い慣れた決まり文句らしく、丁重ながらまったく機械的な調子だった。

「ドウィットさんを待っているのですが、いらっしゃっていますか」

「ドウィットさまですか。まだお見えではないはずです、レーンさま。ええ、まだです」支配人の声音には、ドルリー・レーン氏を待たせるとは何事かという、ドウィットへの強い非難がにじんでいた。「お待ちのあいだに、どうぞなんなりとご用命ください」

「痛み入ります」レーンは椅子の背にもたれ、引きとりを促すように目を閉じた。支配人は誇らしげにその場をさがり、ネクタイを直した。

そのとき、ジョン・ドウィットの小柄で華奢《きゃしゃ》な姿があわただしくロビーに現れた。その顔は青ざめて、表情には不安の色が入り混じり、さらには強い緊張と、心中の切迫感までもがうかがえる。支配人が笑顔で迎えるのにも顔つきを変えずに応じ、羨望《せんぼう》の視線を集めながら、ロビーを突っ切ってレーンのもとへ急いだ。

支配人は「ドウィットさまがお見えです」と声をかけたものの、レーンの反応がないので落胆したようだった。ドウィットが手ぶりで支配人をさがらせ、レーンの硬い肩に手を置いてはじめて、その目が開いた。「ああ、ドウィットさん！」レーンはうれしそうに言って、さっと立ちあがった。

「お待たせしてすみません、レーンさん」ドウィットはぎこちなく言った。「別の約束があって——それをことわるほかなくて——遅れてしまい……」

「かまいませんよ」レーンは言って、ケープを脱いだ。黒人の従業員がすばやく歩み寄り、レーンのケープと帽子と杖《つえ》、ドウィットのコートと帽子を鮮やかな手際で受けとった。ふたりは支配人のあとについてロビーを抜け、クラブの食堂へ向かった。そこでは、給仕長が職業的な無表情をかなぐり捨てて笑顔で出迎え、ドウィットの求めに応じて、隅の席にふたりを案内した。

軽い昼食をとるあいだ——ドウィットはフィレ肉をいささか持て余し、レーンはローストビーフの大きな塊に豪快に取り組んだ——レーンは真剣な話し合いを避けた。ドウィットは呼ばれた意図を探ろうと繰り返しつとめたが、レーンは「落ち着かない食事は消化によくありませんよ」と答えて取り合わなかった。ドウィットが気のない微笑を見せる一方で、レーンは快適そうによどみなく話しつづけ、英国産牛肉を正しく味わう術のほかは何も考えていないふうだった。若き日の舞台での思い出話の数々を披露し、高名な俳優の名前——オティス・スキナー、ウィリアム・フェイヴァシャム、エドウィン・ブース、フィスク夫人、エセル・バリモア——を話のところどころにちりばめた。食事が進むにつれ、レーンのなめらかな含蓄深い語りにドウィットは表情を和らげて、楽しそうに耳を傾けるようになった。いくぶん緊張が解けたようだが、レーンはそれに気づかぬそぶりで話しつづけた。

コーヒーを飲み、ドウィットから勧められた葉巻をことわったあと、レーンは言った。「ドウィットさん、お見受けしたところ、あなたの生来のお人柄は気むずかしくも陰気でもありませんね」ドウィットは愕然《がくぜん》としたが、返事をせずに葉巻をくゆらせていた。「精神分析医でなくとも、あなたのお顔つきや近ごろの行動から、悲しい冬物語を読みとることができます。精神的な重圧に、おそらくはずいぶん長くさらされていらっしゃるはずですが、それはあなたの持って生まれた性格とは無関係です」

ドウィットはつぶやくように言った。「いろいろな意味で、きびしい人生を送ってきましたから」

「では、わたしの読みは正しかった」レーンの声が力強くなった。長い指をひろげた両手をテーブルクロスにしっかり載せて、微動だにさせない。ドウィットの目の焦点はその両手に据えられた。「ドウィットさん、あなたと一時間にわたってお話をさせていただいたいちばんの理由は、友好的なものです。あなたのことをもっとよく知るべきだと思ったのですよ。わたしなりの拙《つたな》い流儀かもしれませんが、あなたのお力になれる気がしています。それどころか、あなたは尋常ならざる助力を必要とされていると思うのです」

「ご親切にありがとうございます」ドウィットは目を伏せたまま、力なく言った。「危険な立場にあることは自分でもよく承知しています。地方検事もサム警視も、わたしへの疑念を隠そうともしません。わたしは絶えず監視されています。手紙までもが開封されている気がしてならない。レーンさん、あなたご自身もわが家の使用人たちを尋問なさいましたし……」

「執事だけですよ、ドウィットさん。それも、あなたを利するためにしたことです」

「……サム警視も問いただしました。ですから――自分がどんな立場にいるかはわかります。ただ、あなたは警察とは少しちがう――もっと人間味があると言いましょうか」ドウィットは肩をすくめた。「驚かれるかもしれませんが、水曜の夜以降、わたしはあなたのことをずいぶん考えました。あなたは何度も割ってはいって、わたしをかばってくださった……」

レーンの顔は真剣だった。「でしたら、ひとつふたつ質問に答えていただきたい。わたしはこの捜査に公の人間としてかかわっているのではありません。個人的な欲求で、真実を明らかにしたい思いに突き動かされているだけなのです。なんとしても知りたいことがあるのですが、それはさらなる進展を図るためで……」

ドウィットはすばやく顔をあげた。「さらなる進展？　では、すでになんらかの結論を得られたのですか、レーンさん」

「ふたつの基本的な点に関してです」ドルリー・レーンは給仕を手で招き、あわてて駆けつけた給仕にコーヒーのお代わりを注文した。レーンの横顔を見つめるドウィットの手には、火の消えた葉巻が忘れられたまま垂れさがっている。レーンは微笑した。「ぶしつけではあるものの、わたしはセヴィニエ夫人（十七世紀フランスの文人）の考えに異を唱えなくてはなりません。誤った見こみですよ、ドウィットさん！　あの貴婦人は不滅なるコーヒーが早晩廃れると予言したのですが、それは不滅なるシェイクスピア劇をそう評したのも同然なのですから」そして、変わらぬ穏やかな調子でつづけた。「わたしはロングストリートとウッドを亡き者にした人物を知っています。もしもそれを進展とお呼びになるのでしたらね」

ドウィットの顔が、レーンに殴打されたかのように色を失った。指のあいだで葉巻がふたつに折れる。レーンの澄みきった視線を受けて目をしばたたき、驚きのあまり息を詰まらせながらも、懸命に平静を保とうとしている。「ロングストリートとウッドを殺した人物をご存じですって！」ドウィットは首を絞めつけられたような声で言った。「しかし、レーンさん、犯人をご存じなら、手を打とうとはなさらないんですか」

レーンは静かに言った。「現に打とうとしていますよ、ドウィットさん」ドウィットは身じろぎもしない。「あいにく、わたしたちの相手は想像力に欠けた司法なのです。司法は確たる物証を求めてくるのですよ。ご助力願えますか」

ドウィットはしばらく返事をしなかった。顔は苦悩でゆがみ、その目はこの風変わりな追及者の無表情な仮面を見据え、どの程度知っているのか、どこまで正確に知っているのかを必死に読みとろうとしている。やがて、前と同じ硬い声で言った。「わたしにはとうてい……それだけの……」

「勇気がない、と？」

どこまでもメロドラマじみていて、いささか安っぽかった。レーンの体の奥深くで嫌悪の虫がうごめいた。

ドウィットは黙しつづけた。犯人の名を探ろうかというように、なおもレーンの目を見つめている。そしてついにマッチをすり、震える指で吸いさしの葉巻に火をつけた。「お答えできることはお答えします、レーンさん。しかし——なんと申しあげたらいいか——わたしは両手を——そう、縛られた身の上でして……。一点だけ、どうか尋ねないでいただきたい——水曜日の夜にわたしが会う約束をしていた相手がだれかということです」

レーンは愛想よく首を振った。「この事件で最も興味深い点のひとつについて沈黙を貫くのは、事をますます面倒にしますよ、ドウィットさん。しかし、当面」一拍の間を置く。「それは保留にしましょう。ドウィットさん、あなたとロングストリートさんは南米の探鉱事業で財を成し、いっしょにアメリカにもどって、株式仲買業をはじめられたそうですね。それには巨額の資金が必要ですから、すばらしい鉱脈を掘りあてたのでしょう。それは戦前のことですか」

「ええ」

「その鉱山は南米のどこですか」

「ウルグアイです」

「ウルグアイ。なるほど」レーンは半ば目を閉じた。「では、マキンチャオ氏はウルグアイ人ですね？」

ドウィットの口があき、両の目が猜疑心《さいぎしん》に曇った。「どうしてマキンチャオのことをお知りになりました？」と訊《き》く。「ジョーゲンズだな。困った老いぼれだ。口外するなと言っておくべき——」

レーンは鋭く言った。「お腹立ちははなはだ見当ちがいですよ、ドウィットさん。ジョーゲンズは尊敬に値する人物で、忠実な執事です。話をしてくれたのは、あなたを利すると信じたからにほかなりません。あなたもジョーゲンズを見習うべきです――わたしの意図をお疑いになるなら別ですが」

「いえ、とんでもない。失礼しました。そうです、マキンチャオはウルグアイ人です」ドウィットは苦悶《くもん》していた。目が落ち着きなくあちらこちらへ向けられ、苛立《いらだ》ちの光がもどっている。

「しかし、レーンさん、マキンチャオのことはこれ以上穿鑿《せんさく》しないでいただきたい」

「いえ、これはお尋ねしなくてはなりません、ドウィットさん」レーンの眼光はいまや荒々しいほどだった。「マキンチャオとは何者ですか？　職業はなんですか？　お宅に滞在していたときの特異な行動をどう説明されますか？　これらの質問にはぜひとも答えていただきたい」

ドウィットはスプーンでテーブルクロスに意味のない模様を描きながら、押し殺したような声で言った。「どうしてもとおっしゃるなら……別段のことはありません。商用で訪れたにすぎないんですよ、レーンさん。マキンチャオは――南米のとある公共事業の渉外担当者でして――わが社に公債の発行業務を委託したいとのことで……もちろん、まったく合法的な事業です。わたしは――」

「そしてあなたとロングストリートさんは、その公債の発行業務を引き受けることに決めたのですか」レーンは無表情に尋ねた。

「ええ――まあ――検討することにしました」ドウィットのスプーンはせわしなく動き、テーブルクロスに幾何学模様を描いていた――角、曲線、長方形、ひし形。

「検討することにした」レーンは淡々と繰り返した。「なぜそれほど長い滞在になったのですか」

「それは、きっと……ほかの金融機関をあたっていたのかもしれませんが、実のところはどうも……」

「連絡先を教えていただけますか」

「さあ——よくわかりません。あちこち旅してまわっていて、ひとところに落ち着くことがないようですから……」

レーンは急にくすくす笑いだした。「嘘が下手ですね、ドウィットさん。このまま話をつづけてもどうやら無駄ですから、終わりにしましょう。ご自分の空言に混乱して、あなただけでなくわたしまできまりの悪い思いをする前にね。これで失礼しますよ、ドウィットさん。わたしは人間性の判断に長《た》けていると自負していましたが、あなたの態度が手きびしい批判を与えてくれましたよ」

レーンは立ちあがった。給仕がばね仕掛けのように飛んできて椅子を引く。レーンはその男に笑顔を向けてから、ドウィットのうなだれたさまをじっと見て、それまでと変わらぬ愛想のいい口調で言った。「しかし、お気持ちが変わったら、ハドソン河畔の拙宅、ハムレット荘へいつなりとお越しください。では、ごきげんよう」

死刑判決を言い渡された男のように打ちひしがれたドウィットを残して、レーンはその場を去った。

給仕長の先導でテーブルのあいだを縫って進む途中、レーンは一瞬足を止め、微笑を浮かべたのち、ふたたび歩き出して食堂を出ていった。ドウィットの残されたテーブルからさほど遠くない場所で、ひとりの男が食事をしていた。居心地の悪そうな赤ら顔の男で、レーンとドウィットが話しているあいだじゅう、軽く身を乗り出して耳をそば立て、臆面《おくめん》もなく盗み聞きをしていた。

ロビーで、レーンは給仕長の肩を叩《たた》いた。「ドウィットさんとわたしのテーブルの近くにいた顔の赤い人ですが――クラブの会員ですか」

給仕長は困った顔をした。「いいえ、ちがいます。刑事です。バッジを見せて強引に居すわりました」

レーンはまた微笑み、給仕長の手に紙幣を一枚握らせると、受付の机へ悠然と歩み寄った。事務員がすばやく応対に出た。

レーンは言った。「クラブの専属医師のモリス先生にお会いしたいのですよ。それから事務長にも」

第九場　地方検事局

九月十一日　金曜日　午後二時十五分

金曜日の午後二時十五分、ドルリー・レーンはセンター・ストリートを足早に歩いていた。一方には警察本部の巨大な壁々がそびえ、反対側にはニューヨーク南部に多いさまざまな国籍の商店が並んでいる。ニューヨーク郡の主任検事が執務室を置く一三七番地の十階建ての建物まで来ると、レーンは足を踏み入れ、廊下を横切ってエレベーターで階上へ向かった。

レーンの顔はいつものように完璧《かんぺき》に抑制され、完璧に無表情だった。生涯をかけて舞台で重ねてきた鍛錬のおかげで、軽業師が四肢を操るのと同様に、顔の筋肉を自在に調節できた。とはいえ、人目のないいまは、その目に抑えきれぬ光輝がはっきりと認められた。それは興奮の、そして期待の光であり、茂みに身をひそめて銃を構える猟師の目に燃える炎《ほむら》のごとく、鋭敏なる生気と鋭敏なる思考がもたらす輝きと喜びがみなぎっている。その目を観察した者には、持ち主が挫折《ざせつ》を味わったとも、不自由な身の上であるとも、よもや想像できまい……。何かが自我の栓を抜いて、新たな生気を体にあふれさせ、生き生きとした奔流を、自信と活力と緊張感に満ちた新たな水路へ送りこんでいた。

だが、ブルーノ地方検事の執務室の前にある控え室のドアをあけたときには、その輝きは消え失《う》せ、そこにいるのは古めかしい服を着たいくぶん若々しい男にすぎなかった。

係官が慎重な口ぶりでインターホンに告げた。「承知しました、ブルーノ検事」レーンに向きなおって言う。「どうぞおかけください。あいにくブルーノ検事はただいま警察本部長と打ち合わせ中です。お待ちいただけますか」

レーンは待つと答え、腰をおろした。杖《つえ》の握りに顎《あご》を載せた。

十分後、レーンが目を閉じて静かに待っていると、執務室のドアが開いてブルーノが姿を見せ、つづいて長身で堂々たる体軀《たいく》の警察本部長が現れた。係官が立ちあがったが、老人のうた た寝といった風情で坐《ざ》したままのレーンを見てまごついた。ブルーノが微笑んで、レーンの肩を叩く。瞼《まぶた》が開いて、穏やかな灰色の瞳《ひとみ》が物問いたげに動き、レーンは椅子から勢いよく立った。

「ブルーノさん」

「こんにちは、レーンさん」ブルーノは、興味深そうにレーンを見つめる本部長のほうを向いた。「レーンさんです――レーンさん、こちらはバーベッジ警察本部長」

「光栄ですよ、レーンさん」本部長はレーンの手を握って大声で言った。「昔、拝見しましたよ。あれは――」

「どうやらわたしは甘美なる過去の影のなかに生きているらしいですね、バーベッジさん」レーンは屈託のない笑い声をあげて言った。

「いいえ、とんでもない！　以前と変わらぬご活躍ぶりは存じております。新たな天職を得られたことについてもブルーノさんから聞きましたよ。それに、あなたが与えてくださった示唆のいくつかが、彼にとっていまだに謎であることもね」本部長は大きな頭を縦に振った。「いや、われわれ全員にとっての謎だ。サムがそう話していました」

「年寄りの酔狂ですよ、バーベッジさん。ブルーノさんは実に寛容なかたです」レーンは目尻《めじり》に皺《しわ》を寄せた。「バーベッジさん、あなたのおかげで、ある輝かしい人物の名前を思い出しました。リチャード・バーベッジというかつての名優です。ウィリアム・シェイクスピアの三人の終生の友のひとりでした」本部長はどことなくうれしそうだった。

数分間話をして、バーベッジ本部長が辞去すると、ブルーノはレーンを執務室へ招じ入れた。そこでは、サム警視が不信感を露骨に顔に浮かべて電話機に覆いかぶさっていた。受話器を耳にあてたまま、挨拶《あいさつ》代わりに太い眉《まゆ》をあげた。レーンはサムの向かいにすわった。

「いいか、よく聞け」サムは言った。相手の声に耳を傾けるうちに、その顔はみるみる赤くなり、抑えきれぬ怒りでいまにも爆発しそうになった。「このおれをからかうつもりか。きちんと説明しろ……。なんだと、ふざけるな！　きょうの午後二時半に電話をよこせとおれが言った？　おまえに仕事を言いつけるからだと？　ばかも休み休み言え！　酔っぱらってるのか！……なんだと？　このおれがじきじきに言った？　おい、ちょっと待て」サムは振り向いて、血走った目でブルーノを見た。「このまぬけ野郎はうちの部下なんですがね、いかれちまったらしいんですよ。やつは――おい、もしもし！」サムは受話器に怒鳴った。「おれが絨毯をめくるのを手伝っただと？　どこの絨毯《じゅうたん》だ、このぼけなす。ばかばかしい。ちょっと待てよ」またブルーノを見る。「いかれちまったどころじゃない。きのう、このおれがウィーホーケンのウッドの部屋をつきまわったと言うんです。いや、待て、いかれてないのかもしれん！　もしかすると――ああ、そうか！」サムは絶叫した。「たぶん何者かが……」そしてその目が、楽しげに見守るドルリー・レーン氏の柔和な顔に据えられた。サムの口が大きく開き、熱っぽい目にひらめきが宿った。苦笑が顔じゅうにひろがり、サムは受話器に向かってうなるように言った。「よし、わかった。予定変更だ。そのまま部屋の監視をつづけろ」電話を切り、机に両肘《ひじ》を突いてレーンのほうを向いた。ブルーノは当惑顔でふたりを見比べている。「レーンさん、あんたの仕業ですな」

レーンの顔から表情が消えた。「警視さん」と重々しく言う。「かつてあなたのユーモア感覚を疑ったことがあったとしても、いまやその疑いは永遠に晴れました」

「いったいなんの騒ぎです」ブルーノが尋ねた。

サムは吸いかけの煙草を口にくわえた。「つまりですね、わたしはきのうこんなことをしたらしい。ウィーホーケンへ行ってマーフィー夫人から話を聞き、ウッドの部屋を捜索し、信じられないことに、六年もわたしのもとで働いてきた部下に手伝わせて絨毯の下から預金通帳を見つけ出し、それから下宿屋をあとにした。考えてみたら、こいつは奇跡だ。ウィーホーケンにいながら、同時に、このセンター・ストリートにある自分の執務室であんたとしゃべってたんだから！」

ブルーノはレーンを見て噴き出した。「ちょっと度が過ぎましたね、レーンさん。しかも少々危険です」

「いいえ。危険などまったくありませんでした」レーンは穏やかに言った。「わが忠僕は扮装《ふんそう》の腕にかけては当代随一ですよ、ブルーノさん……。警視さんには平にお許しを請わなくてはなりません。きのうあなたに変装したのには、重大な、やむをえぬ事情があったのです。あなたの部下に指示を与えたのは子供っぽい戯れかもしれませんけれど、それもやはり、たしかに型破りのふるまいではあるものの、大変な扮装をしてみせたことをあなたにお知らせしたかったからなのですよ」

「こんどは当の本人に見せてもらえますかね」サムはこぼした。「しかし、危なっかし――」顎を突き出す。「率直に言って、わたしはどうも――まあ、よしましょう。その通帳を見せてください」

レーンは上着の下から預金通帳を取り出した。サムは受けとって中を確認しはじめた。「警視さん、近いうちに、あなたに一段と大きな驚きを与える人物をお目にかけるかもしれませんよ」

サムは通帳にはさまれた五ドル紙幣を指でもてあそんでいた。「ほう」にやりとして言った。「あんたは正直な人ではある」通帳をブルーノに投げつける。ブルーノはそれを調べたのち、抽斗《ひきだし》にしまった。

「こちらへうかがったのは」レーンは張りのある声で言った。「われらが親愛なる警視さんのあわてられる様子を拝見したかったからではありません。お願いしたいことがふたつあるのですよ。ひとつは、フェリーの乗客全員を網羅した一覧の写しです。いただけるものはありますか」

ブルーノは机の最上段の抽斗を探り、薄い紙束をレーンに手渡した。レーンはそれをたたんでポケットに入れた。「もうひとつは、過去数か月間の行方不明者全員の記録でして、きょう以降の記録も日ごとにいただきたい。お願いできるでしょうか」

サムとブルーノは顔を見合わせた。ブルーノは肩をすくめ、サムはしぶしぶ失踪者《しっそうしゃ》調査局へ電話をして指示を与えた。「完全な記録をお渡しできますよ、レーンさん。ハムレット荘へお送りします」

「助かります、警視さん」

ブルーノはためらいがちに咳払《せきばら》いをした。レーンが穏やかに好奇の目を向ける。「先日、決定的な行動に出る前にお知らせするようにとおっしゃいましたが……」

「斧《おの》はくだされた」レーンはつぶやいた。「正確なところ、どうなるのですか」

「チャールズ・ウッドを殺害した容疑で、ジョン・ドウィットを逮捕します。サム警視もわたしも、立件できるとの意見で一致しました。警察本部長にも説明したところ、さっそく動くようおっしゃいました。起訴に持ちこむのはまず問題ありません」

レーンの顔つきが真剣になった。頬のなめらかな皮膚が引きしまる。「では、あなたとサム警視は、ドウィットがロングストリートも殺したと考えておられるのですね」

「当然ですよ」サムは言った。「あんたのおっしゃるX氏が全体の背後にいるはずです。ふたつの犯行が同一人物の手でおこなわれたことに疑問の余地はありません。動機も手袋のようにぴったり合います」

「うまい言いまわしですね」レーンは言った。「実に巧みですよ、警視さん。では、執行なさるのはいつの予定ですか、ブルーノさん」

「特に急ぐ必要はありません」ブルーノは答えた。「ドウィットは逃げやしませんからね。ですが、おそらくあすじゅうには逮捕します。それまでに何か――」声を曇らせて付け加える。「われわれの考えが変わるような事態に見舞われなければですが」

「信じられないことが起こったら?」

「まずありえません」ブルーノは苦笑いをした。「レーンさん、サム警視とわたしがハムレット荘でロングストリート事件のあらましをお話しした際、あなたはすでにある種の結論に達したという旨のことをおっしゃった。ドウィットの逮捕はそのお考えと一致しますか?」

「いささか残念ながら」レーンは物思いに沈んだ声で言った。「あまりにも早計です……。立件できるということですが、どの程度強力な証拠があるのでしょうか」

「ドウィットの弁護士に、幾日も眠れぬ夜を過ごさせてやれるほどです」ブルーノは答えた。「ドウィットに対する検察側の主張は、おおむねつぎのとおりです。これまでに判明したところでは、ドウィットはウッドと同時刻に乗船し、しかも二往復後にウッドが殺害された時点でも〈モホーク〉に残っていた唯一の乗客です。これは強力な論点です。そして、事件直後に立ち去ろうとしたことを認めています。二往復した理由は――当初はその事実さえも強く否定しており、われわれはその点も強調するつもりですが――説得力に乏しく、まったく根拠がありません。人と会う約束があったと言いながら、その弁明の裏づけを拒否するのは問題外でしょう。それがでっちあげの言い逃れにすぎないのは、電話の主が現れなかったことと、そもそもその通話があった形跡が見あたらないことの二点から明らかです。したがって、電話がかかったという話も、電話の主そのものも、ドウィットの空想の産物だと推定できます。ここまでは納得していただけますか、レーンさん」

「もっともなお話ではありますが、直接証拠とは言いがたいですね。つづきをどうぞ」

ブルーノは鋭い顔を引きつらせたが、天井を見あげて話をつづけた。「ドウィットは殺人現場の上甲板に難なく近づくことができました――もっとも、乗船していた者ならだれでも可能ですが――そして、十時五十五分以降にドウィットの姿を確実に目撃した者はありません。被害者の死体から葉巻が見つかりましたが、これはドウィット本人が自分のものと認めており、銘柄と帯から見て本人のものにまちがいありません。ドウィットは、いかなる場所でもウッドに葉巻を与えたことはないと言っています――いちおう釈明のつもりでしょうが、これはむしろこちらにとって好材料です。というのも、死体から葉巻が出てきた理由として、凶行に及ぶよりも前にどこかよそでウッドに葉巻を与えた可能性をみずから排除しているからです」

レーンは拍手をして無言の喝采《かっさい》を送った。

「さらに、ウッドがフェリーに乗りこむとき、その葉巻を持っていなかったことが判明していますから、まさしく船上で渡されたにちがいありません」

「渡されたのですか？」

ブルーノは唇を嚙《か》んだ。「少なくとも、それが合理的な解釈です。葉巻が残っていたことを考えると、ドウィットがフェリーでウッドと会って話をしたという推論が成り立ちます――それなら、ドウィット自身の認めている二往復の事実も、ふたりの乗船時刻からウッドの殺害までに一時間ばかり経過したことも説明がつくんです。だとしたら、葉巻は話のさなかにドウィットが勧めたか、ウッドが求めたか、どちらかしかありません」

「待ってください、ブルーノさん」レーンはにこやかに言った。「そうしますと、勧めたのであれ求められたのであれ、ドウィットはウッドに葉巻を与え、そのあとで当のウッドを殺しながら、まぎれもなく自分に嫌疑のかかる証拠の品を死体に残したことをすっかり忘れてしまった、とお考えなのですね」

ブルーノは短く笑った。「いいですか、レーンさん。殺人を犯すとき、人はあれこればかなことをするものですよ。きっとドウィットも忘れたんでしょう。ひどく興奮していたはずですから」

レーンは片手を振ってみせた。

「それでは」ブルーノはつづけた。「つぎに動機です。もちろん、ドウィットがウッドを殺したのであれば、ロングストリートの殺害と結びつけて考えなくてはなりません。この点について直接証拠は何もありませんが、動機のうえでつながりがあるのはきわめて明白です。ウッドはわれわれに宛てて、ロングストリート殺しの犯人を知っているという投書を出しました。その説明に出向く途上で殺された――おそらく密告を阻止するためでしょう。口を封じようとする人物はただひとり――ロングストリートの殺害犯人だけです。したがって、陪審員のみなさん」ブルーノは少々ふざけた調子でつづけた。「ドウィットがウッドを殺したとすれば、ロングストリートをも殺したと断じてよいのであります。よって、うんぬんかんぬん《クオド・エラト・エト・セトラ》」

サムがにべもなく言った。「レーンさんはあんたの話なんかひとことも信じやしないよ、ブルーノさん。時間の無駄――」

「サム警視」レーンはやんわりと諭すように言った。「わたしの態度を誤解なさらないでいただきたい。ブルーノさんは当然の結論とお考えのことを指摘なさっています。わたしの意見もまったく同じですよ。チャールズ・ウッドを殺害したのがハーリー・ロングストリートを殺害した人物であることに疑いの余地はありません。もっとも、その結論に至るまでのブルーノさんの論理の過程は別問題ですが」

「だったら」ブルーノが叫んだ。「あなたもドウィットが――」

「どうぞ、ブルーノさん、その先をつづけてください」

ブルーノは顔をしかめ、サムは椅子に背を預けてレーンのよく知られた横顔をにらんだ。

「ドウィットのロングストリートに対する動機は実に明白です」気詰まりな沈黙を破って、ブルーノは話しはじめた。「ふたりの仲は険悪でした。その原因として、ファーン・ドウィットをめぐる醜聞があったこと、ロングストリートがジーン・ドウィットに無理やり言い寄ったこと、そして何よりも、材料がなんだったかはまだわかりませんが、ロングストリートが長きにわたってドウィットを恐喝していたにちがいないことがあげられます。そのうえ、動機とは別に、犯行を裏づける証拠もあります。ロングストリートが電車のなかで新聞の株式欄に目を通し、そのために眼鏡を取り出すという習慣を、ドウィットはだれよりもよく知っていました。だからこそ、針つきのコルク球でいつ手を刺すかまで正確に予測できたんです。ロングストリートの殺害犯人がドウィットだと見抜く手がかりをウッドがつかんだ事情については、ふたつの犯行のあいだにドウィットが少なくとも二回ウッドの電車に乗ったことがわかっています」

「その手がかりとは、具体的にどういうものなのでしょう」レーンは尋ねた。

「むろん、その点は何とも言えません」ブルーノは眉《まゆ》を寄せた。「二回ともドウィットはひとりで乗車しましたから。ですが、ウッドがどのようにして知ったかを立証するには及ばないと思いますね——知ったと推定されるというだけでわたしの論証にはじゅうぶんですから……。検察側にとって最大の決め手となる、真に強力な論拠は、ロングストリートが殺害されたときに電車に乗っていて、なおかつウッドが殺害されたときにもフェリー内にいた人物は、われわれの知りうるかぎり、ドウィットただひとりだということです！」

「すこぶる有力な申し立てだ」サムがうなった。

「法的見地からも興味のあるところです」ブルーノは考えこむように言った。「葉巻の件は強力な証拠ですから、ドウィットを指し示すそのほかの推論や状況証拠も合わせると、大陪審で起訴が決まるのは確実です。そうなったら、わたしがよほどの思いちがいをしていないかぎり、陪審員の評決が出た暁には、ドウィット氏も意気軒昂《けんこう》とはいきますまい」

「腕利きの弁護士なら、そつなく反論を組み立てられるでしょう」レーンは穏やかに言った。

「つまり」ブルーノはすかさず言い返した。「ロングストリートを殺した直接証拠がないということですか？　ドウィットは何者かに〈モホーク〉へおびき寄せられたのだが、個人的理由からその人物の名前を明かすことができない、そしてあの葉巻はウッドの服に仕込まれたものだ——言い換えれば、ドウィットはウッド殺しの犯人に仕立てあげられたのである」ブルーノは微笑んだ。「むろん、弁護側の主張はそんなところでしょうね、レーンさん。しかし、電話で呼び出した人物をはっきり名指ししてみせでもしなければ、どうにもならないんです。あいにく、そんな主張は通りませんね。それに、ドウィットはだんまりを決めこんで話そうとしないではありませんか。その態度を大幅に改めないかぎり、風向きはきわめて不利と言っていいでしょう。心理学もまたわれわれの味方というわけです」

「まあいい」サムが吐き捨てるように言った。「こんな話をつづけてもどうにもなりゃしない。われわれの意見はお聞きになりましたね、レーンさん。あんたの考えはどうなんです」大地を踏みしめて敵を挑発する男よろしく、痛烈な口調で言った。

レーンは目を閉じて、微笑を漂わせた。ふたたび開かれた目には輝きが満ちていた。「どうやらおふたりとも」椅子のなかで体をひねって、ふたりの顔を正面から見る。「罪と罰に対峙《たいじ》する心構えにおいて、多くの演劇制作者が戯曲とその解釈について犯すのと同一の誤りに陥っておられるようです」

サムは露骨にあざ笑った。ブルーノは眉を寄せて椅子の背にもたれた。

「その誤りとはおもにつぎの点にあります」レーンは両手で杖《つえ》を握ってにこやかに言った。

「わたしの子供時代の遊び仲間たちは、サーカスにもぐりこもうとして後ろ向きにテントへ歩み入ったものですが、あなたがたの事件への取り組み方はそれと同じなのですよ。もっとも、そう申しあげてもおわかりになりますまい。戯曲を例にとって、別の形でご説明しましょう。

わたしたちのようないわゆる舞台芸術家は、何年かに一度、劇聖シェイクスピアの作品の不朽性を思い起こすものですが、それはそのたびにどこかの制作者が新たに『ハムレット』を上演すると言いだすからです。では、この善良ながら心得ちがいの制作者が真っ先にすることはなんでしょうか。弁護士との話し合いに奔走して、驚くべき契約書類の山を作成するのです。それらは、芝居そのものを台なしにしても、名優のバリモアやハムデンを主演させるという宣伝上の戦略に合わせて、すべての日程を綿密に組んだものです。主眼は完全にバリモアないしはハムデンに置かれています。呼び物はバリモアやハムデンなのです。人々の反応もまったく同じで――観客はバリモアやハムデンの熱演を観に足を運び、戯曲そのものの荘重な魅力をすっかり見過ごしてしまいます。

こういった人気俳優偏重の弊害を改めようと、ゲディーズが優秀な若手俳優マッシーを主役に抜擢《ばってき》しましたが、この果敢な試みもまた別の意味で名作を台なしにする無分別なものでした。マッシーがハムレットを演じたことがないというところが新味であり、これによって劇作家の本来の意図はいくらか果たされました――ゲディーズは解釈者としての名声のためではなく、自分にとって興味あるハムレットを見せたのです。その一方で、台詞《せりふ》を大胆に刈りこみ、マッシーの演じるハムレットを、思索型というよりは運動選手風の美青年にしてしまいましたが……。

ともかく、この人気俳優偏重の問題は不滅の劇聖にとって残酷なものです。映画においても似たようなことが言えますね。ジョージ・アーリスは映画でよく歴史上の人物を演じます。観客は、摩訶《まか》不思議にも声と肉体を得て復活した宰相ディズレーリを見ようと集まるのでしょうか？　あるいはアレグザンダー・ハミルトンを？　そうではありません。観客は、新たな役に扮《ふん》したジョージ・アーリスのすばらしい演技を見たくて集まるのです。

そんなふうに」とドルリー・レーンはつづけた。「重点が誤ったところに置かれ、取り組み方がゆがんでいるのですよ。あなたがたの現代的な犯罪捜査の方法も、アーリスを賞賛し、『ハムレット』にバリモアを主演させる昨今の風潮に劣らず偏向し、根本から誤りを犯しています。制作者や演出家は、シェイクスピアが調和を図って定めた作品本来の特徴にバリモアが適するか否かを検討せずに、バリモアに合わせて『ハムレット』を形作り、切り削り、調和を乱し、再構成します。あなたがたおふたりも、犯罪の決定的な特徴にドウィットが適するか否かを検討せずに、ジョン・ドウィットに合わせて犯罪を形作り、切り削り、調和を乱し、再構成している点で同じ過ちを犯しておられるのです。論理のあいまいさや、その場しのぎの省略や、説明のつかない大小さまざまの事実は、あまりにも強引に仮説を組み立てたために生じたものです。問題の解決は、不動の事実の集まりである犯罪そのものをつねに基点としなくてはなりません。仮説が未解決の事実との矛盾や対立を引き起こす場合は、仮説のほうがまちがっているのです。おわかりでしょうか」

「なるほど、レーンさん」ブルーノの額に皺《しわ》が寄り、態度がわずかに変化していた。「すばらしいたとえですし、大筋においてそれが真実であることは疑いようもありません。ですが、いったい、あなたのおっしゃる方法を採れる機会がわれわれにどれだけあるでしょうか。こちらは行動に出なくてはなりません。上層部から、新聞から、大衆からつねに追い立てられています。あいまいな点が二、三あったとしても、それはこちらがまちがっているからではなく、それらが説明のつかない、おそらく事件とは無関係な些事《さじ》だからですよ」

「それは疑わしいですね……ともあれ、ブルーノさん」レーンは唐突に話の調子を変えた。その顔にはまた穏やかで謎めいた表情が浮かんでいる。「この興味深い議論を打ち切って、法的措置を執るというあなたのご意見に同意しましょう。どうぞ、ジョン・ドウィットをチャールズ・ウッド殺害の容疑で逮捕してください」

レーンは立ちあがり、微笑んで頭をさげるや、足早に部屋を出ていった。

廊下のエレベーターまでレーンを見送ったブルーノが、浮かぬ顔でもどってきた。サムは椅子にかけたままブルーノをながめたが、いつもの猛々《たけだけ》しさは鳴りをひそめていた。

「どうだい、サム、きみはどう思う？」

「どう思うって」サムは言った。「わかるわけがありませんよ。はじめは大ぼら吹きの老いぼれだと思っていましたが、どうも……」立ちあがって敷物の上を行きつもどりつしはじめた。「さっきの長広舌は耄碌《もうろく》じじいの戯言《たわごと》とも思えない。わけがわからんな……。それはそうと、おもしろいことがあります。レーンはきょうドウィットと昼食をとったんですよ。少し前にモーシャーから報告がはいりました」

「ドゥィットと昼食だって？　本人はそんなことをおくびにも出さなかったのに」ブルーノは小声で言った。「ドゥィットについて、何か握っているんじゃないだろうか」

「もっとも、ドゥィットと結託してるわけでもなさそうですよ」サムはにこりともせず言った。「モーシャーの話では、レーンが立ち去ったあと、ドゥィットは負け犬みたいにがっくりしていたらしいですから」

「もしかしたら」ブルーノはため息をついて回転椅子に腰をおろした。「結局のところ、あの人はこっちの味方なのかもしれない。何かを明らかにする見こみが少しでもあるのなら、あの人に付き合って助言を受け入れるほかあるまい……ただし」顔をしかめて最後に付け加えた。「耳の痛い思いをするかもな！」

第十場　ハムレット荘

九月十一日　金曜日　午後七時

ドルリー・レーン氏がコサックらしき人物――やせこけて、一歩踏み出すたびに青白い頬が激しく震える男――とともに、ハムレット荘内の私設劇場のロビーに姿を現した。舞台は広い玄関ホールと平行に走る廊下の先にあり、ガラス張りの壮麗な壁を突き抜けて出入りする形になっている。玄関ホールは一般の劇場のように金色ずくめではなく、青銅と大理石が基調だった。中央には印象深い彫像が立っている。それはガウアー卿《きょう》の手による名高い記念碑の青銅複製で、高い台座に腰かけたシェイクスピアの足もとに、マクベス夫人、ハムレット、ハル王子、フォルスタッフの立像が四方を囲むように並んでいる。ホールの奥には青銅の巨大な扉がそびえていた。

レーンは、自分のすらりとした長身より一段と大きな連れの男が身ぶりを交えて話しかける唇を鋭く見つめながら、青銅の扉をあけて劇場内へ足を踏み入れた。そこには、仕切り席も、ロココ風の装飾も、高い天井から垂れさがる派手やかなクリスタルガラスのシャンデリアもない――階上席も、大きな壁画も見あたらなかった。

舞台では、汚れた作業着姿の頭の禿《は》げた若い男が梯子《はしご》に立ち、せまい路地の両側にいびつな家々が立ち並ぶ、印象派風の不思議な背景幕の中央で、力強く奔放に絵筆を走らせていた。

「みごとだよ、フリッツ！」レーンはよく通る声で言い、場内の後方で立ち止まって、若い男の仕事ぶりをながめた。「気に入ったよ」閑散としているにもかかわらず、その声は少しも反響しなかった。

「さて」最後列の席に体を沈めて、レーンは言った。「いいかね、アントン・クロポトキン。きみには、自国の人間の作品が具《そな》える潜在価値を見くびるきらいがある。怪奇趣味の下に、真のロシア人の熱情が隠されているのだよ。そういう戯曲を英語に翻訳したら、スラヴ的な情熱は希薄になってしまう。きみがさかんに主張するように、舞台をアングロサクソンの世界に移し替えて戯曲を書きなおすと……」

青銅の扉が音を立てて内側に開き、背中の曲がった小柄なクエイシーがぎこちない足どりではいってきた。「クエイシー。クロポトキンが巨体をひるがえしたので、レーンはこのロシア人の視線をたどった。「クエイシー。演劇の神聖を穢《けが》しにきたのかね」レーンはやさしさのこもった声で言い、それから目を細くした。「疲れているようだな、哀れなカジモド（ユーゴー作『ノートルダム・ド・パリ』の主人公）。どうしたのだね」

クエイシーは近くの席まで歩み寄り、クロポトキンへの挨拶《あいさつ》をつぶやいてから、すねたように言った。「大変な一日でございました――天の神ではないんですから、やりきれません。疲れているかって？　それは――もう、ずたずたです！」

レーンは子供をなだめるように、クエイシーの皺だらけの手を軽く叩《たた》いた。「それで、うまくいったのかい」

クエイシーのなめし革のような顔に歯がきらめいた。「うまくいくもんですか！　あんなふうで、南米の領事たちは国務が果たせるんでしょうかね？　あきれたものですよ。みんな留守です。みんな休暇中です……。おかげでこっちは三時間も無駄な電話をかけつづけて――」

「クエイシー、クエイシー」レーンは言った。「新米には忍耐が肝要なのだよ。ウルグアイの領事には連絡したのか」

「ウルグアイ？　ウルグアイですって？」クエイシーは甲高い声で繰り返した。「しておりません。ウルグアイ？　南米にそんな国がございましたか」

「あるとも。電話をしたら、きっと手応《てごた》えを得られるはずだ」

クエイシーは顔をしかめて、なんとも醜悪な渋面を作ったのち、ロシア人の大男の脇腹をさも憎々しげに小突いて、あわただしく劇場を出ていった。

「あのどぶネズミめ！」クロポトキンがうなり声をあげた。「いつも脇腹を痛めつけるんだ」

十分後、クロポトキンとホーフとレーンが新しい戯曲について話し合っていると、クエイシーが笑顔でもどってきた。「けっこうなご提案でございましたよ、ドルリーさま。ウルグアイの領事は十月十日の土曜日までもどらないそうです」

クロポトキンは立ちあがり、大きな足を踏み鳴らして通路を歩き去った。レーンは眉《まゆ》をひそめてつぶやいた。「運が悪かったな。やはり休暇だと？」

「さようです。ウルグアイに帰国したそうで、領事館にはほかにこちらの質問に答えられる者は――その意思のある者はひとりもおりません。領事の名前はホアン・アホス、綴《つづ》りはA―j―o―s……」

「実を言いますと」ホーフが思案顔で言った。「この作品でひとつの実験をしてみたいんですよ、レーンさん」

「アホスは――」クエイシーがまばたきをして言いかけた。

「なんだね、フリッツ」レーンが言った。

「舞台を左右に区切ってみてはどうでしょう？　技術的にはたいしてむずかしい問題ではあり

ません」

「たったいま電話がありまして――」クエイシーが必死に話しかけたが、レーンはホーフを見つめていた。

「一考の価値はあるね、フリッツ」レーンは言った。「きみは――」

クエイシーが主人の腕を引っ張る。レーンは振り向いた。「ああ、クエイシー！　まだ何かあるのか」

「さっきからずっと申しあげようとしておりましたよ」クエイシーはきびしい声で言った。「サム警視から電話がございまして、ジョン・ドウィットを逮捕したとのことです」

レーンは気のないふうに手を振った。「ばかばかしいが、聞いてよかった。ほかには？」

クエイシーは手のひらで禿げ頭をなでた。「サム警視のおっしゃるには、ただちに起訴に持ちこむつもりだが、公判はひと月ほど先になるとのことです。刑事裁判所が十月にならないと開かれないとか、そのようなお話でした」

「そういうことなら」レーンは言った。「ホアン・アホス氏にゆっくり休暇をとってもらってかまうまい。おまえも休めるとも、キャリバン。もうさがっていい……。ではフリッツ、きみのそのひらめきをじっくり吟味しよう」

第十一場　ライマン、ブルックス＆シェルドン法律事務所

九月二十九日　火曜日　午前十時

ファーン・ドウィットは尾を振り立てた雌豹《めひょう》よろしく待合室を歩きまわっていた。豹の毛皮でふちどりをした服に、豹の毛皮でふちどりをしたターバン型の帽子に、豹の毛皮でふちどりをした奇妙な靴。黒い瞳《ひとみ》には雌豹そのものの不敵で残忍な光がきらめいている。入念に化粧を施した若くない顔は、何世紀にもわたる残酷な歴史を秘めたトーテムの仮面を思わせる。そして、その上塗りの下には、ある種の怯懦《きょうだ》もひそんでいた。

受付係がドアをあけて、ブルックス氏がお目にかかりますと告げたとき、ドウィット夫人は椅子にじっと腰をおろしていた。これまでの行動は、自身のなまめかしさを掻《か》き立てる手段にすぎない。夫人は微笑を浮かべながら、豹の毛皮でふちどりをしたハンドバッグを手にとると、受付係のあとを追って法律書の並ぶ長い廊下を歩き、〝ブルックス専用〟と記されたドアの前まで来た。

ライオネル・ブルックスはその名のとおり、ライオンのような風格の人物だった。体は大柄で、白いものの交じった金髪がふさやかに生えている。地味な服に身を包み、目は暗い憂慮の色をたたえていた。

「おかけください、ドウィット夫人。お待たせしてすみません」夫人は堅苦しい態度で腰をお

ろし、勧められた煙草をことわった。ブルックスは机の端に尻《しり》を載せ、空《くう》を見つめたまま唐突に言った。

「どうしてわざわざおいで願ったのかと不審にお思いでしょう。用件はきわめて重大な意味合いを持つものでして、大変申しあげにくいのです。どうか、わたしはただの仲介者にすぎないことをご承知おきください」

夫人は真っ赤に塗った唇をほとんど動かさずに言った。「よく承知しています」

ブルックスは話を進めた。「わたしは毎日、拘置所にいらっしゃるドウィット氏と面会しています。第一級謀殺の容疑ですので、むろん保釈は認められません。ご主人はこの勾留《こうりゅう》措置を――そう、超然と受け入れておられます。しかし、そのことはきょうのお話とは関係ありません。ドウィット夫人、わたしはきのうご主人から、あなたへの伝言をことづかりました。もし容疑が晴れて釈放されたら、ご主人はただちに離婚の手続きを申請するご意向をお持ちとのことです」

夫人の瞳はちらとも揺るがなかった。思わぬ一撃に内心でたじろいだ様子もない。スペイン系の大きな目の奥で何かが湧き立ちはじめ、ブルックスはあわてて先をつづけた。

「もしあなたが反対をなさらず、世間を騒がすことなく離婚の成立に協力なさるなら、独身でおられるかぎり年額二万ドルを支払うという案を提示するよう、ご主人から言いつかりました。わたしの感想としては、こういう状況で」――ブルックスは立ちあがり、夫人に背中を向けて机をまわりこんだ――「こういう状況で、ご主人は大変寛大な申し出をなさっています」

ドゥィット夫人は鋭く言った。「もしわたしが反対したら?」

「ご主人は一セントもお支払いにならないでしょう」

夫人は不気味な笑みを浮かべた。目の奥の炎は消えやらず、唇だけがゆがんでいる。「あなたも夫も楽観的にすぎますわね、ブルックスさん。離婚手当というものがあるでしょう」

ブルックスは腰をおろし、煙草に注意深く火をつけた。「いいえ、離婚手当は受けとれません」

「弁護士の発言とは思えないわね、ブルックスさん」頰紅が火のように燃えあがった。「捨てられた妻には当然、扶助を受ける資格があります!」

ブルックスは夫人の金属音に似た声にたじろいだ。人間とは思えぬほど冷然とした機械的な口調だったからだ。「あなたは捨てられた妻ではありませんよ、ドゥィット夫人。もしあなたが異議を唱えて訴訟で争うことになった場合、はっきり申しあげて、法廷の同情はあなたにではなくご主人のほうに傾きます」

「要点をおっしゃってください」

ブルックスは肩をすくめた。「いいでしょう、お望みとあらば——ドゥィット夫人、ニューヨーク州において離婚訴訟を起こしうる訴因はひとつしかありません。ドゥィット氏は証拠を握っておられます——申しあげるのは心苦しいのですが——なんら手を加える必要もない、あなたの不貞の証拠を!」

この期に及んでも、夫人は平然としていた。片方の瞼《まぶた》をわずかに伏せただけだった。「どんな証拠ですの」

「ある証人の署名入りの宣誓供述書です。そのなかで、今年の二月八日の早朝、あなたが週末旅行で市外へお出かけだったはずのときに、あなたとハーリー・ロングストリートがロングストリートのアパートメントでともに過ごしていたと証人は述べています。朝の八時に、あなたが薄手のナイトドレス姿、ロングストリート氏がパジャマ姿で、まぎれもなく親密にしていらっしゃるのを目撃したそうです。もっとくわしく申しあげましょうか、ドゥィット夫人。証人は恐ろしいほど細かな点まで述べていますから」

「もうけっこう、たくさんよ」夫人は低い声で言った。目の奥の炎が揺れている。こわばりが解けて人間らしさがもどり、いまや小娘のように身震いしていた。やがて急に頭をあげた。

「その卑劣な証人というのはだれ――女ね？」

「申しあげることはできません」ブルックスはきっぱりと言った。「何をお考えかはわかります。単なるこけおどしか、でっちあげだとご想像なさっているのでしょう」顔が引きしまり、声つきが冷たく非情になる。「われわれには宣誓供述書があり、それを裏づける証人も確保しています。まぎれもなく信頼に足る人物です。さらに、ロングストリートのアパートメントでの逢瀬《おうせ》が、おそらくそのときが最後だったでしょうが、最初ではなかったと証明することもできます。繰り返しますが、こういう状況ですと、ドゥィット氏のご提案はきわめて寛大なものです。こうした案件を多く手がけてきたわたしの経験から申しまして、この提案を受け入れられることをお勧めします――醜聞を起こすことなく、静かに離婚成立に協力してくだされば、独身でいらっしゃるかぎり年額二万ドルを受けとれるのですよ。よくお考えください」

ブルックスは断固たる態度で立ちあがり、相手を見おろした。夫人は膝《ひざ》の上で両手を重ねて床の敷物を見つめていた。やがて、何も言わずに椅子を滑り出て、戸口へ向かった。ブルックスはドアをあけてやり、待合室まで見送って、エレベーターのボタンを押した。ふたりとも無言で待った。エレベーターが来ると、ブルックスはゆっくりと言った。「一両日中にお返事をいただきたく存じます——弁護士に依頼なさるのでしたら、その弁護士を通じてでもけっこうです」

夫人はブルックスなど存在しないかのようにその脇をすり抜けて、エレベーターに乗りこんだ。エレベーター・ボーイが微笑んだ。ブルックスは体を揺すりながら、考えこむようにしばらくその場に立っていた。

次席弁護士のロジャー・シェルドンが巻き毛の頭を待合室へ突き出し、渋面を作った。「帰りましたか。どんな具合でした」

「たいしたものだよ。少しも動じなかった。よほど肝のすわった女だな」

「なら、ドウィットには好都合でしょう。つまり、夫人が騒ぎ立てなければの話ですけど。それとも、争うと思いますか」

「なんとも言えないな。ただ、証人がアナ・プラットであることは感づかれた気がする。プラットはあの朝、寝室をのぞいたところをドウィット夫人に見られたかもしれないと言っているからな。まったく女ってやつは！」急に口をつぐみ、つぶやくように言った。「ロジャー、どうもいやな予感がする。アナ・プラットをだれかに見張らせたほうがいいな。あの女の誠意もあてにならない。夫人に買収されて、証人席で陳述を覆すようなことはじゅうぶんありうる……」

ふたりは廊下を歩いてブルックスの個室に向かった。シェルドンが言った。「ベン・カラムに見張らせましょう。その手のことに慣れてますから。ドウィットの事件のほうはどうだろう。ライマンさんはうまくやっていますかね」

ブルックスは首を横に振った。「なかなか厄介だよ、ロジャー。フレッドも大仕事をかかえこんだよ。請け合ってもいいが、ドウィットの釈放がいかに見こみ薄かを知ったら、夫人は離婚の件なんか気にしないはずだ。離婚されるより、未亡人になる見こみのほうがずっと大きいんだからな」

第十二場　ハムレット荘

十月四日　日曜日　午後三時四十五分

ドルリー・レーン氏は、腰の後ろで両手を軽く組んで英国式庭園をそぞろ歩きながら、漂う花の香りを嗅《か》いでいた。かたわらには、褐色の顔で褐色の歯をゆるやかに動かすクエイシーが、例によって無言で付き従っていた。それというのも主人が黙しているからで、クエイシーは老いた忠犬のごとく主人の気分の変化に合わせて仕えている。

「愚痴に聞こえるかもしれないな」まばらに毛の生えたクエイシーの頭に目をやることもなく、レーンはつぶやいた。「許しておくれ。ときどき苛立《いらだ》ちが募ってね。われらが師は、急ぐことも急《せ》かされることもない〝時〟について多くのことばを残された。たとえば――」レーンは台《せり》詞《ふ》を語るような調子でつづけた。「〝時はすべての罪科を裁く老判事、だから時にまかせましょう〟（『お気に召すまま』第四幕第一場）。美しいロザリンドの台詞のなかで最も的を射たものだ。〝時は狡猾《こうかつ》に隠されたものを探し出し、過ちを暴き、ついには恥じ入らしめる〟（『リア王』第一幕第一場、コーディリアの台詞）。こちらは趣向を変えていささか堅苦しいが、やはり的確ではある。それから、〝時の移ろいは報復をもたらす〟（『十二夜』第五幕第一場、道化の台詞）。これもまさに真実だ。だから……」

ふたりは奇妙な形の老木の前へ来た。太い幹がふたつに分かれ、灰色で節くれ立って、頭上には異様に盛りあがったこぶがある。ふた股《また》の幹のあいだがくぼんでベンチのようになっており、レーンはそこへ腰をおろし、クエイシーを手招いて隣にすわらせた。

「クエイシーの木か」小声で言う。「老雄よ、おまえの背中のこぶに捧《ささ》げた記念樹だよ……」

レーンは半ば目を閉じ、クエイシーは不安げに身を乗り出した。

「何やらご心配の様子ですが」クエイシーはそうささやいてから、軽率なことばを口にしたかのように、あわててひげを引っ張った。

「そう思うかい」レーンはちらりと横目で見て訊《き》いた。「もっとも、おまえはわたし以上にわたしのことを理解しているからな……。だが、クエイシー、こうして〝時〟に仕えるのは神経に障るものだよ。わたしたちはいま袋小路にいる。変化のたぐいが何ひとつ起こらないので、この先もはたして起こるのかどうかとおのれに問いかけている。スフィンクスのごとき人物の動きを見守っているのだよ。かつては隠れた恐怖に苛《さいな》まれていたジョン・ドウィットは、いまや隠れた力に支えられた男に変貌《へんぼう》した。彼の魂を強靭《きょうじん》にしたのはどんな薬だろう？　きのう本人に会ったが、ヨガ行者のようだったよ——超然として、穏やかで、思い煩うこともなく、奥義をきわめた東洋の秘教徒が従容として死を待つかのようだった。実に不思議だ」

「たぶん」クエイシーは甲高い声で言った。「放免されるのでしょう」

「もしかしたら」レーンはつづけた。「わたしが諦念《ていねん》と見たものは、古代ローマのストイシズムかもしれない。あの男の真髄には鉄の細胞が秘められている。興味深い性格だよ……。そのほかは——何もわからない。わたしは無力で、怠惰な前口上役に成りさがっている……。失踪《しっそう》者《しゃ》調査局は欠かさず連絡をくれるが、報告書はアレグザンダー・ポープの言う盗作詩人並みに不毛だ。サム警視は実直ぶりを発揮して——純朴な男だよ、クエイシー——あの冥府《めいふ》の川の渡し船に乗り合わせた乗客全員の私生活を調べたが、住所も身元も背後関係もなんら怪しいところがないと知らせてきた。またしても行き詰まりだ……。どのみち、たいした意味はないのだがね。現場から立ち去った者がおおぜいいて、その行方は突き止めようがないのだから……。神出鬼没のマイケル・コリンズは、聖パフヌティウスの洞窟《どうくつ》へ這《は》いゆく改悛者《かいしゅんしゃ》のごとき熱意をもって、司直の墓場にいるジョン・ドウィットを訪ねている——だが、魂の救いは得られていないそうだよ、クエイシー……。弱りきっているブルーノ地方検事がライオネル・ブルックス弁護士を通じて知らせてきたところによると、ドウィット夫人はねぐらにひきこもったままで——当面は夫からの提案に諾否を示さない魂胆らしい。抜け目のない危険な女だな、クエイシー……。それから、怪しげな部類ではあるものの、わが同業者のチェリー・ブラウン嬢は、地方検事のもとへ日参しては、ドウィットの起訴に向けて検察側への協力を申し出ているが、計算ずくの媚態《びたい》のほかには検事に提供するものがない——もっとも、証人席では目に見える資産になるのはまちがいあるまい。愛らしいふくらはぎや胸もとをちらつかせるとなればね……」

「ドルリーさま、これが四月ごろのことでしたら」かしこまって沈黙を守っていたクエイシーが思いきって言った。「ハムレットの独白の稽古《けいこ》でもなさっているのでございましょうね」

「そして、哀れなチャールズ・ウッドは」ドルリー・レーンはため息混《ま》じりにつづけた。「ニュージャージー州に不滅の遺産——九百四十五ドル六十三セントを遺《のこ》した。相続を申し出る者がないからだ。預金を果たせぬまま通帳にはさんであった五ドル札は、保管所で朽ちていくのだろう……。ああ、クエイシー、われらの時代は驚異に満ちているとも！」

第十三場　フレデリック・ライマンの住居

十月八日　木曜日　午後八時

ウェスト・エンド・アベニューのアパートメント・ハウスの前にドルリー・レーン氏のリムジンが停まった。ドアマンが会釈をし、レーンをロビーへ案内した。

「ライマンさんに」

ドアマンは伝声管を操作した。レーンはエレベーターへ導かれて、天高く運ばれ、十六階でおろされた。ひとりの日本人が歯をむき出して挨拶《あいさつ》し、メゾネット式の部屋へ招じ入れた。晩餐服《ばんさんふく》を着た端整な顔立ちの中背の男が近づいてくる。丸顔で、顎《あご》の下に白い傷跡があり、額が広く髪は薄い。日本人がレーンのケープと帽子と杖《つえ》を受けとり、レーンと晩餐服の男は握手をした。

「ご高名はうかがっております、レーンさん」書斎の肘掛《ひじか》け椅子へレーンを案内しながら、ライマンは言った。「申しあげるまでもありませんが、おいでくださって大変光栄に存じます。ドウィットの事件に関心をお持ちだとライオネル・ブルックスから聞いております」

ライマンは書類と法律書の積まれた机をまわって、椅子に腰をおろした。

「この事件の弁護はさぞ厄介でしょうね、ライマンさん」

弁護士は椅子の上で体を斜めにずらし、顎の下の傷跡を苛立たしげにさわりはじめた。「厄介ですって?」不機嫌そうに机の上の乱れぶりへ目をやる。「それどころか、どうにも手のつけようがないんですよ、レーンさん。こちらは最善を尽くしているのですがね。ドウィットには、態度を改めないかぎり有罪は免れないと繰り返し言いました。それでも頑として語ろうとしません。公判がはじまって幾日も経つのに、何ひとつ聞き出せていません。お先真っ暗です」

レーンは納得したように深く息をついた。「ライマンさん、あなたは有罪の評決がくだるものとお考えですか」

ライマンは暗澹《あんたん》たる顔をした。「やむをえないでしょうね」両手を大きくひろげる。「ブルーノ検事は説得力のある論告をつづけていて――忌々しいほど頭の切れる法律家ですよ――そのうえ非常に強力な状況証拠を陪審員に提示しました。わたしは十二人の陪審員の様子を観察しましたが、まちがいなく心を動かされていましたね。単純な連中ですよ、そろいもそろって」

レーンは弁護士の目の下がたるんで隈《くま》ができているのに気づいた。「ライマンさん、ドウィットが謎の電話をかけてきた人物の名前を明かそうとしないのは、恐怖によるものとお考えですか」

「さっぱりわかりません」ライマンがボタンを押すと、日本人が足音も立てずに盆を持ってはいってきた。「何かお飲みになりますね、レーンさん。クレーム・ド・ココアか、アニゼット酒などいかがですか」

「いえ、ありがとうございます。ブラック・コーヒーをいただきます」

日本人は出ていった。

「正直に申しあげますと、レーンさん」ライマンは目の前の紙をつかんだ。「ドウィットには最初から悩まされています。あきらめているだけなのか、なんらかの切り札を隠しているのか、わたしにはまるでわかりません。あきらめだとしたら、みずから運命を決してしまったわけです。わたし自身は最善を尽くしました。ご存じと思いますが、ブルーノ検事の論告はきょうの午後に終わりました。あすの朝からわたしが弁論をはじめます。きょうの閉廷後、判事室でグリム判事と会いましたが、いつも以上にことば少なでした。ブルーノのほうは、意気さかんで自信満々らしいです。もう決まったようなものだと言っているのをうちの事務所の者が耳にしていますから……。しかしわたしは、これまでの法曹界での経験から、つねにこう考えることにしています。〝危険が大きいときこそ、かすかな望みも見逃してはならぬ《バイ・ゾ・グロサー・ゲファー・コムト・ディーエ・ライヒテステ・ホフヌング・イン・アンシュラグ》（ゲーテの戯曲『エグモント』より）〟」

「シェイクスピアにも匹敵するドイツ人魂ですか」レーンはつぶやいた。「どのような弁護方針で臨まれますか」

「ブルーノ検事とは別の論旨を展開するほかありません――つまり、仕組まれた罠《わな》だと抗弁します。もちろん――」ライマンは言った。「わたしはすでに反対尋問で、ある一点についてブルーノの論告への反駁《はんぱく》を試みました――ロングストリートの殺害後にドウィットが二回ウッドの電車に乗ったのが事実だとしても、ウッドがドウィットの犯行をどうやって知ったかが説明できていないことを指摘して、陪審員の前でブルーノをやりこめました。なんと言っても、ドウィットはあの電車に乗るのが習慣だったんですからね。その点は陪審員にじゅうぶん納得させたつもりです。しかしあいにく、ブルーノのこの弱点も、ウッドの死体から葉巻が出てきたという直接証拠を打ち消すものではありません。これを崩すのは至難の業です」

レーンは日本人からコーヒーカップを受けとり、考えにふけりつつひと口飲んだ。ライマンはリキュールグラスを手でもてあそんでいる。

「それだけではありません」ライマンは肩をすくめて話をつづけた。「ドウィットの最大の敵は自分自身です。どこでだろうとウッドに葉巻一本やった覚えはない、などと警察に言いさえしなければ！　それなら、こちらもそれなりの弁護方針を考えついたでしょうに。それに、あの夜の嘘……あれはどうにもなりません」ライマンは小さなグラスを干した。「最初はフェリーで一度渡っただけだと言っておいて、あとから二往復したことを認めている——それに、電話の主についての説明もうさんくさい——白状しますと、法廷でその点をあざけったブルーノを責める気になれません。ドウィットという人間をよく知らなかったら、わたしだって信じないでしょうから」

「つまり」レーンは静かに言った。「あの直接証拠を前にしては、ドウィットをあなたがどう評しても陪審が受け入れるはずがないとお思いなのですね？　ごもっともです……。ライマンさん、今宵《こよい》のお話しぶりからして、最悪の結果を予期しておられるのでしょう。ただ、おそらく——」微笑を浮かべてコーヒーカップを置いた。「わたしたちが力を合わせれば、ゲーテの言う〝かすかな望み〟を生かすことができるのではないかと……」

ライマンはかぶりを振った。「ご協力のお申し出は大変ありがたいのですが、いったいどうしたものか。法の専門家として、こちらの採るべき最良の策は、ブルーノの繰り出す状況証拠になるべく多くの疑問を投げかけることによって、陪審が合理的疑いがあるとして無罪の評決をくだすように持ちこむことです。望み薄ではありますが、それ以上の攻撃策はありません。ドウィットが頑《かたく》なに口を閉ざしている以上、無罪そのものを立証しようとしても無駄ですから」

レーンは目を閉じた。ライマンは黙し、その風格ある顔を興味深く見つめている。レーンの目が開くと、灰色の瞳《ひとみ》の奥に純然たる驚きの色が見てとれた。「実を言いますと、ライマンさん」レーンはつぶやいた。「わたしには不思議でならないのです。この事件を調べておられる頭脳明晰《めいせき》なかたがたのだれしもが、本質とはかけ離れた物事の覆いに妨げられて――少なくともわたしには――写真のようにこの上なくはっきり見える真実をご覧になっていないことが」

ライマンの顔に何かが浮かんだ――希望の光、憔悴《しょうすい》混じりの期待の色だった。「とおっしゃいますと」すかさず尋ねる。「だれも知らない重大な事実をつかんでおいでなのですか？　ドウィットの無罪を立証できる何かを？」

レーンは両手を組み合わせた。「ライマンさん――ドウィットはウッドを殺していないと、あなたは心から信じていらっしゃいますか」

ライマンは口ごもった。「それはご返答しがたい質問ですね」

レーンは首を縦に振って微笑んだ。「では、お答えいただかなくてけっこうです……。いま写真のような真実と申しあげたところ、わたしが新事実を発見したものと、あなたはすぐにお考えになった……。ライマンさん、わたしの存じていることは、サム警視も、ブルーノ地方検事も、そしてあなたご自身も、事件の夜をめぐる諸事実や状況を考えれば知りえたはずなのです。おそらくドゥィットなら、鋭い頭脳の持ち主ですから、立場さえちがえば、つまり自身が事件の中心人物でなければ、真実を見抜いていたのではないかと思いますが」

ライマンはたまらず椅子から立ちあがっていた。「どうかお聞かせください、レーンさん」大声で言う。「何が真実なのですか？　ああ、ふたたび希望が湧いてきました！」「どうぞおかけになって、ライマンさん」レーンは和やかな口調で言った。「よくお聞きください。よろしければ書き控えていただいて……」

「お待ちください、すぐまいります！」ライマンは戸棚へ走り寄り、奇妙な機械を持って駆けもどってきた。「口述録音機です——これに思う存分お話しください、レーンさん。わたしは夜通し研究して、あすの朝全力を尽くします！」

ライマンは机の抽斗《ひきだし》から黒い蠟管《ろうかん》を出して機械に取りつけ、送話器をレーンに手渡した。レーンは口述録音機に向かって静かに話しだした……。九時半にレーンは帰ったが、ライマンは大喜びで、輝いた目から疲労の色がすっかり消え失《う》せ、手は早くも電話の受話器をつかんでいた。

第十四場　刑事裁判所

十月九日　金曜日　午前九時三十分

黒い法服に身を包んだ小柄なグリム老判事が仏頂面でおごそかに入廷し、廷吏が木槌《きづち》を叩《たた》いて開廷を宣すると、人々のざわめきが静まった。法廷の外の廊下まで静寂が行き渡るなか、チャールズ・ウッド殺害容疑によるジョン・O・ドウィットの公判五日目がはじまった。

廷内は傍聴人で埋めつくされていた。判事席の前の囲いのなかには、法廷速記者の机の両側にふたつのテーブルがあった。一方には、ブルーノ地方検事とサム警視が数人の助手とともに着席している。他方には、フレデリック・ライマン、ジョン・ドウィット、ライオネル・ブルックス、ロジャー・シェルドン、それに数人の所員が居並んでいる。

柵《さく》の向こう側では、頭の海のなかになじみのある顔がのぞいていた。陪審員席にほど近い片隅にドルリー・レーンがすわっている。隣にはクエイシーの小柄な姿がある。傍聴席の反対側には、フランクリン・エイハーン、ジーン・ドウィット、クリストファー・ロード、ルイ・アンペリアール、ドウィットの執事ジョーゲンズが一団となって座を占めていた。その近くに、黒衣の艶姿《あですがた》を見せるチェリー・ブラウンと陰気な顔のポルックスがいる。唇を嚙《か》みしめるマイケル・コリンズがひとり離れてすわり、ロングストリートの秘書アナ・プラットも同様だった。はるか後方の席には、ベールで顔を覆ったファーン・ドウィットが謎めいた様子で身じろぎもせずに腰かけていた。

所定の手続きが終わると、生気を取りもどしたライマンが颯爽《さっそう》と立ちあがり、テーブルの後ろから歩み出て、明るい顔で陪審員席を見やり、ブルーノ地方検事に笑顔を向けたのち、判事に向かって言った。「裁判官、弁護側の最初の証人として、被告人ジョン・O・ドウィットの喚問を要求します！」

ブルーノが椅子から半ば腰を浮かせて目を大きく見開いた。廷内にひろがるざわめきのなか、サム警視が当惑顔で首を振る。それまで悠然と自信に満ちていたブルーノの顔にかすかな不安が表れた。サムのほうへ身を乗り出し、ひそかに耳打ちする。「ライマンのやつ、いったい何を企《たく》んでる？　殺人事件の公判で被告人を証人に引っ張り出すなんて！　こっちに攻撃の機会を与えるだけじゃないか……」サムは肩をすくめ、ブルーノはふたたび腰を沈めてひとりごとをつぶやいた。「何かあるな」

ジョン・O・ドウィットは静かな硬い声で型どおりに宣誓をし、氏名と住所を告げたあと、証人席にすわって両手を組み、そのまま待った。廷内が死の沈黙に包まれる。ドウィットの小柄ながら超然とした、無関心にさえ見える姿には、謎めいて計り知れぬものがある。陪審員たちが椅子のへりまで身を乗り出した。

ライマンは親しみのこもった口調で尋ねた。「あなたの年齢は？」

「五十一歳です」

「職業は？」

「株式仲買業です。ロングストリート氏が亡くなる前は、ドウィット&ロングストリート商会を共同経営していました」

「ドウィットさん、九月九日、水曜日の晩の出来事について、法廷と陪審員のみなさんに話してください。あなたが事務所を出られてから、ウィーホーケンのフェリー発着場へ着くまでのいきさつをです」

ドウィットはふだんの会話に近い調子で語った。「五時半にタイムズ・スクエアの支店を出て、地下鉄でウォール街の取引所クラブへ向かいました。夕食前に軽く運動をしようと思い、プールでひと泳ぎするつもりでクラブのジムへ行きました。そこで、右手の人差し指を器具で切ってしまったんです――大きな切り傷で、ずいぶん出血しました。クラブ専属医のモリス先生がすぐに診てくださり、血を止めて消毒をしてくださいました。モリス先生は包帯を巻こうとなさいましたが、わたしはその必要はないと考え、それから……」

「ちょっとよろしいですか、ドウィットさん」ライマンが穏やかに口をはさんだ。「包帯を巻く必要はないと考えたとおっしゃいましたね。それはおそらく、見た目を気になさったからでは……」

ブルーノが席を蹴《け》って立ち、誘導尋問だと異議を唱えた。グリム判事が異議を認め、ライマンはにこやかに言った。「では、包帯を巻くのを拒んだ理由はほかに何かありましたか?」

「はい。その晩はずっとクラブにいるつもりでしたし、モリス先生の手当で出血も止まったので、包帯などして煩わしい思いをしたくなかったんです。それに、包帯をしていたら、周囲の人たちが気づかってあれやこれや訊《き》いてくるでしょうから、それに答えなくてはなりません。わたしはそういうのがどうも苦手でして」

ブルーノがふたたび立ちあがった。抗議、非難、怒声……。グリム判事は地方検事を沈黙させ、ライマンに続行を促した。

「話をつづけてください、ドウィットさん」

「モリス先生は、指を曲げたりぶつけたりすると傷口がまた開いて血が出るから注意するようにとおっしゃいました。そこで水泳をあきらめてどうにか服を着て、いっしょに夕食をとる約束をしていた友人のフランクリン・エイハーンと、クラブの食堂へ行きました。ふたりで食事をしたあと、ほかの仕事上の知人たちとクラブで夜を過ごしました。コントラクト・ブリッジに誘われましたが、指の傷のためことわらざるをえませんでした。十時十分にクラブを出て、タクシーで四十二丁目通りの先のフェリー発着場へ向かいました……」

ブルーノがまたしても席を立ち、〝不適切、無関係、不必要〟な証言であると激しく異議を唱えて、被告人の証言すべてを記録から削除するよう要請した。

ライマンが言った。「裁判官、ただいまの被告人の証言は、本件における被告人の無罪を立証するための弁護側の論証において、適切で、関係があり、必要なものであります」

しばらく議論の応酬がつづいたのち、グリム判事は地方検事の異議を却下し、ライマンに続行を促した。ところが、ライマンはブルーノのほうを向いて愛想よく言った。「反対尋問をどうぞ、ブルーノ検事」

ブルーノは眉《まゆ》を寄せて躊躇《ちゅうちょ》したが、やがて立ちあがり、容赦なくドウィットを難詰した。十五分にわたって廷内が騒然とするなか、ブルーノはドウィットを質問攻めにし、証言をぐらつかせよう、ロングストリートにまつわる事実を引き出そうと試みた。これに対しライマンは容赦なく異議を唱え、そのたびに判事の同意を得た。あげくの果てにグリム判事から冷ややかに叱責《しっせき》されると、ブルーノは片手を振り、額の汗をぬぐって着席した。

ドウィットはやや青ざめた顔で証人席をおり、被告人席へもどった。

「弁護側の第二の証人として」ライマンは告げた。「フランクリン・エイハーンの喚問を要求します」

ドウィットの友人は呆然《ぼうぜん》とした顔つきで傍聴席の一団のなかから立ちあがると、通路を歩いて柵を越え、証人席へ向かった。宣誓ののち、ベンジャミン・フランクリン・エイハーンと正式な氏名を名乗り、ウェスト・エングルウッドの住所を告げた。ライマンは両手をポケットに突っこんで穏やかに尋ねた。「あなたのご職業はなんですか、エイハーンさん」

「引退しましたが、もとは技師でした」

「被告人とはお知り合いですか」

エイハーンはドウィットを見やり、微笑んだ。「ええ、六年になります。住まいが近く、無二の親友として付き合っています」

ライマンは鋭い口調で言った。「質問されたことだけにお答えください……。さて、エイハーンさん、あなたは九月九日、水曜日の夜、取引所クラブで被告人と会いましたか」

「ええ。ドウィットさんのいまの話はすべて事実です」

ライマンはふたたび鋭い口調で言った。「どうか質問されたことだけにお答えください」ブルーノは肘掛《ひじか》けをつかんで、口を閉じたまま椅子にゆったりともたれ、はじめて見る男であるかのようにエイハーンの顔に目を据えていた。

「わたしはその日の晩、取引所クラブでたしかにドウィットさんと会いました」

「その晩最初に会ったのは、何時に、どこででしたか」

「七時少し前です。食堂のロビーで会って、すぐ中で食事をしました」

「そのときから十時十分まで、ずっと被告人といっしょでしたか」

「はい、そうです」

「被告人は先刻の証言どおり、十時十分にクラブを出ましたか」

「はい」

「エイハーンさん、ドウィット氏の親友として、被告人が見た目を気にする性格かどうかについてご意見はありますか」

「それはもう――断言できますが――見た目を気にする性分です」

「では、被告人が指に包帯をしなかったのは、その性格と合致するとお考えですか」

「もちろんです」とエイハーンが力強く答えるのと同時に、ブルーノが質問と答の双方に異議を唱えた。裁判官は異議を認め、どちらも記録から削除された。

「あなたはその晩の食事の際、ドウィット氏の指の傷に気づきましたか」

「はい。食堂にはいる前に気づいたので、どうしたのかと尋ねました。ドウィットさんはジムで怪我をしたと言って、傷を見せてくれました」

「では、傷をご覧になったのですね。そのとき、どんな具合でしたか」

「ずいぶん痛々しい感じでした。指の腹が一インチ半も深々と切れていたんです。血は止まっていて、乾いた血がかさぶたになりかけていました」

「食事中、もしくは食後に、その傷に関することで何かお気づきになったことはありますか」

エイハーンは顎《あご》をさすりながら無言で一考した。そして目をあげた。「そう。あの晩ドウィットさんは右手をほとんどずっとあげたままで、食事中は左手だけを使って食べていました。肉は給仕に切ってもらっていましたよ」

「反対尋問をどうぞ、ブルーノ検事」

ブルーノは証人席の前を大股《おおまた》で行きつもどりつした。エイハーンはおとなしく待った。

ブルーノは顎を突き出し、敵意をこめてエイハーンを見た。「あなたはさっき、被告人の無二の親友だとおっしゃいましたね。無二の親友だと。無二の親友のためなら偽証も辞さないんじゃありませんか、エイハーンさん」

ライマンが微笑みながら立ちあがって異議を唱え、陪審員席でもだれかが忍び笑いを漏らした。グリム判事は異議を認めた。

ブルーノは〝とにかく言いたいことはわかったろう〟と言わんばかりに陪審員席を見やった。そしてふたたびエイハーンを正面から見据えた。「その夜、十時十分にあなたと別れてから、被告人がどこへ向かったかご存じですか」

「知りません」

「あなたが被告人といっしょに帰らなかったのはなぜですか」

「ドウィットさんが、人と会う約束があると言ったからです」

「だれとです？」

「それは聞きませんでした。むろんわたしも尋ねていません」

「被告人がクラブを出たあと、あなたはどうしましたか」

ライマンがまた立ちあがり、苦笑を浮かべて異議を唱えた。グリム判事はこんども異議を認め、ブルーノは忌々しげな身ぶりで証人を解放した。

ライマンが自信たっぷりに進み出た。「第三の証人として」ことさらにゆっくりと言い、検察側のテーブルに目をやった。「サム警視の喚問を要求いたします！」

サム警視は、リンゴを盗むところを見つかった少年のようにぎくりとした。隣を見やると、ブルーノは首を左右に振った。サムは足音荒く進み出て、ライマンをにらみつけながら宣誓をし、証人席にどっかと腰を据えて凶暴な顔つきで尋問を待った。

ライマンは楽しんでいるふうだった。〝どうです！　わたしは依頼人の弁護のためなら、偉大なるサム警視を喚問することも恐れません〟と言いたげに、親しみをこめて陪審員席を見やった。そして、おどけたようにサムに向かって指を振ってみせた。

「サム警視、あなたはチャールズ・ウッドが殺害されて見つかったとき、〈モホーク〉の捜査を担当なさいましたね」

「そうです！」

「死体が川から引き揚げられる直前、あなたはどこにいましたか」

「上甲板の北側の、手すりのあたりです」

「おひとりでしたか」

「いいえ！」サムは言い放ち、口を閉じた。

「だれといっしょでしたか」

「被告人と、ドルリー・レーンという人です。部下も何人か甲板にいましたが、手すりのそばでいっしょにいたのはドウィット氏とレーン氏だけでした」

「そのとき、ドウィット氏の指の傷に気がつきましたか」

「はい」

「どうして気がついたのですか」

「被告人は手すりに寄りかかり、右手をぎこちなく上へあげて肘を手すりに載せていました。わたしがどうしたのかと尋ねると、その晩クラブで切ったのだと答えました」

「傷口をしっかりご覧になりましたか」

「どういう意味ですか――しっかりというのは？　わたしは傷を見た――いまそう言ったんだが」

「まあ、まあ、落ち着いてください、警視。そのときにご覧になった傷の様子を話してください」

　サムは当惑顔で地方検事に目を向けた。しかし、ブルーノは頬杖《ほおづえ》を突いて耳を澄ましている。

サムは肩をすくめて言った。「指が少し腫《は》れ、生々しい傷がありました。乾いた血がかさぶたになって、傷口全体を覆っていました」

「傷口全体とおっしゃいましたね、警視。かさぶたは完全にひとつながりで、どこかで切れてはいなかったんですね？」

　サムの無骨な顔に驚きがひろがり、声から敵意が消えた。「ええ。すっかり固まって見えました」

「では、その傷はかなり治りかけていたと言っていいですね、警視」

「そうです」

「だとしたら、あなたがご覧になったのは真新しい傷ではない。つまり、その手すりのあたりで見た直前に皮膚が裂けたわけではない、と言えますね？」

「質問の趣旨がよくわかりません。わたしは医者ではないので」

　ライマンは上唇をゆがめて笑った。「ごもっともです、警視。では別の言い方をしましょう。あなたがご覧になった傷は新しいものでしたか、できたばかりの？」

　サムは落ち着かなげに身をよじった。「ばかげた質問です。かさぶたができてるんだから、新しい傷のはずがない」

　ライマンはにやりとした。「まさしくそのとおりです、警視……。では、ドウィット氏の傷に気づいたあと、何が起こったかを法廷と陪審に話してください」

「そのとき死体が引き揚げられ、われわれは下甲板に通じる階段へ向かって走りました」

「そのあいだに、ドウィット氏の傷に関することで何か起こりましたか」

サムは不機嫌そうに答えた。「はい。被告人が最初にドアにたどり着いて、レーン氏とわたしのためにドアをあけようと取っ手を握りました。被告人が叫び声をあげたので見ると、傷口が裂けて出血していました」

ライマンは身を前に乗り出して、サムの肉づきのよい膝《ひざ》を叩《たた》き、一語一語強調して言った。

「ドアの取っ手を握っただけで、かさぶたが破れて血が流れ出したんですね？」

サムはことばに詰まった。ブルーノが途方に暮れたようにかぶりを振る。目には悲痛な色があった。

サムは小声で答えた。「そうです」

ライマンは早口でつづけた。「血が流れ出してから、傷をよく見ましたか」

「はい。ハンカチを取り出すあいだ、ドウィットはしばらく手をあげたままにしていたので、かさぶたが数か所で破れてそこからにじんでいるのが見えました。ハンカチを巻くと、われわれは下へおりました」

「では警視、ドアのところで見たその血だらけの傷は、少し前に手すりのところで見た裂け目のない傷と同一のものである、と宣誓のうえで証言なさいますね？」

サムはあきらめ顔で言った。「ええ。はい」

だがライマンは執拗《しつよう》だった。「ほかに新しい傷はありませんでしたか？　かすり傷ひとつも？」

「ありませんでした」

「以上です。ブルーノ検事、反対尋問をどうぞ」ライマンは陪審員に意味ありげな笑みを送りながら言い、席にもどった。ブルーノが苛立《いらだ》たしげに首を横に振ったので、サムは証人席をおりた。顔にはさまざまな感情――嫌悪、驚き、納得――が複雑に入り混じっていた。ライマンがふたたび進み出た。傍聴人は興奮のあまりささやき合い、記者たちは必死にペンを走らせている。廷吏が静粛を求めた。ブルーノがそっと頭をめぐらして、だれかを探すように廷内を見渡した。

ライマンは自信に満ちた泰然たる態度で、モリス医師を証人席に呼んだ。取引所クラブの専属医は苦行者のような顔の中年男で、傍聴席から進み出て宣誓し、ヒュー・モリスという氏名と住所を述べたのち、証人席についた。

「あなたは医師ですね？」

「そうです」

「勤務先は？」

「取引所クラブの専属医です。ベルビュー病院の嘱託医でもあります」

「医師としてのご経験は？」

「ニューヨーク州の医師免許を取得して二十一年になります」

「被告人をご存じですか」

「はい。十年前から知っています。彼が取引所クラブの会員になってからです」

「九月九日の晩にクラブのジムでドウィット氏が右手の人差し指に受けた傷についての、各証人の証言をお聞きになりましたね。ジムでの出来事にまつわるこれまでの証言は、あなたの知りうるかぎり、あらゆる点で正確なものでしょうか」

「はい」

「被告人が包帯の着用をことわったあとで、指に気をつけるようにとあなたが注意なさったのはなぜですか」

「人差し指を曲げたりして急激な狭窄《きょうさく》が起こりますと、傷口がまた開く状態にあったからです。傷は人差し指の第一関節と第二関節にまたがっていました。水曜の夜いっぱいは、手をふつうに握っただけでも傷口がひろがって、できかけのかさぶたが破れたはずです」

「包帯を巻こうとなさったのは、そうした医学上の理由からですね？」

「そうです。つねに露出する部位なので傷口が開きやすいのですが、たとえ開いても、薬をしみこませた包帯があれば抗菌効果がありますから」

「よくわかりました、ドクター・モリス」ライマンはすかさず言った。「ところで、あなたの前の証人が、フェリーの手すりの前で見たその傷とかさぶたの状態を説明するのをお聞きになりましたね。証人であるサム警視の説明したような傷が、警視がそれを見かける前——たとえば十五分前に口をあけていたということはありうるでしょうか？」

「つまり、サム警視が見かける十五分前に口をあけた傷が、説明されたような状態になりうるか、ということですか？」

「そうです」

モリスは語気を強めて言った。「ぜったいにありえません」

「なぜですか」

「仮に口をあけたのが一時間前だとしても、サム警視のおっしゃったような――かさぶたが切れ目なくひとつにつながっている、固まって乾いた状態にはなりません」

「だとしたら、サム警視の説明から判断すると、クラブであなたが手当をなさったときから、被告人がフェリーでドアの取っ手をつかむまで、その傷は開かなかったということですね？」

モリスが冷ややかに「そうです」と答えると同時に、ブルーノが猛然と異議を申し立てた。声高に異論が唱えられるあいだ、ライマンは興奮気味にささやき合う陪審員たちを好奇の目で何度も見やった。そして会心の笑みを浮かべた。

「ドクター・モリス、サム警視は先ほどの説明にあったような状態の傷を手すりの前で見かけたわけですが、その数分前に、被告人が重さ二百ポンドもの物体をつかみあげて、それを手すり越しに幅二フィート半の張り出し床の向こうへほうり投げることが、傷口を破らずにできたでしょうか？」

またしてもブルーノは立ちあがり、怒りの汗をにじませて、声をかぎりに異議を唱えた。しかしグリム判事は、この専門的意見を求めることは弁護側の論証において適切であると断じ、ブルーノの異議を却下した。

モリス医師は答えた。「ぜったいに不可能です。傷口を破らずに、いまおっしゃったような行為はできません」

あからさまな勝利の笑みを浮かべて、ライマンは言った。「反対尋問をどうぞ、ブルーノ検事」

廷内がまた騒然とし、ブルーノは下唇を噛《か》んで医師をにらみつけた。檻《おり》のなかの野獣さながら証人席の前を歩きまわった。

「ドクター・モリス！」グリム判事が静粛を求めて木槌《きづち》を叩く。ブルーノは廷内が静まるまで待った。「ドクター・モリス、あなたは宣誓のうえ、専門的知識と経験に基づいて、つぎのように証言なさいました。被告人の傷が前の証人の説明にあった治癒状態だったとしたら、傷口を破ることとなく、右手で重さ二百ポンドの物体を手すり越しに投げることは不可能だと……」

ライマンは動じることなく言った。「異議があります。裁判官。証人が答えた質問と内容がちがいます。わたしの質問には、手すりのほかに、〈モホーク〉上甲板の舷側《げんそく》に沿って伸びている幅二フィート半の張り出し床のことも含まれていました」

「検事、質問を改めてください」グリム判事は言った。

ブルーノはそれに従った。

モリス医師は穏やかに答えた。「さっきと同じく、その質問には〝はい〟とお答えします。医師としての名誉を賭《か》けてもかまいません」

弁護側のテーブルにもどったライマンは、ブルックスに耳打ちした。「ブルーノも哀れだな。あんなにうろたえているのははじめて見たよ。同じ質問を繰り返したら、陪審員はますます強い印象を受けるだけじゃないか！」

だがブルーノはまだ屈しなかった。脅すように言う。「ドクター、あなたがおっしゃっているのはどちらの手ですか」

「指を怪我したほうの右手です、もちろん」

「しかし、被告人がその行動をするのに左手を使えば、右手の傷口は破らずにすむのではありませんか」

「右手を使わなければ、当然右手の傷口は破れません」

ブルーノは鋭い目で陪審員席を見やった。〝この大騒ぎはなんの意味もない。まったく役立たずだ。左手でやれたんだから〟と言わんばかりだ。そして、あいまいな笑みを漂わせて席にもどった。モリス医師は証人席をおりかけたが、ライマンがすばやく証人の再尋問を要求していた。医師は興味の光を目に宿してふたたび証人席についた。

「ドクター・モリス、いま検事が、被告人は左手だけを用いて死体を処分することもできたと示唆するのをお聞きになりましたね。あなたのご意見では、右手の怪我という不利な条件をかかえた被告人が、左手だけでチャールズ・ウッドの意識のない二百ポンドの体を持ちあげ、手すり越しに張り出し床の向こうへほうり投げ、船から落とすことは可能だったでしょうか？」

「いいえ」

「なぜですか」

「わたしは医師として何年も前からドゥィット氏を知っています。ひとつには氏が右利きであることと、さらに、右利きの人間はたいていそうですが、左腕の力が弱いことを承知していいます。小柄で虚弱であり、体重はわずか百十五ポンドと、身体的に非力であることも承知していいます。以上の事実から、体重百十五ポンドの人間が、片腕だけで、それも利き腕でないほうの腕一本で、二百ポンドもの重量の人体に対して、ご説明のような行為に及ぶのは不可能であると断言します！」

廷内の喧騒《けんそう》が耳を聾《ろう》さんばかりになった。数人の新聞記者が外へ飛び出していく。陪審員はうなずきながら興奮気味に話し合っている。ブルーノが立ちあがり、顔を紫色にして叫んだが、だれひとりそれに注目せず、廷吏が大声で静粛を求めていた。騒ぎが静まると、ブルーノは嗄《か》れた声で、医学上の見解を確認したいとの理由で二時間の休廷を申し出た。

グリム判事が怒声をあげた。「今後も審理中にこのような醜態が繰り返されるなら、全員に退廷を命じ、扉を閉鎖する！　休廷の動議を認め、午後二時まで休廷とする」

木槌の音が響く。全員が起立し、グリム判事が退廷して判事室へさがるのを待った。ふたたび大騒ぎがはじまり、床を踏み鳴らす靴音や論じ合う声が湧き起こるなか、陪審員が退廷した。ドゥィットは平静さを失い、息をはずませて椅子に腰かけていたが、蒼白《そうはく》な顔には信じがたい安堵《あんど》の色が浮かんでいた。ブルックスはライマンと祝福の力強い握手を交わした。「こんなみごとな弁護は何年も聞いたことがないぞ、フレッド！」

渦巻く騒ぎのただなかで、ブルーノ地方検事とサム警視は検察側のテーブルの前に沈みこみ、半ば自嘲《じちょう》の混じった腹立ちを感じつつ互いに顔を見合わせていた。いまや新聞記者が弁護側のテーブルを取り囲み、その人だかりからドウィットを救い出すのに廷吏が手を焼いている。

サムが身を乗り出した。「ブルーノの大失態か」うなり声で言う。「さすがのあんたも赤っ恥を掻《か》きましたね」

「ふたりともだよ」ブルーノは噛みついた。「きみだって物笑いの種だ。何しろ、証拠を集めるのはきみの仕事であって、それを提示するのがわたしの役目なんだから」

「まあ、それはそうですが」サムは不機嫌そうに言った。

「ふたりそろってニューヨーク一の大ばか者だ」ブルーノはブリーフケースに書類をほうりこみながら嘆いた。「証拠はずっと目の前にあったのに、きみは明白な真実に一度も跳びつこうとしなかった」

「一言もありませんよ」サムはむっつりと答えた。「たしかにうかつでした。でも」力なく言う。「あんただって、あの夜ドウィットの手にハンカチが巻かれていたのを見たはずなのに、それについて尋ねようとは考えつきもしなかった」

ブルーノは突然ブリーフケースを取り落とした。顔が紅潮する。「フレッド・ライマンの手柄かどうか怪しいものだな！　何より腹立たしいのはそれだ。あいつが口を割るのを聞こうじゃないか！　きみのその無骨な顔にのっかったひどい鼻に負けないほどの仕打ちをやってのけるのは、まちがいなく……」

「そうだ」サムは太い声で言った。「レーンの仕業にちがいない。あの古狐め！」声には力がない。「まんまと一杯食わされた。これもあの御仁を信用しなかった報いか」

ふたりは椅子の上で体をねじり、人影のまばらになった法廷を見渡した。レーンの姿はどこにもない。「逃げられたか」ブルーノは沈んだ声で言った。「さっきは見かけたんだが……。とにかくサム、これはわれわれの自業自得だ。レーンさんは最初からこんなことはやめろと警告していたんだから。ただ、それにしても」小声で付け加える。「あとになって、われわれがドウィットの起訴に踏みきるのを歓迎してさえいるようにも見えた。そのくせずっとこんな切り札を隠し持っていたわけだ。いったいなぜ……」

「さあね」

「なぜドウィットの命を危険にさらすような真似を平気でしたんだろうか」

「危険などなかったんですよ」サムは事もなげに言った。「あの切り札があればね。ドウィットを救えるとわかってたんだ。とにかく、これだけは言っておきます」サムは猿のような両腕をひろげて立ちあがり、毛深いマスチフ犬よろしく体を震わせた。「たったいまから、このサミー坊やは、ドルリー・レーンおじさんの話を素直に聞くぞ！　特にX氏の件に関してはだ！」

第三幕

第一場　リッツ・ホテルの高級客室

十月九日　金曜日　午後九時

ドルリー・レーン氏はひそかに主人役の顔を見守っていた。ドウィットは友人の一団に囲まれて談笑し、親しみのこもった軽口にも楽しげに応じている。

そしてドルリー・レーン氏自身は、研究に研究を重ねたすえに目当てのものを発見した科学者のように、内なるあたたかい満足感で顔を輝かせていた。というのも、ジョン・ドウィットが性格研究の材料として刺激に満ちた輪郭を描いたからだ。ドウィットは六時間のうちに、堅《けん》牢《ろう》な甲冑《かっちゅう》に身を固めた人間から、悲しみを脱ぎ捨てた人間へと変貌《へんぼう》した——いまや潑剌《はつらつ》として輝かしく、機知の人、聡明《そうめい》な仲間、愛想のよい主人役になっている。老いた陪審長が喉《のど》を鳴らし、やせ細った顎《あご》を震わせながら、牢獄の門を開く〝無罪〟の呪文《じゅもん》をしぼり出して即時釈放を告げた瞬間に、ドウィットは薄い胸を張って、沈黙の鎧《よろい》を脱ぎ去ったのである。

内気な男？　いや、今夜はちがう！　祝辞と笑い声とグラスの響きに満ちた、釈放の祝宴がはじまるのだから……

一同はリッツ・ホテルの高級客室に会していた。ひとつの部屋には、食器とグラスと花を並べた長テーブルの準備ができている。ジーン・ドウィットがそこで頬を薔薇《ばら》色に輝かせ、クリストファー・ロードもいた。フランクリン・エイハーンは小柄な親友を見おろすようにして立ち、一分の隙もないいでたちのルイ・アンペリアール、弁護士のライマンとブルックスの姿もあり、ひとりだけ離れてドルリー・レーンがいた。

ドウィットは仲間にことわって、輪のなかから抜け出した。部屋の片隅でふたりの男が向き合った。ドウィットはかしこまった神妙な態度で、レーンはにこやかながら淡々としている。

「レーンさん、申し遅れましたが……どうお伝えしたらいいか――深く感謝しております」

レーンは含み笑いをした。「ライマンさんのような百戦錬磨の弁護士でも、思わず口を滑らせることがあるのですね」

「おかけになりませんか……。そうです、フレデリック・ライマンから何もかも聞きましたよ。自分は祝辞を受けるわけにはいかない、あなたのおかげなんだからと言っていました。実に――実にみごとに事実を整理されましたね、レーンさん。ほんとうにおみごとです」ドウィットの鋭い目に光が揺らめいた。

「しかし、明々白々でしたから」

「いえ、そんなことはありませんよ」ドウィットは安堵の息を深くついた。「ここへお越しくださったことをわたしがどれほど光栄に思っているか、おわかりにはなりますまい。こうしたことにはご関心がなく、改まった席にはめったに顔をお出しにならないのもよく存じております」

「なるほど」レーンは微笑した。「ただ、ちょっとちがうのですよ、ドウィットさん。たしかに出席させていただきました……しかし、こう言ってはどうかと思いますが、いまうかがったのは、楽しい集いやあなたの熱心なお招きに誘われたからだけではないのです」どことなく暗い影がドウィットの顔をかすめたが、すぐに消えた。「というのも、ふと思ったのです。あなたには何か……」レーンの声にはいつもの力強さがなかった。「何かわたしに打ち明けたいことがあるのかもしれないと」

ドウィットはすぐには答えなかった。あたりを見まわして、陽気なざわめきや、自分の娘のしなやかで美しい姿や、部屋の向こうから響くエイハーンの静かな笑い声に意識を傾けている。夜会服姿の給仕が宴会場の引き戸をあけていた。

ドウィットは向きなおり、片手をそっと目にあてた。両の瞼《まぶた》を押さえ、しばしそのままの恰《かっ》好《こう》で思索と考量にふける。「そう——やはり、あなたにはとうていかなわない」目をあけて、レーンの厳粛な顔をまっすぐに見つめた。「レーンさん、あなたを信頼申しあげることに決めました。ええ。それしか道はありません」その声には鉄の響きがある。「わたしには——たしかに——あなたに打ち明けたいことがあります」

「それで？」

「けれども、いまは申しあげられません」ドウィットは強くかぶりを振った。「ここでは無理です。長くて陰鬱《いんうつ》な話ですから、せっかくの夜を台なしにしたくありません——わたし自身のためにも」血の気のない両手を引きつらせる。「今夜は——わたしにとって特別な夜です。ひどい恐怖から逃れおおせたんですから。ジーンが——娘が……」

レーンは穏やかにうなずいた。ドウィットのうつろな目に映っているのは、ジーンではなくファーン・ドウィットの姿だ。妻がこの場にいないのが心残りなのだろう。自分を裏切った妻のことを、すべてを知ったうえで静かに我慢強く愛しているにちがいない、とレーンは確信した。

ドウィットはゆっくり腰をあげた。「今夜は残りの時間、お付き合いくださいませんか。このあとウェスト・エングルウッドのわが家へ場所を移すことになっていまして——そこにもささやかな祝宴の支度をしました——週末を拙宅でお過ごしいただけるのなら、お望みのものはなんでもご用意いたします。一夜のことですから、どうか……。ブルックスさんも泊まりますし、寝具のたぐいはじゅうぶんありますから……」そこで声の調子をがらりと変えてつづけた。「明朝はわたしたちふたりきりになれます。そのときにお話ししますよ——あなたが今夜魔法の直感で、わたしが打ち明けるとお思いになったことを」

レーンは立ちあがって、ドウィットの小さな肩に軽く手を置いた。「よくわかりました。何もかもお忘れになってください——あすの朝までは」

「朝はかならずめぐってくるものです」ドゥィットはつぶやいた。ふたりは歩き出し、ほかの面々に交じった。レーンはみぞおちのあたりにかすかなむかつきを覚えた。陳腐だ……とたんに退屈になった。人々に笑顔を見せながらも、夜会服姿の給仕が一同を宴会場へ案内しているさなか、脳内に一点の光がきらめき、われ知らず考えにふけっていた。〝あすが来て、あすが来て、あすが来る……人の世の最後の一瞬まで……〟。脳裏で光が輝き、震え、はっきりと揺らめく。〝……塵《ちり》まみれの死に至るまで（『マクベス』第五幕第五場）〟。レーンはため息をついたが、ライマンが腕をからめてきたのに気づくと、微笑を浮かべ、人々につづいて祝宴の席へと向かった。

にぎやかな会だった。エイハーンは恐縮しつつ野菜料理をひと皿注文したが、すでにトカイワインをいくらか飲み、チェスの熱戦の模様をアンペリアールに事細かに語っていた。当のアンペリアールはまるで気のないていで、テーブルの向かいのジーン・ドゥィットに気の利いたことばをかけるのにご執心だった。ライオネル・ブルックスは、部屋の隅に置かれた椰子《やし》の木の陰で弦楽団が奏でるゆるやかな旋律に合わせて、金髪の頭を揺り動かしている。クリストファー・ロードはかたわらのジーンを横目で見ながら、ハーヴァード大学のフットボール・チームの成績を予想している。ドゥィットは静かに坐《ざ》したまま、仲間の話し声や、バイオリンの調べや、部屋や食卓や料理や、この場のぬくもりを堪能《たんのう》していた。ドルリー・レーンはドゥィットをつぶさに観察しながら、一席弁じてはどうかとワインで頬を染めたライマンがときおり勧めるのを巧みに受け流していた。

食後のコーヒーと煙草の時間になると、ライマンが唐突に立ちあがり、手を叩《たた》いて静粛を求めた。そしてグラスを掲げた。

「ふだんなら」ライマンは言った。「わたしは乾杯という慣習を好みません。腰当てや張り輪入りペチコートでスカートをふくらませたり、楽屋口に女優目当ての道楽男たちが押しかけたりしていた時代の遺物にすぎないからです。しかし、今夜は乾杯するりっぱな理由があります――ひとりの人間の釈放を祝うのですから」ライマンは笑顔でドウィットを見やった。「ジョン・ドウィットの健康と幸福に乾杯」

一同はグラスを干した。ドウィットがよろけながら立ちあがった。「わたしは――」声が詰まる。ドルリー・レーンは微笑んだが、胸のむかつきは強くなった。「フレッドに劣らず内気な人間ですが」なんの理由もなく一同が笑う。「みなさんにぜひご紹介したいかたがいらっしゃいます。ここ数十年来、あまりに多くの教養人の憧《あこが》れの的であり、数えきれぬほどの観衆の前に立ちながらも、おそらくはだれにもまして奥ゆかしい人物、ドルリー・レーン氏です！」

一同はふたたび乾杯した。レーンはまた微笑んだが、内心はどこか遠くへ逃げ出したくてたまらなかった。席を立たずに、よく響くバリトンの声で話した。「こうしたことを苦もなくやってのけられる人たちを、わたしは心から尊敬します。舞台の上で自制する術は習得できるものです。けれども、このような席で完全な沈着を保つ術は身につけておりませんから……」

「どうぞお願いしますよ、レーンさん！」エイハーンが叫んだ。

「やむをえませんね」レーンは立ちあがった。目から倦怠《けんたい》が消え、光を放ちはじめた。「何かお説教めいたことをお話しすべきなのでしょうが、わたしの商売道具は聖職者の足跡《そくせき》ではなく芝居の台本ですから、わたしのお説教は演劇用語をちりばめることになってしまいます」隣で静かに耳を澄ますドゥィットにまっすぐ顔を向けて言う。「ドゥィットさん、あなたは感情の生き物である人間にとって有数の苦しみを切り抜けられました。裁きの場において、その永劫《えいごう》の刹那《せつな》に、おのれの生死を決する評決を待つのは――しかもその評決をくだすのは、あまりにも過ちを犯しやすい、人間という生き物ですから――この社会において最も残酷な刑罰です。わたしは、この果てなき苦しみに堂々と耐え抜いたあなたは、この上ない賞賛に値します。わたしは、フランスの革命指導者シェイエスが、恐怖政治の時代に何をしたかと問われたときの、半ば滑稽《こっけい》で半ば悲壮な返答を思い出しました。〝われは生きた《ジエ・ヴエキユ》〟と述べたのです。気概と理念を具《そな》えた人物にしかなしえぬ辛辣《しんらつ》な応答です」レーンは息を深くつき、眉《まゆ》ひとつ動かさずに一同を見渡した。「耐え忍ぶ勇気ほど偉大な美徳はありません。それが陳腐に感じられること自体が、真理であることの証明なのです」一同は静まり返っていたが、中でもドゥィットは微動だにしなかった。含蓄あることばが潮のように体内へしみこんで、おのれの一部になるのを体感しているかに見えた。それらのことばが何もかも自分だけに向けられ、自分だけに意味を持ち、自分だけを癒《いや》すと感じているようだった。

ドルリー・レーンは顔をあげて言った。「古人の金言の引用に頼るのは避けがたい癖でして、そのせいでこの楽しい集いに暗い影を投げかけてしまいますね。どうかお許しください――このわたしに話すよう促したのは、ほかならぬみなさんなのですから」そこで声が調子づき、力を増した。「シェイクスピアの作品のなかでも真価を認められたと言いがたいもののひとつ、『リチャード三世』には、悪人の持つ善良な一面を描いた一節があります。その深い洞察には驚嘆させられます」レーンはドウィットのうつむき加減の顔をゆっくりと見やった。「ドウィットさん、この数週間のあなたのご経験は、さいわいにも殺人者の汚名をあなたからぬぐい去りました。しかし、これではまだ、さらに大きな問題が明確になっていません。といいますのも、わたしたちのまわりのどこかで、すでにふたりの人間を地獄へ——本人のためには天国であってもらいたいと願いますが——送りこんだ殺人者が霧にまぎれてひそんでいるからです。わたしたちのうち幾人が、この殺人者の性格や、魂の働きを考えたことがあるでしょうか。つまらぬ見方ではありましょうが、殺人者にも魂があり、多くの先達のことばを信じるならば、その魂もまた不滅なのです。とかくわたしたちは殺人者を人間離れした怪物と思いがちで、おのれの心の奥底にも、ほんのわずかな刺激によって殺人者に豹変《ひょうへん》しかねない、生々しい感情の弱点がひそんでいることに思い至りません……」

沈黙がおり、部屋の空気を重苦しく変えた。レーンは淡々とつづけた。「ここで、自身が生み出した最も興味深い劇中人物のひとりについて、シェイクスピアがどう考察していたかをあらためて見てみましょう。容貌魁偉《ようぼうかいい》にして無慈悲なリチャード三世は、人間の姿をした人食い鬼というものがあるならば、まさしくそうした存在です。しかし、すべてを見透かす作者の目は何をとらえていたでしょうか。リチャード自身の痛烈な独白のなかに……」

突然、レーンは身のこなしも、表情も、声も一変させた。あまりにも巧みな、あまりにも思いがけぬ変貌に、一同は恐怖さえいだきながら見守った。それまで穏やかだった顔に不気味な線や影が生じ、狡猾《こうかつ》さと、辛辣さと、激烈な悪意と、積もり積もった極度の絶望が浮かびあがる。ドルリー・レーン氏はまったく別の凶悪な人格に呑《の》みこまれていた。ゆがんだ口が開き、黄金の喉《のど》からつぶれた声がしぼり出される。「〝ほかの馬をくれ！　この傷を縛れ。神よ、お慈悲を！〟」声は哀れな叫びへと高まり、苦悶《くもん》する喉が張り裂けんばかりだ。そして波が静まり、激情もなく、絶望もなく、聞きとれないほど小さくなった。「〝落ち着け、ただの夢だ……〟」

一同は魅了され、うっとりと酔いしれている。レーンの声はつぶやくように、それでいて明瞭《めいりょう》に響いた。「〝臆病《おくびょう》な良心め、どれだけおれを苦しめる！　炎が青く燃えている。夜半か。冷たい恐怖の汗が、震える体にまとわりついている。何を恐れている？　自分か？　ほかにはだれもいない。リチャードはリチャードを愛する。そう、おれはおれだ。ここには人殺しでもいると？　いない……いや、このおれがそうだ。では逃げるか……なに、自分から逃げる？　大きな理由は、復讐《ふくしゅう》されないためだ。え？　自分が自分に？　悲しいかな、おれは自分を愛している。どうして？　何か、自分で自分によいことでもしたのか？　いや、ちがう！　ああ、おれはむしろ自分が憎い。自分の忌まわしいおこないゆえにだ！　おれは悪党だ。いや、嘘をつけ、悪党じゃない。ばか、自分のことはほめろ。ばか、へつらうな……〟」

声が乱れて下卑た響きを帯びつつあったが、そこで盛り返し、悲壮な自責の叫びへと高まった。「〝おれの良心には千もの舌があって、どの舌もあれこれ話をし、そのどの話もおれを悪党だと難じる。偽証、それも最大級の偽証だとな。いろんな罪が、さまざまなふうに法廷に群がって、有罪、有罪！　といっせいに叫ぶ。もうどうにもなるまい。おれを愛する者などいない。おれが死んでも、だれひとり哀れに思うまい。しかし当然ではないか。このおれ自身、おのれを哀れに思う気持ちなどないのだから〟」

だれかがため息を漏らした。

第二場　ウィーホーケン駅

十月九日　金曜日　午後十一時五十五分

あと数分で深夜十二時になろうかというころ、ドウィットの一行は西岸線の始発駅であるウィーホーケン駅に到着した。倉庫を思わせる灰色の待合室の天井にはむき出しの鉄の梁《はり》が縦横に走り、頭上の壁沿いにプラットホームが伸びている。人影はわずかしかない。待合室の片隅では、構内へ通じる戸口に近い手荷物預かり所の窓口で係員が居眠りをしている。売店でひとりの男があくびをした。背もたれつきの長いベンチにはだれもいない。

一行は笑いさざめきながらはいってきた。ホテルで辞去して自宅へ帰ったフレデリック・ライマンを除き、全員がそろっていた。ジーン・ドウィットとクリストファー・ロードは売店へ駆け寄り、アンペリアールも微笑みながらあとを追った。ロードはキャンディーの大箱を買い、大げさなお辞儀をしてジーンに差し出した。気高さで劣ってはなるまいとばかり、アンペリアールもひとかかえの雑誌を買い、踵《かかと》を打ち合わせて敬礼したのち、ジーンに贈呈した。毛皮に身を包んだジーンは頰を薔薇《ばら》色に染め、目を輝かせて笑った。そしてふたりの男の腕に手をかけてベンチへ誘い、三人並んで腰をおろすなり、チョコレートを食べておしゃべりに興じた。

残りの四人は切符売り場へ歩いていった。ドウィットが売店の上の大時計を見あげる。針は十二時四分を指していた。

「ちょうどいい」と機嫌よく言った。「つぎの列車は十二時十三分に出る――まだ少し余裕があるな。ちょっと失礼」

一行は窓口の前に立った。レーンとブルックスが一歩さがる。エイハーンがドウィットの腕をつかんだ。「ジョン、わたしが払おう」ドウィットは小さく笑ってエイハーンの腕を振りほどき、係員に言った。「ウェスト・エングルウッドまで、片道六枚」

「七人だよ、ジョン」エイハーンが指摘した。

「わかってる。ただ、わたしは五十枚綴《つづ》りの回数券を持っていてね」係員が窓口から六枚の切符をよこしたとき、ドウィットは顔を曇らせた。それから笑みを浮かべて淡々と言った。「当局に古い回数券の損害賠償を請求すべきかな。有効期限が切れてしまったよ、あんな目に――」途中でことばを切って、すぐ係員に言った。「それから、五十枚綴りの回数券を一冊」

「お名前は？」

「ジョン・O・ドウィット、ウェスト・エングルウッドだ」

「かしこまりました、ドウィットさん」係員は相手をじろじろ見ないようにし、忙しげにふるまった。しばらくして、日付入りの細長い回数券綴りを窓格子の下から押してよこした。ドウィットが財布から五十ドル紙幣を取り出したとき、ジーンのよく通る声が響いた。「パパ、列車が来たわよ！」

係員が手早く釣りを渡すと、ドウィットは紙幣と硬貨をズボンのポケットに押しこみ、六枚の片道切符と新しい回数券綴りを手に持ったまま三人の連れを振り返った。

「走りますか」ライオネル・ブルックスが訊《き》いた。四人は顔を見合わせた。

「いや、じゅうぶん間に合いますよ」ドウィットは答えて、切符と回数券をヴェストの左胸のポケットに入れ、上着のボタンを留めた。

四人は待合室を通って、ジーン、ロード、アンペリアールと合流し、屋根のついた駅構内の冷たい夜気のなかへ出ていった。十二時十三分発の普通列車が待っていた。一行は鉄格子の改札を通り抜け、長いコンクリートのプラットホームを歩いていく。そのあとに、ほかの数人の乗客がまばらにつづいた。最後尾の客車は明かりがついていなかったので、一行は先へ進んで、後ろから二両目に乗りこんだ。

数人の見知らぬ乗客が同じ車両に腰をおろした。

第三場　ウィーホーケン＝ニューバーグ間普通列車

十月十日　土曜日　午前〇時二十分

一行はふた組に分かれていた。ジーン、ロード、騎士気どりのアンペリアールは車両のはるか前方にすわって雑談し、ドウィット、レーン、ブルックス、エイハーンは、より中央に近い向かい合わせの座席を占めた。

列車がまだウィーホーケン駅に停まっていたとき、ドウィットを遠慮のない目つきでながめていた弁護士のブルックスが、向かいのドルリー・レーンにだしぬけに言った。「レーンさん、今夜のあなたのお話で大変興味を引かれたことがありましてね……。死の宣告をくだすか、それとも法廷から解き放って新たな人生を与えるかという陪審の評決を、裁きの場で待つ一瞬――その一瞬に、あなたは〝永劫《えいごう》の刹那《せつな》〟が凝縮されていると表現なさった。永劫の刹那！名文句ですよ、レーンさん……」

「まさに的確な言いまわしです」ドウィットが言った。

「そう思いますか？」ブルックスはドウィットの落ち着き払った顔を盗み見た。「あのときわたしは、以前読んだある小説を思い出しました――たしかアンブローズ・ビアスの作品でしたよ。とても変わった話で、絞首刑に処せられる男を描いているんです。首が絞まる直前の、なんと言いますか――一瞬の何分の一とも呼べる時間に、その男の脳裏には自分の全生涯のすべての出来事がひらめいたというんです。文学における、あなたのおっしゃった〝永劫の刹那〟そのものですよ、レーンさん。きっとほかにもおおぜいの作家がこのテーマを扱っているんでしょうな」

「その小説なら、わたしも読んだことがあると思います」レーンは答えた。ブルックスの隣でドウィットがうなずいた。「現代の科学者たちが少し前から述べているとおり、時間というのは相対的なものです。たとえば夢は――目覚めたときには、眠っているあいだじゅう見つづけていた気がしますが――ある心理学者たちの主張によると、実際には、眠りに落ちている意識下の状態と、目覚めて意識を取りもどすときとの境目の、最後の瞬間に見るのだそうです」

「それはわたしも聞き覚えがありますよ」エイハーンが言った。ドウィットとブルックスの向かいにすわっている。

「わたしがほんとうに知りたかったのは」ブルックスはドウィットをもう一度見て言った。「この特異な心理現象があなたの身にも起こったかどうかでしてね。わたしは――たいがいの人がそうだと思いますが――陪審の評決がくだる直前、あなたの脳裏に何が浮かんだのかを考えずにはいられませんでした」

「おそらく」ドルリー・レーンは静かに言った。「ドウィットさんはおっしゃりたくないでしょう」

「そんなことはありません」ドウィットは目を輝かせて答えた。顔が生き生きとしている。「あの瞬間には、生涯で最も驚くべき経験をしましたよ。ビアスの説と、いまレーンさんがおっしゃった夢の説、その両方を裏づける経験です」

「その瞬間に全生涯の出来事が脳裏をよぎったなんて言うんじゃないだろうね」エイハーンは大いに疑っているようだった。

「いや、そうじゃない。それとはなんの関係もない、まったく奇妙な話なんだが……」ドウィットは緑色の背もたれに身を預けて早口に話しだした。「ひらめいたのは、ある人物の正体です。九年ばかり前、わたしはニューヨークで殺人事件の裁判の陪審員に選ばれました。被告人は体こそ大きいもののくたびれきった老人で、安下宿で女を刺し殺したとされていたんです。第一級謀殺の容疑で――殺害は綿密に計画されたという揺るぎない証拠が検察によって提示され――男の有罪には疑問の余地がありませんでした。その短い審理のあいだ、そして陪審員室で評議をしているさなかもずっと、わたしはかつてその男をどこかで見たことがある気がしてなりませんでした。そういう場合の常で、懸命に記憶をたどってその正体を突き止めようとしたものの、男がだれで、いつどこで会ったのかは、結局思い出せずじまいでした……」

蒸気の音がして汽笛が鳴り、ひと揺れとともに列車が動きだした。ドウィットは声をやや大きくした。「かいつまんで話しますと、提出された証拠からその男の犯行であることは疑いないとするほかの陪審員たちの意見に同意して、わたしも有罪の票を投じ、評決に達しました。男は当然ながら刑を宣告され、処刑されました。それっきり、わたしはこの出来事のことをすっかり忘れていました」

列車は駅を出た。ドウィットがひと息ついて唇をなめているあいだ、だれも口を開かなかった。「で、ここからが奇妙な話です。記憶のかぎりでは、その後の九年間というもの、わたしはその男のことも事件のことも一度として思い出したことはありませんでした。ところが先刻、わたしにとって重大な意味を持つ評決が問われたとき——裁判官の問いかけの最後の音節と、陪審長の返答の最初の一語とのあいだの、あのばかばかしいほど短い瞬間に——突然、なんの理由もなく、処刑されていまや土と化しているであろう例の男の顔がわたしの心眼に浮かびあがり、それと同時に男がだれで、どこで会ったのかという疑問が解けたんです——実に九年の歳月を隔ててね」

「それで、何者だったんですか」ブルックスが興味津々で尋ねた。

ドウィットは微笑んだ。「なんとも奇妙なんですよ……二十年ほど前、当時のわたしは南米の各地をまわっていたのですが、ベネズエラのザモラ地方にあるバリナスという町にいたことがあります。ある晩、宿へ帰る途中で暗い路地を通りかかったとき、激しく格闘する音を耳にしました。あのころはわたしも若かったので、なんと言いますか、いまより向こう見ずなところがあったんです。

拳銃《けんじゅう》を持っていましたから、それをホルスターから抜きとって、路地へ駆けこみました。すると、襤褸《ぼろ》をまとった現地人ふたりが白人の男を襲っていたんです。ひとりは白人の頭上に鉈《マチエーテ》を振りかざしていました。わたしが発砲すると、弾ははずれましたが、ふたりの追い剝《は》ぎは驚いたと見え、すでに何か所か切りつけられて倒れている白人を残して逃げ去りました。深手を負ったのかと思って近づくと、その男は立ちあがって、血だらけの汚れたズボンを手で払い、ぶっきらぼうに礼のことばをつぶやいて、足を引きずりながら闇へ消えていったんです。わたしはその男の顔をちらりと見ただけでした。そしてその男が——二十年前に命を救ってやった男こそが——十年余り経ったのち、わたしが電気椅子へ送りこんだ男だったんです。神の摂理とでも言いましょうか」

「おもしろい」その後につづいた沈黙を破り、ドルリー・レーン氏が言った。「伝説として長く語り継ぐだけの価値があります」

列車は点々と光の散る闇を貫いて突き進んでいく——ウィーホーケンの町のはずれに差しかかっていた。

「何より不思議なのは」ドウィットはつづけた。「あのもどかしかった謎が、わたし自身が死の危険に瀕《ひん》したさなかに解けたことです。男の顔はたった一度しか見たことがないんですよ、それも何年も前に……」

「まさに奇々怪々ですね。聞いたこともない話だ」ブルックスが言った。

「人間の頭脳は、死を目前にすると、もっと驚くべきことさえなしとげるものです」レーンが言った。「八か月前に読んだ新聞に、ウィーンで起こった殺人事件を特派員がくわしく伝えた記事がありました。内容はつぎのとおりです。ある男がホテルの一室で射殺されているのが見つかり、ウィーンの警察は男の身元を難なく突き止めました。かつて警察の情報提供者だったとされる、裏社会の下まわりの人物だったのです。殺害の動機はどうやら復讐《ふくしゅう》らしく、この男の密告で痛い目に遭わされた犯罪者の仕業と推定されました。記事によると、被害者は数か月前からそのホテルに滞在していたそうですが、部屋を出ることはめったになく、食事も部屋へ運ばせていたほどでした。だれかを恐れて身をひそめていたと考えられます。現場のテーブルの上には、最後にとった食事の残りがそのまま載っていました。男はそのテーブルから七フィート離れて立っていたところを撃たれ、それが致命傷となりましたが、即死ではなかったのです。その場所から死体が横たわっていたテーブルの脚もとまで、絨毯《じゅうたん》の上に血痕《けっこん》が連なっていたことから、そう判明しました。

現場の状況に奇妙な点がひとつありました。テーブルの上の砂糖壺《つぼ》がひっくり返って、グラニュー糖がテーブルクロスに散らばっており、そのうえ被害者の手にもひとつかみのグラニュー糖がしっかりと握られていたのです」

「おもしろいですね」ドウィットはつぶやいた。

「一見たやすく説明がつきそうでした。被害者はテーブルから七フィート離れた場所で撃たれ、テーブルまで這《は》っていき、超人的な踏ん張りで体を起こし、壺から砂糖をひとつかみしたところで、床にくずおれて息絶えた。しかし、なぜそんなことを？　なぜそれほどまで砂糖が重要だったのでしょうか。いまわの際の捨て身の行動をどう説明すればいいのか。警察は途方に暮れている、と記事は結ばれていました」ドルリー・レーン氏は一同に微笑みかけた。「この刺激的な問題に対する解答を思いついたので、わたしはウィーンへ手紙を書き送りました。数週間後、ウィーンの警察本部長から返事があり、わたしの手紙が届く前に犯人は逮捕されたが、わたしの手紙ではじめて被害者と砂糖の謎が解けたと書いてありました――犯人の逮捕後も警察には説明がつかなかったというのです」

「で、あなたの解答というのは?」エイハーンが尋ねた。「それだけの材料では、わたしにはまったく見当がつきません」

「ええ、同じく」ブルックスが言った。

ドウィットは口をおかしな形にゆがめ、眉根《まゆね》を寄せていた。

「あなたはいかがですか、ドウィットさん」レーンはふたたび微笑を浮かべて訊《き》いた。

「砂糖自体の意味はわかりかねますが」ドウィットは考えこむ表情で答えた。「ひとつだけ確実と思えることがありますね。死にゆくその男は、犯人の正体の手がかりを残そうとしたんでしょう」

「すばらしい!」レーンは声を張りあげた。「まさにそのとおりですよ、ドウィットさん。よくおわかりになりました。では、考えてみましょう。問題の砂糖は、砂糖そのものとしての手がかりだったのでしょうか。つまり、被害者は犯人が——ばかばかしいこじつけをしてみますと——大の甘党であることを示そうとしたのでしょうか。あるいは、犯人が糖尿病患者だという意味でしょうか。もちろん、どちらも無理があります。わたしはそうは考えませんでした。というのも、手がかりは警察に知らせるために残されたにちがいなく、死にゆく男は警察がその手がかりをもとに犯人にたどり着けそうなものを残したはずだからです。では、砂糖はほかに何を意味しうるのか——グラニュー糖の形状は何に似ているでしょうか。そう、それは白色の結晶物質です……。だからわたしはウィーンの警察本部長に宛ててこう書いたのです。砂糖は犯人が糖尿病患者であることを示すと思えなくもないが、より脈のある解釈は、コカイン常用者を指す場合である、と」

　全員がレーンを見つめていた。ドウィットは軽く膝《ひざ》を打って、小さく笑った。「なるほど、コカインか。たしかに白い結晶粉末だ！」

「逮捕された男は」レーンはつづけた。「わが国のタブロイド紙なら〝コカイン漬け〟と呼ぶほどの常習者でした。本部長からの返事にはそう書いてあり、華やかな賛辞がたくさん連なっていました。けれどもわたしには、この謎の解明は単純なものに感じられたのです。むしろ興味を引かれたのは、殺された男の心理でした。その男に人並み以上の知性があったとは思えません。にもかかわらず、頭脳のどこかで鋭いひらめきが発せられました。死ぬ直前のほんのわずかな時間に、そのとき手もとにあるものを使って、自分が伝えうるただひとつの手がかりを残したのです。こんなふうに――生涯を閉じるその唯一無二の神々しき刹那《せつな》、人間の頭脳はかぎりなく昂揚《こうよう》するのですよ」

「ええ、まさに真実です」ドウィットは言った。「すばらしいお話ですね、レーンさん。この推理は単純だとおっしゃいましたが、すべてはあなたのその、物事の真相を見抜く非凡な才能があってこそですよ」

「ウィーンにおられたら、警察はさぞ助かったことでしょう」エイハーンが言った。

　ノース・バーゲンの駅が闇に消えていく。

　レーンは深く息をついた。「わたしはよく考えるのですよ。人間が自分の命を狙う相手に直面したときに、いかに漠たるものであれ、加害者の正体を示す手がかりを残すことができたら、犯罪と刑罰の問題はずいぶん簡単になることだろう、と」

「いかに漠たるものであれ、ですか？」ブルックスが異を唱えるように訊いた。

「そうですとも、ブルックスさん。どんなものでも、まったくないよりはいいでしょう？」

帽子を目深にかぶった屈強そうな長身の男が、青白い顔をゆがめて車両前方のドアからはいってきた。話している四人のもとへおぼつかない足どりで近づくと、緑の格子縞《こうしじま》の布を張った座席の背にもたれかかって、列車の揺れに身をまかせ、ジョン・ドウィットをにらみつけた。レーンは話を中断して、当惑気味に男を見あげた。ドウィットが不愉快そうな声で「コリンズか」と言った。それを聞いて、レーンは新たな興味をもってその男を見つめた。ブルックスが言った。「酔っているな、コリンズ。なんの用だ」

「おまえに用はない、いかさま弁護士め」コリンズはだみ声で言った。何かに取り憑《つ》かれたような血走った目は、ドウィットにかろうじて焦点を合わせている。「ドウィット」丁重に話そうと試みているらしい。「ふたりで話したいんだ」帽子の前をあげて、愛想のよい笑みを浮かべようとしたが、気色の悪い作り笑いに終わった。ドウィットは憐《あわ》れみと嫌悪の目で見返した。ふたりがかわるがわる言い合うあいだ、ドルリー・レーンの灰色の目は、コリンズの険悪そうな顔と、繊細な皺《しわ》の刻まれたドウィットの顔とを往復しつづけた。

「いいかね、コリンズさん」ドウィットが声を和らげて言った。「何度も話したとおり、あの件についてはどうにもならないんだよ。それを承知しながら、いやがらせをするなんて。親しい語らいの邪魔をしているのがわからないのか？　さあ、おとなしく帰ってくれないか」

　コリンズの口もとがゆるんだ。赤い目が曇って涙がにじむ。「聞いてくれ、ドウィット」低い声で訴える。「おまえにはおれの話を聞く義務がある。これがおれにとってどれだけ重大なことか、おまえはわかってない。これは——生きるか死ぬかの問題なんだ」ドウィットはためらい、ほかの面々は互いに視線をそらした。コリンズのていたらくと、むき出しの卑屈さが気詰まりだった。ドウィットの躊躇《ちゅうちょ》にかすかな光明を見いだし、コリンズはすかさず食いさがった。「約束する。ふたりきりで話をさせてくれたら、二度と迷惑はかけないと誓う——今回きりだ。頼むよ、ドウィット！」

　ドウィットは冷静に相手を値踏みした。「たしかなんだな、コリンズさん。二度と迷惑をかけないのか？　こんなふうに付きまとわないのか？」

「ああ、信じてくれ！」充血した目に燃えさかる希望の光は異様だった。ドウィットはため息をついて立ちあがり、連れの三人に詫《わ》びを告げた。ふたりの男は——ドウィットはうつむきながら、コリンズは猛然としゃべりまくり、手ぶりをし、訴えかけ、そむけられたドウィットの顔をのぞきこみながら——車両の後部へ向かって通路を歩いていった。途中でドウィットだけが急に引き返し、コリンズを通路に待たせて三人の連れのもとへもどった。

　ドウィットはヴェストの左胸のポケットへ手を入れると、駅で買い求めた新しい回数券綴《つづ》りはそのまま残し、片道切符だけを取り出した。それをエイハーンに手渡して言う。「車掌が来たら見せてくれ、フランク。どのくらい手間どるかわからないからな。わたしの回数券はあとで見せるよ」

エイハーンがうなずき、ドウィットはコリンズが落胆のていで立つ車両後部へ引き返した。ドウィットが近づくと、コリンズはにわかに元気づき、またも泣き言を並べはじめた。ふたりは後方の戸口を抜けてデッキへ出た。しばしその姿がぼんやりと見えていたが、その後、最後尾の暗い車両の前のデッキへと移り、三人の視界から消えた。

ブルックスは言った。「火遊びで手に大火傷《やけど》をしたというわけだ。どうにもなるまい。あの男を助けるとしたら、ドウィットさんも愚かでしょう」

「ロングストリートのでたらめな助言のせいでこうむった大損を、なんとしても償わせたいんでしょう」エイハーンは言った。「ジョンが折れる可能性もあると思いますよ。何しろ上機嫌だし、命が助かった喜びで、ロングストリートの尻《しり》ぬぐいをする気にだってなりかねない」

ドルリー・レーンは何も言わなかった。車両の後方を振り向いたが、ふたりの姿は見えなかった。そのとき、前部のドアから車掌がはいってきて検札をはじめたため、三人は向きなおり、それまでの緊張も解けた。ロードが車掌に、中ほどにいる連れが切符を持っていると言いながら後ろを見たが、ドウィットがいないのに気づいて驚いた様子だった。車掌が近づいてくると、エイハーンは片道切符を六枚見せ、もうひとりの同行者はいまは席をはずしていて、まもなくもどると説明した。

「わかりました」車掌が言って、切符にパンチを入れ、それをエイハーンがいる座席の上の切符はさみに差しこんでから、そのまま車内を進んでいった。

三人はとりとめのない会話をつづけた。ほどなく話題が尽きると、エイハーンがことわって席を立ち、両手をポケットに突っこんで通路を行きつもどりつしはじめた。レーンとブルックスは遺言についての論議に熱中していた。レーンは何年も前にシェイクスピア劇の公演でヨーロッパ各地を旅した折に出くわした珍しい例を語り、ブルックスはあいまいな遺言がこみ入った法的問題を引き起こした事例をいくつか紹介した。

列車は轟音《ごうおん》を立てて走りつづけた。レーンは二回振り向いて後ろに目を凝らしたが、ドウィットの姿もコリンズの姿も見えなかった。眉間《みけん》にかすかな縦皺ができ、ブルックスとの話の合間にはじっと考えこんだ。やがて微笑を浮かべると、自分のばかげた考えを追い払うように首を振り、会話にもどった。

普通列車は車体を揺らしつつハッケンサック郊外のボゴタ駅に停まった。レーンは窓の外を見つめた。列車がまた動きだし、先刻より深い縦皺が眉間に現れた。時計を見ると、針は十二時三十六分を指している。ブルックスがいぶかしげな顔つきでその様子を見ていた。

だしぬけにレーンが立ちあがり、ブルックスが驚きの声を漏らした。「失礼しました、ブルックスさん」レーンは早口に言った。「わたしの神経が疲れているせいかもしれませんが、ドウィットさんがもどらないのがひどく気になるのですよ。後ろの様子を見てきます」

「何かまちがいでもあったと？」ブルックスも気がかりになった様子で立ちあがり、レーンとともに通路を歩き出した。

「そうでなければよいのですが」ふたりは、落ち着きなく前後に歩くエイハーンの脇を通った。

「どうかしましたか」エイハーンが尋ねた。

「ドウィットがもどらないんでレーンさんが心配しておられる」ブルックスが鋭く言った。

「いっしょに行こう」

レーンを先頭にして、三人は車両後部のドアを抜け、そこで立ち止まった。デッキにはだれもいない。さらに歩を進め、揺れている連結部分をまたぎ越したが、最後尾車両の前のデッキにも人影はなかった。

三人は顔を見合わせた。「さて、いったいどこへ行ったんだ」エイハーンがつぶやいた。「ふたりとも、もどってくるところを見ていないが、あなたがたは？」

「特に気をつけていたわけじゃありませんがね」ブルックスが言った。「もどっていないと思いますよ」

レーンはふたりのことをまったく気に留めていなかった。乗降用ドアのひとつへ歩み寄り、上部のガラス越しに、すばやく移ろう黒い田園風景をながめている。やがてもどってきて、物の見分けがつかないほど暗い最後尾車両の前部ドアを凝視した。ドアのガラス窓から中をのぞいたところ、それはこの路線の終着駅ニューバーグまで牽引《けんいん》される回送車にちがいなかった。早朝のラッシュ時のウィーホーケン駅行きに備えるためのものだ。レーンは口もとを引きしめてきっぱりと言った。「わたしは中へはいります。ブルックスさん、ドアをあけておいてくださいますか。ひどく暗いもので」

レーンはドアの取っ手をつかんで押しあけた。ドアは難なく開いた。鍵《かぎ》はかかっていない。

照明のほとんどない闇に目を慣らすべく、三人は目を細めてしばし立っていたが、何も見えなかった。そのとき、レーンがふと横を向き、息を呑《の》んだ……。

ドアの左手には、仕切られた車室があった——普通客車の入口によくある小さな半個室だ。仕切り壁の手前で、ふたつの長い座席が車内のほかの部分と同じく向き合っている。外側にはほかの座席と同様に窓があり、通路側のレーンが立っている場所には仕切りがない。前向きの座席の窓寄りの位置に、胸に頭を垂れた恰好《かっこう》で坐《ざ》するジョン・ドウィットの姿があった。

レーンは暗黒のなかでさらに目を細めた。ドウィットは眠っているように見える。ブルックスとエイハーンに後ろから押されて、レーンはふたつの座席のあいだへ歩み入り、ドウィットの肩にそっとふれた。反応がない。「ドウィットさん！」と鋼のように鋭い声で呼びかけ、体を揺すった。やはり反応はない。だが今回は首がわずかにかしぎ、ふたつの目が見えた。そして頭がもとの位置にもどり、そのまま動かない……。

暗がりのなかでも、その目はうつろに見開かれた死者のものとわかった。

レーンは身をかがめ、ドウィットの心臓のあたりを探った。

それから立ちあがり、指をこすり合わせつつ車室を出た。エイハーンはポプラの葉のごとく身を震わせて、動かぬおぼろな姿を見おろしている。ブルックスがわななく声で言った。「死ん……でいる」

「手に血がつきました」レーンは言った。「ブルックスさん、ドアをあけておいてください。明かりが要りますから。だれかに照明のスイッチを入れてもらうまではね」エイハーンとブルックスの脇をすり抜けてデッキへ出た。「手をふれてはいけませんよ、おふたりとも」ときびしく言う。ふたりとも返事をせず、本能のごとく身をすくませて、恐怖に魅入られたかのような目で死人を見据えていた。

レーンは頭上を見渡して、求めるものを探しあてると、長い腕を上へ伸ばした。何度か力いっぱい引っ張る——それは非常用の信号綱だった。急ブレーキが作動して軋《きし》む音が響くや、列車は滑り、車体を大きく揺らしながら停車した。エイハーンとブルックスは倒れそうになり、互いの体にしがみついた。

レーンは連結部分を通って、もといた明るい車両のドアをあけた。そこでふと足を止めた。アンペリアールがひとり離れて居眠りをし、ロードとジーンは顔がすれ合わんばかりに寄り添ってすわっている。ほかに数名の乗客がいて、ほとんどが眠るか、何かを読むかしていた。車両の反対側のドアが開いて、ふたりの車掌がレーンに向かって通路を走ってきた。とたんに乗客はただならぬ気配を察し、目を覚ましたり雑誌や新聞を脇へ置いたりした。ジーンとロードも驚いて顔をあげた。アンペリアールは怪訝《けげん》そうな面持ちで立ちあがった。

ふたりの車掌が到着した。「だれが信号綱を引いたんです?」先に駆けてきた、小柄で気の短そうな年配の車掌が大声で言う。「何があったんですか」

レーンは声をひそめて言った。「車掌さん、大変なことが起こりました。いっしょに来てください」ジーン、ロード、アンペリアールが駆けつけた。ほかの乗客も何事かと尋ねながら集まってくる。「いや、お嬢さん、あなたはおいでにならないほうがいい。ロードさん、座席へお連れください。アンペリアールさんもどうぞここから動かずに」レーンは含意をこめてロードの目を見た。青年は顔色を失ったが、うろたえるジーンの腕をとって強引にもとの席へ連れていった。もうひとりの背の高い頑丈な体つきの車掌が、群がる乗客を押し返しはじめた。「どうか席へもどってください。質問はなしです。さあ、もどって……」

レーンはふたりの車掌を引き連れて、最後尾の車両へ取って返した。ブルックスとエイハーンはもとの位置のままで、石と化したようにドウィットの死体を見つめていた。車掌の一方が車両の壁のスイッチを入れると、薄暗かった車内に照明が灯《とも》り、はっきりと見えるようになった。三人は前方に立つブルックスとエイハーンを押しのけて中へはいり、背の高い車掌がドアを閉めた。

小柄な年配の車掌が車室に歩み入り、ヴェストの鎖から重たげな金時計を垂らしてかがみこんだ。皺《しわ》だらけの指が死人の左胸へ向けられた。「弾痕《だんこん》だぞ」と叫ぶ。「殺しだ……」

車掌は体を起こしてレーンに目を向けた。レーンは静かに言った。「何も手をふれないほうがいいですよ、車掌さん」札入れから名刺を取り出し、年配の車掌に手渡した。「わたしは最近のいくつかの殺人事件で捜査顧問として協力しております。今回の件でも権限を有すると思います」

年配の車掌はうさんくさそうに名刺をながめたのち、レーンに返した。制帽を脱いで白髪頭を掻《か》いた。「さあ、どうですかね」不機嫌そうに言う。「ほんとかどうかわかるもんですか。この列車じゃあたしが年長の車掌なんで、規則によると、いつなんどきも、いかなる非常事態でも責任者はあたしってことに……」

「おい」ブルックスが口をはさんだ。「こちらはドルリー・レーンさんだよ。ロングストリートとウッドの殺害事件を手伝っていらっしゃる。新聞で知っているだろう」

「あ、そうでしたか」年配の車掌は顎《あご》をこすった。

「この死人がだれだかわかるか」ブルックスはかすれ声でつづけた。「ロングストリートの共同経営者、ジョン・ドウィットだ！」

「ほんとですか」車掌は驚いた声で言った。半ば隠れたドウィットの顔を疑わしそうに見ていたが、やがて顔を輝かせた。「そう言われると、たしかに見覚えがある気がするな。長いこと、この列車を使ってる人だ。わかりましたよ、レーンさん。あんたにおまかせします。あたしらはどうすりゃいいんですか」

このやりとりのあいだ、レーンは無言のままだったが、目には苛立《いらだ》ちがにじんでいた。車掌の問いにすかさず答えた。「ただちにドアも窓もすべて閉めきって、見張りをしてください。機関士に、最寄りの駅まで列車を走らせるように指示を——」

「つぎの駅はティーネックです」背の高い車掌が口を出した。

「どこでもかまいません」レーンはつづけた。「とにかく全速力で向かってください。それから、ニューヨーク市警のサム警視に連絡をお願いします。警察本部かご自宅にいらっしゃるでしょう。できましたら、ニューヨーク郡のブルーノ地方検事にも」

「駅長に頼みましょう」年配の車掌は思案顔で言った。

「わかりました。そして、なんらかの必要な措置を講じていただいて、ティーネック駅でこの車両を切り離して待避線へ入れてください。車掌さん、あなたのお名前は？」

「みんなからポップと呼ばれてましてね。ポップ・ボトムリーです」年配の車掌は真顔で答えた。「仰せのとおりにしますよ、レーンさん」

「では、わかってくださいましたね、ボトムリーさん」レーンは言った。「いますぐ手配をお願いします」

ふたりの車掌はドアへ向かった。ボトムリーが若い後輩に言った。「機関士のところへ行くから、ドアのほうを頼む。いいな、エド」

「了解しました」

ふたりは車両を出て、前の客車の戸口に群がる乗客を掻き分けて走り去った。その後、沈黙が訪れた。エイハーンは急に力が抜けたように、通路の反対側にある化粧室のドアにもたれかかった。ブルックスは車両のドアに背中を預けた。レーンはジョン・ドウィットの亡骸《なきがら》を沈鬱《ちんうつ》な面持ちでながめていた。

そのまま振り向かずに言った。「エイハーンさん、つらい役目ではありますが、ドウィットさんの親友として、お嬢さんに悲報をお伝えください」

エイハーンは身をこわばらせて唇をなめたが、何も言わずに出ていった。

ブルックスはふたたびドアにもたれ、レーンは死体のそばに歩哨《ほしょう》さながらに立っていた。どちらも無言で、どちらも動かない。前方の車両からかすかな悲鳴が聞こえた。

ふたりがまったく同じ姿勢で立ちつくしていると、ほどなく、列車が重々しい鋼鉄の車体を震わせてゆっくりと走り出した。

外は暗闇だった。

ティーネック駅の待避線　後刻

列車は闇のなかで煌々《こうこう》と明かりを灯し、ティーネック駅のすぐそばの錆《さ》びついた待避線に、身動きできない芋虫のように横たわっていた。駅そのものは走りまわる人影で生気に満ちている。暗がりから一台の車がうなりをあげて現れ、線路際に急停車した。たちまち何人かの屈強そうな男たちが跳び出し、停まっている列車めがけて駆けていった。

着いたのは、サム警視、ブルーノ地方検事、シリング医師、そして数名の刑事だった。一行は、列車の外でまばゆい光を浴びて小声で話し合う男たち——駅員、機関士、構内作業員ら——のそばを走り抜けた。ひとりの刑事が角灯を掲げたが、サムがそれを顔から払いのけ、一行は最後尾車両の閉ざされた乗降口へ駆け寄った。サムがこぶしでドアを力強く叩《たた》く。中から「来たぞ！」というくぐもった叫びが漏れ、車掌のボトムリーがドアを引きあけて側面の留め金に固定した。それから鉄の可動デッキを引きあげると、鉄のステップが現れた。

「警察の人？」

「死体はどこだ」サムを先頭に、一行はステップをのぼった。

「こっちですよ、いちばん後ろの車両」

一行は最後尾車両へなだれこんだ。レーンがまだそこにいた。全員の目がいっせいに死体へ向けられた。そばには、近隣の巡査、ティーネックの駅長、若いほうの車掌が立っていた。

「殺されたんですか」サムはレーンを見た。「どうしてこんなことになったんです、レーンさん」

レーンはわずかに体を動かした。「悔やんでも悔やみきれませんよ、警視さん……大胆な犯行でした。実に大胆です」彫りの深い顔立ちが老けて見えた。

布の帽子を後ろに傾けてかぶり、薄手のコートの前をはだけたシリング医師が、死体のそばにひざまずいた。

「手をふれたかね？」せわしなく指で探りながらささやく。

「レーンさん。レーンさん！」ブルーノが怪訝そうに言った。「シリング先生がお尋ねですよ」

レーンは機械的に答えた。「体を揺すりました。頭が一方に傾きましたが、すぐにもどっています。かがんで心臓のあたりにさわったら、手に血がつきました。それ以外は指一本ふれていません」

一同は沈黙し、シリング医師を見守った。シリングは弾痕のにおいを嗅《か》ぎ、上着をつかんで引っ張った。銃弾は左胸のポケットを貫いて、心臓を撃ち抜いている。上着が湿った音を立てて剝《は》ぎとられた。「上着、ヴェスト、ワイシャツ、下着、そして心臓と貫通している。きれいな傷だよ」衣類に付着した血は少量で、それぞれの穴のまわりに不ぞろいな湿った赤い輪ができている。「死後一時間ってところだな」シリングはそうつづけて、腕時計を見た。それから死体の腕と脚の筋肉に手をふれ、膝《ひざ》の関節を曲げるという気味の悪い試みに及んだ。「そうだな、死亡推定時刻は十二時三十分。その数分前かもしれんが、そこまではわかりかねる」

一同はドウィットの凍りついた顔を見つめた。ゆがんだ形相に、不自然なまでにおぞましい表情が張りついている。その意味するところはたやすく読みとれる——それはむき出しの恐怖だった。目が吊《つ》りあがり、顎の肉が波状に引きつり、皺の一本一本が虚脱の毒素を注入されたかのようだ……。

シリング医師が小さな叫びをあげた。一同の視線が恐ろしい死に顔を離れ、シリングが持ちあげて示す死体の左手へ集まる。「指を見たまえ」シリングは言った。中指が人差し指の上へねじ曲げられて奇妙な形を作り、親指と残る二本の指は内側に折り曲がって硬直している。

「それはいったい——」サムがうなるように言った。ブルーノがかがみこみ、目をむいて叫んだ。「なんと！ わたしの頭がおかしいのか、目がどうかしたのか、それとも……。まさか——」笑い声をあげる。「ばかばかしい。そんなはずがない。中世のヨーロッパではあるまいし……。だが、これは邪視除《よ》けのまじないじゃないか！」

沈黙がおりた。やがてサムがつぶやいた。「まるで探偵小説だな。きっとそこのトイレに、長い牙《きば》を持った中国人が隠れてるぞ」だれも笑わない。シリング医師が言った。「わけはどうあれ、こういう恰好《かっこう》だ」重なった二本の指をつかみ、顔を真っ赤にして引き剝がそうとする。そこで肩をすくめた。「死後硬直だ。鉄板並みに硬い。糖尿病の気《け》があったんだろう。当人は気づいていなかったかもしれんがね。ともかく、こんなに早く硬直するのはそのせいにちがいない……」警視を横目で見あげながら言う。「サム、指をこんな具合にしてみろ」

一同は機械人形のようにサムを見つめた。サムは無言で右手を前へ出し、ぎこちない動きで中指を人差し指の上にどうにか重ねてみせた。

「もっと曲げるんだ」シリング医師は言った。「しっかりと。ドゥィットと同じようにな。で、何秒かそのままで……」サムは力をこめた。顔が少し赤らんでいる。「どうだ、ずいぶんな力が要るだろう？」シリングは淡々と言った。「こんな珍妙なものははじめて見たよ。しっかりからみ合って、死んだあとも離れないなんて」

「邪視除けがどうとかいう説は買えませんね」サムは指をもとにもどして冷ややかに言った。「三文小説じみてる。まるで筋が通りませんよ。そんなことを公表したら、いい笑い者になる」

「ほかに説明をつけられるのか」ブルーノが言った。

「ふむ」サムはうなった。「そうですね。犯人が殺したあとでこんなふうに指を曲げたのかも」

「ばかばかしい」ブルーノはぴしゃりと言った。「そのほうがよほど突飛だよ。いったいなぜ犯人がそんな真似をするんだ」

「それは、つまりですね」サムは言った。「つまり……ところで、あんたはどう思います、レーンさん」

「今回はイェッタトーレ探しというわけですか」レーンは体を揺すり、深い疲労の色をにじませて言った。「どうやらドゥィットさんは、さっきわたしが何気なくお話ししたことを非常にまじめに考えていらっしゃったように思えます」サムはその説明を求めようとしたが、シリング医師が重い動きで立ちあがったので、口をつぐんだ。

「お役ご免というところだな」シリングは言った。「ひとつたしかなことがある。この男は即死だった」

レーンが久方ぶりに力強い動きを見せた。シリングの腕をつかんで訊《き》いた。「それはたしかですか――即死というのは」

「ああ。ぜったいにまちがいない。銃弾はたぶん三八口径のもので、心臓の右心室を貫いている。ついでに言うと、外観を見るかぎりそれが唯一の外傷でもある」

「頭部に異状はありませんね？　ほかに暴行の形跡は――打撲傷もないのですね？」

「ひとつもない。心臓に一発撃ちこまれて即死。請け合ってもいいが、それで事が足りた。こんなみごとな一発にお目にかかったのは何か月ぶりかな」

「つまり、ドウィットさんは断末魔の苦しみに耐えながら、指をこうして重ねたわけではないと？」

「よく聞きたまえ」シリング医師はやや苛立《いらだ》ったふうに言った。「わたしはいま即死だと言った。断末魔の苦しみなどあるわけがなかろう。銃弾が心室を撃ち抜いたら――ひと息で火が消える。死亡。絶命。人間はモルモットじゃないんだ。まったくちがう」

レーンはにこりともせず、サム警視のほうを向いて言った。「警視さん、気の短いお医者さまのおかげで興味深い点がはっきりしました」

「何がですか。声もあげずに死んだってことが？　即死の死体なら何百と見てますよ。目新しいことなんかありません」

「あるのですよ、警視さん」レーンは言った。ブルーノが好奇の目を向けたが、レーンはそれ以上語らなかった。

サムは首を振り、シリング医師を押しのけて前へ出た。死体の上にかがみこんで、着衣を入念に調べはじめる。レーンはサムの顔と死体の両方が見える位置に移った。「なんだ、これは」サムはつぶやいた。ドウィットの上着の内ポケットから、何通もの古い手紙、小切手帳一冊、万年筆、時刻表、それに列車の回数券綴《つづ》り二冊が見つかった。

レーンは静かに言った。「勾留中に期限が切れた五十枚綴りの回数券と、今夜乗る前に買った新しい回数券綴りですよ」

サムは何やらぶつぶつ言いながら、古い回数券綴りのパンチのはいったページをめくった。隅が折れている。表紙にも中身にも多数のいたずら書きがあり、パンチの跡や印刷の文字がなぞってある――どれも幾何学的な図形で、ドウィットの几帳面《きちようめん》な性質をうかがわせた。券のほとんどがすでに切りとられている。つぎに新しい回数券を調べた。そちらはまったく手つかずでパンチの跡もなく、ドウィットが駅で買ったままの状態だ、とレーンは説明した。

「この列車の車掌は?」サムは尋ねた。

車掌の青い制服を着た年配のほうの男が答えた。「あたしがそうです。名前はポップ・ボトムリー。この列車の年長の車掌です。ご質問でも?」

「この男を知っていますか」

「ええ、まあ」ボトムリーは間怠《まだる》いしゃべり方で言った。「警視さんたちがお見えになる前に、ここにいるレーンさんに、なんだか見覚えのある顔だと話してたんですがね。この人はたぶん何年も前からこの列車でも見ましたよ。たしか、ウェスト・エングルウッドでおりるんだ」

「今夜、この列車に乗ってましたか」

「見てないです。あたしが検札してまわった車両にはいませんでしたから。おまえさんは見たか、エド」

「いえ、今夜は見てません」体格のよい若いほうの車掌がおずおずと言った。「わたしもこの人は知ってますけど、今夜は見てませんね。このひとつ前の車両に数人連れのお客さんがいて、そのなかの背の高い人が乗車券を六枚出して、連れがもうひとりいるけど席をはずしてると言いました。そのあとも見かけませんでしたね」

「検札はしなかったんですか」

「だって、どこにいるかわからなかったんで。たぶんトイレだろうと思ったんです。まさかこの真っ暗な車両にいるとはね。ふつうはだれもはいりませんから」

「ドウィットを知っているということですが」

「それがこの人の名前なんですか？　ええ、この列車にはよく乗ってましたから。覚えてますよ」

「よく乗ったとはどの程度ですか」

エドは帽子をとり、禿《は》げた頭を叩《たた》いて考えこんだ。「わかりませんね。何回かと訊かれても、ときどきとしか言えませんよ」

　ポップ・ボトムリーが小柄な体を威勢よく前へ乗り出した。「それならあたしにまかせてください。あたしと相棒は毎日この深夜列車を担当してるんで、この人が何回乗ったかはわかります。ちょっと、その古い回数券綴りを拝借」隅の折れた綴りをサムの手からひったくると、中を開き、よく見えるように差し出した。ほかの面々も集まって、サムの肩越しにのぞきこんだ。「いいですかい」回数券をちぎりとったあとに残っている半片を指して、ボトムリーは得意げに言った。「一回乗車するたびに、あたしたち車掌は切符を一枚とって、念のため切符と半片の両方にパンチを入れるんです。だから、この丸いパンチと——あたしのです、見えますか？　——それから十字形のパンチ——こっちはこのエドワード・トンプソンのです——その両方を数えれば、この人が何回この列車に乗ったかわかるって寸法です。この列車の車掌はあたしらふたりだけですからね。おわかりですか」

　サムは古い回数券綴りを調べた。「なるほど。パンチの数は全部で四十個だ。その四十個のうち、半分はニューヨーク行きのぶんだな——パンチの形がちがっている」

「そのとおり」ボトムリーは言った。「朝の列車は別の車掌なんでね。車掌はみんな、ひとりずつパンチがちがうんですよ」

「よし」サムはつづけた。「ということは、夜にウェスト・エングルウッドへ帰るのが二十回。その二十回のうち——」すばやく数えた。「いま見たら、あんたたちふたりのパンチが合わせて十三個あります。合わせて十三回乗ったというわけだ。つまり、ドウィットは六時ごろのふつうの通勤列車より、この列車に乗ることのほうが多かった……」

「いっぱしの探偵だね、あたしも」ボトムリーはにやりと笑った。「これでおわかりでしょう、警視さん。パンチは嘘をつきませんからな！」そう言って高らかに笑った。

ブルーノが眉《まゆ》をひそめた。「犯人はきっと、ドウィットが夕方の通勤列車よりもこっちに乗ることのほうが多いのを知っていたんだろう」

「あるいはね」サムは広い肩をそびやかした。「では、ほかのこともはっきりさせておきましょう。レーンさん、今夜ここで何があったんですか。ドウィットはどうしてまた、この車両へはいりこんだんです？」

ドルリー・レーンはかぶりを振った。「実のところ何が起こったのかは、わたしにもわかりません。ただ、列車がウィーホーケン駅を出てまもなく、マイケル・コリンズが――」

「コリンズだと！」サムは叫んだ。ブルーノがにじり寄る。「コリンズがかかわっている？　なぜもっと早くおっしゃらないんですか？」

「警視さん、どうか落ち着いてください……。コリンズさんが下車したのかどうかはわかりません。ドウィットさんの死体を発見してすぐに、列車からだれもおりられないよう、車掌さんが手配してくださいました。たとえ死体の発見より前に下車していたとしても、逃げおおせはしませんよ」サムが何やら不満をこぼしたが、レーンは平穏な口調で、コリンズがドウィットに最後にふたりきりで話し合いたいと哀願したときの様子を説明した。

「そして、ふたりはこの車両へはいったと？」サムが尋ねた。

「そうは申しあげていませんよ、警視さん」レーンは訂正した。「それはあなたの推測にすぎません。事実なのかもしれませんが、わたしたちが見たのは、ふたりが前の車両の後ろから出て、この車両の前方のデッキのあたりに来たところまでです」

「まあ、すぐにわかることですよ」サムは数名の刑事に命じて、消えたコリンズを見つけ出すべく残りの車両の捜索をはじめさせた。

「死体はこのままにしておくのかい、サム」シリング医師が尋ねた。

「そのままでいいです」サムは言った。「前の車両へ行って尋問しよう」

死体のそばに刑事をひとり見張りに立たせて、一同は死の車両をあとにした。

ジーン・ドウィットが悲しみに打ちひしがれ、ロードの肩にすがってすすり泣いていた。エイハーン、アンペリアール、ブルックスの三人は呆然《ぼうぜん》と身を硬くしていた。

ほかの乗客はいない。全員が前の車両へ移されていた。

シリング医師が静かに通路を進んで、泣き伏すジーンを見やった。何も言わずに医療鞄《かばん》を開いて小瓶を取り出してから、ロードに水を一杯運んでくるように指示し、栓をあけたその小瓶をジーンの震える鼻孔に近づけた。ジーンは息を呑《の》み、目をしばたたき、身震いして顔をそむけた。ロードが水を持ってもどると、ジーンは喉《のど》の渇いた子供のようにむさぼり飲んだ。医師はその頭を軽く叩き、何かを口に入れて呑みこませた。まもなく落ち着きを取りもどしたジーンは、ロードの膝《ひざ》に頭を預けて横になり、静かに目を閉じた。

サムは緑色のビロード張りの座席に体を沈め、脚を伸ばした。ブルーノがそのそばに立ったままブルックスとエイハーンを手招きする。ふたりは力なく腰をあげた。どちらも緊張で顔が青い。ブルックスはブルーノの質問に答えて、ホテルでの祝宴から、ウィーホーケンへの道中、駅での待ち時間、列車への乗車、コリンズの登場までのいきさつを手短に説明した。

「ドウィットはどんな様子でしたか」ブルーノは尋ねた。「うれしそうでしたか」

「あんなにうれしかったのは生まれてはじめてだったでしょう」

「ああまで楽しそうにしているのは見たことがありませんでしたよ」エイハーンが低い声で口をはさんだ。「公判、不安――そしてあの評決……電気椅子から逃れたというのに、こんなことになるなんて……」と身を震わせる。

ブルックスの顔に憤怒がよぎった。「これこそドウィットの潔白を示す最大の証拠ですよ、ブルーノ検事。あなたがたがあんな理不尽な容疑で逮捕しなかったら、おそらくいまも生きていたはずだ！」

ブルーノはだまっていた。しばらくして言った。「ドウィット夫人はどこですか」

「夫人は同行していません」エイハーンがそっけなく言った。

「夫人にとっては吉報だな」ブルックスが言った。

「どういう意味ですか」

「離婚されずにすみますからね」ブルックスは冷ややかに言った。

ブルーノとサムは目を見交わした。「すると、夫人はこの列車には最初から乗らなかったと？」ブルーノが尋ねた。

「わたしの知るかぎりではね」ブルックスは顔をそむけた。エイハーンが首を振り、ブルーノはレーンを見たが、レーンは肩をすくめた。

そのとき、ひとりの刑事が現れ、コリンズの姿がどこにも見あたらないと報告した。

「おい！　さっきの車掌はどこだ」サムは青い制服姿のふたりを手招きした。「ボトムリーさん、背の高い赤ら顔のアイルランド人を見ませんでしたか――今夜の検札で」

「いでたちは」レーンが静かに言った。「フェルト帽を粋な感じに目深にかぶって、薄手のツイードのコートを着ていました。それに、少し酔っていましたね」

ボトムリーはかぶりを振った。「そんな男の検札はぜったいにしてませんよ。エド、おまえさんは？」

若いほうの車掌も首を横に振った。

サムは立ちあがった。前の車両へ足音荒く歩いていき、ドウィットの一行と同じ車両に乗り合わせていた数名の乗客に大声で質問を浴びせはじめた。コリンズのことも、その行動についても、覚えている者はいなかった。サムは引き返し、ふたたび腰をおろした。「だれでもいいが、コリンズがもどってきてこの車両を通ったのを見ませんでしたか？」

レーンは言った。「もどらなかったのはたしかですよ、警視さん。後ろのふたつのデッキのどちらかから、列車の外へ出ていったにちがいありません。ドアをあけて出ていくのはたやすいことですから。ドウィットさんとコリンズさんがいなくなってからこの惨劇までのあいだに、どこかの駅で停車したはずです」

サムは年配の車掌に時刻表を出させて調べた。照合したところ、停車してコリンズがおりた可能性のある駅は、リトル・フェリー、リッジフィールド・パーク、ウェストヴュー、そしてボゴタであることがわかった。

「よし」サムは言い、部下のひとりに指示を与えた。「何人か連れて、いま言った駅のあたりを洗ってくれ。コリンズの足どりをつかむんだ。この四つのどこかでおりて、何か手がかりを残しているにちがいない。報告の際はこのティーネック駅へ電話しろ」

「了解です」

「こんな時間だから、ニューヨークへもどる列車があったとは思えない。駅付近のタクシーの運転手への聞きこみも忘れるな」

刑事は立ち去った。

「さて」サムは車掌ふたりに言った。「よく考えてください。リトル・フェリー、リッジフィールド・パーク、ウェストヴュー、ボゴタのどれかで、下車した者がいたかどうか」

車掌ふたりは、どの駅でも数人の乗客がおりたと即答したが、人数や特徴までは覚えていなかった。

「顔を見りゃ思い出すかもしれませんがね」ポップ・ボトムリーはのんびりした口調で言った。

「しょっちゅう見かけるお客さんだとしても、名前まではわかりゃしませんよ」

「ましてや、そうでないお客さんのことはまったくわかりません」エドワード・トンプソンも口を出した。ブルーノが言った。「だがね、サム。犯人にしろコリンズにしろ、駅で人に見られずに列車から逃げ出すのはむずかしくない。列車が停まるのを待って、ホームと反対の線路側のドアをあけて跳びおり、下からドアを閉めさえすればいいんだ。何しろ、この列車には車掌がふたりしかいないんだから、全部の乗降口に目を配ることはできない」

「たしかに。だれにでも可能だな、まったく」サムはこぼした。「犯人が拳銃《けんじゅう》を持って死体の横に突っ立ってる現場に遭遇したいもんですよ……。ところで、拳銃はどこだ？　ダフィー！　後ろの車両に銃はあったか？」

ダフィー巡査部長は首を横に振った。

「隅々まで探せよ。車内に置いていった可能性もあるからな」

「警視さん」レーンが言った。「この列車が走ってきた道筋を捜索してはいかがでしょう。走行中に犯人が拳銃を投げ捨てて、どこかの線路に落ちているかもしれません」

「なるほど、いい考えだ。ダフィー、そっちの手配も頼む」

巡査部長は重い足どりで歩み去った。

「さてと」サムは気怠《けだる》そうに手を額にあてた。「これからが大仕事だ」そう言って、ドウィット一行の六人を険しい目で見る。「アンペリアールさん！　こっちへ来てください」

アンペリアールは立ちあがり、のろのろと近づいてきた。疲れで目のまわりに隈《くま》ができ、顎《あご》ひげまでが薄汚く見えた。

「ほんの形だけですがね」サムは棘《とげ》のある口調で言った。「あんたは車内で何をしてました？　すわっていた席は？」

「しばらくはお嬢さんとロードさんのそばにおりましたが、ふたりきりになりたい様子でしたので、失礼して別の席へ移りました。そこでうたた寝をしたらしい。つぎに気づいたときは、レーンさんがドアのところに立っていらっしゃって、車掌がふたり、横を走っていきました」

「うたた寝をね」

アンペリアールは眉《まゆ》を吊《つ》りあげた。「そうですよ」と鋭く言った。「お疑いですか？　フェリーや列車に乗ったせいで頭痛がしていたんです」

「ほう、なるほど」サムは皮肉っぽく言った。「すると、ほかの面々が何をしてたかはわからないと？」

「残念ながらそうです。眠っておりましたのでね」

サムはアンペリアールの横をすり抜けて、ロードがジーンを抱いている席へ近づいた。身をかがめて娘の肩を叩《たた》くと、ロードが怒りの目を向け、ジーンは涙の跡のある顔をあげた。

「すみませんね、お嬢さん」サムはぶっきらぼうに言った。「だが、ひとつふたつ質問に答えてもらうと助かります」

「気はたしかですか？」ロードは噛《か》みつくように言った。「彼女の心痛を察してもらえないとはね！」

サムは青年をにらみつけて沈黙させた。ジーンはかぼそい声で言った。「はい。なんでもお答えします、警視さん。見つけてくださるなら――犯人を……」

「おまかせください、お嬢さん。列車がウィーホーケン駅を出てから、ロードさんとおふたりで何をしていたか思い出せますか」

ジーンは質問がよく呑《の》みこめないかのように、うつろな目でサムを見返した。「わたしたち——わたしたち、ほとんどいっしょにいたんです。最初はアンペリアールさんもいらっしゃいましたけど、どこかへ行ってしまって。ですから、ふたりで話をしていました。ずっと……」唇を噛んだ。目に涙があふれる。

「どうしました?」

「キットが一度だけ席を立ちました。何分かのあいだ、わたしひとりですわっていました……」

「席を立った?　なるほど。で、どこへ行ったんです」サムは無言のままの青年を横目でちらりと見た。

「あっちのドアを出ていきました」ジーンは車両前方のドアをあいまいに指さした。「どこへ行くとも言いませんでした。それとも、何か言った、キット?」

「いや、言わなかったな」

「アンペリアールさんが席を離れたあと、姿を見ましたか」

「ええ、キットがいなくなったときに一度。振り向いたら、二、三列後ろの席で眠っておいででした。エイハーンさんが行ったり来たりなさっているのも見ました。そのあとでキットがもどってきたんです」

「いつごろのことでしょうか」

ジーンはため息をついた。「はっきりとは覚えていません」

サムは上体を起こした。「ロードさん、あんたと向こうで話したい……おい、アンペリアールさん！　シリング先生でもいい。少しのあいだ、お嬢さんのそばにいてもらえないか」

ロードはしぶしぶ席を立ち、ずんぐりした小男のシリング医師が代わりに腰をおろした。医師はさっそく気さくな調子でジーンに話しかけた。

ふたりは通路を進んだ。「ロードさん」サムは言った。「正直に話してくれ。どこへ行ったんだ」

「事情があったんですよ、警視さん」青年はきっぱりと言った。「フェリーでこちら側へ渡るとき、たまたまあることに――妙なことに気づいたんです。チェリー・ブラウンと、例のうさんくさい男友達のポルックスが同じ船に乗っていたんです」

「なんだと！」サムは大きくうなずいた。「ブルーノさん、ちょっと来てください」地方検事がやってきた。「今夜ここへ来る途中、この人がフェリーでチェリー・ブラウンとポルックスを見かけたそうです」ブルーノは口笛を吹いた。

「それだけじゃありません」ロードはつづけた。「フェリーがこっちに着いたときも見ましたよ。桟橋の近くでです。何か言い争っていました。そのあとも、ぼくはずっと気をつけていました――なんとなく怪しい感じがしたものですから。待合室では見かけませんでしたし、列車に乗りこむときも注意してたんですが、ふたりが乗ったかどうかはわかりませんでした。なんにせよ、列車が動きだしてから心配になってきて」

「どうして？」

ロードは顔をしかめた。「あのブラウンという女は曲者《くせもの》ですよ。ロングストリートの事件の捜査のとき、ドウィットさんを口汚く罵《ののし》ったことを思うと、こんども何をしでかすかわからないと思ったんです。だからぼくは、ジーンを残して席を立ちました。ふたりが乗っていないのを確認したくてね。見てまわりましたが、いませんでした。それで安心して、席へもどったんです」

「あの最後尾の車両はのぞいたのかね」

「とんでもない！　あそこにいるなんて考えつくものですか」

「それは列車がどのあたりを走っていたときだろうか」

ロードは肩をすくめた。「さっぱりわかりません。気にしていませんでしたから」

「もどったとき、ほかの人たちが何をしているかは見たのか」

「そう、エイハーンさんは相変わらず通路を行ったり来たりで、レーンさんとブルックスさんは話をしていました」

「アンペリアールさんは？」

「覚えていません」

「よろしい。お嬢さんのところへもどっていい。お待ちかねだろうから」

ロードが足早に引き返すと、ブルーノとサムはしばし小声で相談した。それからサムは、車両前部のドアを監視している刑事を呼び寄せた。「ダフィーに伝えてくれ。この列車にチェリー・ブラウンとポルックスが乗っていないか調べろとな。あいつはふたりの人相を知ってる」刑事は立ち去った。いくらも経たないうちに、ダフィー巡査部長が巨体を運んできた。「だめです、警視。ここにはいません。それらしいふたり連れを見かけた者もいませんね」

「よし、ダフィー、おまえの仕事ができた。すぐにだれかを派遣しろ、いや、おまえが行ったほうがいいな。ただちにニューヨークへ帰って、ふたりの足どりを探れ。女はホテル・グラントに部屋をとってる。そこにいなかったら、ナイトクラブか、ポルックスの行きつけの店を二、三あたるんだ。もぐりの酒場にいるかもしれん。何かつかんだら電話をくれ。必要なら朝まで張りこむんだ」ダフィーはにやりと笑い、威勢よく出ていった。

「さあ、おつぎはブルックスだ」サムとブルーノは通路を引き返した。ブルックスとレーンが並んで腰かけていた。ブルックスは窓から駅の構内を見やり、レーンは座席の背に頭をもたせて目を閉じている。サムが向かいの席に腰をおろすと、レーンの両目が開いて力強い輝きを放った。ブルーノはしばし考えたのち、通路を逆もどりして前の車両へはいっていった。

「いかがですか、ブルックスさん」サムはもの憂げに尋ねた。「まったく、くたくたですよ。寝ているところを叩き起こされたんでね――さあ、どうです？」

「はい？」

「あんたは車内で何をしていましたか」

「ドウィットとコリンズがもどらないから調べにいこう、とレーンさんがおっしゃって席を立つまで、わたしはこの席を離れませんでした」

サムの目が向けられたので、レーンはうなずいた。「では、けっこうです」サムは首をめぐらした。「エイハーンさん！」呼ばれた男が重い足どりで近づいてきた。「列車が出てからずっと、あんたはどうしていましたか」

エイハーンはつまらなそうに笑った。「昔ながらの隠れん坊ですかね、警視。特別なことは何もしていませんよ。レーンさんとブルックスさんと三人で、しばらく雑談をしました。それから脚を伸ばしたくなって席を立ちました。通路を行ったり来たり、歩きまわりましたよ。それだけです」

「何か気がつきませんでしたか。だれかが後ろのドアを出入りしたとか」

「正直なところ、見張りをしていたわけではないんでね。怪しいものという意味でしたら、見ませんでしたよ」

「どんなものであれ、見たんですか、見ていないんですか」サムは声を荒らげた。

「そういうものは見ていませんよ、警視さん。いえ、まったく何も見ていません。実のところ、おもしろい指し手を考えていたんです」

「何をですって？」

「指し手です。チェスの駒の動かし方のことですよ」

「ああ。あんたはチェスの名人でしたな。けっこうです、エイハーンさん」サムが振り向くと、レーンの灰色の目が興味深そうに見つめていた。

「つぎはもちろん」レーンは言った。「わたしの番ですね」

サムは鼻を鳴らした。「何かをご覧になったのなら、とっくに話してくださってるはずだ。今回は失敗でしたな、レーンさん」

「正直なところ」レーンは低い声で言った。「これほどの屈辱、これほどの不面目を味わったのは生涯ではじめてです。このような恐ろしいことが、おのれの目の前で起こるのを許してしまうとは……」両手をじっと見つめる。「こんな近くで……」そして目をあげた。「残念ながら、ブルックスさんとのお話がはずんで、わたしは何ひとつ気づきませんでした。ただ、しだいに心配が募り、ついには席を立ってあの暗い車両を調べにいったんです」

「この車両の何もかもに注意を払っていたわけではない、ということでしょうな」

「まったくお恥ずかしい話ですが、そのとおりです」

サムは立ちあがった。ブルーノがもどってきて、通路を隔てた座席の背に寄りかかった。

「ほかの乗客に訊《き》いてみたんだが」ブルーノは言った。「この車両にいた者はことごとく、何も覚えていないし、通路をだれが通ったかも通っていないかも思い出せない。あんなに不注意な連中もはじめてだよ。ほかの車両の乗客に至っては、なんの役にも立たない。困ったものだ」

「とにかく、名前だけは控えましょう」サムはその場を離れ、あれこれ指示を与えはじめた。残りの面々が無言で待つなか、サムはもどった。レーンは目を閉じて、精神集中の折のいつもの姿勢をとっていた。

ひとりの刑事がサムのもとへ駆け寄った。「手がかりが見つかりました、警視！」と叫ぶ。

「捜索に出た者から連絡が来て、コリンズの足どりがわかったそうです」

　重苦しい空気に火花が散った。「よくやったぞ」サムは大声で言った。「なんと言ってる」

「リッジフィールド・パーク駅で目撃者が現れました。コリンズはタクシーでニューヨークへ向かいました。自宅をめざしたと踏んで、連中のひとりが張りこんだところ、数分前にたしかに帰ったそうです。その旨、市内から電話がはいりました。タクシーでまっすぐ帰宅したと思われます。じきに運転手がつかまるでしょう——まだもどっていませんがね。連中はコリンズのアパートメントの外で監視をつづけています。警視のご指示を待って」

「よし。電話はまだつながってるのか」

「はい」

「逃亡を図らないかぎり、ほうっておけと伝えろ。一時間かそこらでおれが行く。だが、もしあのアイルランド野郎を取り逃がしたら、バッジを失うことになると伝えろ！」

　刑事はあわただしく列車から出ていった。サムは上機嫌で大きな足を踏み鳴らした。別の刑事がやってきた。サムは期待の目を向けた。

「どうだ？」

　刑事は首を左右に振った。「銃はまだ見つかりません。車内にはありませんね。乗客全員の身体検査もしましたが、空振りでした。線路沿いの捜索にあたっている連中も、何も言ってきません。全力をあげてはいますけれど、何しろ真っ暗なもので」

「引きつづき頼む……。ダフィーじゃないか！」サムの顔に驚きがひろがった。ニューヨークへ急行したはずのダフィー巡査部長の巨体が車内に現れたからだ。「ダフィー！　なぜまだこんなところに？」

ダフィーは帽子を脱いで額の汗をぬぐったが、歯をむき出して笑った。「探偵の真似事をしてみたんですよ、警視。そのブラウンという女はホテル・グラントに泊まってるということだったんで、出向く前にフロントに電話して所在をたしかめようと考えたんです。警視がまもなくここを発《た》たれるのはわかってましたから、その前にご報告ができたらと思って」

「それで？」

「大あたりですよ、警視！」ダフィーは大声で言った。「女はホテルにいます。言うまでもなく、あのポルックスってやつもいっしょです」

「帰ったのはいつだ」

「フロントの係の話だと、電話の数分前に帰ってきて、ふたりで女の部屋へあがったそうです」

「出ていった様子は？」

「ありません」

「よくやった。コリンズのアパートメントへ行く前に寄ってみる。おまえは先に行って見張ってくれ。タクシーをつかまえろ」

ダフィー巡査部長は列車から出ようとして、見慣れぬ一団と行き合った。亜麻色の髪を持つ中背の男を先頭に、車内へなだれこんでくる。「おい！　どこへ行く」とダフィーは怒鳴った。

「どきたまえ。わたしはこの郡の地方検事だ」ダフィーは悪態をついて列車から飛びおりた。ブルーノが急いで進み出ると、亜麻色の髪の男はその手を軽く握った。男はバーゲン郡地方検事のコールと名乗り、ブルーノからの連絡で叩《たた》き起こされたとこぼした。ブルーノはコールを最後尾の車両へ案内し、そこでコールは、いまや硬直しきったドウィットの死体を調べた。ふたりの検事は穏やかな口調ながら、法的管轄権についての議論をはじめた。ブルーノは、ドウィットが殺害された場所はバーゲン郡だが、ハドソン郡でのウッド殺害、ニューヨーク郡でのロングストリート殺害との関連は疑うべくもないと指摘した。ふたりの視線がぶつかり合った。コールが折れた。「つぎはサンフランシスコでしょうかね。いいでしょう、ブルーノさん。そちらにまかせます。できるかぎり協力しますよ」

ふたりの検事は通路を引き返した。列車はにわかに大騒動の中心となっていた。ニュージャージー州の救急車からふたりの研修医がおりてきて、シリング医師の指揮のもと、ドウィットの死体を車外へ運び出した。シリングは疲れた様子で手を振り、救急車に乗って去った。

車内では、乗客全員がひとところに集められてサム警視のきびしい注意を受け、住所と氏名を聴取されたのち、解放された。その人々のために臨時列車が仕立てられ、ティーネック駅を発っていった。

「では頼みますよ」前の車両でコールと話していたブルーノが念を押した。「殺害の発覚以前に列車からおりた乗客を探してください」

「やれるだけやってみますが」コールは浮かない顔で言った。「正直なところ、たいした成果はないでしょう。やましいところのない連中は名乗り出ても、犯人は来ないでしょうからね。そんなところですよ」

「もうひとつお願いします、コールさん。犯人が列車から拳銃《けんじゅう》を捨てた可能性があるんで、サム警視の部下たちが線路沿いの一帯を探しています。ニュージャージーから交代要員を出して、捜索をつづけていただけませんか。じきに夜が明けますから、探しやすくなるでしょう。もちろん、ドウィットの一行もほかの乗客も調べたんですが、銃は見つかりませんでした」

コールはうなずいて、列車から出ていった。

一同は前の車両に集まった。サムがコートに腕を通しながら言った。「どうです、レーンさん。この事件をどうお考えですか。これまでの見方を裏づけるものですか？」

「あなたはいまも」ブルーノが口をはさんだ。「ロングストリートとウッドを殺した犯人をご存じとお考えなのですか」

レーンはドウィットの死体を見つけて以来はじめて微笑んだ。「ロングストリートとウッドだけではなく、ドウィットを殺した犯人も知っていますよ」

ふたりはことばもなくレーンを見つめた。サムは、レーンと知り合ってからこれが二度目のことになるが、頭に強烈な一発を浴びたボクサーが衝撃を振り払うかのようにかぶりを振った。

「やれやれ、まいったな」

「でしたら、レーンさん」ブルーノはことばを返した。「どうにかしようではありませんか。犯人をご存じなら、教えてくだされればすぐに捕らえます。いつまでもこんなことはしていられない。犯人はだれですか？」

レーンの顔に苦渋の皺《しわ》が深く刻まれた。答えるのも苦しげだった。「申しわけありません。妙な言い草と思われるでしょうが——ぜひともこのわたしを信じていただきたいのです。いまXの正体を暴いたところでなんの利益にもなりません。どうかご辛抱ください。わたしはいま危険な勝負に出ていますが、急《せ》いては事を仕損じるだけです」

ブルーノは大きくため息を漏らし、なす術《すべ》もなく訴えかけるようにサムを見た。サムは人差し指を噛《か》んで考えこんでいたが、急に意を決したようにレーンの澄んだ目をのぞきこんだ。

「わかりましたよ、レーンさん、おっしゃるとおりにしましょう。わたしはわたしなりに力を尽くすし、ブルーノ検事も同じでしょう。もしあんたを信じてしくじったら、男として敗北を認めます。実のところ——ここだけの話ですが——まったくお手あげなんでね」

レーンは顔を赤らめた——これまでに見せたことのない感情の発露だった。

「こんな殺人鬼を野放しにしたら、また犠牲者が出るかもしれない」ブルーノはあきらめきれずに最後の一矢を放った。

「その点はわたしのことばを信じてください、ブルーノさん」レーンの声は冷ややかな確信に満ちていた。「もう殺人は起こりません。Xは目的を果たしました」

第四場　ニューヨークへの帰途

十月十日　土曜日　午前三時十五分

ブルーノ地方検事とサム警視、それに刑事たちの一団を乗せた数台の警察車が、ティーネック駅の待避線を出てニューヨークへ向かっていた。

ふたりは長々と沈黙に陥り、渦巻く思考の波に浸っていた。車窓の外を真っ暗なニュージャージーの田園が流れてゆく。

ブルーノが口を開いたものの、すさまじい排気音に呑《の》みこまれて、声が掻《か》き消された。「はい？」サムが叫び、ふたりは顔を寄せた。

ブルーノは警視の耳もとで怒鳴った。「レーンはドウィット殺しの犯人を知っているというが、どう思う？」

「前と同じ含みですよ、たぶん」サムが叫び返した。「ロングストリートとウッド殺しの犯人を知っていると言ったときとね」

「ほんとうに知っていたとすればだが」

「だいじょうぶでしょう。あの古狐、自信満々でしたし。わたし自身では答の見当もつきませんが……どんなふうに頭を働かせたかは想像がつきますよ。おそらく、当初からロングストリートとドウィットのふたりともが狙われていたということでしょう。そのあいだのウッド殺しは、行きがかり上やむをえず、口封じのためにおこなわれた。つまり、一連の事件の動機は、ずっと以前に端を発するのかもしれない」

ブルーノはゆっくりとうなずいた。「つまり――」

「そのようですな」そのとき、車がブレーキもかけずに道路のくぼみに突っこんだので、サムはすかさず運転手を怒鳴りつけ、それから言った。「だからこそレーンは、これ以上殺しは起こらないと言うんでしょう。ロングストリートとドウィットが消され、終止符が打たれた」

「あの男には気の毒なことをしたよ」ブルーノがひとりごとのようにつぶやいた。ふたりの胸に同じ思いがある――未《いま》だ事情はわからぬものの、結局のところ犠牲者だったドウィット……。

疾走する車のなかで、ふたりは声なき声を共鳴させていた。

しばらくして、サムが帽子を脱いで額を叩きはじめた。ブルーノが驚いて言った。

「どうした――気分でも悪いのか」

「ドウィットが残したあの忌々しい指の謎を解こうと思いましてね」

「ああ、あれか」

「まともな人間のすることじゃありませんよ、ブルーノさん。何がなんだかさっぱりわからない」

「あれを残したとなぜ決めつけるんだ」ブルーノが訊《き》く。「なんの意味もないのかもしれない。ただの偶然ってこともある」

「冗談じゃない。偶然だなんて！　わたしが指をあの形にしようとしたのを見たでしょう？

ものすごく力を入れないと、三十秒保つのだってむずかしいんだ。それに、痙攣《けいれん》であんなふうに指がくっつくなんてこともありえない。シリングだってそう考えたはずだ。じゃなきゃ、わたしにやらせてみたりしませんよ……ああ、そう！」サムは革張りの座席で身をよじり、ブルーノを不審そうに見つめた。「たしかあんたは悪魔の邪視除《よ》けなどと言って感心していたんだ！」

ブルーノは照れくさそうに笑った。「いやあ……考えれば考えるほど、あれはいただけないね。まったくばかげた言い草だ。あまりに荒唐無稽《むけい》で――話にならない」

「たしかに無理がありますな」

「とはいえ、そうではないと言いきれるものかな。たとえば――誤解しないでもらいたいんだがね、サム、わたしがこんなことを信じているわけでは……」

「わかります、わかりますとも」

「たとえば、あの重ねた指に、邪視の力を防ぐまじないの意味がほんとうにあったと仮定する。ここはあらゆる可能性を考慮に入れようじゃないか。さて、ドウィットは撃たれて即死した。だとしたら、ひとつ確実なのは、ドウィットがあの指の判じ物を作ったのは撃たれる前だったということだ」

「殺したあとで、犯人があんなふうに細工したのかもしれない」サムは不満げな声で応じた。

「前にも言いましたけど」

「ばかな！」ブルーノは声を張りあげた。「前のふたつの事件ではなんの判じ物も残していないんだ——なぜ今回だけ？」

「いいですよ——お好きなように」サムは大声で言った。「わたしは捜査の常道に従ったまでで——どんなにくだらないことだろうと、ありとあらゆる可能性を検討しているにすぎない」

ブルーノはかまわずつづけた。「もしドウィットが故意にあの判じ物を残したのだとしたら——そう、あの男は犯人を知っていて、その手がかりを残そうとしたことになる」

「そこまではいい」サムは叫んだ。「初歩だよ、ブルーノくん！」

「うるさいぞ。もうひとつ」ブルーノがつづける。「邪視の問題がある。ドウィットは迷信家ではなかった。みずからきみにそう話していた。とすると……そうか、サム！」

「わかります、わかりますとも」警視はにわかに腰をあげて、また叫んだ。「ドウィットは犯人が迷信家だと示すために判じ物を残したというわけだ！　そいつはいい——なんとなく悪くない気がする！　それに、いかにもドウィットらしい。あの男は頭の回転が速かった。反応が敏感で、抜け目のない商売人で……」

「レーンもそう考えたんだろうか」ブルーノが物思わしげに尋ねた。

「レーンですか？」冷水を浴びせられたかのごとく、サムの興奮が冷めていった。太い指で顎《あご》をなでる。「ふむ。考えてみると、たいしてみごとな思いつきじゃないな。迷信にかかわる話ときたら……」

ブルーノはため息をついた。

五分後、サムが唐突に言った。「ところで、〝イェッタトーレ〟ってのはなんですか」

「邪視能力の持ち主——たしかナポリあたりのことばだよ」

ふたりは重苦しくだまりこみ、車は猛然と走りつづけた。

第五場　ウェスト・エングルウッドのドウィット邸

十月十日　土曜日　午前三時四十分

ウェスト・エングルウッドの町が冷たい月光を浴びて寝静まるなか、大型の警察車が通り抜け、葉の枯れた木々の並ぶ側道へはいっていく。州警察のバイク二台が両脇を固め、後方には刑事の一団が乗ったひとまわり小さな車がつづいている。

車列は、芝生を抜けてドウィット邸へと通じる私道の前で止まった。大型車から、まずジーン・ドウィットとクリストファー・ロードが、つづいてフランクリン・エイハーン、ルイ・アンペリアール、ライオネル・ブルックス、そしてドルリー・レーンがおりてくる。みな押しだまっていた。

バイクの警官たちがエンジンを切り、車体をスタンドに安定させたのち、サドルにぼんやり腰かけて煙草を吹かしはじめた。小さいほうの車から刑事たちがぞろぞろとおり立ち、一行を取り囲んだ。

「みんな家にはいって」刑事のひとりが横柄に言う。「全員行動をともにするように。コール地方検事からの指示だ」

エイハーンが抗議をした。近所に自宅があるのだから、夜明けまでドウィット邸に引き留められる道理はないという。レーンも躊躇《ちゅうちょ》していたが、ほかの面々は玄関へと歩き出している。横柄な刑事が首を横に振り、別のひとりがエイハーンのかたわらへ迫ると、エイハーンは肩をすくめて、仲間のあとを追った。レーンは力なく微笑し、エイハーンの後ろから薄暗い小道を進んだ。さらにそのあとに、重い足どりの刑事たちがつづいた。

執事のジョーゲンズが身支度も半ばのまま出迎えに現れ、当惑顔で客に視線を注いだ。事情を説明しようとする者はいない。一行は刑事たちに急《せ》かされてコロニアル様式の広い客間へ進み、それぞれに絶望と憔悴《しょうすい》を漂わせて椅子に腰をおろした。ジョーゲンズが片手で服のボタンをかけながら、もう一方の手で電灯をつけた。ドルリー・レーンは安堵《あんど》の息をついて椅子にかけたのち、ステッキをなでて、目を輝かせて人々を見守った。

ジョーゲンズがためらいがちにジーン・ドウィットに歩み寄った。ジーンはソファーの上でロードの腕に抱かれている。執事はおずおずと尋ねた。「あの、お嬢さま……」

「なあに?」その小さな声音があまりにもふだんとちがい、ジョーゲンズは一歩あとずさった。それでも尋ねた。「何かあったのでしょうか。こちらのみなさまは……。失礼ですが、ドウィットさまはどちらに?」

ロードが無愛想に言った。「あっちへ行くんだ、ジョーゲンズ」

ジーンがはっきり告げた。「亡くなったのよ、ジョーゲンズ。お父さまは死んでしまったの」

ジョーゲンズの顔から血の気が引いた。何かに取り憑《つ》かれたかのごとく、腰をかがめた姿勢のまま動かない。それから、この恐るべき知らせを確認したいのか、不安げに周囲を見まわした。だが、ある者は顔をそむけ、またある者は今夜の惨事ですっかり感情を失ったうつろなまなざしを向けるばかりだった。ジョーゲンズは一言もなくきびすを返し、引きさがろうとした。

そこに担当の刑事が立ちふさがった。「ドウィット夫人はどこだ」

老執事は涙で潤んだ目でぼんやり相手を見た。「ドウィット夫人？　奥さまですか」

「そうだ。さあ――どこにいる？」

ジョーゲンズは身をこわばらせた。「二階でお休みになっておられるはずです」

「今夜はずっと家にいたのか」

「いいえ、そうではなかったと思います」

「どこへ出かけてたんだ」

「わたくしにはわかりかねます」

「いつもどった？」

「おもどりになったとき、わたくしは眠っておりました。鍵《かぎ》をお忘れになったらしく、呼び鈴を鳴らされたので、わたくしがおりてまいりました」

「ふん、それで？」

「お帰りになったのは、たしか一時間半ほど前だったと存じます」

「正確な時刻はわからんのか」

「わかりません」

「ちょっと待て」刑事はジーン・ドウィットのほうを向いた。いまのやりとりのあいだに、ジーンは体を起こし、熱心とも呼べる様子で耳を傾けていた。そのただならぬ顔つきに刑事はたじろいだふうだったが、それでも品よくふるまおうとしてぎこちない口調で言った。「ひょっとして――今夜の出来事をご自分の口からドウィット夫人に伝えたいということはありませんかね、お嬢さん。いずれは知らせるほかありませんし、わたしも話をうかがいたいんでね。コール地方検事の命令なんで」

「まさか、わたしから話せっていうの？」ジーンは頭をのけぞらせ、取り乱したような笑い声をあげた。「このわたしの口から？」その体をロードがやさしく揺すり、耳もとで何やら言い聞かせた。目から荒々しさが消え、ジーンは身震いをして半ばささやくように言った。「ジョーゲンズ、義母《はは》をここへ呼んでちょうだい」

刑事があわてて言った。「それには及びません。わたしがお連れします。おい、きみ――部屋へ案内してくれ」

ジョーゲンズが先を進み、刑事がつづいた。だれも口をきかなかった。エイハーンが立ちあがって室内を歩きはじめる。コートを着たままのアンペリアールが、それでもなお襟もとを掻《か》き合わせた。

「暖炉に火を入れるのがよさそうですね」ドルリー・レーンが穏やかに言った。

エイハーンが足を止めて室内を見まわした。救いを求めるような視線を走らせて少しためらったのち、そして、いまはじめて寒さを感じたとでも言わんばかりに、にわかに身震いをした。救いを求めるような視線を走らせて少しためらったのち、暖炉へ歩み寄って膝《ひざ》を突き、震える手で火を熾《おこ》した。しばらくして、薪《まき》の小さな山が乾いた音を立てはじめた。火影が壁に揺れる。じゅうぶんに薪が燃えあがると、エイハーンは体を起こして膝の埃《ほこり》を払い、ふたたび室内を行きつもどりつしはじめた。アンペリアールがコートを脱いだ。遠い隅の肘《ひじ》掛《か》け椅子に深く身を沈めていたブルックスが、椅子を暖炉の近くまで引きずってきた。

急に全員が顔をあげた。戸口の向こうから、いくつかの声の混じり合ったものが生ぬるい空気を通して流れてきた。みながぎこちなく不自然な動きでそちらへ頭を向け、彫像のごとき異様な冷ややかさをもって、これから起こることを待ち受けた。やがてドウィット夫人が滑るように居間に足を踏み入れ、その後ろに刑事が、そしていまだ呆然《ぼうぜん》とした様子のジョーゲンズがためらいがちにつづいた。

ドウィット夫人のなめらかな身のこなしは、ほかの面々のしぐさに劣らずわざとらしく、夢の律動さながらに現実味を欠いていたが、それでも恐怖の呪縛《じゅばく》と邪悪な夜から一同を解き放った。緊張がほぐれていく。アンペリアールは立ちあがって格式張った会釈をし、エイハーンは何やらつぶやいて頭をさげ、ロードはジーンの肩にまわした手に力をこめ、ブルックスは暖炉へ一段と近づいた。ドルリー・レーンだけがもとの姿勢を崩さなかった。耳に障害のあるレーンは、首を注意深くかしげ、音を表す些《さ》細《さい》な動きも見逃すまいと目を鋭く光らせている。

ファーン・ドウィットはナイトガウンの上に異国風の化粧着をあわててまとったふうで、いまなお艶《つや》のある黒髪が肩にかかっていた。昼の光で見るより美しいのは、顔の厚化粧が落とされ、炉火が老いの兆しを和らげているせいだろう。心もとない様子で立ち止まり、ジョーゲンズと似た目つきであたりを見まわす。ジーンの姿を認めると、目を奇妙に細めて、部屋を突っ切り、娘の疲れきった体にのしかからんばかりに迫った。「ジーン……ああ、ジーン」とささやく。「わたし——ほんとうに……」

ジーンは顔をあげず、継母を一瞥《いちべつ》もせず、凛《りん》とした硬い声で答えた。「寄らないでください」

ドウィット夫人は頰に平手打ちを食らったかのようにあとずさり、無言のまま部屋から立ち去ろうとした。背後でじっと様子を見ていた刑事がそれをさえぎった。「その前に、二、三うかがいたいことがあるんですよ、奥さん」

夫人はやむなく足を止めた。アンペリアールがすばやく椅子を持ってくると、そこに腰をおろして暖炉を見やった。

重苦しさの際立つ沈黙を破って、刑事が咳払《せきばら》いをした。「今夜は何時にお帰りになりましたか」

夫人は息を呑《の》んだ。「なぜ？　どうしてそんなことを？　まさか……」

「質問に答えてください」

「二時——何分か過ぎです」

「すると、およそ二時間前ですね」

「ええ」

「どちらへお出かけでしたか」

「ちょっとドライブを」

「ドライブね」刑事の口調はぞんざいで疑わしげだった。「どなたかとごいっしょに？」

「わたしひとりです」

「家を出た時刻は？」

「夕食のあとずいぶん経ってから。七時半ごろです。自分の車で出かけて、そして……」語尾が消え入り、刑事は辛抱強く待った。乾いた唇を湿らせたのち、夫人がふたたび話しはじめる。「ニューヨークまで行きました。気がついたら聖堂の前――聖ヨハネ大聖堂でした」

「アムステルダム街と百十丁目通りの角にある？」

「そう。車を停めて中へはいりました。ずっとすわって考え事を……」

「そいつは妙じゃないか、奥さん」刑事は乱暴な口調で言った。「ニューヨークのアップタウンまで車を飛ばしたすえに、教会で二時間も三時間もただすわってたというんですか。そこを出たのは何時だと？」

「どうだっていいでしょう」夫人の声が甲高くなる。「それがなんだっていうのよ。わたしが殺したとでも？　そうなのね――わかってる、みんなしてそう思ってるのよ。そんなとこに居すわって、人のことをじろじろ見て裁こうったって……」

夫人は肉づきのよい肩を波打たせて、さめざめと泣きはじめた。

「何時に聖堂を出たかと訊《き》いてるんだ」

しばしすすり泣いたのち、涙を抑えて途切れ途切れに答える。「十時半か十一時ごろ。よく覚えていないわ」

「そのあとどうしました？」

「ただとにかく車を走らせました」

「ニュージャージーへはどういう経路で帰ったんです」

「四十二丁目通りのフェリーに乗って」

刑事は口笛を鳴らして、夫人を凝視した。「混雑したニューヨークの道をわざわざダウンタウンまでもどって？　なんのためにそんなことを？　百二十五丁目通りのフェリーを使わなかったのはなぜですか」

夫人は答えなかった。

「さあ」刑事は容赦なく迫る。「説明してもらおう」

「説明？」目がうつろになる。「説明することなんかありません。ダウンタウンへ行った理由は自分でもわからない。ただ考え事をしながら車を走らせていただけで……」

「おやおや、また考え事か」いまや刑事はにらみつけている。「何を考えていたんです？」

夫人は化粧着の前を掻き合わせて立ちあがった。「その質問はちょっと行きすぎよ。何を考えようとわたしの勝手じゃなくって？　通してください。部屋へもどります」

刑事が行く手に立ちふさがり、夫人は足を止めた。頬から血の気が引いている。「だめだ、まだ――」刑事が言いかけたとき、ドルリー・レーンが和やかに言った。「たしかに、ドウィット夫人のおっしゃるとおりだと思いますよ。いまは気が昂《たか》ぶっておられるのだから、質問は――仮にまだその必要があるとしても――明朝までお待ちするのが親切というものでしょう」

刑事はレーンを険しい目で見据え、咳払いをしてから、道をあけた。「わかりましたよ」低い声で言ったあと、不服そうに付け加える。「失礼しました、奥さん」

ファーン・ドウィットの姿が消えると、だれもがまた虚脱状態にもどった。


四時十五分、ドルリー・レーン氏のふるまいは、はた目には妙に映ったかもしれない。レーンはドウィット邸の書斎にひとりでいた。インバネスコートは椅子に投げかけてある。長身の引きしまった体が、隙のない動きで室内を移動する。目がそこかしこへ向けられ、手がしきりにあたりを探る。部屋の中央には、彫刻の施された大きな古いクルミ材の机がある。レーンは抽斗《ひきだし》をひとつずつあけ、書類を選《よ》り分けたり、記録や文書に目を通したりした。納得できなかったらしく、机の前を離れ、すでに三度目だというのに、壁にはめこまれた金庫のほうへ歩いていった。

また金庫のノブを動かそうとしたが、錠がかかっている。レーンはそこも離れ、書棚を一段一段、ゆっくりと入念に調べだした。本の上の隙間をのぞきこみ、一冊ごとに抜きとって開く。書棚を調べ終えると、その場で一考した。鋭く光る目が、いつの間にかまた壁の金庫へ向けられる。

書斎の戸口まで行き、ドアをあけて外の様子をうかがった。刑事がひとり廊下をうろついている。その男がすばやく振り向いた。

「執事はまだ階下にいますか」レーンは尋ねた。

「見てきます」刑事は歩き去り、すぐにぎこちない足どりのジョーゲンズを連れてもどってきた。

「ご用でしょうか」

ドルリー・レーンは書斎の入口の柱にもたれて言った。「ジョーゲンズさん、書斎にある金庫の暗証を知っていますか」

ジョーゲンズは驚いたふうだった。「わたくしが？　いいえ、存じません」

「ドウィット夫人はどうでしょうか。あるいは、お嬢さんは？」

「ご存じないと思います」

「妙ですね」レーンは明るい声で言った。刑事がのろのろと廊下を歩いていく。「どういうことでしょうか、ジョーゲンズさん」

「はい、あの、ドウィットさまは……その……」説明に窮した様子だ。「変わった話ではございますが、もう何年も、あの金庫をおひとりで使っていらっしゃいました。二階の寝室にも金庫がありまして、そちらには奥さまとお嬢さまが宝石類をしまっておられます。ですが、書斎の金庫のほうは……組み合わせをご存じなのは、ドウィットさまと弁護士のブルックスさまだけだと思います」

だてくさい」

「ブルックスさんが？」ドルリー・レーンは一考した。「では、あの人をここへ連れてきてください」

ジョーゲンズが出ていった。もどったときには、ライオネル・ブルックスがいっしょだった。灰色がかった金髪が乱れ、目は寝不足で充血している。

「わたしにご用ですか、レーンさん」

「ええ、書斎の金庫の暗証を知っているのは、あなたとドゥイットさんだけだと聞きましてね」ブルックスの目に警戒の色が浮かぶ。「教えていただけませんか」

弁護士は顎《あご》をなでた。「ずいぶん異例の注文ですね、レーンさん。道義的に見て、それをあなたにお教えする権利がわたしにありますかどうか。法律的に見ても……わたしの立場は妙なことになります。ドゥイットさんから暗証を教わったのはかなり前のことですが、そのときこう言われているんです。書類は家人の手の届かぬところに保管し、自分に万一のことがあっても、正式な手続きを踏まないかぎり金庫はあけないように、と……」

「それはずいぶんな話ですね、ブルックスさん」レーンは小声で言った。「そういうことなら、なおさらあけないわけにはいきません。むろん、そのために必要な権限がわたしに与えられていることはご存じですね。地方検事の代理になら、教えても問題はありますまい」微笑みながらも、その目は弁護士の顎の筋肉がどう動くかを追っている。

「遺言状をご覧になりたいのでしたら」ブルックスの口調が弱々しくなる。「それには厳正な手続きが必要とされまして……」

「見たいのは遺言状ではありません。ところで、あなたは金庫の中身をご存じでしょうか。まちがいなく、すべての謎を解く重要なものなのですよ」

「いいえ、わたしも知りません！　何か特別なものではないかと常々疑ってはいましたが、言うまでもなく、ご本人に尋ねることは差し控えました」

「ブルックスさん」レーンはがらりと声を変えて言った。「暗証を教えてくださるべきです」

ブルックスはためらって、視線をそらした……。それから肩をすくめ、低い声でいくつか数字を唱えた。レーンはその唇の動きを真剣に見据えてうなずいたのち、ひとことも発さずに書斎のなかへ退き、ブルックスの鼻先でドアを閉めた。

レーンは金庫の前まで急いで足を運んだ。しばしダイヤルを操作する。ずっしりとした小さな扉が開いたとき、レーンはいったん手を止め、期待の目で中をのぞいてから、中身を乱さないように探りはじめた。

十五分後、ドルリー・レーン氏は金庫の扉を閉めてダイヤルをまわし、机にもどった。その手には小型の封筒があった。

レーンは椅子に腰をおろし、封筒の表側を調べた。手書きでジョン・ドウィットと宛名が記され、ニューヨーク中央郵便局の消印がある。日付は今年の六月三日。裏返してみたものの、差出人の記載はない。

破ってある封筒の口から注意して指を差し入れ、ごくふつうの一枚の便箋《びんせん》を抜き出した。封筒と同じく手書きの文字だ。インクの色は青。いちばん上に六月二日の日付があり、〝ジャック（ジョンの通称）！〃という唐突な呼びかけからはじまっている。
文面は簡潔だった。

六月二日
ジャック！
おれの手紙を受けとるのもこれが最後だろう。
風向きのいい日はだれにでもある。おれの場合、まもなくその日が来る。
償いの用意をしておけ。おまえが最初かもしれない。

結びのことばもなく、署名だけがしてあった。マーティン・ストープス、と。

第六場　ホテル・グラントの高級客室

十月十日　土曜日　午前四時五分

ダフィー巡査部長がチェリー・ブラウンのいる客室のドアに途方もなく大きな背中を押しつけながら、不安げな顔の小太りの男とひそひそ話をしているところへ、サム警視とブルーノ地方検事が数人の部下を連れて、ホテル・グラントの十二階の廊下を急ぎ足でやってきた。

　ダフィーは、不安げな顔の男がこのホテルの私設探偵だと紹介した。サムの鋭い眼光に射られ、探偵はますます不安げになった。

「何か動きは？」サムが険しい口調で訊《き》いた。

「ありません」探偵が小声で言った。「ネズミみたいに静かですよ。しかし、警視さん、面倒なことになりませんよね」

「鳴き声ひとつしません」ダフィー巡査部長が言う。「ふたりでベッドにはいっちまったんでしょう」

　探偵がとたんに驚きの表情になった。「当ホテルではその手の行為を認めていませんが」

　サムがぶっきらぼうに言った。「この部屋にほかの出入口は？」

「あっちにもドアが」ダフィーが太い腕で示した。「むろん、その先は非常階段です。でも、そっちは下に見張りを立てて、念のため屋上にもひとり配置しておきました」

「そこまでする必要はないんじゃないか」ブルーノが異を唱えたが、落ち着かないふうだった。

「逃亡を図ることはあるまい」

「いやあ、そいつはわかりませんよ」サムがそっけなく言った。「みんな、準備はいいか？」

　視線を往復させて廊下を見渡す。部下たちと探偵のほかに人影はなく、部下ふたりがすでに隣の出入口を固めている。それ以上の手配は必要ないと判断し、サムはドアを叩《たた》いた。

　室内からは物音ひとつ聞こえない。サムはドアに耳をあててしばらく様子をうかがったのち、こんどは激しくドアを叩いた。探偵が抗議しかけたが、思いなおして口をつぐみ、苛立《いらだ》たしげに絨毯《じゅうたん》の上を歩きはじめた。

長い間があったものの、今回は低いささやき声がかすかに耳に届いた。サムは冷たい笑みを浮かべて待機した。室内のどこかで電灯のスイッチがはいる乾いた音がしたあと、ひそやかな足音が近づき、差し金がはずされたのがわかった。サムは警戒を促すべく、部下たちに目配せを送る。ドアがほんの二インチばかり開いた。

「だれ？　なんの用？」チェリー・ブラウンの声だ。緊張のなかにためらいの響きがある。

サムはドアの隙間に大きな靴を差し入れてこじあけようとした。ハムのような手をあてて押すと、ためらいがちにドアが開かれた。室内の明かりのもと、薄絹のネグリジェをまとい、小さな素足に繻子《しゅす》のスリッパを履いたチェリーが、ひどく美しく、ひどく不安げに立っていた。

チェリーはサムの顔を見るなり、愕然《がくぜん》と息を呑《の》んで無意識にあとずさった。「どうして、サム警視さんが！」サムがこの場にいることがとうてい信じがたいという顔で、弱々しい声をあげる。「いったい――何事なの？」

「なんでもない。だいじょうぶです」サムは明るく言ったが、目は休みなく動いていた。そこは続き部屋の居間になっていた。室内は散らかっていて、食器棚の上に、ジンの空き瓶と、ほとんど空のウィスキーの瓶が載っている。テーブルには煙草の長い吸い殻の山と、真珠をちりばめた夜会用のバッグがあった。グラスは汚れたままで、椅子がひとつひっくり返っている……。チェリーの視線がサムの顔から戸口へと移った。廊下に控えるブルーノと無言の刑事たちの姿を認め、いっそう大きく見開かれた。

寝室へ通じるドアは閉まっていた。

サムは微笑んで言った。「さて行きましょう、地方検事。おまえたちは外で待機だ」ブルーノが部屋へはいって、入口のドアを閉めた。

チェリーはふだんの調子をいくらか取りもどし、頰に赤みが差していた。片手を髪に走らせて言う。

「ちょっと！　淑女の部屋へ押しかけるにはけっこうな時間じゃない？　警視さん、いったいどういう了見？」

「口を慎むんだな、お嬢さん」サムは愛想よく言う。「あんたひとりかい」

「それがどうしたの？」

「ひとりかと訊いてるんだ」

「あなたの知ったことじゃないんだって」

サムはにやにや笑いながら、室内を横切ってもうひとつのドアへ向かった。ブルーノは壁に寄りかかったままだ。チェリーは小さく狼狽《ろうばい》の声をあげてあとを追い、寝室のドアに背をつけて警視をさえぎった。怒りのせいでスペイン系の輝く瞳《ひとみ》がたぎっている。「図々《ずうずう》しいのね！」声を荒らげる。「令状はどこ？　こんな真似は――」

サムは大きな手を相手の肩にかけて押しのけた。いきなりドアが開いて、ポルックスがまぶしそうに目をしばたたきながら出てきた。

「わかった、わかった」しゃがれた声で言った。「悪態をついたってしかたがないさ。何かあったんですか」

身につけた絹のパジャマが体にへばりつき、念入りな伊達《だて》男ぶりは影もない。薄い髪はグリースを塗ったかと思うほど逆立ち、針のようにとがったひげもだらしなく垂れさがっている。ぎょろりとした目の下に、石墨色の不健康なたるみがある。

チェリー・ブラウンが頭をつんと反らした。テーブルの上の長い吸い殻から一本拾ってマッチをすり、むさぼるように煙を吹かしたのち、腰をおろして両脚をぶらつかせた。ポルックスはじっと突っ立っていたが、自分の情けない恰好《かっこう》が気になるらしく、足を何度も踏み替えた。サムはふたりの顔を交互に見比べながら、気のないていでポルックスを値踏みした。だれもひとことも発さなかった。

しびれるような沈黙を破って警視が言った。「さて、おふたりさんが今夜どこにいたのか、話してもらおうか」

チェリーが鼻を鳴らした。「よけいなお世話よ。急にあたしたちのことが気になったのはどういうわけ？」

サムはいかめしい赤ら顔をチェリーの前に突き出した。「いいか、よく聞けよ、お嬢さん」激せずに言う。「あんたとはうまくやれるはずなんだ――なあ、そうだろ――あんたさえその高慢ちきな口の利き方をやめればな。けど、いつまでも強情を張るなら、そのかわいらしい体の骨という骨をへし折ってやったっていいんだ。さあ、お上品ぶるのはやめて答えろ！」

サムの瞳はチェリーの目を穿《うが》つ瑪瑙《めのう》さながらだった。チェリーは小さく笑った。「なら言うけど……今夜は舞台がはねたあとでポルックスが迎えに来て、それから——ここへ来たのよ」

「でたらめを言うな」サムは返した。ブルーノは、ポルックスが渋い顔でサムの肩ごしに女へ合図を送ろうとしたのを見てとった。「あんたらが帰ったのは二時半ごろだ。それまでどこにいた？」

「ねえ、何をそんなにかっかしてんの？　もどったことにまちがいはないでしょ。劇場からホテルへまっすぐ帰ったとは言わなかったはずだけど。あたしは——そんなつもりで言ったんじゃないもの。四十五丁目の酒場へ寄ったの。ここへ来る前にね」

「ひょっとして、ウィーホーケン行きのフェリーに乗らなかったか？　十二時ちょっと前のやつだ」

ポルックスがうなった。サムはすかさず言い放った。「あんたもだよ！　いっしょにいたはずだ。ふたりでニュージャージー側の発着場にいるところを目撃されてるんだ」

チェリーとポルックスは観念したかのように顔を見合わせた。チェリーがゆっくりと言った。

「それがどうかした？　何が悪いのよ」

「悪いに決まってるだろ」サムはすごんだ。「ふたりでどこへ向かったんだ」

「ただフェリーに乗っただけよ」

サムは憤然と鼻を鳴らした。「おい、ふざけるのもたいがいにしろよ。そんな与太話を信じるとでも？」片足で床を踏み鳴らす。「遠まわしに話すのはくたびれたよ。あんたらはそのフェリーに乗って、ニュージャージー側でおりた。それはドウィットの一行を尾《つ》けていたからだ！」

ポルックスが力なく言った。「すっかり話してしまったほうがいいよ、チェリー。そうするほかない」

チェリーは軽蔑《けいべつ》の目でにらんだ。「何よ、意気地なし。怯《おび》えた子供みたいに何もかも吐かされるってわけ？ あたしたち、何も悪いことしてないじゃない。弱みを握られてるわけでもなし、何をしゃべるっていうの？」

「だけど、チェリー――」ポルックスはひるんで両手をひろげた。

サムは言い争うふたりにはかまわなかった。テーブルに置かれた真珠飾りのバッグが先刻から気になっていたので、ついにそれを手にとり、考えをめぐらせつつ重さをたしかめた。すると、魔法のようにふたりの口論がぴたりとやんだ。サムの大ぶりの手が上下に揺れ動くのをチェリーが見つめる……。「それ、返してよ」くぐもった声で言った。

「ずいぶん重いお宝でもはいってるのか」サムがにやりとした。「一トン近いぞ。こいつは……」

サムの太い指が器用にバッグの口をあけて中へもぐると、チェリーは獣じみた低い叫びをあげた。ポルックスは顔色を失い、思わず足を踏み出す。ブルーノが静かに壁際を離れ、サムの隣に立った。

サムの指が、握りに真珠貝の象嵌《ぞうがん》をあしらった小口径のリボルバーをつまみ出した。それを巧みな手つきで操り、内部をあらためる。こめられた銃弾は三発。鉛筆にハンカチを巻き、それを銃口に差しこんでこすった。出てきたハンカチは汚れていない。つづいて、銃を鼻に近づけてにおいを嗅《か》ぐ。サムは首を横に振り、銃をテーブルへほうった。

「携帯許可証ならあるけど」チェリーが唇をなめながら言う。

「見せてもらおう」

チェリーは食器棚へ歩み寄って、抽斗《ひきだし》をあけ、テーブルの前へもどってきた。サムは許可証に目を通して返した。チェリーはふたたび腰をおろす。

「つぎはあんただ」サムはポルックスに言った。「はっきりさせよう。あんたらはドウィット一行のあとを尾行した。なんのためだ?」

「いえ、そんな――なんの話だかわかりませんが」

サムの視線がリボルバーへと移った。「その銃のせいで、ここにいるかわいいチェリーの立場が危うくなるのはわかるだろう?」

チェリーが息を吞む。ポルックスは口もとをゆがめて言った。「どういう意味ですか」

「今夜、ジョン・ドウィットが西岸線の列車内で撃たれて死にました」ブルーノ地方検事が言った。部屋にはいってから口をきいたのははじめてだ。「殺害されたんです」

ふたりの唇が、考えもなく〝殺害〟ということばを繰り返した。ふたりとも呆然《ぼうぜん》として、怯えた様子で顔を見合わせている。

「だれの仕業なの?」チェリーが小声で尋ねる。

「あんたが知ってるんじゃないのか?」

チェリー・ブラウンのふっくらとした唇が震えはじめた。ポルックスがはじめて思いきった動きを見せ、サムとブルーノを驚かせた――サムが動く間もなくテーブルに飛びついて、銃をつかんだのだ。ブルーノは横へ避け、サムは手を腰のポケットに走らせた。女優が悲鳴をあげる。ところが、ポルックスに騒動を起こす気はなく、ぎこちない手つきで銃身を握っていた。サムの手はポケットで止まった。「見てくださいよ!」ポルックスが早口で言った。握りのほうを警視に向け、震える手で銃を差し出す。「中の弾をよく見てください、警視さん! これは実弾じゃない――空包なんだ!」

サムは銃をもぎとった。「たしかに空包だ」ぼそりと言う。チェリー・ブラウンが初対面の男を見るような目つきでポルックスを凝視しているのに、ブルーノは気づいた。

必死に説明しようとして、ポルックスの舌がもつれた。「先週すり替えておいたんです。チェリーもさっきまで知りませんでした。実弾をこめた銃をチェリーが持ち歩くのがいやだったんですよ。だって――女はこういうことには不注意だから」

「なぜ三発しかないんですか、ポルックスさん」ブルーノが尋ねた。「残りの薬室に実弾がはいっていた可能性もある」

「そんなことはぜったいにありません!」ポルックスが叫んだ。「どうして全部入れなかったかは、自分でもわからない。でも、ほんとうです。それに、今夜その列車には乗りませんでした。桟橋まで行って、つぎのフェリーですぐニューヨークへ引き返したんだ。そうだろ、チェリー」

チェリーは無言でうなずいた。

サムがバッグをもう一度探った。「乗車券は買ったのか」

「いいえ。窓口にも、もちろん列車にも近寄ってさえいません」

「しかし、ドウィットたちのあとをつけていたのはたしかだろう？」

ポルックスの左瞼《まぶた》が滑稽《こっけい》なほどびくつきはじめた。体の震えが速くなっていく。それでもポルックスは、亀のように固く口を閉ざした。チェリーは目を伏せてじっと敷物を見つめている。

サムは薄暗い寝室へはいっていった。しかし空手で出てきて、無慈悲なほど手際よく居間を調べた。だれも口をきかない。しまいにサムはふたりに背を向け、重い足音を立てて出口へ向かった。ブルーノが言った。「いつでも呼び出しに応じられるようにしておきなさい。ふたりとも、妙な真似はしないように」そしてサムのあとから廊下へ出た。

待機していた刑事たちが期待のまなざしを注ぐなか、サムとブルーノが廊下に姿を現した。だがサムはかぶりを振って、足早にエレベーターへ向かい、そのあとにブルーノが疲れた足どりでつづいた。

「なぜあの銃を押収しなかった」ブルーノが訊《き》いた。

サムは無骨な人差し指でエレベーターのボタンを押した。「そんなことをしてなんの意味があるんです」不機嫌そうに言う。探偵がそのすぐ後ろに張りついた。不安げな表情がいっそう際立っている。ダフィー巡査部長が探偵を肩で押しのける。「なんの役にも立ちませんよ。シリングは三八口径の銃創だと言ったのに、さっきのは二二口径なんだから」

第七場　マイケル・コリンズのアパートメント

十月十日　土曜日　午前四時四十五分

夜明け前の薄明のなか、ニューヨークはふだんとは別世界だった。通りを流すタクシーがヘッドライトを灯《とも》してときおり行き過ぎるのを除けば、まるで山道のように暗く閑散とした街路を、警察車が何に妨げられることもなく疾走している。

マイケル・コリンズの要塞《ようさい》は西七十八丁目にあった。警察車が滑るように路肩に停まると、建物の陰からひとりの男が現れた。サムが車から跳びおり、ブルーノと刑事たちがつづいた。待っていた男が言う。「やつはまだ上にいます。帰ってからは外出していません」

サムがうなずき、全員がロビーへなだれこんだ。受付にいる制服姿の老人が呆気《あっけ》にとられている。居眠りしていたエレベーター・ボーイを揺すり起こし、一同は階上へ急いだ。

八階でエレベーターをおりると、別の刑事が現れて、ものものしくドアを指さした。全員が無言のうちに輪になり、ブルーノが興奮気味に吐息を漏らして腕時計を見た。「抜かりはないな？」サムが冷静に言った。「抵抗して暴れるかもしれん」

サムはドアに歩み寄って呼び鈴を押した。遠くでそれが響く。すぐに足音がして、しわがれた男の声が怒鳴った。「だれだ。おい、だれだ？」

サムが怒鳴った。「警察だ！　ドアをあけろ！」

短い沈黙があった。「くそ、生け捕りにされてたまるか！」振りしぼるような叫びが聞こえ、ふたたび足音がしたのち、凍った枝が折れるような鋭い音が響いた。銃声だ。つづいて、重いものが倒れる音があがる。

一同は強行突破に出ることにした。サムが一歩さがって大きく息を吸い、ドアに体あたりをした。ドアは頑丈で、びくともしない。ダフィー巡査部長と、もうひとり腕っぷしの強そうな男がサムと並んでいったんさがり、破城槌《はじようつい》さながらの勢いで三人そろってドアに突進した。揺れはしたものの、それでもドアは破れない。「もう一度！」サムが声を張りあげた。四度目の攻撃でドアが軋《きし》りながら崩れ、三人は長く薄暗い廊下へ頭から転げこんだ。廊下の奥に戸口があり、その先に煌々《こうこう》と明かりのついた部屋が見える。

廊下とその部屋を隔てる敷居の上に、パジャマ姿のマイケル・コリンズが倒れていた。右手のそばにくすんだ黒のリボルバーがあり、まだ煙が立ちのぼっている。

サムは重い靴で寄せ木張りの床を踏みながら駆け寄った。コリンズのかたわらに勢いよくひざまずき、その胸に耳をあてる。

「まだ息がある！」サムは叫んだ。「部屋のなかへ運べ！」

ぐったりした体を三人で持ちあげて、明かりのついた居間へ運び入れ、長椅子におろした。

コリンズの顔は死人のようだ。目を閉じて、うなる狼のごとく歯を食いしばり、大きくあえぎながら息をしている。頭の右側はもつれた髪としたたる血に覆われている。顔の右半分が赤く染まり、肩に血が飛び散ってパジャマを染めていた。指で傷口にふれると、たちまち深紅に色づいた。「頭蓋骨《ずがいこつ》に届いていない」サムは低い声で言った。「頭のふちをかすめただけだ。ショックで気を失ったんだろう。へたくそめ。だれか医者を呼べ……やれやれ、ブルーノ検事、ようやくけりがつきそうですな」

刑事がひとり駆け出す。サムは大きく三歩踏み出して、銃を拾いあげた。「よし、三八口径だ」満足そうに言ったものの、すぐに表情が曇る。「だが、一発しか撃ってない。いま自分を撃つのに使ったぶんだ。弾はどこへ飛んだのか」

「この壁ですよ」ひとりの刑事が答え、漆喰《しっくい》の乱れている壁の一点を指さした。

サムが弾を引き抜こうとするかたわらで、ブルーノが言った。「廊下から居間へ駆けこんで、その途中で撃ったんだな。弾はまっすぐ部屋を突っ切ってる。敷居でつまずいて撃ち損じたんだ」サムはつぶれた鉛の弾をつまんで眉間《みけん》に皺《しわ》を寄せた。それをポケットにおさめたのち、銃を注意深くハンカチで包み、刑事に手渡す。八階の外廊下が騒がしくなった。振り返ると、数人の野次馬が薄着のままで恐る恐る室内をのぞきこんでいた。

刑事がふたり応対に出て、押し問答になった。医者を呼びに出かけていた刑事がその人混みを掻《か》き分けてもどってきた。その後ろから、パジャマにガウンといういでたちながら押し出しのりっぱな男が、黒い鞄《かばん》をさげてやってきた。

「お医者さまですか」サムが尋ねた。

「はい。この建物に住んでいます。何か問題があったようですな」

刑事たちが脇へよけると、長椅子にじっと横たわる男の姿がはじめて医師の目に留まった。医師はひとことも言わず、かたわらに膝《ひざ》を突いた。「お湯を」しばらくして、指を動かしながら言った。ひとりの刑事が浴室まで行って、洗面器いっぱいの熱湯を持ってもどった。

五分ほど手際よく処置を施したのち、医師は立ちあがった。「かすり傷のひどいもの、といったところです。じきに意識がもどるでしょう」傷口をぬぐい、消毒をして、頭の右半分の髪を剃《そ》り落とす。どこまでも冷静に、ふたたび傷口を消毒してから、縫い合わせ、頭に包帯を巻いた。「早いうちに手当をする必要がありますが、さしあたりこれで間に合うでしょう。ひどい頭痛がしてかなり痛みますよ。おや、気がついたらしい」

しわがれた弱々しいうめき声をあげて、コリンズが体を震わせた。その目が開き、ゆっくりと意識がもどるにつれ、驚くほどの涙があふれた。「もうだいじょうぶです」医師はそっけなく言って鞄を閉めた。

医師が出ていった。ひとりの刑事がコリンズの脇をかかえ、首の下に枕をあてがって頭を少し起こした。コリンズはまたうめいて、血の気のない手を頭へやり、包帯にさわったあと、力なく長椅子の上へもどした。

「コリンズ」傷ついた男のそばに腰をおろしながら、サムが切り出した。「なぜ自殺しようとした」

コリンズが乾いた舌で唇をなめる。顔の右半分に血の塊がこびりついた姿は奇怪でおぞましい。「水をくれ」コリンズはぼそぼそと言った。

サムが顔をあげて目配せすると、部下のひとりがグラスにはいった水を持ってきた。その刑事に頭をそっと支えられ、コリンズは水を一気に口に含んだが、冷たさに哀れな声を漏らした。

「どうなんだ、コリンズ」

コリンズはあえぎながら言った。「おれは捕まったのか？　捕まっちまったんだな。どうせもうおしまいだ……」

「なら、認めるんだな？」

コリンズは何かを言おうとして、思いとどまってうなずいたが、急に愕然《がくぜん》とした顔をして目をあげた。そこにはもとの凶暴な光がよみがえっている。「認めるって、何をだよ」

サムは乾いた笑い声をあげた。「もうやめろ、コリンズ。哀れっぽい芝居は終わりだ。わかりきってるじゃないか。あんたがジョン・ドウィットを殺したってことだ！」

「おれが——殺した？」コリンズは放心したかのようだった。やがて体を起こそうともがいたが、サムの手に胸を押さえつけられ、激しくわめいた。「いったいなんの話だ。おれがドウィットを殺した？　だれが殺したって？　おれはあいつが死んだことさえ知らないぞ！　頭がおかしいんじゃないのか。それとも、これは罠《わな》なのか？」

サムはとまどった顔をした。ブルーノが体を動かし、コリンズの目がそちらを向く。ブルーノはなだめるように言った。「いいかね。言い逃れをしたところでなんの得にもならないんですよ、コリンズさん。警察が来たと知って、あなたは〝生け捕りにされてたまるか〟と叫び、自殺を図った。清廉潔白な人間がそんなことばを口にしますか？　たったいまも〝捕まっちまったんだな〟と言いました。これは罪の告白にほかならない。嘘をついても無駄です。罪を犯した人間のふるまいとしか思えませんね」

「だが、おれはドウィットを殺してなんかいない。ほんとうだ！」

「だったら、なぜ警察が来るのを待ち構えていたような態度をとった？　なぜ自殺しようとした？」サムが語気荒く迫った。

「それは……」コリンズは下唇を強く嚙《か》みしめてブルーノの顔をうかがった。「おまえらの知ったことじゃない」ふてくされた口調で言う。「殺しのことは何も知らないんだ。おれと別れたとき、ドウィットはぴんぴんしてたさ」痛みの発作が肉づきのいい顔にひろがり、コリンズはうめき声をあげた。両手で頭をかかえる。

「では、今夜ドウィットに会ったのは認めるんだな」

「たしかに会った。目撃者だっておおぜいいる。今夜、列車で会ったさ。あいつは車内で殺されたのか」

「しらばっくれるのはよせ」サムは言った。「どうしてニューバーグ行きの列車に乗ることになったんだ」

「ドウィットを尾《つ》けてた。それは認めるよ。ひと晩じゅう追っかけてたんだ。あいつがほかの連中といっしょにリッツ・ホテルから出てきたんで、おれはあとを追って駅へ行った。ずっと前から、向こうが拘置されてるあいだでさえ、なんとか会おうとしてきたんだ。おれは切符を買って同じ列車に乗りこんだ。発車してすぐ、ドウィットのところへ行った——いっしょに弁護士のブルックスと、ほかにふたりの男がすわってたよ。ひとりはエイハーンだったな。それでおれはドウィットに訴えたんだ」

「ああ、そこまではわかってる」サムは言った。「その客車を離れてデッキへ行ったあと、どうしたんだ」

コリンズは血走った目を大きく見開いた。「ロングストリートの屑《くず》情報で損したぶんを埋め合わせろと言ったのさ。ロングストリートはおれの人生をめちゃくちゃにした。共同経営者なんだから、ドウィットにも責任はあるだろ。おれは——おれにはあの金が必要だったんだ。なのにドウィットは聞く耳を持たなかった。無理だの一点張りで……ちくしょう、血も涙もない男だよ」抑えていた憤怒が声ににじみ出た。「ひざまずかんばかりにして頼んだんだぞ。でも、取りつく島もなかった」

「そのとき、どこにいた」

「後ろの薄暗い車両のデッキに移ってたよ……。結局、おれはあきらめて、列車をおりることにした。ちょうどリッジフィールド・パークって駅に着くところだった。停車するとすぐ、おれは線路側の扉をあけて跳びおりた。で、下から手を伸ばして扉を閉め、線路を渡った。朝までニューヨーク行きの列車がないとわかったんで、タクシーを拾って、まっすぐここへもどった。神に誓ってほんとうだ」

コリンズはまた枕に沈んで、大きく息をあえがせる。サムは訊《き》いた。「跳びおりたとき、ドウィットはまだその車両のデッキにいたのか」

「いたさ。こっちをじっと見てたよ、あの野郎……」コリンズは唇を噛んだ。「たしかに――おれはやつにむかっ腹を立ててた」口ごもる。「けど、この手で殺すほどじゃない――そんなこと、ぜったいに……」

「そんな言い草を真に受けると思うのか？」

「殺してないって言ってるだろ！」声が絶叫に変わる。「線路におりて扉を閉めたとき、あいつがハンカチで額を拭《ふ》くのが見えたよ。それから、ハンカチをポケットにしまって、後ろの薄暗い客車の扉をあけたんだ。で、中へはいっていった。なぜかなんて、だれにもわかりっこない。でも、おれは見たんだ、まちがいない！」

「席にすわるところまで見たのか」

「いや。すぐに列車から離れたからな」

「明かりのついた前の客車へもどって、車掌があけた扉からおりればよかったじゃないか」

「時間がなかったんだよ。もう駅に着いてたから」

「むかっ腹を立ててたと言ったな。諍《いさか》いになったのか」

コリンズは大声で応じた。「どうしてもおれに押しつける気だな。こっちは正直に話してるんだぞ。ちょっと言い合いになったって、さっきも話したはずだ。たしかにかっとなった。だれだってそうなるだろ？　ドウィットもそうだった。きっと、頭を冷やすつもりで薄暗い客車にはいったんだ。ひどく興奮してたから」

「そのとき、あんたは拳銃《けんじゅう》を持ってたのか」

「いや」

「その薄暗い客車へいっしょに行ったんじゃないのか?」

「ちがうったら!」コリンズは怒鳴った。

「駅で切符を買ったと言ったな。見せてもらおう」

「廊下の棚にあるコートのなかだ」ダフィー巡査部長が廊下の衣装戸棚へ行って中を探り、すぐに小さな切符を持ってもどった。

サムとブルーノはそれを手にとった。西岸線の片道切符で、入鋏《にゅうきょう》の跡がない。指定区間はウィーホーケンからウェスト・エングルウッドだ。

「車掌の検札を受けてないのはどういうわけなんだ」サムが訊いた。

「検札が来る前におりたからだよ」

「いいだろう」サムは立ちあがり、両腕を伸ばして大きなあくびをした。コリンズが上体を起こした。いくらか体力が回復したらしく、パジャマの上着を探って煙草を取り出す。サムは声をかけた。「コリンズ、とりあえずこれぐらいにしておこう。気分はどうだ」

コリンズはぶつぶつと言った。「ちょっとはましになった。頭が猛烈に痛いが」

「そうか、ましになってほんとうによかったよ」サムはうれしそうに言った。「なら、救急車を呼ぶ必要はないわけだ」

「救急車？」

「そうとも。さあ、起きて服を着替えるんだ。本部までいっしょに来てもらおう」

コリンズの口から煙草が落ちた。「おれに――おれに殺しの罪をなすりつける気なのか？　やってないと言ったじゃないか！　ほんとうなんだよ――神に誓って嘘じゃない……」

「あわてるな。ドウィット殺しで逮捕するんじゃない」サムはブルーノに目配せした。「重要証人として身柄を保護するだけだ」

第八場　ウルグアイ領事館

十月十日　土曜日　午前十時四十五分

ドルリー・レーン氏はケープを黒雲のようになびかせて、濃い潮の香りを嗅《か》ぎながら、バッテリー・パークの歩道を、ステッキを力強く突き立てて歩いていた。海のにおいが強烈に漂い、午前の太陽が心地よく顔にぬくもりを与えている。レーンは園内の城壁のそばで足を止めると、カモメの群れが油の浮いた水面へ舞いおりて、波間に浮かぶオレンジの皮をついばむのをながめた。沖へ目を移すと、船体を深く沈めた定期船が、傾きながら海を這《は》うように進んでいる。ハドソン川の遊覧船がけたたましい汽笛を響かせる。新たな風が吹きつけ、ドルリー・レーンはまた潮の香を味わいながら、ケープをゆるやかに掻《か》き合わせた。吐息を漏らしつつ腕時計に目をやり、きびすを返して歩き出す。公園を抜け、バッテリー広場へ向かった。

十分後、レーンは簡素な部屋で腰をおろし、机の向こうの相手に微笑みかけていた。モーニングコートに小柄な体を包んだ、肌の浅黒いラテン系の男だ。襟もとを鮮やかな花が飾っている。ホアン・アホスは、褐色の顔に輝く白い歯と、生き生きした黒い瞳《ひとみ》、上品な口ひげが目立つ快活な人物だった。

「実に光栄です、レーンさん」完璧《かんぺき》な英語で言う。「このように変哲もない領事館においでいただけるとは。かつて外交官補をつとめておりましたところに、あなたの舞台を……」

「恐れ入ります、セニョール・アホス」レーンは言った。「しかし、休暇からおもどりになったばかりで、お時間もなかろうと存じます。本日わたしは、特別な任務を帯びてこちらへうかがいました。当地で起こった一連の殺人事件のことは、ウルグアイにいらっしゃったときにお聞き及びではありませんか」

「殺人事件ですか、レーンさん」

「ええ。このところ三件つづきました。こう言ってはなんですが、興味深い事件です。わたしは非公式に地方検事の捜査を手伝っておりましてね。関連があるかどうかはまだわかりませんが、個人的に調べたところ、有力な手がかりがひとつ見つかりました。そして、あなたのお力添えが得られれば、捜査が大きく進展すると信じるに足る理由があるのですよ」

アホスは微笑んだ。「わたくしの力の及ぶことでしたら、なんなりとどうぞ、レーンさん」

「フェリペ・マキンチャオという名前にお心あたりはありますか。ウルグアイ人なのですが」

小柄で潑剌《はつらつ》とした領事の目に、冴《さ》えざえとした光が差した。「おのれの罪はおのれに帰るということですな」明るい声で言う。「では、レーンさん、ご質問というのはマキンチャオのことですね。ええ、会って話をしたこともありますよ。善良な人物です。お調べになりたいのは、どういうことでしょうか」

「知り合われたいきさつや、その人に関することでこれはとお思いになる話をなんでもお聞かせください」

アホスは両手をひろげた。「では、何もかもお話ししますよ、レーンさん。捜査の役に立つかどうかは、そちらでご判断ください……。フェリペ・マキンチャオはウルグアイ司法省の特使であり、非常に有能かつ信頼の置ける人物です」

レーンの眉《まゆ》が吊《つ》りあがった。

「マキンチャオは数か月前に本国からニューヨークへ来ました。モンテビデオ刑務所から脱走した囚人を追跡するために、ウルグアイの警察から派遣されたのです。その囚人の名前はマーティン・ストープス」

ドルリー・レーン氏は身動きひとつしなかった。「マーティン・ストープス……いよいよ興味を引かれるお話ですね、セニョール・アホス。ストープスという英語風の名前を持つ男がウルグアイの刑務所に収監されたのはなぜでしょうか」

「わたくしが存じておりますのは」アホスは襟もとの花のにおいをそっと嗅ぎながら答えた。「特使のマキンチャオから伝え聞いた話にすぎません。マキンチャオは犯罪調書の写しを一式持参し、詳細な個人情報も頭に入れていたのです」

「教えてください」

「一九一二年の話ですが、地質学の訓練と高度な技術教育を受けたマーティン・ストープスという青年探鉱者が、妻であるブラジル人の若い女性を殺したかどで、ウルグアイの法廷において終身刑を宣告されたそうです。決め手となったのは、試掘仲間だった三人の男の証言でした。当時、彼らはモンテビデオからジャングルを抜けて延々と川をさかのぼった奥地に鉱脈を見つけていました。法廷での証言によれば、三人は殺害の現場を目撃したため、やむなくストープスを殴って縛りあげ、奥地から川をボートでくだって、警察に引き渡したということです。その際に、殺された女性の死体も運びましたが、熱気のせいでなんとも無残な状態でした。二歳になるストープスの娘も連れていったようです。凶器も見つかりました——鉈《マチエーテ》です。ストープスはなんの反論もしませんでした。一時的に錯乱をきたして虚脱状態になり、抗弁ができなかったのです。そして、当然ながら有罪判決を受け、投獄されました。娘は裁判所の決定によって、モンテビデオの修道院に預けられました。

ストープスは模範囚でした。しだいに精神の均衡を取りもどし、観念して刑に服している様子で、看守に手を焼かせることもありませんでした。ほかの囚人と親しく交わることもなかったようですが」

レーンは穏やかに尋ねた。「犯行の動機は公判中に明らかになったのですか」

「妙なことに、それが判然としません。動機については、口論のさなかに妻を殺したという三人の憶測に頼るしかないのです。その証言によると、三人は事件の前から犯行現場の小屋にいたわけではなく、悲鳴を聞いて駆けこんだら、男が女の頭に鉈《マチエーテ》を叩《たた》きつけているところだったということでした。激しやすい性格だったようですね」

「つづけてください」

アホスは深く息をついた。「服役後十二年目に、ストープスは大胆な脱獄を成功させて、看守たちの度肝を抜きました。何年もかけて綿密に計画された脱獄だったそうです。くわしくお話しいたしますか」

「いえ、その必要はないでしょう」

「ストープスは大地に呑《の》みこまれたかのように姿を消しました。南米大陸じゅうをくまなく探したものの、足どりはつかめずじまいでした。奥地へはいり、苛《か》酷《こく》なジャングルへ踏みこんで、そこで朽ち果てたのではないかというのがおおかたの見方だったようです。マーティン・ストープスについてはそんなところですね……。ブラジルのコーヒーをいかがですか、レーンさん」

「いえ、けっこうです」

「では、ウルグアイの逸品、マテ茶をお淹《い》れしましょうか」

「どうぞおかまいなく。マキンチャオに関する話はほかにもありますか」

「ええ《スイ》。当局の記録によりますと、例の三人は大戦中に鉱山を売り払いました。極上のマンガン鉱がとれる有望な鉱脈だったようです。マンガンは戦時中の軍需品製造において非常に貴重な資源となりました。三人は鉱山売却で大儲《おおもう》けして、合衆国へ帰りました」

「帰ったというのは？」レーンは声をうわずらせた。「アメリカ人だったのですか」

「これは失礼。名前を申しあげるのを忘れていましたね。ハーリー・ロングストリート、ジャック・ドウィット、それから――ええと――そう《スイ》！　ウィリアム・クロケット……」

「ちょっと待ってください」レーンの目が輝いた。「最近殺害された人物のうちふたりが、ドウィット&ロングストリート商会の共同経営者だというのはご存じですか」

アホスは黒い目を瞠《みは》った。「なんと《ディオス》！」大声をあげる。「それは初耳です。となると、不安がまさに……」

「どういう意味ですか？」レーンは間髪を入れず尋ねた。

領事は両手をひろげた。「今年の七月、ウルグアイの警察にニューヨークの消印がはいった匿名の投書が届きました。この投書は、ドウィットが自分で出したとのちに認めています。そこには、脱獄囚のストープスがニューヨークにいるから調査を請うという旨が記されていました。もちろん当局は代替わりしていましたが、古い資料を調べてすぐさま行動を起こし、マキンチャオを責任者に任命しました。わたくしも協力することになりましたが、マキンチャオはこんな投書をウルグアイまで送ってくるのは昔の採掘仲間にちがいないと踏み、調査のすえに、ロングストリートとドウィットがニューヨーク近郊に住んでいること、しかもなかなかの成功をおさめていることを突き止めたんです。残る仲間のひとり、ウィリアム・クロケットも探し出そうとしたものの、こちらは失敗に終わりました。三人で北米に引きあげたとき、どうやらクロケットひとりが離れたらしい。仲間割れのためか、自分の分け前を思うままにしたかったのか——実のところ、どちらなのかはわかりません。あるいは、どちらでもないのかもしれない。いずれにせよ憶測にすぎません」

「そういうわけでマキンチャオはドウィットとロングストリートに近づいたのですね」レーンがそれとなく先を促した。

「そのとおりです。マキンチャオが事情を打ち明けて、問題の投書を見せると、ドウィットは最初こそ渋っていましたが、自分が書いたことを認めました。そして、訪米中は自分の家に泊まって、いわば捜査の本拠として使ってもらうようマキンチャオに申し出たんです。当然ながらマキンチャオは、なぜストープスがニューヨークにいるとわかったのかをまず尋ねました。するとドウィットは、ストープスの署名がはいった脅迫状を見せ——」

「ちょっとお待ちください」ドルリー・レーンは長い書類入れから、ドウィットの書斎の金庫で見つけた手紙を取り出し、アホスに渡した。「それはこの手紙ですか」

アホスは大きくうなずいた。「ええ、マキンチャオが追加報告の際に見せてくれました。写真による控えをとって、ドウィットに返したんです。

ドウィット、ロングストリート、そしてわが国の特使は、ウェスト・エングルウッドのドウィット邸で話し合いを重ねました。むろんマキンチャオとしては、独力では埒《らち》が明きませんから、すぐに合衆国の警察の協力を仰ぐつもりでいました。ところが、あとのふたりが警察を巻きこむのはやめてくれと訴えたんです。いわく、そんなことをしたら新聞に取りあげられて、自分たちのみじめな過去や、忌まわしい殺人事件の裁判のことが明るみに出てしまう、と……。よくある話ですね。マキンチャオはどうしたものか思案に暮れ、わたくしに相談に来ました。その結果、ふたりの立場を考慮して、やむなく要求を受け入れることにしたんです。ふたりとも、五年ほど前から同様の手紙をしばしば受けとっていたそうで、すべてニューヨークの消印だったといいます。ずっと破り捨ててきたものの、最後の手紙にはそれまで以上に脅迫の意図が強く感じられ、ドウィットも心配になって、捨てずにいたという話です。

あとは手短に申しあげましょう。ひと月に及ぶ捜査が徒労に終わると、マキンチャオはその失敗をわたくしと例のふたりに報告し、事件からすっかり手を引いてウルグアイへ帰りました」

レーンは考えこんでいた。「クロケットという男の消息はわからずじまいなのですね？」

「マキンチャオがドウィットから聞いた話によると、クロケットはウルグアイを出たあと、なんの説明もなくふたりのもとを去ったそうです。ときどき便りを、おもにカナダからよこしていたようですが、ここ六年ばかりは、どちらにも連絡がないとか」

「もちろん」レーンがつぶやいた。「その点に関しては、亡くなったふたりのことばを信じるほかありますまい。アホスさん、ストープスの娘がその後どうなったのか、報告書のどこかに出ていませんでしたか」アホスがかぶりを振った。「一点だけ、その子が六歳のとき、モンテビデオの修道院から出ていったか連れ去られたかで――どちらかはわかりませんが――いなくなったことはたしかです。以後の消息に関しては、なんの情報もありません」

ドルリー・レーン氏はため息をついて立ちあがり、机をはさんで小柄な領事に対峙《たいじ》した。

「本日は正義のために大いに忠勤を尽くしてくださいました、セニョール」

アホスは白い歯を見せて笑った。「大変光栄ですよ、レーンさん」

「差し支えがなければ」レーンがケープを整えながらつづける。「もうひとつお手伝い願えないでしょうか。できましたら、ウルグアイ政府に電報を打って、ストープスの指紋を電送していただきたいのです。それから、もしカメラによる記録があるなら、顔写真と、ついでに詳細な人相書きもお願いします。ウィリアム・クロケットのことも知りたいので、この人物についても同様の資料が手にはいれば……」

「さっそく手配いたします」

「進取の気象に富む貴国のこと、最新の科学設備があるとお見受けしますが」レーンが微笑み、ふたりは戸口へ向かった。

アホスは目をまるくした。「もちろんですとも！　どこにもないほどすばらしい装置で電送されてきますよ」

「それは実にありがたいお話です」ドルリー・レーン氏は頭をさげて言った。そして通りへ出て、バッテリー・パークのほうへ歩き出した。「実にありがたい」レーンは心のなかでそっと繰り返した。

第九場　ハムレット荘

十月十二日　月曜日　午後一時三十分

サム警視がクエイシーに案内されて曲がりくねった廊下を進み、隠しエレベーターまでやってきた。エレベーターはハムレット荘の主塔を月ロケットさながらに上昇し、高みにある小さな通路へとふたりを運ぶ。ロンドン塔並みに古めかしい石段の前に達し、そこから階段状の回廊をのぼると、鉄の閂《かんぬき》のついたオーク材の扉の前に出た。クエイシーが苦闘のすえに掛け金と重い閂をはずし、老人らしく荒々しい息を吐きながら扉を押しあける。ふたりは堅固な石の胸壁をめぐらせた塔の屋上に歩み出た。

熊の毛皮の上にドルリー・レーン氏が全裸も同然の姿で横たわり、両手を目にかざして、頭上高くから降り注ぐ日差しをさえぎっていた。

サム警視は急に立ち止まり、クエイシーは顔に笑みを浮かべて去った。サムはドルリー・レーンの肉体を目のあたりにし、その生気みなぎる褐色の肌と、揺るぎのない若さ、力強さに愕《がく》然《ぜん》とした。手脚をくつろがせる引きしまった体軀《たいく》は、薄い金色のうぶ毛のほかに体毛がなく、日に焼けてたくましくなめらかで、まさに人生の盛りにある男のそれだった。頑健で無駄のない全身を目で追うと、もつれた白髪がひどく不調和に映った。

身につけた白い腰布は、この老優が唯一受け入れた慎みだった。小麦色の脚はむき出しだが、柔らかい鹿革の上靴が敷物のそばに置かれている。かたわらにクッションつきのデッキチェアがある。

サムはむなしく首を振り、薄手のコートの襟を少し掻《か》き合わせた。十月の冷気が肌を刺し、塔上に強い風が吹きつける。サムは前へ進み出て、横たわる男に近寄った。その肌がどこまでもすべらかで、粟立《あわだ》ってもいないのが見てとれる。

警戒の本能が働いたのか、レーンが目を開いた。あるいは、サムが見おろす恰好《かっこう》で立ったので、影が落ちたせいかもしれない。「警視さん！」レーンはすぐに目覚めて上体を起こし、ほっそりと締まった両脚をかかえた。「うれしい驚きですよ。こんな姿で失礼いたします。そのデッキチェアをお使いください。もっとも――」含み笑いを漏らす。「そのお召し物を脱いで、熊の毛皮の上でごいっしょなさるのなら話は別ですが……」

「いや、それは」サムはあわてて言って、デッキチェアに身を沈めた。「この風のなかですよ？　遠慮します」笑みをつくろう。「つかぬことをうかがいますが、レーンさん、おいくつになられました？」

レーンは日差しに目を細めた。「六十歳です」

サムはかぶりを振った。「わたしは五十四ですがね。恥ずかしくて――いや、まったく――恥ずかしくて、服を脱いで裸をさらすなんて真似はできやしません。あんたと比べたら、わたしなんてぶよぶよの老体だ！」

「おそらく、体に気をつかう時間がなかっただけですよ、警視さん」レーンはのんびりと言った。「わたしには時間も機会もありますからね。ここでは──」手を振って、精巧な玩具のような眺望を差し示す。「ここでは自分の好きにできます。こうしてマハトマ・ガンジー風の飾りを腰につけているのは、あのクエイシーが少々はにかみ屋でして、その、なんと言いますか、裸体における一段と個人的な部分を隠さなかったりすると、えも言われぬほど驚愕してしまうのですよ。哀れなクエイシー！　二十年前から、この太陽の饗宴《きょうえん》に加わらないかと勧めているのですがね。あのクエイシーが真っ裸になったら見ものですよ！　もっとも、大変な年寄りですからね。自分でも何歳かを正確には知らないでしょう」

「あんたのような人は見たことがない。驚嘆させられます」サムは言った。「六十歳か……」ため息をつく。「ところで、事態に進展がありましたよ。きょうはいくつか新たにご報告することがありまして──ひとつとっておきのがあります」

「コリンズのことですね」

「そうです。土曜の早朝にコリンズのアパートメントに踏みこんだときの顚末《てんまつ》は、ブルーノ検事から聞いておられますね」

「ええ。自殺を図るとは、なんとも愚かなことです。それで、いまも勾留中《こうりゅうちゅう》なのですか、警視さん」

「むろん、ぜったいに逃がしません」サムはきびしい顔で言った。「しかしどうも」ばつが悪そうな口ぶりで言う。「新米刑事にもどった気分ですよ。こっちは暗闇を手探りしながら話しているのに、あんたはたぶん何もかもお見通しだ」

「警視さん、あなたは長いあいだわたしに反感をいだいていらっしゃった。知りもしないのに知ったかぶりをする男だとお思いだった。無理からぬ話です。わたしの沈黙がやむをえぬ事情によるものなのか、ごまかしにすぎないのか、あなたはいまも判断に迷われていますが、それでも新たな信頼を寄せる気になられた。身に余る光栄ですよ、警視さん。お互い、この忌まわしい状態から脱するためには、この件を片づけるほかありません」

「片づけばいいんですけどね」サムは暗い顔で言った。「ともあれ、コリンズのことで情報があるんです。過去を掘り返してみたら、あの男が株での損をなぜ必死に取り返そうとしていたのか、理由がわかりました。税務官の立場を利用して、州の金を横領していたんです！」

「ほんとうですか」

「まちがいありません。まだ正確なところはわかりませんが、これまでに十万ドル以上を使いこんでいます。半端な額じゃありませんよ、レーンさん。コリンズは州の金を預かって株をやっていたらしい。ところが大損をして、しだいに深みにはまったあげく、一気に五万ドルを着服したところで、〈インターナショナル・メタルズ〉の株を買えとロングストリートからけしかけられた。あの男にしてみれば、一か八かの大勝負――これまでの損を取りもどして、使いこみの穴を埋める腹づもりだった。どうやら公金横領の件が発覚しかかっていて、局内で帳簿の照合がひそかにはじめられていたようです」

「コリンズは追及の手をうまくかわしていたのですね、警視さん。どうしてそんなことができたのですか」

サムは唇を引き結んだ。「やつにとっては造作もないことです。帳簿に手を加えて何か月も発覚を引き延ばし、そのうえ、政界での安っぽい人脈を巧みに利用したんですよ。しかし、ついに進退窮まり、ごまかしがきかなくなった」

「人間の性質の一面をよく表していますね」レーンはつぶやいた。「強情で気が短く、激しい気質の持ち主であるコリンズは、絶えず征服への衝動に駆り立てられて生きてきたのでしょう。競争相手の屍《しかばね》を蹴《け》散《ち》らした人生だったはずです……。ブルーノさんのお話によると、そんな男がひざまずいて哀願したそうですね。完敗を喫したということです。尾羽打ち枯らし、完膚なきまでに打ち砕かれた。すでに社会に対して罪の贖《あがな》いをはじめているのかもしれません」

サムは感心した様子もなく言った。「あるいはね。とにかく、われわれとしてはコリンズがくさいとにらんでいます――またしても状況証拠だけだが、かまうものですか。動機は？　ロングストリートとドウィットを殺害する理由はじゅうぶんにあります。まず、ロングストリートに裏切られたと思い、復讐《ふくしゅう》のために殺した。その後破滅に瀕《ひん》し、失うものは何もないほど自暴自棄になっていたとき、損失の穴埋めをことわられてドウィットを殺害した。現状では、コリンズは共同経営者二名を殺害した犯人として有力であり、ウッドを殺した可能性も否定できません。着岸してすぐに〈モホーク〉からおりてしまった乗客がたくさんいましたが、そのなかにコリンズがいたとしてもなんの不思議もないからです。その夜の行動を確認しているところですが、コリンズがアリバイを証明することはできないでしょう……。さらに裁判になれば、先日アパートメントへ踏みこんだときのコリンズの不審なふるまい――大騒ぎしたあげく自殺を図ったことを——ブルーノ検事自身が証言できますし……」

「法廷において、ブルーノさんの弁舌の魔法をもってすれば」すらりと長い腕を伸ばし、レーンが笑顔で言った。「まちがいなく、だれの目にもコリンズは罪人と映るでしょう。しかし、警視さん、朝の五時に警察が自宅へ押しかけてきたと知ってあわてふためき、公金の使いこみが発覚したのではないか、横領か重窃盗で逮捕されるのではないかと早合点したとはお考えにならなかったのですか。当人の心理状態を考えれば、自殺を図ったのも、〝生け捕りにされてたまるか〟と叫んだのも、説明がつくはずです」

サムは頭を掻いた。「けさ、横領の容疑で問い詰めたら、やつはまさにそのとおりのことを言ったんです。どうしておわかりになったんですか」

「いや、警視さん、子供でもわかることですよ」

「どうやらあなたは」サムは深刻な顔で言った。「コリンズの話を信じておられるようだ。あの男が犯人ではないと考えていらっしゃるんですね。実を言うと、ブルーノ検事から、あなたの意見を内々にうかがってくるよう頼まれてきたんですよ。お察しのとおり、われわれはコリンズを殺人罪で起訴するつもりでいます。しかし、ブルーノ検事としても、前に一度痛い目に遭っているので、同じ過ちを繰り返したくないんです」

「警視さん」ドルリー・レーンは素足を床につけて体を起こし、日焼けした胸を反らして言った。「ドウィット殺しでコリンズを有罪に持ちこむのは、ぜったいに無理です」

「そうおっしゃるんじゃないかと思っていました」サムはこぶしを握り、それを暗い顔で見つめた。「しかし、われわれの立場も考えてください。新聞をお読みになりました？　ドウィットを誤って起訴したばかりに、われわれがどんなに叩《たた》かれているかをご存じですか？　新聞は失態を暴き立て、ドウィット殺しと結びつけて報じています。いまじゃ新聞配りの少年とさえ顔を合わせられやしない。ここだけの話ですが、わたしの首も危ないらしい。けさは本部長からきびしく注意を受けましたよ」

レーンはかなたの川を見やった。「もし仮に」もの柔らかに言う。「わたしがご説明して、あなたとブルーノさんのお役に立つと考えているなら、すぐにそうするはずだとお思いになりませんか？　しかし、試合はいま最終段階に差しかかっているのですよ、警視さん。まもなく終了の笛が鳴ります。首が飛ぶご心配にしても……あなたご自身が犯人を捕らえて引き渡せば、降格させられることもありますまい」

「わたしが犯人を？」

「そうですよ、警視さん」レーンはざらついた石の胸壁に裸の体をもたせかけた。「ところで、ほかに新事実はありませんか」

サムは即答しなかった。やがて口を開いたものの、遠慮がちだった。「無理強いはしませんがね、レーンさん、こんどの事件についてあんたが断定的なことをおっしゃったのはこれで三度目だ。コリンズが無実だと、なぜそんなに自信を持って言いきれるんです？」

「それを話すと長くなりますよ、警視さん」レーンは穏やかに言った。「とはいえ、見せかけだけではなく、そろそろ実際に示さなくてはならない時期を迎えたようですね。きょうの午後のうちに、コリンズへの疑念を晴らしてみせましょう」

サムは顔をほころばせた。「そいつはいい、レーンさん。とたんに気分がよくなってきました……。ああ、事態の進展でしたっけ？　たっぷりありますよ。まずシリング先生がドウィットの死体を解剖して、銃弾を剔出《てきしゅつ》しました。当初の見立てどおり、三八口径のものです。ふたつ目は、あまりうれしい知らせではなくてね。バーゲン郡のコール地方検事によると、死体が発見される前に列車をおりた乗客たちの身元がまだわからないそうです。それに、向こうの郡でもこっちでも、線路脇やその近くのどこからも銃を発見できていません。むろん、凶器はコリンズの銃だというのがブルーノ検事の考えですから、目下、ドウィットの死体から剔出した銃弾と、コリンズの銃から発射された銃弾を顕微鏡検査によって比較しているところです。ただし、たとえふたつが合致しなくても、コリンズの潔白を証明したことにはなりません。ドウィットを撃つのにほかの銃を使った可能性もありますからね。少なくともブルーノ検事はそう見ています。その説に従えば、別の銃を使った場合、あの夜コリンズは銃を持ったままタクシーに乗りこみ、車がニューヨーク行きのフェリー上にいるあいだに、銃を川へ投げ捨てたことになります」

「筋は通りますね」レーンはつぶやいた。「つづけてください、警視さん」

「そこでわれわれは、コリンズをニューヨークまで乗せたタクシーの運転手を探し出し、あの晩フェリーを使ったかどうか、そして船上でコリンズが車からおりたかどうかを尋ねました。運転手はコリンズの行動をよく覚えていませんでした。はっきり証言したのは、列車がリッジフィールド・パーク駅を出た直後にコリンズを乗せたことだけでした。この件についてはそんなところです。

三つ目は、とても進展とは言えないんですがね。ロングストリートの公私に及ぶ記録を調べましたが、意味のありそうな情報は何も見つかりませんでした。

でも、四つ目はなかなかですよ。ドウィットの事務所で書類を調べていたら、注目すべきものが出てきました。小切手の控えです――過去十四年間にわたって年に二回ずつ、ウィリアム・クロケットなる人物に送金していることがわかりました」

レーンは微動だにしなかった。灰色の目が、サムの唇を見つめるうちに淡い褐色を帯びている。「ウィリアム・クロケット。なるほど……警視さん、あなたは吉報をもたらす使者ですね。小切手の金額は？　どこの銀行に宛てられたものでしたか」

「ええ、額はまちまちですが、どれも一万五千ドル以上です。すべて同じ銀行で現金化されています――カナダのモントリオール拓殖信託銀行で」

「カナダですか。ますますおもしろくなってきましたよ、警視さん。小切手の振り出し人の署名はどうなっているでしょうか。ドウィット個人なのか、それとも商会名義なのか」

「商会名義のようです。ドウィットとロングストリートの両方の署名がありましたから。それについてはわれわれも考えました。ドウィットはゆすりを受けていたんじゃないでしょうか。むろん、もしそうなら、ロングストリートも関係していたはずです。事務所内には、半年ごとの送金の理由を明かす記録はなかったものの、小切手の半額ずつがふたりの個人口座から引き落とされていました。税金の記録も調べましたが、そちらはなんの問題もありませんでした」

「そのクロケットなる人物については調べましたか」

「当然ですよ、レーンさん！」サムは非難がましく言った。「カナダの連中はわれわれを変人だと思ったはずですよ。小切手を見つけてからというもの、しつこく追いまわしつづけましたから。妙な話でしてね。モントリオールの銀行を通して調べたところ、どの小切手にも――当然と言えば当然なんだが――ウィリアム・クロケットという名前の裏書きがされていて……」

「署名の確認は？　どの裏書きもすべて同じ筆跡でしたか？」

「もちろんです。つづけますが、このクロケットという男は、カナダのあちこちから小切手を郵送して預金し、それをまた別の小切手にして引き出していました。受けとるが早いか、たちまち使い果たしていたんでしょうな。銀行に尋ねても、クロケットの人相も、現在の居場所を示す手がかりも得られませんでした。ただ、明細書と小切手をモントリオールの中央郵便局の私書箱へ送るよう指示されていたということです。

　むろん、そっちの線もさっそく調べました。私書箱については、なんの収穫もありませんでしたね。われわれが見たときにはすでに空っぽで、いつだれが取りにきたのかを覚えている者はいませんでした。あらためてドウィット＆ロングストリート商会を調査したところ、小切手がすべて最初からその中央郵便局宛てに郵送されていたことがわかったんです。その郵便局でも、ウィリアム・クロケットの素性や人相、小切手の受けとり理由はだれも知りませんでした。私書箱の使用料は一年契約の前払い――それも郵送されてくるそうです」

「苛立《いらだ》たしい話ですね」レーンはぼそりと言った。「警視さんもブルーノさんもさぞ歯がゆい思いをされたでしょう」

「いまもそうですよ」サムはこぼした。「調べれば調べるほど、謎めいてくる。クロケットという男が人目を忍んでいたことだけは、どんな阿呆《あほう》にもわかりますがね」

「人目を忍んでいたというのはそのとおりですが、それは自分の意志ではなく、ドウィットとロングストリートからの指示に従ったのかもしれませんよ」

「なるほど！」サムが大声をあげた。「そいつは思ってもみませんでした。とにかく、クロケットの件はコイン投げ並みに先が読めないんですよ。たぶん今回の殺しとはなんの関係もないだろう――ブルーノ検事はそう考えています。数々の前例を踏まえたうえでの意見でしょう。殺人事件ってやつは、核心の部分に不要な尾ひれがあれこれついてまぎらわしくなると相場が決まっていましてね。そうは言っても、無関係だと端《はな》から決めてかかるわけにもいかない……。もしクロケットがふたりを恐喝していたなら、殺害の動機ははっきりするんですがね」

「金の卵を産むガチョウにまつわる楽しい寓話《ぐうわ》がありますが、あなたのいまのご意見はそれと矛盾することにはなりませんかね、警視さん」レーンはにこやかに言った。

サムは顔をしかめた。「恐喝説に問題があるのはわたしも認めますよ。第一に、最後の小切手の控えが、ついこの前の六月の日付になっていて、クロケットがふだんどおり半年ぶんの金を受けとったのは明らかです。おっしゃるとおり、金の卵を産むガチョウを殺す必要はどこにもない。最後の小切手がこれまででいちばんの高額だったのだからなおさらです」

「逆に、警視さん、あなたの恐喝説に従うとするなら、ガチョウがもういなくなったのかもしれませんよ。その六月の小切手が最後のものだったとしたらどうでしょう。送金はこれっきりだとドウィットとロングストリートから通告を受けていたとしたら？」

「それもありえますね……。もちろん、クロケットとの通信記録も探したんですが、何ひとつ出てこなかったんです。とはいえ、そもそも足がつくような失態は犯さんでしょうから、なんの意味もありませんがね」

レーンは軽く首を振った。「どうも、いまうかがった事実から判断するかぎり、恐喝説には同意しかねますね。なぜ金額がまちまちなのでしょうか。恐喝というのはふつう、金額が一定しているものです」

サムは口ごもった。「これまた、ごもっともですな。実のところ、六月の金額は一万七千八百六十四ドルでした。もっと切りのいい数字にすればよさそうなものなのに」

レーンは微笑んだ。木々の梢越《こずえご》しに小さく見えるハドソン川の光り輝く流れへ名残惜しげに目をやり、深く息をついたのち、鹿革の上靴に足を滑りこませた。

「下へ行きましょう、警視さん。〝思慮に行為をともなわせる〟ときが来たのです。ゆえに〝思いつくや実行すべし〟ですよ！」

ふたりは塔の階段へと移動した。サムはレーンの裸の胸を見てにやりと笑った。「ああ、わたしも感化されてきたようですよ、レーンさん。自分がその手の引用を気に入るとは思ってもみなかったな。シェイクスピアって男は、なかなかよく世間を知っていますな。いまのは『ハムレット』ですね」

「どうぞお先に、警視さん」ふたりは塔の薄明かりのなかへ足を踏み入れ、曲がりくねった石段をおりはじめた。レーンがサムの広い背中に微笑みかけた。「かのデンマーク王子のことばを引用するわたしの悪い癖をご存じで、思いきった推測を口になさったのですね。しかし、はずれですよ、警視さん。いまのは『マクベス』です（第四幕第一場）」


十分後、ふたりはハムレット荘の書斎で腰かけていた。レーンは裸身に灰色のガウンを羽織っただけの恰好《かっこう》でニュージャージーの大判の地図に見入り、サム警視はそれを当惑顔でながめている。レーンの執事であり、ローストビーフのヨークシャープディング添えを連想させるずんぐりした体軀《たいく》ゆえ、フォルスタッフなる遠まわしの通称を賜《たまわ》っている男が、膨大な書物にふちどられた通路を遠ざかっていった。

レーンはしばし地図に神経を集中させたのち、それを脇へ押しやり、会心の笑みを浮かべてサムに向きなおった。「巡礼に出かけるときが来ましたよ。重要な使命を帯びた巡礼に」

「いよいよ大詰めですか」

「いいえ、最後の巡礼ではありません」レーンは静かに言った。「おそらく、そのひとつ前の巡礼になるでしょう。いま一度わたしを信じていただかなくてはなりません。実は、ドウィットが殺害されて以来、おのれの力に疑問を感じはじめましてね。予見できたはずなのに、積極的に防ごうとしなかったことが……。言いわけめいて聞こえるかもしれませんね。ただ、ドウィットの死は……」レーンは口をつぐみ、サムが不思議そうにその顔を見つめた。レーンは肩をすくめた。「はじめましょう！　わたしの生来の演劇人気質《かたぎ》で、なんとしてもあなたに最高のクライマックスをお見せしたい。わたしの指示どおりにしてください。うまくいけば、コリンズへの疑惑を覆す強力な証拠をお目にかけることができるでしょう。そうなると、われらがよき友であるブルーノさんをまた落胆させてしまうことになりますが、人命は守らなくてはなりません。警視さん、すぐにここから電話をして、しかるべき筋に連絡を入れてください。午後のなるべく早いうちに警官隊をウィーホーケンへ出動させて、わたしたちと合流するよう指示をお願いします。川底を浚《さら》う装備をした人員もそろえてください」

「浚う装備？」サムはいぶかしげな顔をした。「川の底を？　死体があるとでも？」

「不測の事態に備えるためとでも申しましょうか。ああ、クエイシー！」

細い腰に古びた革の前掛けを巻いた小柄な老僕が、大判のマニラ封筒を手に書斎へはいってきていた。ガウンの下の裸身に非難の視線を向けるクエイシーから、レーンはひったくるように封筒を取りあげた。領事館の印章が記されている。

「ウルグアイから届いたものです」事態が呑《の》みこめない様子のサムに、レーンは明るく声をかけた。封筒の口を破いて、硬い台紙のついた写真を数枚と、長文の手紙を取り出す。手紙に目を通し、それを机にほうり投げた。

サムは好奇心を抑えきれなかった。「指紋写真のようだが、ちがいますか、レーンさん」

レーンは写真を振りかざしながら答えた。「これは、わたしが大いに興味を引かれている人物の指紋の電送写真です。名前はマーティン・ストープス」

「これは失礼」サムは即座に言った。「事件に関係のある品かと思ったもので」

「警視さん、これこそが事件の真相なのですよ！」

サムは光に目がくらんだウサギのようなまなざしでレーンを見た。唇をなめる。「しかし――しかし」早口に言う。「どの事件の話です？　われわれが捜査してきた殺人事件ですか？　レーンさん、いったいマーティン・ストープスというのは何者なんですか」

レーンが唐突に動き、サムの厚い肩に腕をまわした。「わたしに一日の長があったということですよ、警視さん。いえ、笑ったりして申しわけありません――ぶしつけなことをしました……。マーティン・ストープスこそ、われわれが探し求めてきたX氏です――ハーリー・ロングストリート、チャールズ・ウッド、そしてジョン・O・ドウィットを地上から消し去ったことで、責めを負うべき人間ですよ」

サムは息を呑んで目をしばたたき、動転したときの特有の顔つきで首を左右に振った。「マーティン・ストープス。マーティン・ストープス……ロングストリートとウッドとドウィットを殺した犯人……」舌の上でその名前を転がす。「そんなばかな！」声を荒らげる。「そんな男のことは聞いたこともない！　名前だって一度も出てきていない！」

「名前がなんだというのです、警視さん」レーンは写真をマニラ封筒におさめた。貴重な書類を見るような目でサムがそれを凝視する。無意識のうちに、指に力がこもって曲がっている。

「名前がなんだというのですか。警視さん、さいわいにもあなたは何度もそのマーティン・ストープスと会っていらっしゃるのですよ！」

第十場　ボゴタ付近

十月十二日　月曜日　午後六時五分

何時間も捜索がつづき、サム警視はすっかり沈んだ面持ちになっていた。洞察や推理に関するドルリー・レーン氏の能力にいまや深い信頼を寄せてはいるものの、心中の動揺に耐えきれなかった。スペインの異端審問の残骸《ざんがい》にも似た異様な器具を装備した小隊が、午後じゅうずっと、ニュージャージー州内で西岸線を横切るさまざまな川の泥底を浚いつづけた。その試みがつぎつぎと不毛に終わるたび、サム警視はますます暗澹《あんたん》たる顔になった。レーンは何も語らずに捜索作業の方法を指示し、目的のものが出てきそうな水面を示すだけで満足しているかに見えた。

疲れ果てたずぶ濡《ぬ》れの捜索隊が、ボゴタの町にほど近い川に達したころには、あたりはすっかり暗くなっていた。サムが部下を使いに走らせると、職権の魔力によって、たちまち新たな機材が調達された。線路のそばに強力な探照灯がいくつも設置され、静かな川面を照らしている。午後じゅう活躍してきたスコップ型の鉄の機械がまたしても動きはじめる。レーンと浮かぬ顔のサムが並んで立ち、捜査員の単調な作業を見守った。

「乾草の山から針を探し出すようなものだ」サムがこぼした。「見つかりっこありませんよ、レーンさん」

その瞬間、サムの悲観的なことばが運命の神々の憐《あわ》れみを呼び覚ましたのか、線路から二十フィートのところでボートを操っていた捜査員が雄叫《おたけ》びをあげた。レーンの返事はその声にさえぎられた。別の探照灯がボートに向けられる。すくいあげられたのは、例によって粘土や草木、小石や泥などだったが、今回はそのなかに強烈な光線を浴びて輝きを放つものが交じっていた。

勝利の叫びをあげて、サムが一目散に斜面を駆けおり、それより落ち着いた様子でレーンがつづいた。

「それ――そいつはなんだ？」サムは怒鳴った。

ボートが少しずつ迫り、捜査員が泥だらけの手で光る物体を差し出した。サムは、いつのまにかすぐそばにいたレーンの顔を、畏《おそ》れ敬うような目で見あげた。それから首を振り、発見物を調べはじめた。

「三八口径にまちがいありませんか」レーンが静かに尋ねた。

「ええ、これです！」サムが叫ぶ。「きょうはついてるぞ！　一発だけ発射されてる。いくら賭《か》けてもいいが、この銃身を通った弾の条痕《じょうこん》は、ドウィットの死体から剔出《てきしゅつ》した弾と一致するはずだ！」

さめた。
サムは濡れたリボルバーをやさしくなでたあと、ハンカチにくるんで、上着のポケットにお
「おい、みんな！」みじめな姿の部下たちに向かって叫ぶ。「見つかったぞ！　片づけて引き
あげるんだ！」

サムとレーンは、半日近く乗りまわしてきた警察車のもとへ線路伝いに引き返した。

「さて」サムが言った。「ここまでをまとめますよ。たったいま、われわれはドウィット殺害に使用されたのと同じ口径の銃を、事件当夜に列車が通過した川から見つけた。発見した位置からして、銃は犯行後に列車から投げ捨てられたと考えて差し支えないでしょう。むろん、犯人の手によって」

「ほかの可能性もありますよ」レーンが言う。「犯人がボゴタか、その手前で下車し、川まで進むかもどるかして、銃を投げこんだ場合です。これはもちろん、その可能性もあるという指摘にすぎません。列車から投げられたとするほうが、はるかに理にかなっています」

「なんでも考えつくんですな。まあ、反論はしますまい……」


車に着いて、ふたりはほっとしたように黒塗りのドアにもたれた。レーンが言った。「いずれにせよ、あそこで銃が発見されたことで、コリンズを起訴できる見こみは皆無になりました」

「コリンズは完全にシロだということですか」

「そのとおりです、警視さん。あの普通列車は十二時三十分にリッジフィールド・パーク駅に

到着しました。コリンズは列車がまだ見えているうちにタクシーを拾いました――ここが肝心なところです。その時点からのアリバイはタクシーの運転手によって証明されています。運転手はコリンズをニューヨークへ――つまり列車と反対方向へ運びました。列車が川を通過したのが十二時三十五分で、それ以前に銃が投げこまれたはずはありません。仮にここまで徒歩で捨てにきたとしても、言うまでもなく、列車に先着することはできないのです。コリンズの場合にしても、徒歩であれ車であれ、川まで来て凶器を捨て、列車がまだ見えるうちにまたリッジフィールド・パーク駅にもどることは不可能です！　リッジフィールド・パーク駅から川まではおよそ一マイル、往復で二マイルもありますからね。もちろん、ほかの考え方もできます。たとえば、銃が犯行直後ではなく、しばらく経ってから川へ投げこまれたという説、つまり、コリンズが何時間もあとにもどって始末したという説も、ふつうの状況なら考えられなくもないでしょう。しかし、今回は特殊な状況にありました。タクシーはニューヨークのアパートメントへ直行し、その瞬間からコリンズの行動は監視されていたのです。ゆえに、コリンズ氏退場、と相成ります」

サムが勝ち誇った声をあげた。「見落としがありますよ、レーンさん！　いまのお話には非の打ちどころがない――たしかに、コリンズが自分で銃を川に投げこんだとは考えられません。でも、共犯者がい、い、い、いたらどうでしょう。コリンズがドウィットを殺し、凶器を共犯者に渡して自分は列車からおり、五分経ったら川に捨てるよう指示したとしたら？　これならきれいに筋が通るじゃありませんか、レーンさん！」

「まあまあ、警視さん、落ち着いてください」レーンは笑顔で言った。「ここまではコリンズの法的な扱いを問題にしてきたのですよ。わたしも共犯者がいる可能性を見逃したわけではありません。断じてちがいます。ではお尋ねしますが、その共犯者はだれでしょう？　法廷に引き出すことができますか。まことしやかな憶測のほかに、陪審に何かを提示できますか。できますまい。残念ながら、新たに見つかった証拠の前では、コリンズをドウィット殺害のかどで有罪にすることは不可能です」

「たしかにね」サムの顔がふたたび曇った。「ブルーノ検事もわたしも、共犯者にはまるで心あたりがない」

「仮にいるとしたらの話ですよ、警視さん」レーンはそっけなく言った。

いつのまにか捜査員が集まっており、サムは車に乗りこんだ。レーンもそれにつづき、ほかの車も座席が埋まると、機材を積んだトレーラーを従えて、隊列はウィーホーケンへもどりはじめた。

サムが苦い物思いの渦に浸っているのは、顔つきから明らかだった。ドルリー・レーンは長い脚を伸ばしてくつろいでいる。「警視さん」レーンは言った。「心理面から見ても、共犯説は弱いのですよ」

サムはうなった。

「では、検討してみましょうか。コリンズがドウィットを殺害し、共犯者に凶器を渡したうえで、自分はリッジフィールド・パーク駅でおりるから五分後に銃を捨てろと指示した、と。ここまではよろしい。この仮説は、コリンズが一分の隙もないアリバイを作ろうとしたという想定のもとにのみ成り立っています。言い換えれば、コリンズが反対方向へ引き返したと判明している地点から列車で五分かかる沿線の地点で、銃が発見されなくてはならないのです。しかし、下車してから五分かかる沿線の地点で銃が発見されなければ、コリンズのアリバイは成立しません。ですから、もしコリンズがそのような計画を立てたのであれば、銃がかならず発見されるように仕向ける必要があります。ところが、わたしたちが銃を発見したのは川のなかであり、神の恩寵《おんちょう》がなければ永遠に見つからなかったであろう場所でした。コリンズがアリバイ作りを目論《もくろ》んだという説と、銃が発見されないよう手を尽くした形跡があるという事実は、どう考えても相容《あいい》れないものです。これに対して、あなたはこうおっしゃるかもしれない」——だが、サムの顔には何か言いたそうな気配はなかった——「銃が川に落ちたのは手ちがいだったのかもしれない、共犯者は線路のすぐ脇に捨てるつもりで窓から投げたのだろう、と。しかし、コリンズのアリバイを裏づけるために、わざと銃を発見させる気なら、列車から二十フィートも遠く、へ投げるでしょうか。わたしたちが銃を見つけたのは、線路から二十フィートも離れた川のなかですから。

そんなことをせずに、窓から下へただ落とすだけでよかったのです。そうすれば線路からそれることもなく、あとで確実に発見されるはずですから」

「つまり、あんたは」サムはつぶやいた。「この銃は発見される予定ではなかったことを立証したわけですな。なるほど、それでコリンズの線は消えた」

「そういうことです、警視さん」レーンは低い声で言った。

「わかりましたよ」サムは力なく鼻を鳴らした。「負けを認めます。X氏だと思ってブルーノ検事とわたしがだれかをつかまえるたびに、あんたがぶち壊しにする。やれやれ、それが習いになりつつあるようだ。わたしにしてみれば、おかげで事件はいままでになく複雑になりました」

「その逆ですよ」ドルリー・レーン氏は言った。「いよいよ大詰めに近づいたのです」

第十一場　ハムレット荘

十月十三日　火曜日　午前十時三十分

クエイシーがハムレット荘の扮装室《ふんそう》で電話口に立ち、ドルリー・レーンは近くの椅子でくつろいでいた。窓辺の暗色の日除《ひよ》けが引きあげられて、薄日が差している。

クエイシーがいつもの甲高い声で話す。「ですが、ブルーノさま、それがレーンさまのお申しつけでして。はい……はい、今夜、午後十一時に、レーンさまをお迎えにおいでください。サム警視と、部下のかたを何人かお連れになって……。少々お待ちを」クエイシーは受話器を骨張った小さな胸に押しあてた。「ドルリーさま、警官は私服がよいのかとブルーノさまがお尋ねです。それに、目的を教えてくれと」

「こう伝えなさい」レーンはゆっくりと告げた。「警官は制服ではなく、目的はニュージャージーへ少々遠出をすることだ。事件に関連するきわめて重要な用件で、ウェスト・エングルウッド行きの西岸線に乗る、と」

クエイシーは目をしばたたき、指示に従った。

午後十一時

その夜ハムレット荘の書斎に集まった警官のなかでは、サム警視ひとりが気楽そうにふるまっていたが、おそらくそれはレーンと付き合いが深いせいだろう。ドルリー・レーン氏の姿はなく、ブルーノ地方検事は苛立《いらだ》たしげな声を漏らして、古めかしい椅子に身を沈めていた。

小柄ながら太り肉《じし》のフォルスタッフが頭をさげ、ブルーノの前へ進み出た。「なんだね？」

ブルーノが言う。

「レーンさまからお詫《わ》びのことばをことづかりました。いましばらくご辛抱くださいとのことです」

ブルーノは気のないていでうなずいた。サムは含み笑いをする。

待っているあいだ、警官たちは広い室内へ好奇の目を走らせた。天井が恐ろしく高く、三方の壁は、何千冊もの書籍の詰まった本棚が床から天井までを埋めている。上方の棚には書斎用の梯子《はしご》が取りつけられていた。古風なバルコニーが部屋の外をぐるりと取り囲み、そこへは二隅にある鉄の螺旋《らせん》階段からのぼることができる。書物は古英語で彫りつけられた青銅の標識で分類され、部屋の片隅に司書の席らしき円卓があるものの、いまは人影がない。本棚のない第四の壁には骨董品《こっとうひん》が置かれている。ブルーノがしびれを切らして席を立ち、室内を歩きまわりはじめた。第四の壁の中央にある、厚く樹脂を塗ってガラス板で覆った古地図に目を留めた。左下隅の飾り文字から、一五〇一年の世界地図だとわかる。エリザベス朝時代の衣装の蒐集《しゅうしゅう》品が、ひとつずつケースに入れられて床に並び……

やにわに書斎のドアが開き、みながいっせいに振り返ると、クエイシーのしなびた姿が室内へ滑りこんできた。そして大きく開いたドアを手で支え、ねじ曲がった老顔に何かを待ち受ける笑みを漂わせた。

アーチ型の戸口から、長身のたくましい赤ら顔の男がはいってきて、凶暴な目つきで一同を見た。力強い顎《あご》をしているが、頬が少したるみ、まぎれもない放蕩《ほうとう》の影が目のまわりに表れている。着ているのは織りの粗いツイードのスーツで、ズボンは幅広の派手な型のものだ。男は両手をポケットに突っこんで、みなをにらみつけた。

男の登場はたちまち大反響を引き起こした。ブルーノ地方検事はその場に立ちすくみ、視神経が大脳へ送った情報を受け入れがたいと言わんばかりに、激しくまばたきをした。ブルーノの様子を仰天と呼ぶなら、サムの反応はそれより深刻で名状しがたいものだった。頑丈な顎が幼児のように震え、がくりと落ちてかすかに揺れつづける。日ごろはきびしくて冷たい目が、熱に浮かされた恐怖に燃えて、あわただしく開閉を繰り返す。顔からはすっかり血の気が失われている。

「そんなばかな」低いしゃがれ声で言う。「ハ――ハ――ハーリー・ロングストリート！」

ほかの者は身じろぎひとつしなかった。戸口にいる亡霊が沈黙を破り、地中からこみあげるような笑い声をあげて、一同の背筋を凍りつかせた。

「おお、かように華々しき宮殿に偽りが住まうとは！（『ロミオとジュリエット』第三幕第二場）」ハーリー・ロングストリートが言った。

ドルリー・レーン氏のすばらしい声で。

第十二場　ウィーホーケン＝ニューバーグ間普通列車

十月十四日　水曜日　午前〇時十八分

奇妙な旅だった……。歴史が――創意を欠く老いぼれ馬が――同じことを繰り返していた。同じ列車、同じ闇夜、同じ時刻、同じ鉄の車輪の揺れと響き。

十二時十八分、ウィーホーケン発ニューバーグ行きの普通列車の後部車両のひとつに、ドルリー・レーン氏に召集された警察の一行がすわっていた。列車は始発駅ウィーホーケンを出て、つぎのノース・バーゲン駅へ向かう途中だ。レーン、サム、ブルーノ、それに同行の警官たちを除けば、車内にはわずかな乗客しかいない。

レーンはゆったりとした薄手のコートに身を包んで、鍔広《つばびろ》のフェルト帽を目深にかぶっているため、顔がほとんど隠れていた。席はサム警視の横の窓際で、だれに話しかけることもなく顔を窓へ向け、眠っているようにも、物思いにふけっているようにも見えた。向かいに席を占めるブルーノも、レーンの隣のサムもひとことも発さず、どちらもひどく神経をとがらせている。その緊張がまわりの刑事たちにも伝わったせいで、みな口数が少なく、身を硬くしてすわっている。劇的なクライマックスを、それがどのようなものか知らぬままに待ち受けているふうだった。

サムは落ち着かなかった。レーンのそむけられた顔を一瞥《いちべつ》してため息をつき、席を立った。そして足音荒くその車両から出ていった。ところが、すぐさま興奮で顔を赤くしてもどってきた。席に腰をおろし、身を乗り出してブルーノに耳打ちする。「妙ですよ……。前の車両にエイハーンとアンペリアールがいます。レーンさんに報告しましょうか」

ブルーノは帽子の陰になったレーンの顔を見やり、肩をすくめた。「万事まかせたほうがいい。思うところがあるんだろうから」

列車が震えながら停まった。ブルーノは窓の外をながめ、ノース・バーゲン駅に到着したのを見てとった。サムが腕時計を確認する――きっかり十二時二十分だ。駅のおぼろな明かりのなかで、数人の客が列車に乗りこむのが見えた。合図灯が振られて、扉が音を立てて閉まり、列車はふたたび動きだした。

しばらくして、客車の前方に車掌が姿を現し、検札をはじめた。警察の一行へ歩み寄り、それと気づいて笑みを浮かべる。サムは無愛想にうなずき、全員の乗車賃を現金で払った。車掌は胸ポケットから車内販売の複式切符の束を取り出すと、人数ぶんをていねいに重ねて二か所に鋏《はさみ》を入れ、それを半分にちぎってから、半券をサムに渡し、控えを別のポケットにおさめ……

まさにその瞬間、いままで居眠りか考え事をしていたドルリー・レーン氏が、がぜん活気づいた。立ちあがり、帽子とコートをかなぐり捨てるや、鋭く体をひねって車掌と正面から向き合った。車掌は呆気《あっけ》にとられて目をまるくする。レーンは上着のポケットに手を突っこんで銀のケースを取り出し、それを開いて眼鏡を出した。そして、眼鏡をかけるでもなく、物問いたげな、何かに取り憑《つ》かれたような異様な目で車掌を凝視した。その顔に――険しく、たるみのある、すさんだ顔に――車掌は魅入られたようになった。

車掌は奇妙な反応を見せた。片手は検札鋏を握ったまま宙にとどまっている。眼前の不気味な男の姿を、最初はわけもわからぬ様子で見つめていたが、事態を悟るや戦慄《せんりつ》した。口はだらしなく開き、長身のたくましい体から力が抜け、赤ワインを思わせる顔がたちまち蒼白《そうはく》になる。その口からただ一語、苦しげな声が漏れた。「ロングストリート……」体じゅうの神経が機能を失って、車掌が石のごとく立ちすくむ前で、ハーリー・ロングストリートの作り物の唇が笑みを漂わせた。右手は銀のケースと眼鏡を落としてから、なめらかな動きでポケットにはいり、こんどは鈍い色の金属らしきものをつまみ出した……。その手が前へ振り出され、カチリと小さな音が響く。車掌は相手の笑顔から視線を引き剝《は》がし、自分の手首にかかった手錠を愕然《がくぜん》と見おろした。

ドルリー・レーン氏がふたたび微笑を浮かべた。こんどの笑みは、息を殺してただただこの寸劇を見守っていたサム警視とブルーノ地方検事の、呆気《あっけ》にとられた顔へ向けられたものだ。ふたりの額に小さな皺《しわ》が寄り、視線はレーンから車掌へと移された。車掌はいまや体をすくめ、震える舌で唇を湿らせながら、座席の背に寄りかかっている。打ちのめされ、面目を失い、わが目に映るものがとうてい信じられないといった風情で、手首にかけられた手錠を見つめている。

ドルリー・レーン氏は穏やかな声でサム警視に告げた。「警視さん、お願いしていた印肉はお持ちいただけましたか」

サムは無言のまま、錫《すず》の蓋《ふた》のついた印肉と白い紙片の束をポケットから取り出した。

「この男の指紋をとってください、警視さん」

サムはようやく立ちあがった。そして、いまなお信じきれぬ顔つきで指示に従う……。レーンは肩を落とす車掌の横に立ち、いっしょに座席の背に寄りかかった。サムが車掌の力の抜けた手をつかんで印肉に押しつけると、レーンは先刻脱ぎ捨てたコートを拾いあげ、ポケットを探って、月曜日に受けとったマニラ封筒を出した。サムが車掌のぐったりした指をこんどは紙にあてるや、レーンはウルグアイから届いた指紋の電送写真を封筒から引き抜いて、含み笑いをしながら見つめた。

「終わりましたか、警視さん」

サムは車掌の指紋がまだ乾かぬまま、紙を手渡した。レーンはそれを電送写真と並べて持ち、首をかしげて渦状紋を仔細《しさい》に観察したあと、二枚をいっしょに警視に返した。

「どうご覧になりますか、警視さん。こういうものはきっと何千と見ていらっしゃるでしょう」

サムは入念に調べたのち、小声で言った。「同じもののようですね」

「もちろん、同一です」

ブルーノがふらふらと立ちあがった。「レーンさん、この男は何者で――いったい――」

レーンは男の手錠のかかった腕を、手荒にならぬようにつかんだ。「ブルーノさん、サム警視さん、わたしから紹介させてください。こちらは神の最も不幸な子のひとり、マーティン・ストープス氏――」

「しかし――」

「――またの名を」レーンはつづけた。「西岸線の車掌エドワード・トンプソン――」

「しかし――」

「またの名を、フェリーに乗船していた身元不明の紳士――」

「しかし、何が何やら――」

「そして、またの名を――」レーンは明るい声で結んだ。「車掌チャールズ・ウッド」

「チャールズ・ウッドだって！」サムとブルーノが同時に叫んだ。そして、身をすくめている囚《とら》われ人に目をやった。ブルーノが低い声で言う。「しかし、チャールズ・ウッドは死んだ！」

「ブルーノさん、あなたにとっては死者でした。そして警視さん、あなたにとっても。しかし、わたしにとっては」ドルリー・レーンは言った。「しっかり生きていたのです」

舞台裏

解明——ハムレット荘

十月十四日　水曜日　午後四時

幕あきの場面と同じように、はるか眼下にハドソン川が流れ、白い帆が浮かび、蒸気船がゆるやかに進んでいる。五週間前と同じく、サム警視とブルーノ地方検事を乗せた車が曲がった山道を着々とのぼり、可憐《かれん》に彩られたおとぎの国の城のごとく、朽ち葉色の森にはかない美しさをたたえたハムレット荘へと向かっていた。

五週間！

遠い上方に見えるのは、雲間にそびえる小塔、城壁、胸壁、教会風の尖塔《せんとう》……やがて、小さな古めかしい橋と茅葺《かやぶ》き屋根の小屋が現れ、赤ら顔の小柄な老人が揺れる看板を指さす……。軋《きし》む古い門、橋、なおもつづく曲がりくねった砂利道、いまや赤茶に色づいたナラの林、敷地を囲む石垣……。

跳ね橋を渡ったのち、ナラ材の扉でフォルスタッフに迎えられた。昔の領主館風の大広間へ足を踏み入れ、天井を走る古びた梁《はり》の下を通って、甲冑《かっちゅう》の騎士や、木釘《きくぎ》を用いたエリザベス朝様式の堂々たる家具のそばを過ぎる。いくつもの異様な仮面と巨大なシャンデリアの下に、頰ひげを生やした禿頭《とくとう》の小男クエイシーがいる……。

心地よいぬくもりに包まれたドルリー・レーン氏の部屋で、サムとブルーノは足先を暖炉にかざしてくつろいでいた。レーンは綿ビロードの上着を身につけており、揺らめく炎に映えて実に凜々《りり》しく、若々しく見える。クエイシーが壁の小型送話器に向かって甲高い声で何やら告げると、血色のよいフォルスタッフが、香り高いリキュールのグラスをいっぱいに載せた盆を持ってすぐに現れた。カナッペも添えられていたが、サム警視の遠慮ない襲撃によって消え去った。

「察するに」ドルリー・レーン氏が切り出したのは、フォルスタッフが調理場へさがり、喉《のど》を潤して満ち足りた客人が暖炉の前に腰をおろすのを見届けてからだった。「察するにおふたかたは、この数週間わたしが不埒《ふらち》にも楽しんできたことばの曲芸についての説明を聞きにいらっしゃったのでしょうね。まさかこんなに早く、新たな殺人事件が起こるはずもありますまい！」

ブルーノが低い声で答えた。「むろん起こっていません。ただし、すでにおわかりかと思いますが、あなたの助けが必要な事件が起こった暁には、この三十六時間のわたしの体験を教訓として、躊躇《ちゅうちょ》なくご相談にあがります。いささか遠まわしな言い方ですが、意は汲《く》んでいただけましたね。レーンさん、警視もわたしもどんなに感謝しているか——まったく、なんともお礼の申しあげようがありません」

「別の言い方をすれば」サムが苦笑しつつ言った。「ふたりとも、おかげで首がつながったんですよ」

「いやいや、ご冗談を」レーンは軽く手を振ってその話題を退けた。「新聞によれば、ストープスが自白したそうですね。わたしがかかわっていたことを、どこでどうしたのか新聞社が嗅《か》ぎつけたらしく、執念深い記者たちに一日じゅう付きまとわれましたよ……。ストープスの供述で、何か興味深い話はありましたか」

「われわれにとっては興味深くても」ブルーノが言う。「あなたにとっては——どういうからくりか見当もつきませんが——とっくにご存じの話なのでは？」

「とんでもない」レーンは微笑んだ。「マーティン・ストープス氏に関して、わからないことは山ほどあります」

ふたりの客はかぶりを振った。レーンは何も説明せず、囚人の語った話を聞かせてくれとブルーノを促した。ブルーノが最初から——一九一二年のウルグアイに熱心な若い無名の地質学者がいたというくだりから——話しはじめたとき、レーンはだまって聞いていたが、やがていくつかの細かい点に興味を示し、ウルグアイ領事のホアン・アホスとのやりとりでは判然としなかった情報を、巧みな質問によって聞き出した。

わかった内容はこうだ。一九一二年にマンガンの鉱脈を発見したのはマーティン・ストープス自身であり、仲間のクロケットとともにジャングルの奥地へ踏査に出たときのことだった。ふたりに金はなく、試掘には資金が必要だったため、自分たちより取り分を少なくするという条件で、さらにふたりの採掘者を仲間に入れた——それがロングストリートとドウィットで、年嵩《としかさ》のクロケットがストープスに紹介した形だったという。ストープスは今回の供述のなかで、自分が罪に問われた犯罪行為が——鉈《マチェーテ》による妻の殺害が——実はクロケットの仕業だった、と赤裸々に述べた。ある夜、酒に酔って色欲に駆られたクロケットは、ストープスが近くの鉱山へ出かけているあいだに、ストープスの妻を襲ったが、抵抗されたので殺してしまった。ロングストリートがこの機に乗じてほかのふたりを先導し、ストープスに殺人の罪を着せる計画を立てた。鉱山の法的な所有者がストープスであることは、未登記ゆえにほかのだれにも知られておらず、三人で鉱山を乗っとったのである。このときクロケットは唯々諾々として従った。自分の犯した罪にうろたえて、一も二もなく計画を受け入れたという。ふたりに比べるとドウィットは温和な性格だったが、ロングストリートの言いなりで、脅されてやむなく陰謀に加わったのだろう、とストープスは語った。

妻の死の衝撃と、仲間に裏切られたという思いが、若い地質学者の精神の均衡を失わせた。有罪判決を受けて投獄されてから、ようやく正気を取りもどしたが、もはやどうにもならないと悟った。そのときから、ストープスの思考と、野心や夢への衝動は、復讐《ふくしゅう》への強烈な執念に変わった。本人のことばによると、残りの人生を賭《か》けて、脱獄と三人の悪党の処刑を果たす覚悟を固めたという。ようやく脱獄を成功させたときには、ストープスはずいぶん歳をとっていた。体は以前に劣らず強健だったが、すさんだ監禁生活のせいで容貌《ようぼう》が無残なほど変わっていた。これなら復讐のときが来ても、めざす標的に感づかれるはずがない、とストープスは確信していた。

「しかし、レーンさん」ブルーノが話を締めくくった。「こんなことは、あなたがこの事件を解決した超自然的な——少なくともわたしにはそう思えますが——方法に比べたら、たいして重要ではありませんよ。いったいどうやってこの不可思議な答に到達なさったんですか」

「超自然的ですって?」レーンはかぶりを振った。「わたしは奇跡など信じませんし、むろん自分で起こしたこともありませんよ。このたびの興味深い捜査でわたしが成功をおさめることができたのは、いわば、観察に基づいてそのまま考え出した直接の結果にすぎないのです。

まず概括からはじめましょう。たとえば、今回わたしたちが出くわした三つの殺人のなかで、最も単純なのは第一の事件でした。意外に思われますか? しかし、ロングストリートの奇妙な死を取り巻く状況から、きわめて強固な結論を導き出せるのですよ。ご承知のとおり、今回わたしは、通常ならば意に満たない方法、すなわち伝聞という形で状況を知りました。犯行現場に居合わせず、自分の目で見ていないという不利な立場にあったのです。それでも」——サムに向かってうやうやしく頭をさげる——「警視さんの明快にして詳細にわたる説明のおかげで、あたかも自分がその場に立ち会ったかのごとく、ドラマの構成要素をはっきりと頭に描くことができました」

ドルリー・レーンの目が輝いた。「市電でのあの事件に関して、ひとつ確実に言えることがあります。すぐにわかることですから、なぜ聡明《そうめい》なるおふたりがその自明の理にお気づきにならなかったのか、いまも不思議でなりません。それはすなわち、凶器の性質上、素手で扱えば、扱った当人が毒針に刺されて致命傷を負うのは明らかだということです。警視さん、あなたは針の刺さったコルク球に手をふれないよう、細心の注意を払っておられました――ピンセットを使い、あとでガラス瓶に封じていらっしゃったほどです。わたしは凶器を見せていただいたとき、あれを電車に持ちこむにせよ、ロングストリートのポケットに滑りこませるにせよ、犯人はまちがいなく自分の手を何かで覆って保護していた、とすぐに見てとりました。見てとったと申しあげましたが、たとえコルク球の実物を目にしていなかったとしても、警視さんの説明はきわめて正確でしたから、この明白な事実を看過することはなかったでしょう。

つぎに、当然こういう疑問が浮かびます。では、手を覆って保護するものとして最もありふれているのは何か。言うまでもなく、答は手袋です。では、手袋はどういう点で犯人の目的にかなうのか。これは実用性の面で最適なのです――丈夫な生地でできていて、とりわけ革製なら保護という点では申し分ありませんからね。しかも、だれもがごくふつうに着用するものなので、手に不自然なものをつけるより目立たない。犯人は周到に計画を立てていますから、ありふれた手袋でじゅうぶん事足りるのに、わざわざ奇妙なものを自分で作ったとは考えられません。さらに肝心なのは、もし人に見られても、手袋ならあまり目立たず、怪しまれないということです。手袋の代用になり、作り出す必要も怪しまれる危険もないものというと、ハンカチしかないでしょう。ところが、ハンカチを手に巻いていたのでは、自由がきかず、人目にもつき、何より重要なことに、毒針から確実に身を守ることができない。さらに、わたしはこうも考えてみました。犯人は警視さんと同じ手段を用いたのではないか——つまり、針の刺さったコルク球を扱うのにピンセットを使ったのではないか、と。しかし、少々考えればわかることですが、この方法では、毒針から自分の指を守れるとしても、あのような状況においてそんな繊細な作業をできるはずがありません——満員の列車内で、手を動かすのも容易でなく、しかもごくかぎられた時間で仕事を終えなくてはならないのですから。

そしてこう確信したのです。犯人はロングストリートのポケットに針つきのコルク球を入れるとき、まちがいなく手袋をはめていたと」

サムとブルーノは顔を見合わせた。レーンは目を閉じて、抑揚のない低い声でつづける。

「さて、コルク球はロングストリートが乗車したあとでポケットに入れられたことがわかっています。これは証言から明らかです。また、ロングストリートが乗車してから、ドアも窓も閉めきったままだったことも判明しています。二度の例外がありますが、それについてはのちほど検討しましょう。そうなると、犯人はその電車に乗っていて、その後警視さんの取り調べを受けた人物のなかにいると断言できます。ロングストリートと一行が乗りこんでからは、ひとりを除いてだれも下車していませんし、そのひとりにしても、ダフィー巡査部長の指示でおりたものの、あとでもどってきました。

また、車掌と運転士を含め、乗っていた者全員の身体検査をしましたが、所持品からも、のちに事情聴取がおこなわれた車庫の室内からも、手袋は発見されませんでした。ご承知のとおり、電車から車庫へ移動した折には、警官たちによる警戒線を通りましたが、その道筋をのちに捜索したときにも何も出ていません。警視さん、最初にあなたのご説明をうかがったあと、わたしは手袋が見つからなかったかとお尋ねしましたね。あなたは、見つかっていないとお答えになりました。

言い換えれば、犯人がまだ車内にいたにもかかわらず、犯行に使われたにちがいない品が犯行後にその場に存在しないという奇怪な事態が生じたということです。窓から捨てたとは考えられません。ロングストリート一行が乗車する前から、すべての窓が閉まっていたのですからね。ドアから捨てたというのもありえません。犯行後のドアの開閉はダフィー巡査部長自身がおこなっており、仮にその種の動きがあれば報告したはずです。手袋を破ったりちぎったりというのもありませんね。それなら残骸《ざんがい》が見つかって当然ですから。また、共犯者に手渡したり、無関係な人間にひそかに押しつけたりしたとしても、そんなことはいずれまちがいなく判明します。犯人が処分できないものを共犯者がどうにかできるはずもなく、第三者に渡った場合にしても、その後の検査で出てくるのは確実です。

さて、ではこの幽霊のごとき手袋はいかにして姿を消したのか」ドルリー・レーンは、いましがたフォルスタッフが全員に運んできた湯気の立つコーヒーを、満足そうに口にした。「率直なところ、これは実に心地よく好奇心を掻《か》き立てる謎でしたよ。ブルーノさん、わたしは先ほど奇跡と申しましたが、まさしくそう呼ぶべきものと向き合うことになったのです。しかし、いささか懐疑の念が強いわたしは、この消滅の謎を現実的な手法で解き明かそうと試みました。

可能性のあるものを順次検討して排除していったのです。古くからの論理学の法則に従えば、最後に残ったものが答ということになります。投げ捨てられたわけでもなく、車内に残ってもいないとなれば、手袋は下車した人間が身につけて運び出したとしか考えられませんね。ところが、このとき下車したのはひとりしかいません！　そう、車掌のチャールズ・ウッドです。ウッドはダフィー巡査部長の指示により、モロー巡査のもとへ行って、事件を本部に報告するよう伝えました。九番街の交通係のシトンフィールド巡査が持ち場から駆けつけましたが、ダフィー巡査部長に迎え入れられ、そのあと電車をおりていません。車掌のウッドに連れられてあとから来たモロー巡査についても同様です。すなわち、犯行後に乗車したのは二名で、いずれも警官であったのに対し、犯行後に下車したのはチャールズ・ウッドただひとりだったのです。ウッドはそのあと電車にもどっていますが、むろんそのことはこの推論の流れとは関係ありません。

そこでわたしはこう結論せざるをえませんでした。いかに突飛で荒唐無《む》稽《けい》に見えようとも、その電車の車掌であるチャールズ・ウッドが犯行現場から手袋を持ち去って、どこかで処分したのだ、と。言うまでもなく、妙な話だと最初は思いました。けれども、どこまでも厳格に、妥協を排して考究したすえの結論ですから、認めるほかなかったのです」

「実にすばらしい」ブルーノが言った。

レーンは小さく笑ったのち、つづけた。「車内から手袋を持ち出して処分したとなると、チャールズ・ウッドは犯行に及んだ当人か、あるいは人混みのなかで実行犯から手袋を受けとって処分した共犯者か、そのどちらかであるはずです。

ご記憶にあるでしょうが、警視さんからのご説明を聞き終えたとき、わたしは進むべき道筋が明らかだと申しあげながら、それ以上の言明を控えました。あのときはまだ、ウッドが従犯者である可能性を捨てきれず、実行犯だと断言することができなかったのです。とはいえ、いずれかの立場で罪を犯しているという確信はありました。ウッドの知らないうちに犯人によって手袋がポケットに入れられたのであれば——つまり、共犯の意志がなかったのなら——検査を受けたときに手袋が発見されるか、あるいはウッド自身が気づいて届け出たでしょう。言い換えれば、ウッドがみずから手袋を届け出ず、所持品からも発見されなかった以上、モロー巡査を呼びにいくために下車したとき、手袋を故意に処分したにちがいありません。自分のためであれ、ほかの人物のためであれ、それはまぎれもない犯罪です」

「みごとだ——絵に描いたようにみごとだ」サムがつぶやいた。

「ウッドの有罪を示すこうした論証に」レーンは親しげな口調でつづけた。「心理の面からも裏づけを与えることができます。当然ながら、ウッドとしては、電車をおりて手袋を始末する機会を与えられるなどと期待してはいなかったでしょう。むしろ、さまざまな可能性を秤《はかり》にかけ、調べられたら手袋は発見されるし、捨てる機会もないと読んでいたにちがいない。しかし、この計画の巧妙な点のひとつはまさにそこなのです！　たとえ自分の所持品から手袋が見つかったとしても、また現にそうであったとおり、車内から手袋がほかにひとつも見つからなかったとしても、ウッドは自分が疑われる心配はまずなかろうと楽観できました。というのも、ふつうならだれも手袋をつけたり持ち歩いたりしない夏の暑いさなかでさえ、車掌が手袋をしているのは職務上なんの不思議もありません。車掌は一日じゅう金銭を扱うのだから、手袋が身近にあっても当然と見なされるという心理的な強みがウッドにはあったのです。この思考の筋道が傍証となって、わたしは手袋に関するおのれの説に絶対の確信を持ちました。処分の機会が訪れると信じていなかったのなら、最もありふれた品を使うはずですからね。ハンカチでは毒物の汚れを見とがめられる恐れがあります。

そして、もう一点。ウッドの当初の計画は、雨の日を想定していなかったはずです。雨の日は窓もドアも閉めなくてはいけませんから、晴れの日に決行する予定だったにちがいありません。晴れの日なら、窓かドアから手袋を捨てて始末する機会はいくらでもありますし、おそらく警察は車内の全員にそれができたと判断するでしょう。そのうえ、天気がよければ客の乗りおりも頻繁になり、警察は犯人が逃亡した可能性を考慮に入れなくてはならない。こうした好条件を無視して、なぜあえて雨の日を選んでロングストリートを殺したのか。わたしも最初はとまどいましたが、少しばかり考えたら、雨がふろうがふるまいが、その夜が犯人にとってまたとない好機だったことに気づきました。すなわち、その晩のロングストリートはおおぜいの仲間を引き連れていて、全員が嫌疑をかけられてもおかしくなかったからです。ウッドはこの千載一遇の機宜にしばし目がくらみ、悪天候ゆえの問題点を忘れてしまったのでしょう。

そう、車掌という立場柄、ウッドには通常なら持ちえない強みがふたつありました。ひとつ目は、だれもが知るとおり、車掌の上着には革で裏打ちされた釣り銭用のポケットがいくつかついている点です。実行の機会が訪れるまで、そのどこかに凶器を入れたままにしておけば、自分の身に害が及ぶ危険はまったくありません。おそらく何週間も前から、毒針つきのコルク球をポケットに忍ばせていたのではないでしょうか。ふたつ目は、車掌であるウッドには、相手のポケットへ確実に凶器を滑りこませる機会があったという点です。四十二丁目線の電車に乗る人間は、全員がかならず車掌のそばを通らなくてはなりません。ラッシュ時の車掌台付近は非常に混み合うため、いっそう好都合でした。心理面から見たこれらふたつの要素の裏づけを得て、わたしはウッドの有罪を……」

「なんとも不思議だ」そこでブルーノが口をはさんだ。「まったく気味が悪いくらいですよ、レーンさん。本人と話をなさったわけでもないのに、ストープスの供述は何から何まであなたの推理と一致しています。たとえば、ストープスによると、あのコルク球は自分で作ったらしく、シリング医師が検死報告書で賢明にも指摘されたとおり、市販の殺虫液を煮詰めて、ニコチンの含有率が高い粘液を抽出し、それに針を浸したということでした。そしてロングストリートが車掌台で仲間の乗車賃を払い、釣り銭を受けとろうと待っているあいだに、それをポケットへ滑りこませた。また、さらに追及すると、天気のいい晩に殺害する計画だったとも語っていました。けれども、ロングストリートがおおぜいの同行者を引き連れているのを見たら、雨だったにもかかわらず、友人も敵もひっくるめて容疑者にしてやろうという誘惑に抗《あらが》えなくなったそうです」

「学者連中の言う、物質に対する精神の勝利というやつですね」サムが口を出した。

レーンは微笑んだ。「衆目の認める現実主義者から賛辞をいただけて光栄ですよ、警視さん……。さて、つづけましょう。先ほども申しましたとおり、あなたのご説明を聞き終えた時点では、ウッドの関与は確信していたものの、はたして殺人犯であるのか、それとも単なる従犯者、つまり第二の未知なる人間の手先にすぎないのか、判断をつけかねていました。むろん、これは匿名の投書が届く前の話です。

そして不幸にもわれわれは、その投書の差出人がウッドであることを知らず、筆跡鑑定によって事実が判明したときにはもはやあとの祭りで、第二の悲劇を防ぐことができませんでした。届いた時点では、一見その投書は、事件とは無関係な人物が偶然恐るべき事実を知ってしまい、命の危険さえ冒して警察に知らせようと送ってきたものに思えました。ところがその後、事件と無関係ではないウッドが差出人であることがわかった。とすると、この投書の意味するものは、つぎのいずれかでなくてはなりません。第一は、ウッド自身が殺人犯であり、偽の情報を提供して無実の人間を巻きこむことで、警察の目を自分からそらせようとしたという解釈。そして第二は、ウッドは従犯であり、主犯の人物を密告しようとしたか、または主犯の差し金で第三者を陥れようとしたという解釈です。

しかしここで困ったことが起こりました。当のウッドが殺されたのです」レーンは両手の指先を合わせ、ふたたび目を閉じた。「筋の通らないこの出来事を受け、わたしは足もとを見なおして投書の両方の解釈を再検討する必要に迫られました。

まず解決すべき問題はこういうことです。もしウッドがロングストリートを殺害した犯人なら――従犯ではありません――なぜ〈モホーク〉で殺されたのか。そして殺したのはだれなのか」レーンは追想の笑みを浮かべた。「この問題はなかなか興味深い推理の材料になりましてね。わたしはすぐに三つの可能性があることに気づきました。第一は、ウッド自身が殺人犯だという事実は揺るがぬものの、ほかに従犯者がいて、その人物に殺された場合――従犯者の動機として考えられるのは、ウッドによってロングストリート殺しの実行犯に仕立てあげられるのを恐れたか、あるいは実行犯とは言わぬまでも首謀者として密告されるのを恐れたかのどちらかでしょう。第二は、もともとウッドの単独犯であって従犯者はなく、無実の人物に罪を着せようとして、逆にその相手に殺された場合。第三は、ロングストリート事件とまったく関係のない理由で、未知の人物に殺された場合です」

レーンはすぐにことばを継いだ。「わたしはそれぞれの可能性を深く分析しました。第一の可能性――これは考えにくいことです。なぜなら、従犯者がロングストリート殺害の実行犯あるいは首謀者に仕立てあげられるのを恐れているなら、むしろウッドを生かしておくほうが賢明だからです。繰り返しますが、いまはウッドが実行犯だと想定していますよ。従犯者は、濡《ぬ》れ衣《ぎぬ》を着せられそうになったら、本来の罪をウッドに投げ返してやればよいのです。殺してしまったのでは、最初の事件の従犯であるうえに、新たな殺人事件の実行犯にもなる。そうなったら、罪を免れる見こみはいよいよ減ります。単なる従犯なら、主犯に不利な証言をして減刑を勝ちとるという道もありますが、それもなくなってしまう。

第二の可能性――やはりこれも考えにくいことです。何よりも、ロングストリート殺しの罪をなすりつけようとするウッドの意図を、無実の人間が事前に察知することなど、まずできますまい。また、たとえ察知できたとしても、殺人犯の汚名を着せられぬよう身を守るために、新たに殺人を犯すというのはあまりにも不自然です。

第三の可能性——不明の理由で不明の人物にウッドが殺されたというのはありうることでしょうが、まったく無関係な動機が並び立つという驚くべき偶然の一致が必要ですから、見こみは非常に薄いでしょう。

さて、妙なことになってしまいました」レーンはしばらく暖炉の火を見つめたあと、また目を閉じた。「こういう分析の結果が出て、しかもそれは厳密な論理の筋道に従ってきた結果である以上、わたしは投書に関する第一の解釈が誤りであると——つまり、ウッドはロングストリート殺しの実行犯ではないと——結論せざるをえなくなりました。検討してきた三つの可能性はどれも筋が通らない——とうてい納得できないものだったからです。

そこでわたしは推理の本道に従って、まだ可能性のある第二の解釈——ウッドはロングストリート殺しの主犯ではなく従犯であって、投書によって主犯がだれなのかを密告するつもりでいたという解釈を検討しました。そう想定すると、つづいて起こったウッドの変死はきわめて明快に説明できます。主犯の人物がウッドの裏切りを察知し、口封じのためにウッドを殺したということです。これならなんの矛盾も生じません。

しかし、わたしはまだ葦《あし》の茂みから出られませんでした。それどころか、ますます深く推理の泥沼にはまりこんでいきました。というのも、この仮説が正しいとするなら、こう自問せざるをえなかったからです。従犯としてロングストリート殺しに関与していたウッドが、なぜ主犯を裏切って警察に密告する必要があったのか。主犯の正体を明かしたところで、自分の役割を隠しおおせるはずもなく、警察に問い詰められて自白に追いこまれるか、もしくは逮捕された主犯が報復として暴露するでしょう。ではいったいなぜ、まちがいなく自分に危険が及ぶことを承知のうえで、主犯の正体を打ち明けようとしたのか。唯一の答は――筋は通っても腑《ふ》に落ちない答ですが――犯罪に荷担したものの、後悔したか恐れを覚えたかで、共犯証言によって減刑を勝ちとって身を守ろうとしたというものです。

推理をここまでたどると、必然的にひとつの結論に達します。投書を送ったことと、ロングストリート殺害に関与していたことを考え合わせると、ウッドは密告を図って第一の事件の主犯に殺されたというのが最も妥当な解釈になります」

レーンは深く息をつき、薪載《まきの》せ台のほうへ脚を伸ばした。「いずれにせよ、打つべき手は明らかでした。それ以外になかったとも言えます。わたしはウッドの暮らしぶりと経歴を調べ、従犯として協力した相手の手がかりを見つけようとしました。単独犯ではなく、ふたりの犯人の手によるものであるなら、その相手こそが殺人者なのですから。

この捜査は問題解決への転機となりました。はじめは実りなく感じられましたが、まったくの偶然から新たな道が開けたのです。それは実に驚くほど……いや、順を追ってお話ししましょう。

警視さん、わたしがこの上ない失礼をも顧みず、あなたに扮《ふん》してウィーホーケンのウッドの下宿へ行ったことを覚えていらっしゃいますね。あれは何か深い企《たくら》みがあってのことではないのですよ。あなたのお人柄と権威を拝借すれば、釈明の必要なく聞きこみを進められたからにすぎません。どこで何を探すべきなのか、なんの目処《めど》も立っていませんでした。部屋を調べてみましたが、目の届くかぎりでは何ひとつおかしなところはありません。葉巻、インクと便箋《びんせん》、預金通帳。ところが、これはウッドの巧妙な演出だったのです！　預金通帳を残し、本人にとってかなりの大金にちがいない額の預金を放棄したのですよ。おのれが生み出そうとする幻影に本物らしい色合いを与えるためだけに！　銀行で確認したところ、預金は手つかずのまま残っていました。入金は定期的にされていて、どこにも怪しいところはありません。それからわたしは近くの商店をまわって、ウッドの私生活に秘密の交際関係があったことを示す手がかりはないか、だれかといっしょにいるのを目撃されていないかと尋ねたのですが、これもまったくの徒労に終わりました。そこでその界隈《かいわい》の医院と歯科医院を訪ねたところ、こんどは興味深いことがわかりました。どうやらウッドは一度も医者にかかっていないらしいのです。なぜなのかと不思議に思いましたが、ニューヨークでかかっていたのではないかという旨のことをある薬剤師が語っていたのを思い出し、脳裏をかすめた疑問はひとまずそれきりになりました。

　わたしは得体の知れぬ影をなおも追って、電鉄会社の人事課長のもとを訪ねました。そのとき、まったくの偶然から、ある奇怪な、信じられない、それでいてますます興味を引かれずにいられない事実に出くわしたのです。ご記憶でしょうが、〈モホーク〉でウッドのものと特定された死体の検死報告書には、二年前の虫垂炎の傷跡があると記載されていました。ところが、ウッドの勤務記録を調べ、人事課長と話すうちに、ウッドがこの五年間、休暇もとらずに皆勤していたことがわかったのです」

レーンの声が興奮に震えた。ブルーノとサムは、老優の歓喜の表情に吸い寄せられるように身を乗り出した。「演劇の守護聖人の名にかけて申しますが、二年前に虫垂炎の手術を受けた者が、この五年間、一日たりとも休まずに勤務できたはずがありません。ご存じのとおり、虫垂炎の手術には少なくとも十日間の入院が必要です。それでもまれに見る短期間であり、ふつうの人なら二週間から六週間は仕事を休むでしょう。

これに対する答は、マクベス夫人の野心のごとく揺るぎないものでした。そして、この矛盾ゆえに一点の曇りもなく導き出される結論は、ウッドの死体と見なされていたもの――二年前の虫垂炎の傷跡があるもの――は、けっしてウッドの死体ではありえないということです。それは――ああ、この新たに見いだされた地平に、わが目がいかに大きく見開かされたことか！――それはとりもなおさず、ウッドは殺害されていないという意味であり、精緻《せいち》な企みによって、あたかも殺害されたかのように見せかけられているという意味でもある。すなわち、ウッドはまだ生きているということだったのです」

大聖堂さながらの静けさが訪れると、サムが異様に興奮した様子でため息を漏らした。レーンは笑みを浮かべ、低い声でよどみなく思考の筋道を語りつづけた。「そして瞬時にして、第二の殺人事件のすべての要素が正しい順序に並び替わりました。ウッドが生きているという動かしようのない事実は、みずから送った投書が偽装であったことを示しています。つまり、これは見せかけの死に真実味を与えるべく、警察に対しておこなった予備工作だったのです。ロングストリート殺しの犯人を教える気など端《はな》からありませんでした。教えると予告して自分の死体が発見されれば、口封じのために殺されたと警察は考えるにちがいない――まさにそれを狙ったのですよ。こうしてウッドは、謎の犯人に殺された無実の第三者を装って完全に舞台から姿を消しました。つまるところ、投書も水中の死体の偽装も、真犯人であるウッド自身に対する当局の追及をすっかり断ち切るための巧妙な手段だったのです。

このきわめて重要な結論から、さらなる推理の道がいくつか開けていきました。ウッドが第二の犯罪でみずからを葬り去ったのは、第三の事件を考えれば明らかですが、必要に迫られたからです。エドワード・トンプソンとして第三の事件の証人席に呼ばれる可能性があり、同時にチャールズ・ウッドとして第一の事件の証人席に呼ばれる可能性もありました。同じ場所で同じ時刻に、どうしてふたりの人間になりえましょう？　そして、もうひとつ理由があります。みずからを葬り去るというウッドの計画は、まさに一石二鳥でした。つまり、チャールズ・ウッドとしての自分を殺すと同時に、身元不明の男――フェリーから落ちて死んだ、ウッドの服を着た男――をも殺したのです。

では、この点についてさらに検討しましょう。ウッドと見なされた死体は、一方の脚のふくらはぎに特徴的な傷跡があることと、赤毛であること以外は、損傷がひどすぎて見分けがつきませんでした。たしかにウッドは赤毛でしたし、同僚の運転士ギネスの証言から、脚に同様の傷跡があったこともわかっています。けれども、発見された死体はウッドではないのです。赤毛についてはまず偶然の一致ということもありえますが、脚の傷はそうもいきません。だとしたら、必然的にウッドの傷跡は作り物だったことになります。あの電鉄会社に勤めはじめた直後にギネスにその傷を見せていますから、少なくとも五年前から偽の傷跡をつけていたはずです。ウッドは〈モホーク〉で殺す予定の男を、最低でもふたつの点で――頭髪と脚の傷で――模倣する計画を立て、死体が発見されたときにすんなり自分と特定されるよう準備していました。となると、フェリーでの事件は、五年以上前に計画されていたと考えられます。さらに、これはロングストリート事件の結果にほかならないのですから、第一の事件もまた五年以上前に仕組まれたものにちがいありません。

もうひとつ、こうも言えます。ウッドはフェリー上で姿が目撃されていますが、当初思われていたのとはちがって、殺害されていないのですから、なんらかの変装をして下船したはずです。警視さんが全員の足止めを命じる前にフェリーから抜け出した乗客のひとりだったか、あるいは……」

「実を言うと」ブルーノが口をはさんだ。「〝あるいは〟のあとのほうが正解です。つまり、船内に足止めを食らったなかにいたんですよ。宝石のセールスマンのヘンリー・ニクソンと名乗ったと、ストープスは証言しています」

「ニクソンでしたか」ドルリー・レーンはつぶやいた。「実に巧みだ。あの男は俳優になるべきでした――別人を演じることにかけて天賦の才がありますよ。犯行後にウッドが船内にとどまったのかどうか、どうしてもわからなかったのですが、ニクソンに扮していたとうかがって、すべての事柄がきれいに嚙《か》み合いました。車掌のウッドとして船に持ちこんだ安物の鞄《かばん》を、セールスマンのニクソンとして持ち出したことになりますね。鞄が必要だったのは、セールスマンに扮装するための一式と、相手を失神させるための鈍器と、相手の衣類を川に沈めるための重りを入れておくためでしょう……。いやはや、実に巧妙です。巡回セールスマンなら、型どおりの取り調べでは、住所不定でも留守にしがちでも、商売柄当然のこととして看過されますからね。あらかじめ安物の装身具を鞄に詰めておけば、殺した相手の衣類に重りをつけて鈍器とともに捨てたあと、セールスマンの恰好《かっこう》に着替えて、役柄を自然でもっともらしく演じることができます。ウッドの念の入れようはたいしたもので、わたしの記憶では、鞄のなかには偽名を印刷した注文書がありましたし、ときおりニューヨークに泊まるので大きな鞄を持ち歩いていることを、発着場の職員に印象づけてさえいました。その日に鞄を買い替えた理由もそれで説明がつきます。セールスマンのニクソンに化ける以上、すぐにウッドのものと見破られる古鞄をさげて船をおりることはできませんからね。偽装を完全にするために、わざわざ古い鞄の持ち手を壊すという徹底ぶりです。足止めされる前に下船することができなかった場合の備えは、恐れ入るほど周到でした。当然ながら、大騒ぎになる前に船をおりられるかどうかを予測しうるはずがなく、そこだけ一か八かの賭《か》けに出ることはできませんでした」

「恐れ入りました、レーンさん」サムがつぶやいた。「こんな考察は聞いたことがない。正直に言うと、はじめはあんたのことを大ぼら吹きの化石じじいだと思っていましたよ。ところが、これはもう——人間業じゃない！」

ブルーノが薄い唇をなめた。「わたしも同感だよ、警視。すでに事件の全貌《ぜんぼう》を知っているというのに、いまでもわたしには、レーンさんがどうやって第三の事件を解決したのか見当がつかない」

レーンは色白の手をあげた。いまや、はばかることなく笑い声をあげている。「おふたりとも、先まわりしては困りますね。第三の事件とおっしゃいましたが、まだ第二の事件の説明も終わっていないのですよ！

わたしはそこでこう自問しました。やはりウッドは従犯者にすぎないのか、それとも主犯の殺人者なのか、と。フェリーから落ちた死体がウッドではないとわかるまでは、考えが前者に傾いていました。しかし、もはや振り子が揺れて後者にもどっています。

ウッド自身がロングストリートを殺したとする説がふたたび浮上したのには、心理面での明確な根拠が三つあります。

第一に、ウッドはある人物を殺すために、五年も前からその人物の特徴を自分の体にも残していました——これはどう見ても殺人者の行動であり、単なる従犯者のすることではありません。

第二に、捜査関係者への投書や、自分自身を葬るための死体の偽装工作は、手下ではなく首謀者が仕組んだものと考えるべきです。

第三に、あらゆる出来事と状況と偽装工作が、明らかにウッドの安全を確保するように考案されており、これも協力者でなく中心人物の所業と見なすのが自然です。

いずれにせよ、第二の事件後の状況はこうです。ウッドはロングストリートと謎の男を殺害し、自分自身を被害者と見せかけるきわめて狡猾《こうかつ》な方法によってみずからを舞台から消し去ろうとした。その偽装殺人にジョン・ドウィットを巻きこんでおきながら、本人はまだ生きている」

ドルリー・レーンは立ちあがり、炉棚の脇にある呼び鈴の紐《ひも》を引いた。フォルスタッフが現れると、熱いコーヒーのお代わりを持ってくるよう命じ、また腰をおろした。「さて、ここで当然つぎの疑問が生じます。なぜウッドはドウィットをフェリーにおびき寄せ、葉巻を利用して罪をかぶせようとしたのか。もともと計画を立てたのはウッドですから、なんらかの手を使ってドウィットを誘い出したのもウッドのほうだと見るべきでしょう。答は、ドウィットにはロングストリートを殺す強力な動機があって、警察の目に最も有力な容疑者と映ると考えたからなのか、あるいは――ここが肝要ですが――ウッドがロングストリートを殺した動機がドウィットに対してもあてはまるからなのか、どちらかであるはずです。

後者だとしたら、ウッドの工作が奏功してドウィットが逮捕され、裁判に持ちこまれたとしても、そこで無罪放免になった場合、おそらくウッドは本来の目的を果たすべくドウィットを襲うでしょう。実はそれが――」そう言って、レーンはフォルスタッフのずんぐりした手から新たなコーヒーを受けとり、ふたりの客にも手ぶりで勧めた。「それこそが、ドウィットの無実を知りながら、起訴されるのをわたしが黙過していた理由です。法の手による断罪の危機にさらされているかぎり、ドウィットはウッドの攻撃から身を守れますからね。こうしたおかしな態度に、あなたがたがとまどったのも無理はありません。まったくもって逆説的な処置であり、ドウィットをひとつの危険にさらすことによって、より差し迫ったもうひとつの危険を食い止めたという寸法です。また、わたし自身も息をつく時間をとることができ、平穏なあいだにじっくりと考えを練りなおして、真犯人逮捕につながる確証を見つけ出すつもりでした。申し添えておきますが、ウッドがつぎにどんな姿で現れるのか、その時点ではまったく見当がついていませんでした……。さらに、わたしにはもうひとつ目算がありました。ドウィットが苦境の重圧に耐えかねて——何しろ、おのれの命にかかわる裁判ですから——胸に秘めた事実を打ち明けるのではないかと期待していたのです。ウッドと称する人物との真の関係や、背後にひそむ依然として謎めいた動機について語りはじめるのではないか、と。

ところが、こちらになんの進展もないうちに裁判がドウィットに不利に進行し、生命を脅かすに至ったため、わたしは裁判に干渉して指の負傷の件を持ち出さざるをえませんでした。いまあえて申しますが、負傷の事実がなかったら、わたしはけっしてドウィットの起訴を黙過しませんでした。そしてブルーノさん、あなたがあくまでも譲らなければ、わたしはやむをえず何もかも打ち明けていたでしょう。

釈放されると同時に、ドウィットの身の危険は差し迫った問題となりました」レーンの顔が曇り、声が乱れた。「あの夜以来、わたしはドウィットの死が自分の咎《とが》ではないと繰り返し心に言い聞かせてきました。自分なりに万全の予防策を講じていたつもりです。だからこそ、ウェスト・エングルウッドの屋敷へ同行することを快諾し、そのまま泊まるつもりでさえいたのです。あれほど鮮やかに出し抜かれるとは考えもしませんでした。言いわけになってしまいますが、まさか釈放されたその夜にドゥィットを襲うとはね。つぎにどんな姿になってどこに現れるのか読めなかったこともあり、わたしはウッドがドゥィットを殺す機会をつかむまでに数週間か数か月はかかると見ていました。ところが、向こうにはこちらの想像以上に臨機の才があり、ドゥィットが釈放されたまさにその夜に機会を見いだして、それを逃しませんでした。わたしはまったくの不意打ちを食らってしまったのです。コリンズがドゥィットに近づいたときには、なんら危険を感じませんでした。ウッドでないことはわかっていたからです」レーンの輝く瞳《ひとみ》に自責の色が浮かんだ。「わたしはこの事件において真の勝利を宣言することができません。英知に欠け、犯人の隠し持つ能力に気づくだけの注意力がなかったのですから。いまだ素人探偵の域を脱していないのでしょう。仮に新たな事件を検討する機会があったとしても……」ため息を漏らして先をつづける。「あの夜ドゥィットの招待に応じたもうひとつの理由は、朝になったら大切な話を打ち明けると約束されたからです。ついに過去の秘密を話す気になったのではないかと思いました。いまはそうだったにちがいないと確信しています。ストープスがあなたがたに語った昔のいきさつですよ。わたしの場合は、ドゥィット邸に滞在していた南米の客人の足どりをたどるうちに――警視さん、あなたはこの人物について何もご存じないでしょうが――突き止めた話です。その際にアホスというウルグアイの領事に会い……」

ブルーノとサムは呆気《あっけ》にとられてレーンを見つめた。「南米の客人？　ウルグアイの領事？」サムが早口で言った。「そんな話は初耳です！」

「いまはその件に深入りしないことにします」レーンは言った。「実のところ、ウッドが身元を偽って生き長らえているとわかった結果、単なる従犯ではなく、悪辣《あくらつ》な殺人者である見こみがきわめて高くなりました。しかも、長年にわたって練りに練った複雑な犯罪計画を、大胆かつ独創的な、ほとんど非の打ちどころのない手際で果たす非凡な殺人者でもあります。ところが、そう確信しながらも、どこを探せば見つかるのか皆目見当がつきません。チャールズ・ウッド自体が地上から消えたことはわかっていても、つぎにどんな姿でよみがえるのかについては、むなしく憶測をめぐらすしかなかったのです。それでも、ふたたび現れると確信し、そのときを待っていました。

そこで第三の殺人の話になります」

レーンは湯気の立つコーヒーを飲んで気分を新たにした。「時を移さずしてドウィットが殺されたことは、その他の要素も考え合わせると、これもまた周到な計画によるもの――おそらく前のふたつと同時に考えられたもの――であることをはっきりと示しています。

ドウィット殺しの解決の鍵《かぎ》は、あの夜、西岸線の列車を待っていたときに、ドウィットがエイハーンとブルックスとわたしの前で、五十枚綴《つづ》りの回数券を買ったという事実だけに依拠しているといってもよいほどです。あのときドウィットが回数券を買わなかったら、この事件を大団円に持ちこめたかどうか、いまでもわかりません。というのも、ロングストリートを殺した犯人を知ってはいても、そのストープスがどんな変装でドウィットを殺しにくるか、わたしには読めなかったからです。

何より重要なのは、ドウィットが回数券をしまった場所です。ドウィットは駅で、連れの人間のために買った片道切符といっしょに、回数券をヴェストの左胸のポケットに入れました。その後コリンズとともに後方の車両へ移動したのですが、その前にポケットから全員のぶんの切符を取り出して、エイハーンに渡しています。その際、購入したばかりの回数券には手をふれなかったのを、わたしはこの目でたしかに見ました。ところが、ここにいらっしゃる警視さんがドウィットの死体をあらためたときには、驚いたことに、回数券はヴェストの左胸のポケットではなく、上着の胸の内ポケットにはいっていたのです！」レーンはさびしげに小さく笑った。「ドウィットは心臓を撃ち抜かれていました。銃弾は上着の左側、ヴェストの左胸ポケット、ワイシャツ、下着を貫いています。結論はいたって単純でして、つまり、ドウィットが撃たれたとき、回数券はヴェストの左胸ポケットにはなかったということです。そこにあったら銃弾の跡があるはずなのに、回数券には穴はおろか、かすった形跡さえありませんでした。わたしはすぐさま自問しました。ドウィットが撃たれる前に回数券が別のポケットに移動していたという事実は何を意味するのか、と。

あのときの死体の状態を思い出してください。ドウィットの左手が、中指と人差し指を重ねて何かのしるしを作っていました。シリング医師が即死だと断定していますから、この重なった指はつぎの三つの重要な事実を示します。第一に、ドウィットは撃たれる前にこのしるしを作っており、死の苦しみはなかったということです。第二に、右利きのドウィットが左手でしるしを作ったのですから、その際に右手がふさがっていたはずです。第三に、あのしるしを作るには意識して力をこめる必要があるので、この殺しに関係する明確な目的があったにちがいありません。

さて、この第三の点を検討してみましょう。ドウィットが迷信深い人物なら、指のしるしは邪視除《よ》けのまじないということになり、殺されることを悟って、悪を振り払おうとしてとっさにそうしたとも考えられます。けれども、ご承知のとおり、ドウィットには迷信家らしいところは微塵《みじん》もありませんでした。となると、故意に作られたこのしるしは、自分自身ではなく犯人に関するものであるはずです。それは、ドウィットがコリンズとともに出ていく数分前に、ブルックス、エイハーン、そしてわたしと交わしていた会話から影響を受けたものにまちがいありません。そのときの話題は、死に直面した人間がいまわの際に何を考えるかというもので、ある殺人事件の被害者が死ぬ間際に犯人の正体を示すしるしを残したという話をわたしがしました。哀れなドウィットは、聞いたばかりのそれを思い出して、わたしに――いえ、わたしたちに――犯人の正体を示すしるしを残したのだろう、とわたしは確信したのです」

ブルーノが誇らしげな顔をし、サム警視が興奮気味に言った。「わたしたちが思ったとおりだ！」そこで表情を曇らせる。「しかし、それにしても……いったいなぜそれがウッドを示すことになるんですか。ウッドが迷信家だとでも？」

「警視さん、ドウィットのしるしは、迷信めいた意味でウッドやストープスを指すものではないのです」レーンは答えた。「そのような解釈に与《くみ》した覚えもない、と申しあげておきますよ。あまりにもばかげています。もっとも、何を意味するのか、その時点ではわたしもわかりませんでした。それどころか、そのしるしと犯人がどう結びつくかに気づいたのは、事件をすっかり解明したあとのことです——それは最初からわたしの目の前にあったというのに、なんともお恥ずかしい話です……。

いずれにせよ、指が重ねられていたことについての唯一の合理的解釈は、それがなんらかの形で犯人の正体を示しているということです。しかし、考えてください。犯人を特定する手がかりを残したのは、ドウィットが犯人の正体を知っていたからにほかならない。しかも、犯人の特徴を表すしるしを残せる程度まで知っていたことになります。

この点からは、さらに強力な推理が引き出せました。というのは、指のしるしが何を意味するにせよ、左手が使われていたのですから、先ほども申しあげたとおり、何をするときも使われるはずの右手が殺害の直前にふさがっていたことがわかるのです。では、なぜ右手がふさがっていたのか。争った形跡はありませんでした。相手の攻撃を右手で防ごうとしたのかもしれませんが、そのさなかに左手でしるしを——しかもかなり力を入れる必要のあるしるしを——作ったとは考えにくい。わたしはもっとまじな説明はつかないものかと頭をひねりました。死体のどこかに、右手がふさがる理由となるような痕跡《こんせき》がなかっただろうかと。そして、気づいたのです！　そう言えば、回数券の綴りが別のポケットに移動していたではありませんか。

さっそくわたしは、さまざまな可能性を検討しました。たとえば、殺害されるより前のどこかの時点で、ドウィットが自分の手で回数券を移した場合——この場合は、回数券の移動は事件そのものと関係がありません。ただ、それでは殺されたときに右手がふさがっていた理由の説明がつかないままです。しかし、回数券が動かされたのがまさに殺害されようというときだったと考えてみると、右手がふさがっていた理由も、本来なら右手ですべきところを左手でしるしを作った理由も、いちどきに説明できます。これなら多くの事実とつじつまが合うので、有望ではないかと思いました。実りが多そうではありますが、注意深い検討が必要です。ここから何がわかるのでしょうか。

ひとつには、こういう推論に達しました。殺されたとき、なぜドウィットは回数券を手にしていたのか。納得のゆく答はただひとつ——それを使おうとしていたからです。ところで、コリンズがドウィットと別れるまで、車掌が検札に来なかったことがすでにわかっています。これは、あの夜アパートメントへ踏みこんだとき、コリンズの手もとに入鋏《にゅうきょう》されていない切符があったことから明らかです。車掌が来ていたら、切符は回収されているはずですからね。となると、ドウィットが薄暗い客車にはいったときには、まだ車掌の検札を受けていなかったのです。むろん、あのとき同じ列車に乗っていたわたしには、そんなことは知る由もありません。コリンズが切符を持ったままでいたことは、警視さん、あなたが逮捕なさった時点ではじめてわかったのですよ。しかし、わたしは推理を進めるにあたって、のちに裏づけられるこの仮説を採用していました。

ドウィットが薄暗い客車にはいる以前に車掌の検札を受けなかったと仮定すると——仮定ではなく、のちに事実だと確認されるのですが——死の直前に回数券を取り出して右手に持ったという推定上の行動は、どういう出来事によって最も自然に説明できるでしょうか。答は簡単でして、車掌が来たのです。ところが、車掌はふたりとも、ドウィットのところへは行っていないと証言しています。では、わたしの推論がまちがっていたのでしょうか。そうとはかぎりません。車掌のどちらかが犯人で、実際には検札をしたのに、犯人であるがゆえに嘘をついたのであれば、筋が通るのです」

よく響く表情豊かな声でレーンの唇から静かに語られる鮮やかな分析に、ブルーノとサムはすっかり心を奪われ、緊張しつつ体を前へ乗り出した。「この仮説は、判明した事実すべてにあてはまるでしょうか。ええ、あてはまるのです。

第一に、しるしが左手で作られた理由を説明できます。

第二に、右手がなぜ、何によってふさがっていたかを説明できます。

第三に、ドウィットの切符に鋏《はさみ》がはいっていなかった理由を説明できます。もし車掌が犯人であり、ドウィットを殺害したあとで、その手に回数券が握られているのを見つけたとしても、もはや鋏を入れることはできません。鋏の跡をつければ、生きているドウィットとおそらく最後に会った人間だというまぎれもない証拠を残すことになり、その結果、罪が発覚するか、少なくとも殺人事件の捜査に否応なく巻きこまれることになります——言うまでもなく、これは周到に計画を練った殺人者にとっては好ましからぬ事態です。

第四に、回数券が胸の内ポケットにあった理由を説明できます。車掌が犯人であれば、回数券に鋏を入れられないのとまったく同じ理由で、ドウィットが回数券を手に持って絶命している姿を警察に見せるわけにいきません。即死した人物の手のなかにそんなものがあったら、車掌の姿に気づいた直後に殺されたという事実——犯人にとってはぜったいに知られたくない事実を明かすも同然です。だからといって、回数券を持ち去ることもできません。車掌は表紙に刻まれた日付を見て、その日に買ったばかりのものと見てとったはずです。回数券がなくなっていれば、購入の折に居合わせた同行者のだれかが感づくかもしれない。そうなったら、警察が〝切符——車掌〟という危険な連想をするのはむずかしいことではありません。車掌にとって最善の策は、自分に疑いのかかるものを、そして自分自身を、現場から完全に消し去ることでしょう。

さて、回数券を持ち去るのではなく、ドウィットの体に残しておくのが最も安全だとしたら、車掌はどんな行動に出るでしょうか。ドウィットのポケットにもどす——悪くありませんね。では、どのポケットに？　ドウィットがいつもしまう場所を知っていたのかもしれません。あるいは、それらしい場所はどこかとポケットを探ることもありうる。上着の内ポケットに期限切れの古い回数券を見つけたら、そこに新しいほうもいっしょに入れるのが自然でしょう。そして、たとえヴェストのポケットにあったことを知っていたとしても、そこへもどすことはできません。なぜなら、そこはドウィットの体を貫いた銃弾のまさに通り道であり、貫通した跡のない回数券がはいっていたら、犯行後に入れたことが発覚するからです。車掌としてはそれも避けなくてはなりません。

第五に、第四の結果を受けて、回数券に銃弾の跡がない理由が説明できます。二発目を撃ちたくても、一発目のときに回数券がポケット内にあったはずの位置を正確に穿《うが》つのは無理な話です。そのうえ、二発目の銃声を聞きつけられる恐れもあります。また車内で二発目を撃てば、どこかに銃弾が残り、あとで発見されることになりかねません。何よりも、そんな処置は複雑でまわりくどく、時間を浪費するばかりで、およそばかげています。以上のことを考え合わせたうえで、最も無理のない道、最も安全と思われる方法を選んだのです。

ここまでのところ、わたしの立てた仮説はあらゆる事実と合致します。では、車掌が殺人犯であることの裏づけはあるでしょうか。心理の面から見た、実に有力な裏づけがあるのです。乗車勤務中の車掌というものは、実のところ目に見えぬも同然であり、車内のどこにいても怪しまれず、だれもその行動を気にかけたり、記憶したりしません。ドウィット一行の動きならほかの乗客の注意を引いたかもしれませんし、現に目に留まった人もいましたが、車掌なら、現にそうであったように、だれにも記憶されず、なんの証拠も残さずに、車内を通り抜けて後方の薄暗い客車へ忍びこむことができたのです。わたし自身、かなり警戒していたはずですが、車掌には気がつきませんでした。コリンズがおりたあと、わたしの横を通って最後尾の車両へ移動したはずなのですが、いまもってその姿を思い出せないのですよ。

裏づけはもうひとつあります。凶器がなくなって、最後には発見されたことです。拳銃《けんじゅう》は車内で発見されず、犯行の約五分後に列車が通過した川から見つかりました。五分待ってから銃を捨てたのはただの偶然でしょうか。たまたまそれがうまい具合に途中の川へ落ちたのでしょうか。犯人にとっては、犯行直後に捨てるほうがはるかに安全だったにちがいない。それなのに待ったのです――なんのために？

闇夜だったにもかかわらず、犯人は、列車から凶器を投げ捨てるのに最適な場所である川の位置を正確に知っていました。川の位置が頭にあったうえで五分待ったのであれば、捨てた人間は、付近の地形にきわめてくわしい者にちがいありません。列車に乗っている者のなかで、その種の知識が豊富にありそうなのはだれでしょうか。毎夜同じ時刻に、同じ道筋を走る列車の乗務員であるはずです。機関士、制動手、車掌……車掌……そう、車掌ですよ！　純粋に心理面のものではありますが、これも車掌犯人説を裏づける根拠のひとつです。

さらにもうひとつ、最も有力で、はっきりと犯人を特定できる裏づけがあるのですが、それについてはもう少しあとでご説明しましょう。

事件当時、当然ながらわたしは、凶器に関して逆の方向から推理しました。こう自問したのです。もし自分が犯人の車掌なら、拳銃をどう処分したであろうか。発見される機会を最小限に食い止めるにはどうすればよいだろうか、と。線路の脇や上など、すぐに目につく場所は警察が真っ先に調べるはずなので除外します。しかし線路沿いには、凶器を処分できるばかりか、こちらがよけいな手間をかけなくても人目をさえぎってくれる自然の隠し場所がありました。そう、川です！　……わたしは沿線の地図をひろげて、捨てられる範囲内の川をすべて拾いあげ、凶器の発見に成功したのです」

レーンの声が生き生きとした調子を帯びた。「さて、ふたりの車掌のどちらが罪を犯したのか——トンプソンかボトムリーか。列車のあの部分がトンプソンの受け持ちだという事実を除けば、どちらがより怪しいというはっきりした証拠はありません。

いや、しかし待ってください！　わたしは車掌を第三の事件の犯人と推定しましたが、第一の事件の犯人も車掌でした。両方の車掌が同一人物――つまりウッドだということがありうるのでしょうか。ええ、じゅうぶん考えられます。ロングストリート、フェリーの無名氏、ドウィットの三人を殺害したのが同一人物であることは疑いようがありません。

さて、ウッドにはどんな身体的特徴があったでしょうか。赤毛と脚の傷は、ここでは考慮に入れません。髪は楽に細工が施せますし、脚の傷のほうもまちがいなく偽物です。そうなると、確実に言えるのは、ウッドが長身でたくましい体つきだということです。年配の車掌ボトムリーは小柄で華奢《きゃしゃ》な体型ですが、トンプソンのほうは長身でたくましい。したがって、トンプソンがわれわれの求める人物となります。

そこでわたしはこういう結論に達しました。ドウィットはトンプソンに殺害された。そしてさまざまな根拠から、トンプソンがチャールズ・ウッドと同一人物であることは確実である。

しかし、このウッド＝トンプソンとはいったい何者なのでしょうか。三つの殺人事件がいずれも同じ動機によるものなのは明らかであり、その動機は最低でも五年前、おそらくはそれよりはるか昔に生じたものでしょう。そうなると、つぎに打つべき手は自明です。ドウィット、ロングストリート両人の過去を調べ、ふたりの死を願ってそのために何年も計画をあたためつづけるだけの動機を持った人物を探し出すほかありません。

いまでこそ、あなたがたはストープスが何者かをご存じですが、このときのわたしはそうした背景をまるで知りませんでした。そこでドウィットの執事ジョーゲンズを問い詰め、つい先ごろ南米から謎めいた客が来て、ドウィットの家に滞在していたことを突き止めました。この手がかりに関してわたしのほうが先んじていたことは、警視さんもきっとお認めになるでしょう……。脈がありそうに思えたので、わたしはひそかに南米各国の領事館を探り、最終的にニューヨーク駐在のウルグアイ領事、ホアン・アホス氏から話を聞き出しました。いまではもうあなたがたもご承知のとおりですが、その話を聞いてわたしははじめて、ロングストリートとドウィットの両名と、ほかのふたりの男――脱獄囚のマーティン・ストープスと、ドウィット＆ロングストリート商会の知られざる第三の共同経営者ウィリアム・クロケット――とのつながりに気づいたのです。このうちストープスがウッドであり、トンプソンでもあるのはまちがいありません。動機も考えるまでもない――復讐《ふくしゅう》です。それは残る三人全員に等しく向けられていました。わたしはそこで、ストープスが車掌であり、クロケットがフェリーで殺された男だという結論に達したのです。このクロケットを殺すために、ストープスは五年にわたって赤毛と脚の傷を装いつづけました。その甲斐《かい》あって、クロケットの死体が発見されたときには、体が押しつぶされてほかの特徴での身元確認ができず、ウッドの死体と見なされたのです。

アホス氏から話を聞くよりもずいぶん前、死体がウッドのものではないとわたしが結論づけたあとで、行方不明者の記録を見せていただいたのは、ウッドが何者かを殺したにちがいなく、その素性を特定する手がかりがどこかにないかと考えたからです。ところが、アホス氏の話を聞いて、その何者かがクロケットであると確信しました。ウッドが脚の傷と赤毛を真似て、五年以上も準備に費やしてきた事実から見ると、ほかの事件と無関係な人物を、単なる身代わりの道具として利用したとは思えませんからね。ただ、クロケットがどのようにストープスにおびき出されて殺害されたかは、当時もいまもわからないままです。ブルーノさん、ストープスは何か言っていましたか」

「はい」ブルーノがしゃがれた声で言った。「ストープスはクロケットに対しては、筆跡を覚えられて怪しまれるのを避けるために、これまで一度も脅迫状を送りつけたりしなかったそうです。そして最近になり、ドウィット&ロングストリート商会を解雇された経理係を装って連絡をとりました。内容は、共同経営者ふたりが年に二度送っている小切手は多額ではあるものの、会社の純益の三分の一という本来の取り分よりもはるかに少なく、ふたりがクロケットを欺いている、というものでした。かつて三人でアメリカへ引きあげたとき、クロケットはふたりが成功したら自分にも分け前をよこせと言い張ったそうです。無謀で粗暴で無責任なクロケットにウルグアイでの悪行を言いふらされるよりはましだと考え、ロングストリートとドウィットは、会社を設立したときに資本金の三分の一を出資させ、利益の三分の一を送りつづける約束をしました。その後、ロングストリートが再三取り決めを破ろうとするのを、ドウィットがかろうじて押しとどめてきたといったところでしょう。ともあれ、経理係になりすましたストープスは、今回書き送った手紙のなかで、自分はごまかしの証拠を握っている、ニューヨークまで出向いてくるならそれなりの値段で譲る用意がある、とクロケットに持ちかけました。さらに、それとなく不穏な感じをにおわせ、昔の殺人の件でふたりがクロケットを警察に引き渡そうとしていると思いこませるように仕向けたんです。そして、ニューヨークに着いたら

《ニューヨーク・タイムズ》紙の個人広告欄を見るよう書き添えました。クロケットはみごとに引っかかり、怒りと不安に駆られながらニューヨークへやってきて、《ニューヨーク・タイムズ》紙に載っていた指示を見つけました――ひそかにホテルを引き払うこと、夜十時四十五分発のウィーホーケン行きのフェリーで待つ、場所は北側の上甲板、人目につかぬよう注意されたし。そこで凶行がおこなわれたことは言うまでもありません」

「それだけじゃない」サム警視が口をはさんだ。「このストープスというのが奸知《かんち》に長《た》けた男でしてね。ドウィットをだましたいきさつも白状しました。あの水曜の朝、こんどはクロケットになりすましてドウィットに電話をかけ、夜十時四十五分発のフェリーの下甲板に来い、急用がある、と脅迫めいたことばで命じたんです。そっちにも、人目につかぬよう注意しろと釘《くぎ》を刺し、クロケットと同様の忠告を与えることによって、船上でふたりが鉢合わせする機会を最小限にとどめたらしい」

「なるほど」レーンがつぶやいた。「だからドウィットは、だれと約束していたのか、頑として口を割らなかったのですね。問い詰められたクロケットが取り乱して、ウルグアイ時代の忌まわしい過去をぶちまけてしまうのを恐れ、相手の名を伏せておかざるをえなかった。そしてストープスはドウィットの口が堅いのを見越していた――そうやって巧みにドウィットを巻きこんだのです」

「実のところ」レーンは感慨深げにつづけた。「わたしはこのストープスという男の多才ぶりと大胆さにはすっかり舌を巻いているのです。これは衝動や激情に駆られたいわゆる直情型の犯罪ではなく、長年の苦しみによって鍛えられた鋼鉄の動機に基づく、冷静かつ計算しつくされた犯罪です。まさに偉人たりうる素質を持った人物ですよ。第二の事件でこの男が何をしなければならなかったか、考えてみてください。ウッドとして上甲板でクロケットに会う。そこにある小部屋の近くへ誘いこみ、鞄《かばん》に入れてあった鈍器で殴り倒す。自分の服をクロケットに着せ、鞄から新しい服を出してニクソンになりすます。重りを取り出し、クロケットがもともと着ていた服に結びつけて川へ捨てる。〈モホーク〉がウィーホーケンの桟橋に近づくのを見計らい、意識を失ったクロケットの体を、杭《くい》と船体にはさまれて押しつぶされる頃合で投げ落とす。人目を避けて下甲板へ急行し、〝人が落ちたぞ！〟と騒ぎ立てる乗客の群れにニクソンとして加わる――これほどの仕事は、度胸のすわった、発想と企画の才に長けた人間でなくてはなしとげられません。服を取り替える作業はひどく厄介ですが、犯行のために川を二往復したことによって可能になります。クロケットを気絶させて、服を替えたり始末したりするのに、おそらく一往復半ほどを要したのでしょう。すでに深夜に近く、闇に加えて霧に包まれていたことや、四十二丁目線とウィーホーケンをつなぐあのフェリーは運航時間が短くて、乗客がめったに上甲板にあがらないことも幸いしました。そして、作業には納得のゆくまで時間をかけることができたのです。必要とあらば、仮に四往復したところで、警察はウィーホーケン側でじっと待っていてくれるでしょうからね」

レーンは顔をしかめて喉《のど》に手をやった。「わたしもめっきり衰えたようです。かつては何時間にもわたって台詞《せりふ》をしゃべりつづけても、なんの障りもなかったのですが……。では、推理をつづけましょう」レーンは、ドウィットが殺された夜にウェスト・エングルウッドの屋敷で、ストープスから数か月前に送られてきた脅迫状を見つけたしだいを手短に語った。そしてその手紙を出して、ふたりに見せた。

「もちろん、これが見つかる前に事件の謎は解けていました。たとえこれがなくても、結論に達していたはずです。ウッドとトンプソンが同一人物であることは、すでにわかっていましたからね。

とはいえ、法的な見地からすれば、この手紙は重要でした。ストープスの筆跡が、身分証明書の署名や手紙の文字で見覚えのあるウッドのそれと同じであると一見してわかりましたからね。繰り返しますが、筆跡の一致は、結論を導くうえで必要だったのではなく、あくまで法律上の裏づけにすぎません。

しかし、そこでわたしは、自分の結論を検察側がどう見なすかという問題に直面しました。ウッド、ストープス、トンプソンの三人が同一人物なのは明らかだとしても、それを法廷で証明するのはまた別の問題です。そこでホアン・アホス氏を訪ね、本国に連絡してストープスの指紋の電送写真を送ってもらうよう依頼しました。警視さん、トンプソンを逮捕したとき、真っ先にわたしは指紋をとってくれとお願いしましたね。そしてあなたがとったトンプソンの指紋は、ストープスの指紋の写真とぴったり一致しました。これで、トンプソンがストープスであり、また筆跡の一致からしてウッドがストープスであるという法律上の証拠がそろったのです。初等数学の論法に従えば、トンプソンはウッドでもあるという結論が得られます。これで事件は解決です」

レーンは新たな活力をみなぎらせてつづけた。「しかしながら、まだいくつかあいまいな点が残っています。ストープスはウッド、ニクソン、トンプソンという三人の役柄を肉体的に使い分けるために、日ごろからどんなやりくりをしていたのか。実を言うと、これに関してはいまも腑《ふ》に落ちないところがあります」

「ストープスはその点も明らかにしています」ブルーノが言った。「見かけほどむずかしくはなかったようですね。ウッドとして午後二時半から十時半まで勤め、つぎにトンプソンとして夜中の十二時から午前一時四十分まで、短時間の夜番を担当していました。服を着替えたり変装したりしてつぎの勤務へ駆けつけるのに便利なように、ウィーホーケンにウッドの名で住み、一方で、西岸線の終着駅であるウェスト・ハヴァストローにトンプソンの名で住み、朝までそこで寝て、午前の遅い時刻の列車でウッドとしてウィーホーケンの下宿へもどったということです。ニクソンの役柄はどうにでも融通が利きますし、めったに使わないものでした。フェリーで殺人があった夜について言えば、トンプソンが非番だったからあの夜を選んだんですよ。実に単純な話だ！……付け加えて言いますと、変装にしても、さほど面倒ではなかったようです。ご承知のように、あの男は元来禿《は》げているので、ウッドに変装するときは赤毛の鬘《かつら》をつけ、トンプソンのときは素のままで過ごした。ウッドに化けるときは、あちらこちらに多少手を入れるわけですが……レーンさんなら、それがいかにたやすいか、よくおわかりでしょう。ニクソンになるときは時間がじゅうぶんあって、思いのままでした。いま申しあげたように、ニクソンの役はごくまれにしか使わなかったようですが」

「ああ、そう言えば」レーンは好奇心をあらわにして尋ねた。「ドウィットに罪を着せるためにクロケットの服に仕込んだ葉巻ですが、ストープスはあれをどのように手に入れたのか話しましたか」

「ええ」サムが低い声で言った。「何もかも説明しましたよ。ただ、あんたになぜこの難事件の真相を見破られたのかは見当もつかないらしい。わたしだって、いまだに信じられませんがね。あの男が言うには、葉巻はロングストリートを殺す少し前にドウィット自身からもらったそうです。普通列車の車掌のトンプソンに化けていたときにね。お偉方のやりそうなことだ。たいした意味もなく、ただくれてやるんですよ。一ドルもする葉巻をね。ストープスはそれを吸わずにとっておいたんです」

「もちろん」ブルーノが付け足す。「ストープスにも説明できないことがたくさんありましたよ。たとえば、ロングストリートとドウィットが絶えず揉《も》めていた原因とか」

「それなら」レーンが言った。「簡単に推測できることだと思いますよ。ドウィットはなかなかの人物ではあるものの、心の鎧《よろい》にひとつだけ泣きどころがありました。若いころはロングストリートの言いなりだったのかもしれませんが、やがて、ストープスを陥れた策謀にいやいやながらも荷担したことを悔いるようになったのです。そして、私生活でも仕事上でも、ロングストリートと手を切ろうと絶えず試みたのでしょう。ところがロングストリートは、おそらくひとつには奇矯な加虐心理から、そしてもうひとつにはドウィットが手堅い金蔓《かねづる》だという理由から、昔の血なまぐさい秘密を楯《たて》にして申し出を拒みつづけた。大切なひとり娘のジーンに秘密を明かしてやる、などとドウィットを脅していたとしても不思議はありません。いずれにせよ、ふたりの仲が悪かったこと、ドウィットがおとなしくロングストリートの放蕩《ほうとう》の尻《しり》ぬぐいをしていたこと、そしてロングストリートのあからさまな侮辱にドウィットが耐えていたことには、はっきり説明がつくのです」

「そんなところでしょうね」ブルーノが認めた。

「クロケットについては」レーンはつづけた。「ストープスの仕組んだ筋書きを見ればおのずと明らかになります。ストープスの妻を殺害したのがクロケットだというのは、まちがいないでしょう。ほかのふたりより残忍な死をクロケットに用意していますからね。もっとも、クロケットの顔を無残につぶしたのは、死体を自分自身、つまりウッドと思わせる必要があったからでもありますが」

「ところで、レーンさん」サムが考えながら言った。「このハムレット荘に電送写真が届いたときのことを覚えていらっしゃいますか。あのときわたしははじめてマーティン・ストープスの名前を耳にし、いったいだれなのかと尋ねました。するとあんたは、ロングストリート、ウッド、ドウィットを消し去った責めを負うべき人間、というようなことをおっしゃった。あそこでウッドの名も加えたことが、わたしを惑わすことになったとは思いませんか。ストープスがウッドと同一人物である以上、ウッドを殺せるわけがないのに」

レーンは小さく笑った。「警視さん、わたしはストープスがウッドを殺したとは言いませんでしたよ。ウッドを地上から消し去ったことで、責めを負うべき人間だと申しあげたのであって、どこにも嘘はありません。クロケットを殺害し、ウッドの服を着せて投げ捨てることによって、ウッドという人物と、その名のもとに築きあげてきたものを、永久《とわ》に葬ったのです」

三人は無言のまま、それぞれに思いをめぐらせていた。炎がひときわ高く燃えあがり、ブルーノはレーンが心静かに目を閉じているのを見た。唐突にサムが手のひらで太腿《ふともも》を叩《たた》き、ブルーノがその音に驚いた。「そうだ！」サムは大声をあげ、身を乗り出してレーンの肩にふれた。レーンが目をあける。「まだ残っていますよ、レーンさん。そう、そう！　わたしには腑に落ちないことがひとつあって、まだ説明してもらっていません。あのドウィットの指の判じ物です。あんたはさっき、重ねた指は迷信などとなんの関係もないとおっしゃった。では、あれの正しい意味はなんだったんです？」

「うっかりしていました」レーンが小声で言った。「いいご指摘です、警視さん。思い出させてくださって、ありがとうございます。実にいいご指摘ですよ。いろいろな意味で、あれは事件全体を通じて最も奇怪な要素でした」整った横顔が鋭くなり、声に活気が出た。「トンプソンがドウィットを殺害したという結論に達するまで、わたしもあの指のしるしについては説明がつけられませんでした。唯一確信があったのは、ドウィットがいまわの際にわたしの話を思い出して、犯人の手がかりを残すために故意にあのしるしを作ったということだけです。ですから、あのしるしはトンプソンに関係のあるものでなくてはならない。そうでなければ、わたしの構築したささやかな論理は崩れてしまいます。だからこそ、あのしるしの真意について納得のゆく答が出るまで、トンプソン逮捕の手配をする気になれなかったのです」

レーンは独特の身のこなしで肘掛《ひじか》け椅子から立ちあがった——すばやく滑らかで、筋肉を使っているようには見えない。ふたりの客はレーンを見あげた。「しかし、それをご説明する前に、銃弾一発でドウィットの命を奪う直前のいきさつをストープスがくわしく語ったのであれば、それをお聞かせ願えませんか」

「わかりました」ブルーノが言った。「本人の供述でそれも明らかになっていますよ。ストープスはドウィット一行が列車に乗った瞬間からずっと目をつけていたようです。そして、ドウィットがひとりになる機会を狙っていた。だれにも気づかれずにドウィットを殺害できる決定的な機会が来るまで、必要なら一年でも待つつもりでしたが、コリンズがドウィットとともに後方へ行き、コリンズだけが列車から抜け出すのを前方の昇降口から目にしたとき、ストープスはその機会が訪れたのを知ったんです。そこで、あなたがたのいらっしゃった車両を通り、ドウィットが座席に腰かけているのを——のちにそこで死体となって発見されたんですが——確認したうえで、あの薄暗い客車へはいっていきました。ドウィットは顔をあげて、車掌の姿を認め、ごく自然に回数券を取り出しました。けれどもストープスは興奮していたこともあって、ドウィットがそれをどのポケットから出したのかを見なかったんです。これで復讐《ふくしゅう》劇が完結するとの思いが燃えあがり、拳銃《けんじゅう》を抜き出すなり、怯《おび》えるドウィットの前に突きつけて、みずからの正体を——マーティン・ストープスであることを——告げました。そして満ち足りた思いでドウィットを見やり、あざけりのことばをかけたのち、死を宣告したといいます。ストープスいわく、その間ドウィットは、自分の――つまりトンプソンの――腰から革紐《かわひも》で吊《つる》されたニッケルの検札鋏《ばさみ》に見入っていたそうです。ドウィットは死人のごとく蒼白《そうはく》になり、身じろぎもせずに押しだまっていました（おそらくこのとき電光石火のごとく頭を回転させて、一瞬のうちにしるしを残したのでしょう）。抑えがたい怒りに駆られて銃の引き金を引くと、ストープスの激しい怒りの発作は、押し寄せたときと同じ速さで消え去りました。そして、ドウィットが首を垂れたときに、その右手に入鋏《にゅうきょう》の跡のない回数券が握られていることに気づいたそうです。持ち去ることはできないと直感したものの、そのままにしておくわけにもいきません。そこでドウィットのポケットを探り、上着の内ポケットに古い回数券があったので、いっしょにしまいました。ドウィットが指を重ね合わせていたのには、まったく気がつかなかったといいます。あとでそのことを聞いてとても驚いたらしく、いまだに意味がわからないということではわれわれと同じです。

ともあれ、ストープスはボゴタに着くと、暗い車両のドアをあけて外へ跳び出しました。そしてドアを閉めてからホームに沿って走り、前の車両に乗りこみました。あなたのご説明どおり、銃ははじめから川へ投げこむ計画だったようで、理由もまたご指摘のとおりでした」

「ありがとうございます」レーンがおごそかに言った。長身の影が、まだらな赤い炎を背に、くっきりと黒く浮かびあがる。「では、指のしるしという興味深い問題へもどりましょう。車掌のトンプソンと指、指と車掌のトンプソン……一体どんなつながりがあるか、とわたしは自問しました。

そして、およそとるに足りないある事実を思い出したとき、一瞬の閃光《せんこう》のうちに、わたしはこの厄介な問いの唯一の答に気づいたのです……」レーンは静かにつづけた。「邪視などというばかげた解釈は別にして、あのねじ曲げて重ねられた指は何を意味するのか。とりわけ、トンプソンとはどんな関係があるのか。

わたしはそれまでのとりとめのない考えを捨てて、まったくちがう角度から見てみることにしました。あのしるしの形状としての意味は何か。すなわち、あの妙な形に組み合わされた指は、なんらかの幾何学記号に似てはいないか、と。少し考えてみると、おもしろい発見がありました。指を交差させた形に最も近い幾何学的図形は、Xに決まっているではありませんか！」

レーンはそこでことばを切った。ふたりの客の顔に理解の色がひろがる。サムは指を十字に重ね、強くうなずいた。

「しかし」ドルリー・レーン氏は響き渡る声でつづけた。「Xは未知数を表す万国共通の記号です。では、わたしはまたも誤ったのか。未知の謎であるということをドウィットが伝えたかったはずがありません！……しかし――X、X……。それが脳裏から離れませんでしたが、わたしはなんとなく、もう少しで答に手が届きそうな気がしたのです。そこで、試しにXとトンプソンを突き合わせて考えました。するとどうでしょう、使い物にならない目を覆っていたベールが落ちて、列車の車掌トンプソンを表すあるものを思い出したのです。はっきりと、まぎれもなくトンプソンであることを示す識別記号――それは指紋と同じく、トンプソンに固有のものです」

ブルーノとサムは呆然《ぼうぜん》と顔を見合わせた。ブルーノは額に深い皺《しわ》を寄せ、サムはしきりに指を交差させたりはずしたりしていたが、やがて首を横に振った。「降参です」サムはうんざりした様子で言った。「さっぱりわからん。いったいなんですか、レーンさん」

答えるかわりに、レーンは書類入れを探り、文字が印刷された細長い紙片を取り出した。それをいとおしむように見つめてから、暖炉の前を通ってブルーノの手に載せた。ふたりの男はその紙片の上にかがんだ拍子に頭をぶつけ合った。「車掌エドワード・トンプソンの手を通った、ごくふつうの切符の半券ですよ」ドルリー・レーン氏は穏やかに言った。「トンプソンを逮捕する前に、警視さん、あなたがわたしたちの乗車賃を払ってくださったときのものです」

レーンが背を向けて暖炉へ近づき、渦巻く煙となった薪《まき》の香を吸いこむのを尻目に、サムとブルーノはその最後の証拠品に目を注いだ。

その紙片の二か所に――印刷されたウィーホーケンという文字の横と、その下のウェスト・エングルウッドという文字の横に――車掌エドワード・トンプソンの鋏が打ち抜いた十字形のパンチの跡があった――Xの形の。

解説　これぞ不朽の名作

有栖川有栖

今、この本を手にしているのはどんな方たちなのだろう？　名作の新訳が出たので目を通そうとしたマニアかもしれないが、初めてミステリの世界に入ろうとしている方も多いのでは、と想像する。

読書好きだがミステリに取り立てて興味はないという人が、こんなことを言うのを何度か聞いたことがある。『Xの悲劇』や『Yの悲劇』ぐらいは読んだよ」。『X』や『Y』はよく読まれてきた。もとより知名度が高い作品だが、タイトルがいかにもミステリらしく謎めいていて、アルファベット（記号）＋悲劇という言葉の組み合わせに知的な仕掛けを感じるから手が伸びるのだろう。

その選択は正しい。『Xの悲劇』に始まるこの四部作は、まぎれもなく本格ミステリ史上に輝く傑作だ。名作の中の名作と言っていい。貴方《あなた》がまだ本編をお読みでないのなら、これから飛び切り幸せな時間を過ごせるに違いない。

ミステリ入門者のために、まず基礎的な情報を提供しておこう。作者エラリー・クイーンはユダヤ系アメリカ人作家で、マンフレッド・B・リーとフレデリック・ダネイという従兄弟《いとこ》同士の合作ペンネーム（リーやダネイというのも本名ではない）。一九二九年にコンテストに投じて入選した『ローマ帽子の謎』で覆面作家としてデビューし、『フランス白粉の謎』『オランダ靴の謎』など国名を冠したシリーズでたちまち人気作家となった。主人公を務める名探偵は、作者と同名の青年エラリー・クイーン。華麗にして精緻《せいち》なロジックを売り物とし、犯人を指摘する材料が出揃ったところで読者に挑戦状を突きつけてみせる。時はまさに長編本格ミステリの黄金時代で、クイーンの作品はその象徴あるいは一つの完成形と言えるだろう。

本書の冒頭にもあるとおり、『Xの悲劇』は当初はバーナビー・ロスなる名義で一九三二年に発表された。こちらも覆面作家であったから、リーとダネイのコンビは二人二役を演じたことになる。悪戯《いたずら》好きの彼らが覆面を脱ぎ、クイーン＝ロスの秘密が明かされたのは（フランシス・M・ネヴィンズJr.の『エラリイ・クイーンの世界』によると）一九四〇年になってからのこと。その間、世界中のミステリファンが完全に騙《だま》されていたわけだ。ちなみに、本の売れ行きは格段にクイーン名義の方がよかったらしい。

高木彬光の「二人一役・エラリー・クイーン」という文章で、こんなエピソードが紹介されている。日本の推理小説研究家某氏は、クイーン＝ロスという噂を耳にしても「抱腹絶倒の珍論」と信じず、「二人の文体、感覚、教養は、それぞれ異なり、私としてはクイーンよりロスにはるかに期待をかけるものである」と言ったのだとか。この某氏の見解こそ無類の珍論に思える。『Xの悲劇』を一読すれば、「ここまでロジカルな本格ミステリはクイーンにしか書けないと思っていた」と驚くのが自然で、クイーン＝ロスと聞くなり、「なんだ、やっぱりそうか！」と納得するべきだろう——と、すべての事情を知っている現代人の私が嗤《わら》うのはアンフエアか（いや、それにしても……）。

『Xの悲劇』の探偵役は、当然ながらエラリー・クイーン青年ではなく、引退したシェイクスピア俳優で聴覚を失ったドルリー・レーンが務める。彼も多くのファンを持っているが、『Xの悲劇』『Yの悲劇』『Zの悲劇』『レーン最後の事件』（私の書架のポケットブック版には、扉ページに「一五九九年の悲劇」の副題あり）の長編四作にしか登場しない。これらの作品は、〈レーン四部作〉や〈悲劇の四部作〉と呼ばれている。一編ずつのクオリティもさることながら、シリーズを読み通した時に得られる効果が素晴らしく、四部作というより四部構成の大河ミステリとするのが適切かもしれない。

小説の内容に立ち入ろう。

先に推理小説研究家某氏のエピソードをご紹介したが、ロス名義のデビュー作『Xの悲劇』は、犯行現場からしてクイーン初期作品の特徴が顕著に出ている。ひと言で表わすなら、〈騒々しい現場〉だ。処女作『ローマ帽子の謎』で第一の死体が見つかるのはブロードウェイの劇場の客席。第二作『フランス白粉の謎』では、デパートの陳列窓に死体が転がり出る。第三作『オランダ靴の謎』の犯行現場は、医師や看護師らが忙しく出入りする大病院内の一室。いずれもパブリックな場所で、死体が発見されるなりあたりは騒然となる。

『Xの悲劇』の第一の犯行現場は、満員の市電の中だ。続いて起こる惨劇の舞台もすべて公共交通機関の中という乗り物尽くしで、いったんは不特定多数の人間が容疑者となる。そこからたった一人の人物＝犯人を突き止めるというスタイルを、クイーンは完成させた（シリーズ第二作の『Yの悲劇』では様相が一変し、いわゆる館《やかた》ものになる）。

まず注目したいのは、ハムレット荘を訪れたブルーノ地方検事とサム警視が、その推理力を買ってレーンに捜査協力を依頼する場面だ。並外れた才能に向かって、ブルーノは恐縮しながら言う。「ご期待に副うものではない気がします。ただの殺人事件（原文は really just a plain case of murder）ですから……」。浮き世離れしたハムレット荘に圧倒されたせいもあるのか、ごく日常的な殺人でも引き受けてくれるのか、という打診だ。レーンはそれに答えて「珍奇な事件（fantastic one）でなくてはならない理由があるとでも？」。すかさずサムが言う。「ただの事件か珍奇な事件か（plain or fancy）はさておき、難事件（puzzler）ではありますよ」。興味深いやりとりなので、原文と突き合わせてみた。

これこそクイーンの流儀だ。前述のように、クイーン初期作品の死体発見シーンは地味どころか華々しいのだが、現場が堅牢《けんろう》な密室であったとか死体に奇怪な装飾が施されていたとかいう不可解さはない（『エジプト十字架の謎』から様子が変わるが）。見せ場はそこではなく、美しくスリリングな推理が披露される解決シーンだ。ブルーノ検事たちとレーンのやりとりは、それを作者がアピールし、理解と共感を求めているのではないだろうか。自分の作品は解決こそが夢のよう（fantastic）である、と。

さらに重要なのは、犯罪捜査に強い興味を示すレーンのこの台詞《せりふ》だ。さわりだけを抜き出すと、「これまでわたしは人形遣いの糸に操られていましたが、いまはおのれの手でその糸を操りたい衝動を覚えています」。印象的な探偵宣言であると同時に、ちょっと悪魔めいた言葉だ。レーンは、名探偵として実世界のドラマに介入し、事件を解決に導くのみならず、様々な形でドラマに関わっていく。本書においては、ある意図を持って自分の推理を公表しないあたりに人形遣いぶりが窺《うかが》えるし、最後の事件ではダイイング・メッセージの陰の演出者となる（結果として、死の直前にレーンから聞いた話に触発されて被害者がダイイング・メッセージを残す）。レーンの人形遣いぶりをチェックしながら読めば、この四部作の興趣が増すことは請け合いだ。

付言しておくと、ダイイング・メッセージはクイーンの十八番《おはこ》であり、晩年まで手を替え品を替えて繰り返すが、この『Xの悲劇』で使ったのが最初である。判じ物みたいなものだから、ロジカルに解読できるものではないし、そもそも出題者が昇天しているので答え合わせが不可能。間違っても犯人指摘の決め手にしてはならない。よってスマートで節度ある使い方が求められるのだが、本作においては上々の仕上がりだろう。メッセージに読者を注目させながら、ある手掛かりから目を逸らさせるあたりは特に……。

内容に立ち入ろう、と書いたものの、贅言《ぜいげん》を弄《ろう》するうちに無用のヒントを読者に吹き込んでは取り返しがつかない。ただ、この作品で展開されるレーンの推理は、本格ミステリとして最高のレベルのものであることだけを保証しよう。それはもう溜《た》め息が出るほどで、「こうだったとも考えられるではないか」という反論の余地がなく、真相の意外性も充分。日本のエラリイ・クイーン・ファンクラブ会員が選出した長編ランキングにおいて、『Xの悲劇』は二位の座を獲得している（一位は『ギリシア棺の謎』）。古典とは、不朽の名作とはこういうもの、という作品である。

傑作であるという世評はすでにあるが、それにしてもこの作品はどうしてこうも堂々としているのか？　それは、レーンの推理が卓抜していることに加え、犯人の設定にもよる。序盤で読者も気づくことだから明かすが、この事件は練りに練られた計画殺人だ。咄嗟《とっさ》の犯行を隠すため、知恵の限りを尽くす犯人にも魅力はあるが、ハードな本格ミステリの要件として、私は事件が計画的なものであることを挙げたい。そして、その犯行計画が相当に冒険的で、ある種の夢想になっていることが望ましい。『Xの悲劇』は、その要件を完璧《かんぺき》に充たしている（第二の犯行は特に冒険的だ。冒険的すぎるほどに）。

一九三二年にクイーンが成したことは、ミステリ史上の奇跡と言ってよい。本作とともに『Yの悲劇』『エジプト十字架の謎』『ギリシア棺の謎』を立て続けに発表したのだから。いずれの作品も、本格ミステリのオールタイム・ベストを狙えるほどの傑作だ。――という事実は、これまでに私自身も書いたことがあるし、他の作家・評論家・ファンも指摘している。が、驚くのはまだ早い。ロス名義の〈悲劇の四部作〉は、いつ完結したか？　一九三三年だ。つまり（正確な執筆期間は不明ながら）、たった二年で書き上げられているのだ。この三三年というのも奇跡の年で、ロス名義で『Zの悲劇』『レーン最後の事件』を発表する一方、クイーン名義で『アメリカ銃の謎』『シャム双子の謎』の二作（いずれも違った趣向が凝らされている）を書き上げ、短編の名品も書いているし、なんと伝説のミステリ専門誌「ミステリ・リーグ」

の編集発行もたった二人だけで行なっている。コンビ作家だったとはいえ、人間にここまでのことができるのか、と驚嘆するしかない。

偉大な作家エラリー・クイーンが誕生した一九二九年といえば、ウォール街の暗黒の木曜日《ブラック・サーズディ》をきっかけに世界恐慌が起こった年だ。金融市場は大混乱をきたし、最悪の不況が世界を覆った。企業はばたばたと倒れ、アメリカの失業率は三三年には二十五パーセントにまで達する。奇跡が起きたのは、そんな暗い時代であった。

最後に訳文について。越前敏弥氏によるこの度の翻訳は、宇野利泰氏のもの以来の新訳である。英語力が貧困な私に大したコメントはできないが、とにかく明晰《めいせき》で気持ちよく読めた。ビールのCM風になるが、とてもクリアで喉《のど》ごしがいい。それでいてしっかりコクとキレがあり、作品が書かれた当時の空気も伝わってくる。肝心の謎解きシーンの迫力も申し分ない。〈悲劇の四部作〉を新鮮な気持ちで読み返す機会が与えられたことを幸せに思う。

ご存じの方もいらっしゃるだろうが、現在、エラリー・クイーンの作品が最も広く読まれ、カリスマ的な人気を誇っている国は、おそらく日本だ。それは、わが国のミステリファンの本格に対する愛着の深さと鑑賞眼の高さによるものだ、と私は考えている。

新訳が出たことにより、クイーン作品は日本で若返った。これは翻訳小説の有利なところだ。その輝きは永遠・不滅……とまでは断言しかねるにせよ、きっと本格ミステリが滅びる日まで消えないだろう。

X《エックス》の悲劇《ひげき》

エラリー・クイーン

越《えち》前《ぜん》敏《とし》弥《や》＝訳

角川文庫 15530

平成二十一年一月二十五日　初版発行

発行者—井上伸一郎
発行所—株式会社角川書店
東京都千代田区富士見二—十三—三
電話・編集（〇三）三二三八—八五五五
〒一〇二—八〇七八

発売元—株式会社角川グループパブリッシング
東京都千代田区富士見二—十三—三
電話・営業（〇三）三二三八—八五二一
〒一〇二—八一七七
http://www.kadokawa.co.jp

印刷所—暁印刷　製本所—BBC
装幀者—杉浦康平

ク 19-1　ISBN978-4-04-250715-4　C0197

角川文庫発刊に際して

角川源義

第二次世界大戦の敗北は、軍事力の敗北であった以上に、私たちの若い文化力の敗退であった。私たちの文化が戦争に対して如何に無力であり、単なるあだ花に過ぎなかったかを、私たちは身を以て体験し痛感した。西洋近代文化の摂取にとって、明治以後八十年の歳月は決して短かすぎたとは言えない。にもかかわらず、近代文化の伝統を確立し、自由な批判と柔軟な良識に富む文化層として自らを形成することに私たちは失敗して来た。そしてこれは、各層への文化の普及滲透を任務とする出版人の責任でもあった。

一九四五年以来、私たちは再び振出しに戻り、第一歩から踏み出すことを余儀なくされた。これは大きな不幸ではあるが、反面、これまでの混沌・未熟・歪曲の中にあった我が国の文化に秩序と確たる基礎を齎らすためには絶好の機会でもある。角川書店は、このような祖国の文化的危機にあたり、微力をも顧みず再建の礎石たるべき抱負と決意とをもって出発したが、ここに創立以来の念願を果すべく角川文庫を発刊する。これまで刊行されたあらゆる全集叢書文庫類の長所と短所とを検討し、古今東西の不朽の典籍を、良心的編集のもとに、廉価に、そして書架にふさわしい美本として、多くのひとびとに提供しようとする。しかし私たちは徒らに百科全書的な知識のジレッタントを作ることを目的とせず、あくまで祖国の文化に秩序と再建への道を示し、この文庫を角川書店の栄ある事業として、今後永久に継続発展せしめ、学芸と教養との殿堂として大成せんことを期したい。多くの読書子の愛情ある忠言と支持とによって、この希望と抱負とを完遂せしめられんことを願う。

一九四九年五月三日